KB213221

인류
비인간적 존재들과의 연대

우리시대
질문총서

5

인류

비인간적 존재들과의 연대

Humankind

Solidarity with Non-Human People

티머시 모턴 저

김용규 역

부산대학교출판문화원

차 례

발간사

우리는 지금까지와는 다른 '격변'의 시대를 살고 있다. '변화'는 시간의 흐름에 따르는 자연스러운 결과지만, 이 시대의 '변화'는 과거와는 전혀 다른 양상을 보이고 있다. 과거의 변화가 기존의 패러다임 내에서 일어나는 크고 작은 변화들이었다면, 지금의 변화는 가히 '패러다임의 전환'이라고 일컬을 만하다. 기존의 패러다임은 인간 중심적 인식의 틀 속에서 과학기술 문명의 발전과 자본주의적 체제의 구축, 명확히 경계 지어진 세계 속에서 전문성을 강조한다는 점에서, 어쩌면 여전히 근대성의 틀을 벗어나지 못했다고 할 수 있다.

지금 이런 패러다임으로 우리 시대를 판단하고 예견하는 데는 한계가 있다. 우리 시대는 지나간 시대로부터의 위기와 예측할 수 없는 미래에 대한 불안감, 그리고 도래할 시대에 대한 희망이 공존한다는 데 그 독특함이 있다. 새로운 패러다임은 기존의 패러다임에서 잉태된 위기로부터의 출구를 모색하는 과정이자 다가올 시대의 새로운 지향과도 관련되어 있다. 그래서 우리 앞의 복잡다기한 상황에 맞서, <우리시대 질문총서>는 '환경 변화와 인류의 미래', '신자유주의의 팽창과 연대', '휴머니즘에 대한 재성찰과 대안적 삶', '첨단기술혁명과 융복합', '글로벌/로컬의 관계 속에서 인간 삶의 변화'라는 주제를 통해 지금 이 시대를 성찰하고자 한다.

인간이 세계를 지배하는 시대, 인간이 환경의 전반적 흐름에 영향을 행사하는 이른바 인류세의 시대는 역설적이게도 인간의 무력함과 한계를 절감하게 한다. 인간이 누린 풍요의 대가가 되어버린 기후 변화와 생태계 변화는 우리 시대 초미의 관심사이지만 이런 변화는 사람들을 삶의 '지속 가능함'을 확신하기 어려운 상황으로 내몰고 있다. 그럼에도 불구하고 이런 불확실한 상황은 그동안 우리의 삶 자체를 성찰하는 한편 진정한 대안들을 새롭게 모색할 것을 촉구하고 있다.

4차 산업혁명으로 인한 자본주의의 급변과 인간과 기술의 포스트휴먼적 융합 시대의 도래는 인간의 존재적 위기와 함께 전통적인 인간상의 유효성에 의문을 제기하고 있다. 기계는 인간에게 어떤 영향을 끼칠 것인가, 인간은 기계의 문제에서 주도적일 수 있는가, 혹은 이런 변화는 인간과 기계의 대립을 넘어 새로운 가능성을 제시해줄 수 있는가. 최근 포스트휴먼의 가능성은 이런 질문들과 연결되어 있다. 포스트휴먼 시대에 인간의 자리를 묻고 기술의 변화가 인간과 사회에 어떤 변화를 줄지 성찰하는 노력들이 필요하다.

한편 우리 시대는 근대 국민국가의 경계를 뛰어넘는 문화적 현상을 수없이 목격하고 있다. 국민과 난민의 경계가 모호해지면서 수많은 이질적인 문화들이 접촉하고 갈등하고 섞이는 혼종의 시대, 바로 이 시대에 우리는 민족문화의 중심성을 넘어서 글로벌과 로컬이 보다 긴밀해지는 문화적 관계 속으로 편입되고 있다. 그 결과 그동안 민족문화의 틀과 프리즘 밖에 존재하던 문화들이 새로운 관심사로 부각되고 있으며, 근대, 자본, 민족의 구조를 넘어서는 대안적 사고들이 곳곳에서 출현하고 있다. 전지구화와 함께 등장한 전지구적 자본과 문화의 압도적 힘 앞에서 무기력해진 개인, 신자유주의의 팽창으로 인한 경쟁의 격화와 인간 소외는 '관계 맺는 존재로서의 인간'의 가능성에 대해 되묻고 다양한 방식의 '소통과 연대'를 제안하고 있다.

이러한 변화들은 우리의 기존 사고로 담아낼 수 없는 우리 시대의 현상들이다. 이런 현상들 앞에서 우리는 '왜?', '어떻게?'라는 질문을 던지고, 그 답을 찾아가는 비판적 사유의 여정을 시작하고자 한다. 이러한 비판적 사유의 여정은 분과학문으로 나누어져 전문성만을 강조해온 기존의 학문구조의 틀을 벗어나, 각 학문의 내적 융합뿐만 아니라 인문학, 사회과학, 자연과학 같은 학문 간의 융합을 전제로 한다.

<우리시대 질문총서>는 우리 앞에 놓인 이러한 현상들에 대한 성찰을 제공하고 대안을 모색하는 데에 그 취지가 있다. 이 총서는 우리 세계의 변화를 미시적이고 거시적으로 살펴볼 수 있는 학문적 시각을 제공하는 한편, 도래할 세계(the world to come)와 지나간 미래(future past)의 쌍방향적 대화와 성찰을 통해 우리 시대를 비판적으로 반성하고 예견하는 우리 시대의 문제적 활동들을 기획, 소개하고자 한다. <우리시대 질문총서>를 통한 사유와 성찰이 우리시대의 성숙한 집단 지성을 형성하는 마중물이 되었으면 한다.

그리고 <우리시대 질문총서>의 출판을 위해 도움을 주신 많은 분들께 감사드린다.

우리시대 질문총서 제작위원회

감사의 말

나의 편집자인 페데리코 캄파냐의 뛰어난 통찰과 도움에 감사한다. 페데리코는 나의 글에 깊고 긍정적인 변화를 낳았는데, 그에게 진 신세는 영원할 것 같다.

내 연구 조교인 케빈 맥도넬과 랜디 미하즐로비치는 내가 이 원고를 완성하도록 헌신적인 도움을 주었다. 이 도움말고도 케빈은 2년 동안 나의 조교로 있었는데, 나의 학문적 삶은 그의 도움으로 인해 크게 발전할 수 있었다. 케빈! 모든 것을 감사해.

라이스 대학교 인문대학 니콜라스 숨웨이 학장은 내가 하는 작업에 지속적인 신뢰를 베풀어주어 특별히 언급할 가치가 있다. 난 영원히 그의 신세를 지게 되었다.

많은 사람들이 생각과 제안, 친절과 지원을 공유해주었다. 그중에 블라이즈 아귀에라 이 아르카스, 하이담 알-사예드, 이안 발푸르, 앤드류 바타글리아, 안나 베르나고찌, 다니엘 비른바움, 이안 보고스트, 타냐 보나크다르, 마커스 분, 도미니크 보이어, 데이비드 브룩스, 알렉스 세체티, 스티븐 케언스, 에릭 카즈딘, 이안 청, 카리 콘테, 캐롤린 데비, 나이젤 클라크, 줄리아나 코프, 로라 코펠린, 애니 컬버, 사라 엘렌즈바이그, 올라푸르 엘리아슨, 안나 엥버그, 제인 파버, 더크 펠먼, 조아오 플로렌치오, 마크 포스터 게이지, 피터 게르손, 헤이즐 깁슨, 조가 요한스도티르, 존 그나

르, 카설린 그레이, 소피 그레트브, 리지 그라인디, 비요크 구오문
드스도티르, 조라 함자, 그레이엄 하먼, 로즈마리 헤네시, 에리히
회를, 에밀리 홀릭-리치, 시메네 하우, 에두아르 이사르, 루크 존
스, 토비 캄프스, 그렉 린드퀴스트, 애니 로워, 잉그리드 루케-가
드, 카르스텐 룬드, 보얀 만체프, 켄릭 맥도웰, 트레이시 무어, 릭
뮬러, 장-룩 낭시, 주디 나탈, 패트리시아 녹콜로, 한스 울리히 오
브리스트, 제너시스 피-오리지, 솔바이크 오브스테보, 안드레아
파그네스, 앨버트 포프, 아사드 라자, 알렉산더 레지어, 벤 리버스,
주디스 루프, 데이비드 루이, 마크 슈만코, 사브리나 스콧, 니콜라
스 쑴웨이, 솔바이크 시구르다르도티르, 에밀리아 스카르눌라이
트, 가야트리 스피박, 하임 스타인바흐, 베레나 스텐케, 사무엘 스
토엘체, 수잔 서튼, 제프 밴더미어, 루카스 반 데르 벨덴, 테오도라
빅스트롬, 제니퍼 윌시, 사라 휘팅, 클린트 윌슨, 톰 위스콤브, 수
잔 위츠갈, 캐리 울프, 아네트 울프스베르그, 우혜수, 마틴 우드워
드, 엘스 우드스트라, 조나스 주우스카스가 있다.

그리고 지난 2년 동안 나의 수업과 강의에 참석한 모든 사람들
에게 크게 감사하고 싶다. 여러분들과의 대화는 나의 실험실이었
고, 여러분이 없었더라면 내가 지금 알고 있는 것을 알 방법은 없
었을 것이다.

분명한 사실은 몇 년 동안 재러드 파울러와의 숱한 만남이 없
었더라면, 아마도 나는 많은 글을 쓸 수 없었을 거라는 점이다. 다
시 한 번 그가 개념적 수정가루를 나의 머리 같은 것에 끈질기게
다운로드할 수 있게 해준 것은 감사의 말로 끝날 일이 아니다. 이
책은 나의 친구 제프리 크리펄의 생각에 빚지고 있다. 초자연적이
고 신성한 것에 대한 그의 작업은 나에게 많은 영감을 주었다.

내가 이 책을 쓰는 동안, 원주민들과 이들과 연대한 비-원주민

들이 미국 내의 다코타 액세스 파이프라인이 인간이든 아니든 모든 종류의 사람들을 파괴하는 것을 막기 위해 석유문화의 군사화된 세력들에 맞서 싸우고 있다. 그들에게 이 책을 바친다.

인간이 지구를 우주의 중심으로 상상하던 때가 있었다. 인간들은 크고 작은 별들이 오직 자신의 즐거움을 위해서만 만들어졌다고 믿었다. 고독에 지친 최고 존재가 거대한 장난감을 만들어 인간들로 하여금 그것을 소유하게 해주었다는 것은 그들의 헛된 생각이었다...

인간은 대지의 자궁에서 태어났지만, 인간은 그 사실을 알지 못했고, 자신의 생명을 빚지고 있는 대지를 인정하지 않았다. 이런 이기주의에 빠진 인간은 자신에 대한 설명을 무한성 속에서 추구하였다. 그리고 자신의 이런 시도로부터 인간은 지구와는 관련이 없고, 대지는 그의 경멸스러운 발을 내려놓기 위한 일시적인 안식처에 지나지 않으며, 대지는 인간 자신을 타락시키고자 하는 유혹 외에는 아무것도 갖고 있지 않다는 음울한 교리가 생겨났다

—엠마 골드만과 맥스 바진스키, 『대지』

이런, 여기 정말 멋진 장난감들이 있군.

—복제인간 로이, 《블레이드 러너》(리들리 스콧 감독)

서
론

공통적 사물들

> 어머니 대지와 그녀의 생동하는 생명의 근원으로부터 단절된
> 이는 누구나 망명 상태에 있다.
>
> —엠마 골드만

하나의 유령이 코뮨주의라는 유령 위에 출몰하고 있다. 그것은
다름 아닌 비인간(the nonhuman)이라는 유령이다.

『인류』는 인간 종이 코뮨주의적 정치, 즉 단순히 국제적인 차
원이 아니라 지구라는 **행성적인** 차원을 범위로 삼는 정치를 사
유하기 위한 활기차고 생동감 있는 범주라고 주장하고자 한
다. 이는 그 경제적 모델이 생물권에 존재한다는 사실, 즉 내
가 '공생적 실재'(the symbolic real)[1]라고 일컫는 것에 대한 조율
(attunement)로서 사고될 때만 코뮨주의가 유효할 수 있다는 것
을 의미한다.

공생적 실재는 기이한 '내파적 전체'(implosive whole)[2]이며,

15

그 내부에는 개체들이 비전체적이고 들쭉날쭉한 방식으로 관련되어 있다(나는 계속해서 '내파적 전체론'implosive holism을 정의해나갈 것이다). 공생에서 어떤 것이 최상위의 공생체인지는 분명하지 않고, 존재자들 사이의 관계는 울퉁불퉁하고 미완결적이다. 나는 단지 '나'라는 미생물체(microbiome)에 살고 있는 수많은 박테리아를 위한 매개체에 불과한가? 혹은 그들이 나의 숙주인가? 누가 숙주이고, 누가 기생체인가? '숙주'(host)라는 단어는 라틴어 *hostis*에서 유래했으며 '친구'와 '적'을 동시에 의미하는 단어이다.[3]

예를 들면, 인간 젖의 3분의 1은 아기에 의해 흡수되지 못한다. 오히려 그것은 장을 면역강화 막으로 코팅하는 박테리아들을 먹인다.[4] 아이가 질 내에서 태어날 때, 아이는 어머니의 미생물체에 있는 박테리아로부터 온갖 종류의 면역을 획득한다. 인간 유전자 속에는 태반 장벽(placental barrier)의 면역 억제적 특성을 코드화한 ERV-3이라 불리는 공생적 레트로바이러스[5]가 있다. 우리가 이 책을 읽고 있는 것도 어머니의 DNA 속에 있는 바이러스가 어머니의 몸으로 하여금 우리를 자연 낙태하지 못하도록 막고 있기 때문이다.[6] 공생적 실재들의 느슨한 연결성은 언어와 같이 다른 존재의 질서에도 영향을 끼친다. 포유류들이 어미의 젖꼭지에서 젖을 빨기 위해 입술을 열고 닫으면서 /m/소리를 만들어내는데, 이 소리가 '맘마'와 같은 단어의 토대가 된 것이 확실하다. 이런 단어들은 대체로 고양이와 같이 비인간적 포유류들에 의해 공유되는데, 그들이 내는 야옹 소리 또한 이런 행위를 상기시킨다. 이 소리는 고양이들이 자라서 인간과 함께 살 때 훨씬 자주 사용하게 되는 신호이다.

의존함(relying-on)은 공생적 실재를 떠받치는 불안한 연료이다. 이런 의존함은 항상 유령에 홀린 양상을 띠기에 공생체가 유해하거나 이상해 보이는 관계를 형성할 수도 있는데, 바로 이것이 진화가 일어나는 방식이다. 분리되어 있지만 깊이 서로 연관된 존재자들의 이러한 의존을 설명하는 정확한 단어가 바로 '연대'(solidarity)이다. 모든 스케일에서 공생적 실재의 들쭉날쭉한 미완결성이 없다면, 연대는 아무런 의미도 갖지 못할 것이다. 그것이 **공생적 실재 그 자체의 현상학**이기 때문에 연대는 가능하고 널리 이용될 수 있는 것이다. 연대란 공생적 실재가 나타나는 방식이자 그것이 내는 소리다. 연대는 또한 이런 스케일로 사고될 때만 효력을 발휘한다.

　이런 작업을 하면서 『인류』는 1960년대 중반 이후부터 강단의 신좌파가 그려온 영역으로부터 비인간들(즉, '환경' 또는 '생태학적 쟁점들')을 배제하려는 경향에 맞선다. 이러한 배제가 이루어진 까닭은 이런 사고 영역 내의 지배적인 헤겔주의적 경향, 즉 그것이 전략적인 유용성을 갖던 시점을 뛰어넘어 지금도 지속되고 있는 '강한 상관주의'(strong correlationism)[7]와 관련이 있다. 이 유용성은 강한 상관주의가 백인 서구문화를 중심으로 필연적인 한계를 설정하면서 이 문화가 갖는 전재(omnipresence), 전지(omniscience), 전능(omnipotence)의 의미를 제한하는 방식에 있다. 『인류』가 제기하는 주장은 아주 최근까지만 하더라도 '문화상대주의'와 '이론'을 반대하는 보수 세력의 손에 맡겨져 있었다. 하지만 전체 영역—아주 대규모의 영역—을 반동 세력에게 넘겨주는 것은 전략적으로 타당하지 않은 일이다.

　헤겔주의적 문화주의의 도구상자 밖에서 사고하는 『인류』의 시도는 일부 독자들의 접근을 차단하게 될 흥미롭고 반직관적인 많은 단계들을 필요로 한다. 이 책이 당신을 몹시 화나게 만들지도 모른다. "그래, 마르크스주의 이론 속에 비인간적 존재자들을 포함시키는 것은 가능해—하지만 당신은 그걸 좋아하지 않을걸!"이라는 부가설명이 붙을지도 모른다.

생태학적 대명사는 어디에 있나?

여기서 내가 인류라고 부르는 것의 주적 중 하나가 **인간 그 자체**(humanity itself)라는 것을 처음부터 분명히 해두어야 한다. 계몽주의 이후의 사고가 이른바 자연(Nature)의 대응 짝, 즉 백인 남성성으로 구성된 관습적인 본질에 맞서 전쟁을 벌이고 있다는 것이 정확한 말이다(내가 자연을 대문자로 사용하는 것은 계란 프라이를 하는 것처럼 자연을 탈-자연화de-nature함으로써 그 인위적인 구성성과 외파적 전체성을 폭로하고자 함이다). 인류는 대문자 인간(Humanity)과 대문자 자연(Nature) 모두를 격렬히 반대하는데, 이것들이 항상 공생적 실재에 대한 물화된 왜곡이기 때문이다(지금부터 나는 자연을 대문자로 표기하는 것과 동일한 이유로 인간을 대문자로 사용할 것이다). 행성적 인식(planetary awareness)은 인간/자연 쌍의 확산을 신속하게 차단하기 때문에, 모든 시대의 모든 인간을 기만적으로 다루는 거대한 그림책을 쓰면서 미래를 예측하고 전자기술의 향상을 통해 인간의 능력을 강화하는 초인간적인 특이성을 향한 성공과 진보에 대한 목적론적 이야기를 지지하고 싶을지도 모른다.[8] 이런 책은 인기가 있는데,

이는 진정한 생태학적 인식을 **방해하기** 때문이다.

인류는 공생적 실재에서 찾아볼 수 있는 생태학적 존재자이다. 이 책에서 나는 이 존재자의 목소리를 들려줄 수 있을까?

생태학적 존재자들을 기술하는 데 아주 적절한 대명사는 없다. 만약 이 존재자를 '나'라고 부른다면, 나는 그들을 나 자신으로 전유하거나, 그들의 고유성과는 관계없이 그들 모두를 삼켜버리는 어떤 범신론적이거나 가이아(Gaia) 개념으로 전유하게 될 것이다. 만약 그들을 '너'라고 부르면, 나는 그들을 내가 속한 존재의 류(kind)와 구분 짓게 된다. 만약 그들을 '그' 혹은 '그녀'로 부른다면, 나는 그들을 진화론적 관점에서 유지 불가능한 이성애규범적인(heteronormative) 개념에 따라 성별화(gendering)하게 된다. 만일 내가 그들을 '그것'으로 부른다면, 나는 그들이 나와 같은 사람들이라 생각하지 않고 인간중심주의적인 태도를 노골적으로 취하게 된다. 아이러니하게도, 통상적인 생태학적 언술은 '그것'과 '그것들', 즉 모습을 알 수 없는 추상적인 개체군(populations)의 관점에서 말한다. 그렇게 되면 윤리적·정치적 언술은 불가능해지거나 극히 파시즘적 생명정치처럼 들리기 시작한다. 인간들은 심지어 인간에 관해서조차 그런 식으로 말한다. 즉 '인간종'(human race)은 무차별적인 '그것'이라는 것이다. 오로지 생물학에만 의존하는 것은 인간을 포유동물 중에서 던지고 땀 흘리는 데 최고라고 정의하는 게 될 것이다.[9]

그리고 난 점잖은 연구를 해야 하기 때문에 그들을 '우리'라고 부르는 것은 허용되지 않는다. 우리가 마치 문화적 차이와는 무관하게 모두 한 무리에 소속되어 있는 것처럼 말할 때 나는 무엇을 하려는 것인가? 이런 소속감을 비인간들에게까지 확장하는 것이 타자를 전유하는 것이 된다는 것을 한 번도 들어본 적이 없는 히피처럼, 그렇게 확장할 때 나는 무엇을 하려는 것인가? 몇 년 전 한 토론자가 빈정거리면 말했듯이, "모턴의 글에 있는 '우리'는 과연 누구인가?"

만약 문법이 이런 기본적 차원에서 생태학적 존재자에 관해 말하는 것을 거부한다면, 거기에서 무슨 희망을 찾을 수 있을까?

나는 생태학적 주어에 대해 말할 수 없지만 내가 꼭 해야 할 것이 바로 이것이다. 내가 생태학적 주어에 관해 말할 수 없는 것은 언어와 특히 문법이 화석화된 인간의 사고, 예컨대 인간과 비인간에 관한 화석화된 사고이기 때문이다. 내가 이제 막 주장했듯이, '그것'을 '그' 혹은 '그녀'와 대립적인 것으로 말할 수 없다. 나는 **우리**라고 말할 수 없다. 그리고 나는 **그것들**이라고 말할 수 없다.

물론, 가장 흥미로운 질문, 즉 내가 생명체들과 어떻게, 얼마만큼, 그리고 어떤 양식 및 양식들로 공존할 수 있는가 하는 질문들을 무시하더라도, 어떤 점에서 나는 생명체에 관해서는 말할 수 있을 것이다. 이를테면, 나는 생물학을 실천할 수 있다. 하지만 만일 내가 생물학자라고 한다면, 나는 살아있는 것으로 간주되는 것에 관한 기존 가정들을 근거로 연구하게 된다. 그리고 암묵적으로, 과학의 가능 조건으로서, 나는 '우리'라는 논조보다 '그것'과 '그것들'의 논조로 말하려고 한다. 따라서 나는 이 문제를 없는 것으로 치부할 수는 없다.

지금 당장 내가 속한 대학 강단에서 나는 마치 머펫 인형들(Muppets)이 부른 <우리 모두는 지구인이야>("We Are All Earthlings")[10]라는 노래를 일종의 생물권 국가(國歌)인 것처럼 부르는 건 고사하고 좋아할 수도 없을 것이다. 대학에서는 이 노래가 몹시 백인적이고 서구적이며, 원주민 문화를 전유하고 인종적·젠더적 차이에 대해 경솔하게 무시한다고 비난해야 할 것이다. 하지만 나는 대학을 <우리는 모두는 지구인이야>를 노래하기 좋아하는 안전한 공간으로 만들려고 노력할 것이다. 이는 종국적으로 '우리'에 관해 열심히 사유하는 일이 될 것이다.

아이러니하게도 인문사회과학 분야에서 생태학에 관해 이야기한 최초의 학자들은 이론에 적대적**이었다**. 그들은 오늘날의 대학에서 자신들이 탐탁지 않게 생각하는 것을 뛰어넘으려고 생태학적 주제에 매달렸다. 그들이 탐탁지 않게 생각하는 것은 내가 늘 좋아하는 것이자 내가 가르치고 싶은 것인데, 그것은 텍스트 및 다른 문화적 대상들이 어떻게 구성되는가, 이런 것들의 구성에 인종과 젠더, 계급이 어떻게 깊이 관여하는가 등등을 탐구하는 작업과 같은 것이다. 그들은 마치 개구리에 대해 말하는 것이 젠더에 대해 말하는 것을 피할 수 있는 방법인 듯이 글을 쓴다. 개구리 또한 구성물로 이루어졌다—개구리는 세계를 특정한 방식으로 접근하고, 그들의 유전자도 그들의 몸의 경계를 뛰어넘어 ('의도적'이든 '상상적'이든, 아니면 다른 방식이든) 표현한다는 것이다. 초기 생태비평가들이 비인간들을 '그것'이라는 논조로 이야기했던 것은 이상하지 않은가! 그들은 인위적인 것과 자연적인 것을 뚜렷이 구분하면서 인간중심주의적 사유 공간 안에 확실히 머물러 있었다. 인간들은 인위적 생산자인 데 반해 비인간들은 자연스럽다는 것이다. 혹은 인간은 사람인 데 반해 비인간은 십중팔구 기계라는 것이다. 생태비평가들은 이렇게 말했다고 해서 날 싫어한다.

나는 대중적인 지적 견해에 의해 나누어진 레코드 가게의 이런 구분들 중 그 어떤 것에도 만족할 생각은 없다. 이론을 뛰어넘으려고도 하지 않을 셈이다. 산호초 주변에 나의 덫을 놓을 생각도 하지 않을 것이다. 나는 다시 악마가 되어 마르크스주의는 비인간들을 포함할 수 있고 포함해야 **한다**고 주장할 것이다.

무엇이 마르크스에 버그를 만들어냈는가?

경제학은 생명체가 자신의 향락을 조직하는 방법이다. 이 때문에 **생태학**은 종종 **자연의 경제**라 불리곤 한다.[11] 경제학을 이런 식으로 사고할 때, 경제학이라는 학문이 배제하는 것은 비인간적 존재자들—즉, 우리와 그들이 서로에 대해 향락을 조직하는 방법—이다. 만일 우리가 코뮨주의적 향락을 조직하고 싶다면, 우리는 비인간적 존재자들을 포함해야 할 것이다.

자본주의 경제 이론은 비인간들을 포함하는 데 훨씬 더 열악하다. (강이나 판다처럼) 살아있든 아니든 간에 인간적 사회 공간의 외부에 있는 것으로 간주되는 것은 단순한 '외재성'(externality)으로 여겨질 뿐이다. 내부/외부의 대립을 재생산하지 않는 방식으로 비인간들을 포함할 수 있는 방법이 마땅치 않지만 이런 이항대립은 '저 멀리'(away)와 같은 범주들이 사라져버린 생태학적 인식의 시대에는 유지될 수 없다. 우리는 사탕 포장지를 '저 멀리' 밖으로 버리지 못한다—버려도 에베레스트 산에 떨어질 뿐이다. 자본주의 경제학은 생태학적 사고와 정치가 필요로 하는 바로 그 사물들, 즉 비인간적 존재자들과 낯선 시간스케일들(timescales)을 고려하지 못하는 인간중심주의적인 담론이다.

『인류』에서 마르크스주의는 특별 대접을 받기 위해 선택된 것이 아니다. 사실, 나는 소외와 사용가치의 이론에 근거한 마르크스주의가 비인간들을 포함하는 방법에서 어떻게 자본주의적 이론보다 더 많은 가능성을 제시하는지를 보여주고자 할 것이다. 이개념들은 소유에 관한 관념에 빠져있는 노동가치론에 결정적으로 의존하지 않는다. 소유 관련 개념들은 인간을 단지—동일한 토대 위에서 존재자들의 향락이 고려되는—다수의 생명체 중에 하나의 생명체로 인식하는 스케일에서 보자면 비효과적이다.

하지만 실제로 마르크스주의는 지금껏 비인간들을 포함한 적이 없었다. '저 멀리'라는 반생태학적 개념에 대한 마르크스의 생각을 엿보게 하는 다음 문장을 보라. "보일러 바닥에 타버린 석탄이 흔적조차 없이 사라져버리고, 바퀴의 축에 발라놓은 기름 역시 마찬가지로 사라졌다."[13] 나아가서 생태학적 문제들에 대한 코뮨주의적 해결은 지금까지의 자본주의적 방식과 매우 닮았다. 즉, "토양에 비료를 더 많이 뿌리면, 더 효율적이 될 것이다. . ." 이는 1990년대 초반에 반동적인 생태비평이 "소비에트주의자와 자본가들은 다른 사람들 못지않게 사악하고, 녹색은 좌파도 우파에도 속하지 않는다"라고 언급하곤 하던 것과 같은 것이다. 이런 문장을 버소(Verso) 출판사의 책에서 보게 되면 사람들이 당혹스러울지도 모른다는 점은 알고 있다.

자본주의는 편의적으로 '외재성들'(원주민의 땅, 여성의 몸, 비인간적 존재자들)이라 불리는 것의 전유에 의존하기 때문에, 코뮨주의는 그러한 존재자들을 전유하지도 외재화하지도 않기로 결의해야 한다. 이런 식으로 말하면, 꽤 단순해보일지도 모른다.[14] 하지만 공교롭게도 비인간들을 마르크스주의적 사유 속에 포함하는 것은 당혹스러울 일인데 거기엔 확실한 이유가 있다.

마르크스가 생태학적 쟁점들과 맺고 있는 관계에 대해선 다양한 방식으로 논의할 수 있다. 그 중 가장 대중적인 방식이 헤겔식 논조로 말하는 신학적 양식이다. 즉 마르크스는 이미 이 문제를 알고 있었고, 우리가 지금 생태학에 관해 말할 수 있는 모든 것을 선취했다는 것이다. 또 다른 접근법은 생색내듯 마르크스주의를 비인간들에게 확장한다. 즉, 마르크스주의가 버그가 있는 까닭은 비인간들을 포함하지 못했기 때문이기에 우리는 적어도 그들 중 일부를 자격에 따라 입장시킬 수 있다는 것이다.

『인류』의 접근법은 솔직한 입장을 취하면서 시작한다. 즉, 마르크스는 인간중심주의적 철학자이다. 하지만 이러한 점이 그의 사유에 내재적인가? 『인류』는 이것이 그의 사유의 특징이 아니라 버그임을 주장할 생각이다. 버그를 제거하면 무슨 일이 일어날까?

신좌파 이론의 영역에서 이 버그는 엄청나게 악화되었다. 환경은 인종 또는 성별과 동일한 것이 아니다. 왜냐하면 인종 또는 성별과 같은 영역들은 '강력하게 상관주의적'이며, 따라서 단적으로 인간중심주의적이기 때문이다. 상관주의는 칸트 이후 서구 철학적 합의의 일부였다. 상관주의는 인문학 뿐 아니라 과학이 기능하는 방식이었기에, 상관주의를 받아들이거나 거부하는 것은 사유나 진실로 간주되는 것에 관한 일부 뿌리 깊은 비난들과 대결하는 것과 관련이 있다. 하지만 그런 대결이 진행되고 있고, 바로 그러한 행위 자체는 글로벌 자본주의에 대한 인식을 뛰어넘는 초기 행성적 인식의 징후일 수도 있다. 2000년대 중반 이후 두각을 나타낸 사변적 실재론(speculative realism)의 운동이 징후적일 수 있다.

상관주의는 (칸트가 말하고자 했듯) 물자체는 있지만, 마치 지휘자가 음악 작품을 지휘함으로써 그것을 '현실화'할 수 있듯이, 물자체는 상관자(correlator)에 의해 상관관계를 맺을 때까지는 '현실화'되지 않는다는 것을 의미한다. 상관물의 현실화에는 상관자가 필수적이다. 즉, 물은 접근 불가능하다는 의미에서 존재하지만, 상관자가 거기에 접근할 때까지는 엄밀히 말해 물은 현실화되지 않는다. 칸트에게 상관자는 초월론적 주체(transcendental subject)라고 일컬어진다. 초월론적 주체는 실제로 현존하는 세계에서 단지 하나의 개체—인간 존재—의 머리 뒤에 보이지 않게 떠돌고 있는 경향이 있다.

사물이 있고, 사물의 데이터가 있다. 이 둘은 다른 것이다. 빗방울은 젖고 튀기고 구형(球形)이지만, 데이터는 실제의 빗방울이 아니다—그것은 빗방울이 인간의 머리 위에 떨어질 때 빗방울에 어떻게 접근하는가에 관한 것이다.[15] 만일 당신이 그것을 조심스럽게 사고한다면, 상관자와 상관물이 있고, 그것들 사이에 극심한 초월론적 간극(이 간극을 가리킬 순 없다)이 있다는 발상은 혼란스럽다. 이것은 가장 극단적인 정식화—칸트가 제기하면서도 곧장 무시해버린 것—로서 물은 정확히 나타나는(appear) 그런 것이지(물은 데이터와 항상 일치한다) 결코 겉으로 보이는(seem) 그런 것이 아님(물은 데이터와 결코 일치하지 않는다)을 의미한다. 이는 빤한 모순이면서도 이런 모순들은 전통적인 서구 철학에서 용납되지 않았다.

칸트는 원인과 결과가 현상들 아래에서 일어나는 기계적 작용들을 신뢰할 만한 방법으로 파악하는 데 용이하다는 서구 형이상학의 바탕적(default) 개념에 대한 흄의 거부를 받아들였다. 이에 따르면 원인과 결과는 통계적이다. 당신은 **항상** 당구 공 하나가 다른 당구공을 쳐서 그것을 움직이게 '만들' **것이라고** 말할 수 없다. 칸트는 그 이유를 깊이 있게 설명한다. 즉, 원인과 결과는 데이터의 문제이고, 물자체의 일부라기보다는 외양(appearances)이라는 것, 그리고 원인과 결과는 물을 선험적 판단을 바탕으로 우리가 직관하는 현상들(phenomena)이라는 것이다. 이것이 터무니없고 기이하게 느껴지더라도, 이것이 바로 근대 과학의 논리임을 기억해두자. 이것이 지구온난화를 주장하는 과학자들이 인간이 그것을 야기했을 가능성에 관해 퍼센트로 말할 수밖에 없는 이유이다. 그렇기 때문에 우리는 물을 형이상학적 도구들에 의해 방해받지 않으면서 엄청 정확하게 탐구할 수 있다. 하지만 이것은 또한 과학이 현실(reality)에 관해 직접 말할 수 없고 오직 데이터에 관해서만 말할 수 있다는 뜻이다.

칸트는 사물이 극히 애매한 성질을 지니고 있는 세계에 대한 이미지를 펼쳐놓았다. 이제, 우리는 어떤 사물이 모순적이면서도 진실일 수 있음을 받아들이고, 나아가서 사물이 사물 그 자체이지 결코 현상이 아니라는 것을 받아들일 수 있다. 아니면 우리는 모순을 제거하려고 노력할 수도 있다. 칸트 자신은 데이터에 대한 접근을 사고에 한정하거나—혹은 적어도 사고를 최고의 접근양식으로 설정하거나—사고를 초월론적(인간적) 주체 내에서 일어나는 (시간과 공간의 연장에 관한) 수학적 이성에 한정함으로써 문제를 해결한다. 빗방울은 그 자체로는 실제 기이하지 않다. 즉, 그 사이에 간극이 있지만, (칸트가 빗방울에 관해 말할 때 그 간극에 관해 실제로 말한 방식에도 불구하고) 그것은 빗방울 안에는 없다. 간극은 (인간적) 주체와 그외 다른 모든 것들 간의 차이 안에 있다.

하지만 이런 '약한 상관주의적' 간극조차 헤겔에게는 너무 지나친 것으로 보였다. 헤겔에게 물이라는 것과 그것이 나타나는 방식 간의 차이는 주체에 내재적이다. 이 주체는 헤겔에게 가장 거대한 의미에서 정신(Spirit), 즉 정상으로 통하는 계단을 올라갈 수 있는 마법의 슬링키(Slinky)[16]와 같은 것이며, 정상에는 프러시아 국가가 배회하고 있다. 물자체는 전적으로 배제되고, 강한 상관주의적 사유공간의 인위적 산물로만 사고된다. 아브라카다브라(Abracadabra)! 여기에 아무런 문제가 없다. 왜냐하면 이제 주체가 무엇이 실재로 간주될지를 판단하는 위대한 결정자가 되었기 때문이다. 여기서 간극은 환원 불가능하지 않다. 사고의 역사적 진행의 특정 순간에 그것은 마치 하나의 간극이 있는 것처럼 보일지 몰라도 영원히 그렇지는 않다. 이것이 강한 상관주의이다. 철학자들은 다양한 존재자들을 결정자로 내세워 왔다. 헤겔에게 결정자는 정신, 즉 정신의 자기인식의 필연적인 역사적 전개이다. 하이데거에게 결정자는 현존재이다. 그는 현존재를 비이성적으로 인간 존재자, 심지어 더 비이성적으로는(자신의 용어에 근거해) 대체로 독일적인 인간 존재자들에게 한정한다. 푸코에게 사물을 실재하게 만드는 것은 권력-앎이다.

상관주의는 음악녹음실의 믹싱 데스크(mixing desk)와 같다. 그것은 두 가지 음향 출력조절기, 즉 상관자(correlator)와 상관물(correlatee)로 이루어져 있다. 강한 상관주의는 상관자의 출력조절기의 볼륨을 계속 올리면서 상관물의 출력조절기 볼륨을 계속해서 내리는 것이다. 따라서 강한 상관주의로부터 문화(혹은 담론이나 이데올로기 등등)가 사물을 실재하게 한다는 문화주의적 관념이 생겨난다. 이 모든 '결정자들'이 갖는 유사성은 그것들이 모두 인간적이라는 것이다—이는 하이데거의 입장에서는 결정적인 실책이라 할 수 있는데, '인간적'이라는 범주 자체를 낳는 것이 현존재이지 그 반대가 아니기 때문이다. 우리는 하이데거의 사례에서 순환성을 쉽게 엿볼 수 있다. 강한 상관주의는 인간중심주의적이다. 비인간들을 포함하려는 어떠한 시도도 미리 배제된다. 상관자가 모든 권력을 갖는 데 반해, 상관물은 텅 빈 화면으로 축소된다. 텅 빈 화면은 무채색 덩어리로 된 순수한 연장—바탕적이고 전(前)칸트적이며 전(前)아리스토텔레스적인 존재론에 따라 사물로 여겨지는 것—에 대한 개선인가? 적어도 무채색 덩어리는 그것들이 무엇인지, 그리고 어떻게 반응하는지를 알기 위해 결정자가 그 텅 빈 화면에 어떠한 영상들을 투영할 것인지를 기다릴 필요는 없다.

　문화적 차이에 예민한 강한 상관주의자는 다른 사람들이 비인간들을 포함하는 것은 용인해주지만, 이는 이 다른 사람들이 상관주의자 자신에게는 받아들여질 수 없음을 의미한다. 이런 동학은 좌파의 사고에도 영향을 끼쳤다. 왜냐하면 강한 상관주의는 마르크스 내에 존재하는 명백한 헤겔주의적 경향뿐만 아니라 '이론'의 강한 상관주의적 계보 때문에 좌파의 사고와 강력히 연결되어 있기 때문이다. 푸코는 이를테면 헤겔적일 뿐 아니라 하이데거적이기도 했던 라캉과 함께 연구했다. 인종과 젠더를 계급과 나란히 포함해야 한다는 주장은 강한 상관주의적 플랫폼에서 나온 것이다. 즉, 인종과 젠더는 문화적으로 구성되었기 때문에, 문화—또는 경제구조 혹은 토대의 재포맷에 의존하는 문화의 재구성—를 다시 사유하는 것은 인종과 젠더의 재형상화를 필요로 한다. 상관관계를 맺고 있는 외양들과 일치하지 않는 사물에 관해 말하는 것은 본질주의의 냄새를 풍길 수 있다. '자연'으로 간주되는 상관물은 오로지 (인간적) 상관자 때문에 존재할 뿐이기 때문에 결코 이런 혼합물의 일부로 간주되지 않는다. 이런 상관물들에는 비인간들뿐만 아니라, 생물학적 개체 혹은 '종'으로 여겨지는 인간 자신들도 포함된다. 따라서 정치적·정신적·철학적 공간 속에 비인간들을 포함하는 첫번째 조치는 '자연' 개념의 철두철미한 해체에 있어야 한다. 이 말은 우리가 생각하는 인간중심주의적 방식 때문에 우리의 직관에 반하는 것으로 들린다. 반이론적인 속물적 생태비평가들과 친이론적인 '유행 선도자들'은 실제로는 동일한 신드롬의 양상들이다. 사회적으로 구성되는 것은 아무것도 없거나, 아니면 모든 것이 사회적으로 구성된다. 그리고 이 두 경우에 '사회적으로'라는 단어는 '인간들에 의한'이라는 의미이다.

나는 이론을 좋아하는 유행선도자들과 함께 논의를 시작해보고 싶다. 만일 당신이 존슨 박사라면, 마치 사물이 단순하게 존재하지 않을 수도 있다고 생각하는 사람에게 머리를 세게 한 대 때리는 것이 필요한 것처럼, 하나의 주장을 논박하기 위해 돌을 걷어차면 된다고 생각하던, 정말로 흄 이전의 시대로 돌아가서 사고할 수는 없다. 문제는 상관물의 출력조절기 볼륨을 올리는 것이—반면에 헤겔은 그 출력조절기의 볼륨을 계속 내렸다—본질주의로 조롱받는다는 것이다. 이는 그런 조치가 사유를 흄 이전의 상태가 아니라 흄 이후의 상태로, 즉 칸트에게로 돌려놓음으로써 퇴행적이라기보다는 비헤겔적**일 수** 있다는 두려움을 합리화하는 하나의 방법일 수 있다. 흥분 상태에서 인간과 세계의 간극을 회피하고 은폐하는 대신에 우리는 반대 방향으로 나아가 그 간극의 존재를 인정할 수 있는데, 이런 인정은 결국 자신의 관념이 갖는 폭발성을 억압하려고 한 칸트의 방식을 크게 신경 쓰지 않아도 된다는 것을 의미한다. 나아가서 이는 우리가 그 간극에 대한 인간중심주의적 저작권 규제를 풀고 우주 속의 모든 존재자들에게 그런 통제력을 가질 수 있게 한다는 것을 의미한다. 이는 (인간적) 사고가 최고의 접근방법이라는 생각을 포기하고, 솔질을 하고 닦고 광을 내는 것 또한 사유만큼이나 타당한(혹은 부당한) 접근양식이라 주장하는 것을 의미한다.

아도르노는 진정한 진보가 퇴행처럼 보인다고 주장한다.[17] 결정자의 매력적인 원환 밖으로 나가는 것은 부당하거나 위험한 것으로, 용납될 수 없는 본질주의로, 그리고 (단지 관념들이 아니라) 전체 스타일[18]로 간주된다. 그렇게 시도하는 사람은 당신이 이론 수업에서 훈련받을 때 되었으면 하고 바라는 사람, 즉 히피 같은 부류는 아니다. 물론, 강한 상관주의적 신좌파가 환경을, 예를 들면, 사회 공간의 (푸코적인 의미에서) 담론적으로 생산된 특징이라 말하는 것이 전술적으로 필요할 때 인정하듯이, 실제로 젠더와 인종과 환경은 깊이 얽혀 있다. 하지만 이는 모든 사람이 알지만 거론하고 싶지 않은 진실—정말로 불편한 진실—이다. 사회 공간은 항상 이미 인간적인 것으로 해석된다—사람들이 개입할 수 없는 유일한 구성된 사물은 우리가 상관물의 조절 볼륨을 올리기 시작할 때의 조절기의 레벨뿐이다.

히피들에 관해 덧붙이자면, 서구 철학을 해체하고 비인간들을 의미 있는 방식으로 포함하는 것은, 문화주의의 내부에서 보면, 비서구문화들과 특히 원주민(First Peoples)의 문화를 전유하는 것처럼 보이기 시작한다. 만일 한 결정자의 영역에서 또 다른 영역으로 넘어가는 것이 가능하지 않다면, 그 까닭은 이 영역들이 서로 완전히 다른 현실성들이기 때문이고, 상관물의 출력조절기를 상관물이 단지 텅 빈 화면에 불과한 수준이 될 때까지 내려놓으면서, 한 결정자의 영역에서 또 다른 결정자의 영역으로 넘어가는 것은 기본 예의 규칙을 위반하는 것이기 때문이다. 서구 철학자들이 비서구적 사상에 의해 영향 받을 수 있다는 것을 인정하고 있음에도 불구하고, 그리고 이런 인정이 부분적으로 폭탄의 뇌관을 제거하고 세계를 더 안전한 곳으로 만들어준다는 사실에도 불구하고, 어떤 이들에게 그런 영역의 이동은 아메리카 원주민처럼 옷을 입는, 용서할 수 없고 투박하고 히피 같은 행동을 하는 것으로 보일 수 있다. 만일 내가 감미로운 심미주의자이자 역설적인 사회주의자인 오스카 와일드(Oscar Wilde)였다면, 나는 그런 행동이 문화주의자에게 허락 없이 남의 문화를 침범할 정도로 불량스럽게 보이고, 심지어는 스타일에 전혀 맞지 않는 옷을 차려입을 정도로 매우 불량스럽게 보인다고 장난스럽게 얘기할 수도 있을 것이다.

이런 비판들은 문화들의 통약불가능성이라는 개념에 의지하기 때문에 핵심을 놓치는 것이다. 이 통약불가능성 개념은 강한 상관주의(헤겔)에서 유래한다. 즉 강한 상관주의는 제국주의와 같은 것이다. 예를 들어, 문화적 차이는 기존의 원주민 문화 위에 이질적이고 관료주의적인 권력질서를 올려놓는 것을 정당화하는 데 사용될 수 있다. 횡단하거나 통약 가능성을 옹호하는 주장에 대한 비판은 바로 제국주의의 징후이며, 나아가서 강한 상관주의적 정통논리로부터 벗어남으로써 이런 제국주의로부터 사유를 구해내고자 하는 이들도 있다. 이는 얼마나 아이러니한 일인가?

내가 지지하는 한 가지 관점은 객체 지향적 존재론(Object-Oriented Ontology), 즉 OOO[19]이다. 나는 칸트 이전의 본질주의로 퇴행하기보다는 누가, 무엇이 상관자가 되는가에 대한 인간중심주의적 저작권 규제를 내려놓는 기본 조치를 이미 기술한 바 있다. OOO는 정확히 이러한 비판, 즉 비인간들을 '행위자' 혹은 '살아있는' 것으로 말할 때 그것이 원주민 문화를 전유하는 것이라는 비판을 받았다. 이는 마치 백인 서구적 사고가 파악하기 쉬운 목표물이 되기 위해서는 백인적이고 서구적이며 가부장제적인 것으로 남아있어야 할 필요가 있는 것과 같은 것이다. 이것의 순수한 결과는 아무것도 변할 수 없는 아이러니한 상황이다. 왜냐하면 그 계보 내에 있는 사람에게 그렇게 들리지 않는 것은 틀린 것이 될 터이기 때문이다. 제국주의적 사고와 반제국주의 사고 둘 모두를 틀 짓는 헤겔주의는 관할 범위를 벗어나면 자신이 생각하는 것을 듣지 못하게 할 정도로 시끄러운 경고음을 내는 고도로 예민한 레이저 동작 탐지기와 같다. 인문대학 건물에 들어갈 때 당신은 거리에서 입고 있던 히피 물건들은 모두 불살라버리고 배우들의 순진함을 꿰뚫어보는 무대 담당자들의 온통 검정색 의상을 입는 것이 훨씬 나을 것이다. 그렇지 않을 경우, 당신은 결국 병자로 취급되어 보일 수도 들릴 수도 없게 될 것이다.

하지만 어떤 강한 의미에서 타자들의 존재를 인정하고, 사물에 다가가거나 적어도 사물을 감상하는 타자들의 방식에 합류하는 것, 바로 그것이 연대이다. 연대는 공통의 어떤 것을 가지는 것을 필요로 한다. 공통적으로 갖는 것은 정확히 문화주의가 본질주의로, 나아가서 반동적 원시주의로 간주하는 것이다. 우리는 어떻게 여기에서—마르크스주의적이고, 반제국주의적**이면서 동**

시에 제국주의적인 사고 영역들 위에 군림하는 강한 상관주의로부터—저기에—연대에—도달하게 되는가? 공통적으로 갖는 것은 위험스러운 가짜 개념은 아닐까? 공통적인 어떤 것을 가지지 않으면서 연대를 다시 상상할 수 있을까? 이것은 강한 상관주의 내에서 제기되는 인기 있는 접근법이었다. 그렇지 않으면—이것이 『인류』의 접근법인데—우리는 '공통적으로 갖는 것'의 의미를 다시 상상할 수도 있을 것이다. 내가 『인류』라는 제목을 선택한 것은 '공통적으로 갖는 것'이 불쾌한 반응을 유발하는 것보다 덜 만족스럽다는 관념에 근거한다고 생각하는 학자들을 의도적으로 도발하기 위해서이다.

단절

'연대'는 흥미로운 단어다. 그것은 물리적·정치적 조직의 상태를 기술하고, 나아가서 느낌을 기술한다.[20] 이는 '연대'가 지배적인 존재론적 경향을 차단하기 때문에 의미심장하다. 이런 경향은 우리가 신석기 시대적(Neolithic)이라 부르는, 인간과 비인간의 공생적 실재에 대한 근본적인 사회적·정신적·철학적 폐제(foreclosure)[21]이후로 바탕적인 것이 되었다.[22] 이것에 대해 왕좌의 게임(Game of Thrones)처럼 극적으로 들리는 이름을 생각해 보자. 이를 '단절'(severing)이라 부르자. 왜 이런 극적인 이름인가? 단절이 명명하는 것은 몇몇 인간들이 우리 자신에 관해 그리고 우리들 사이에서(그리고 분명히 다른 생명체들에 관해 그리고 그들 사이에서) 지속적으로 되풀이되는 트라우마이다. 단절은, 딱딱한 라캉식 용어로 말하면, **현실**(인간과 서로 관련된 세계)과 **실재**(생물권의 인간적 부분과 비인간적 부분 간의 생태학적 공생) 간의 근본적이고 트라우마적인 균열이다. 우리의 몸 자체를 구성하는 것이 비인간적인 것들이기 때문에, 단절이 정신적일 뿐 아니라 신체적인 효과들, 즉 현실과 실재 간의 균열의 상처들을 낳았을 가능성이 크다. 육체와 영혼 간의 플라톤적 이분법, 즉 전차와 전차 모는 사람—여기서 말은 항상 전차를 다른 방향으로 끌고 가려 한다—의 이분법을 생각해보라.[23] 원주민의 현상학은 이 쪽을 가리키지만, 다른 반쪽의 사고는 농업물류학적(agrilogistic)[24] 매개변수의 밖에서 사고하는 것을 금지하는 원시주의(primitivism)라는 개념이 두렵기 때문에 그쪽을 바라보지 않는다.[25]

라캉적 모델의 엄격함은 바로 칸트의 상관주의적 존재론이 보낸 충격파에 맞선 헤겔의 방어적 반발에서 유래하는 단절의 인위적 산물이다. 『인류』는 상관자와 상관물의 차이를 사유하는 장 프랑수아 리오타르(Jean-François Lyotard)의 사유방식에 아주 가까울 것이다. 리오타르에게 있어 실재와 현실의 경계에는 수많은 구멍들이 나 있다. 물질이 그 구멍을 통해 새어나오기 때문에 실재는 단순히 현실 내의 공백과 비일관성으로 나타나지 않는다. 사물과 현상 사이에는 느슨하고 두터우며 떨리는 선이 존재하는데, 이것은 리오타르가 '담론'(discourse)이라 부른 것과 '형상'(figure)이라 부른 것 간의 변증법적 긴장으로 표현된다. 형상은 담론 속으로 흘러 들어가는데, 리오타르는 이를 통해 물리적이고 비재현적인 것, 그리고 프로이트가 충동을 침묵한다고 묘사한 바로 그런 의미에서 침묵하는 것을 나타내려고 한다.[26]

세계들은 구멍이 뚫려있고 침투 가능한 것인데 우리가 세계를 공유할 수 있는 것은 이 때문이다. 개체들은 정확히 그 개체에 접근하는 자가 원하는 대로 반응하지 않는다. 그 이유는 어떠한 접근양식도 개체들을 완전히 압축적으로 감싸지 못하기 때문이다. 세계들은 구멍으로 가득 채워져 있다. 세계는 근본적으로 기능 장애를 일으킨다. 감각적인 비인간적 생명체들의 세계(하이데거가 말한 '동물')만이 아니라 모든 세계는 '가난'하다. 이는 인간 세계가 가치라는 측면에서 비인간적 세계와 다르지 않을 뿐아니라, (우리가 아는 한) 비감각적·비인간적 생명체와 비생명체(그리고 인간들의 비감각적·비생명적 부분들) 또한 세계를 갖는다는 것을 의미한다.

사물과 현상 사이의 침투성 있는 경계와 같은 것은 연대를 사유하기 위해서 매우 필수적이다. 만일 연대가 1+n개의 존재자들 사이의 불편하고 모호한 관계(예를 들면 항상 숙주와 기생체 간의 애매한 관계)가 내는 소음이라고 한다면, 연대는 공생적 실재 그 자체가 내는 소음이다. 따라서 연대는 생물권의 기본 바탕이자 널리 이용 가능하기 때문에 매우 저렴하다. 연대가 지구의 지각의 최상층의 바탕적인 정동적 환경(default affective environment)이기 때문에 인간들은 자신들 사이에서, 그리고 자신과 다른 존재자들 사이에서 연대를 성취할 수 있다. 만일 비생명체가 세계를 가질 수 있다면, 우리는 적어도 생명체들이 연대할 수 있게 할 수 있다.

하지만 이에 관한 지식처럼 그 어떤 것도 현실과 실재 간의 얇고 딱딱한 경계를 뚫고 새어나올 수 없다. 그런 경계는 매끄럽게 경계지워지고 통과 불가능한 인간 세계, 즉 인간중심주의에 의존한다. 만일 그들의 사회적·정신적·철학적 공간의 거대한 부분들이 격리되어 있다면, 인간들은 자신들 사이에서조차 어떻게 연대를 이룰 수 있겠는가? 블랙홀처럼 거대하고 아주 묵직한 대상처럼, 단절은 인간들이 행하는 모든 결정과 관계들을 왜곡한다. 따라서 인간들 간의 연대의 어려움은 비인간들과의 연대 가능성을 억압하고 차단하는 인위적 산물이기도 하다.

'아이들'은 비인간들이 가정에서 인간이 학대당하는 것처럼 학대당하는 것을 볼 때 마찬가지로 트라우마를 겪는다.[27] '아이'에 대한 기능적 정의는 "생명이 없는 박제된 동물에 대해 마치 그것이 실제 생명체일 뿐만 아니라 의식이 있는 것처럼 말할 수 있는 사람"이다. 성인용 책에 대한 기능적 정의는 비인간들은 말할 수 없을 뿐만 아니라 인간들과의 대등한 관계 또한 갖지 못하는 책이다. 젊은이용 성인소설(young adult fiction)이라는 장르는 이러한 핵심을 보여준다. 즉 젊은 성인은 정확히 훈련 중인 인간중심주의자이다. 인간과 비인간의 분리는 '아이'에 대한 자의적인 정의 속에 대상화된 정신적 트라우마로 나타난다. 이러한 정의를 근대의 전 지구적 사회 공간의 곳곳에서 볼 수 있다는 사실은 그 폭력의 깊음과 그 시대의 깊이를 보여준다. 다른 인공적 산물로는 해수 소택지를 농토로 바꾸기 위한 자위더르해(Zuiderzee)의 배수(그것의 논리적 귀결은 사막화다)처럼 정신분석학을 바라보는 프로이트의 개념이나, 혹은 성장을 "나는 유치한 것들을 모두 치웠다"라는 식으로 표현한 성 바울의 정의가 있다. 우리는 놀이를 현실에 적응하는 하나의 방법이라 생각하기 때문에 비트겐슈타인의 사다리처럼 결국에는 장난감 곰을 차버릴 수 있다는 생각에 동의하는 것이다. 열 살 무렵 우리는 이미 문학이란 것이 말하는 토스터기(talking toaster)나 친밀한 개구리와 같은 것과는 무관해야 한다고 결정해버린다. 이런 것들은 기껏해야 나이 들면서 놀이에서 현실로 나아갈 수 있게 해주는 '성장기 물건'(transitional objects)으로 취급된다. 놀이와 현실, 그럴 듯한 대립이다.[28]

단절은 재앙이다. 즉 단절이라는 사건은 선형적 시간의 특정 '시점'에 일어나는 것이 아니라 다양한 차원들로 퍼져나가는 파동이고, 우리는 그 파동의 궤적 속에 갇혀 있다. 우리는 30억년 이상 전에 시작된 산소 재앙(Oxygen Catastrophe), 즉 산소를 내뿜는 박테리아—여러분이 이 문장을 읽으며 숨을 쉴 수 있는 것은 이 때문이다—가 만들어낸 생태적 위기 속에 휘말려 있다. 지금도 산소 재앙이 일어나고 있고, 마찬가지로 지금도 단절이 일어나고 있다.

농업 시대 이후의(post-agricultural) 정신적·사회적·철학적 공간의 곳곳의 아주 평범한 광경 속에 숨는 것은 인간과 비인간의 관계의 트라우마적 단절에 대한 증거이다. 근대성과 심층적 전근대성(구석기문화) 간의 차이는 정교한 기술 도구들과 동시대 과학의 생산이 실제로 현존하는 생물권의 존재자들과 그들의 관계를 희생시킨 대가로 단절이 이루어진 것임을 분명하게 말해준다는 점이다. 우리가 다루고 있는 것은 종-되기(becoming-species), 즉 우리가 지구라는 행성에 거주하는 인간이라는 의식이다. 이것이 생겨난 것은 지금까지 그런 의식과 '인간'의 개념에 급격한 탈구와 왜곡이 있을 정도로 단절의 내재적 논리가 펼쳐졌기 때문이다. 인간적인 것의 모든 특성이 계몽주의적 가부장제가 인간(Man)이라고 열렬히 불렀던 중심적이고 중립적인 개체로부터 단절되는 한에서 우리는 인간적이다.

세대 간 트라우마는 정신분석학의 심오한 주제다. 2001년 (세계무역센터의 공격 이후) 뉴욕 백화점의 산타클로스 근처에 서 있던 어린이들의 손은 부모의 손에 꼭 쥐어져 있고, 사랑보다는 두려움을 드러내는 모습이 두드러졌다.[29] 홀로코스트 희생자들의 손자들은 그들의 부모와 조부모가 겪은 트라우마에 의해 영향 받는 정신적 조건들을 경험하고 있는 것으로 관찰되었다. 한 사물의 역사는 그 사물에 일어난 모든 사건들—그 근원적 형태가 트라우마이다—의 기록에 다름 아니다. 우주 구조의 깊은 곳에는, 일부 과학자들에게 아주 오래 전에 있었던 두 개 이상의 우주의 '버블 충돌'(bubble collision)을 보여준 타박상 형태의 연쇄적인 우주 마이크로파 배경(cosmic microwave background)[30]이 있다. 우리의 과학적 도구들은 옛날 얘기들이 우리에게 들려주었던 것, 즉 인간들과 비인간들이 깊이 상호 연관되어 있음을 말해준다. 하지만 우리의 놀이 방식과 우리의 말은 아주 다른 어떤 것을 말한다. 이들 두 가지 모순적인 면들(비인간들에 대해 우리가 알고 있는 내용과 비인간들에 대해 우리가 말하고 행동하는 방식)의 융합은 틀림없이 엄청난 사회적·정신적·철학적 강렬함을 낳을 것이다.

멜랑콜리아는 우리가 끊임없이 반복 실행되는 12,500년 된 단절의 트라우마를 갖고 있기 때문에 심미주의자들 사이에서 아주 인기 있는지도 모른다. 이것이 아마도 아도르노가 진정한 진보가 유치한 열정으로의 퇴행—니체처럼 말이 벌 받는 것을 보고 같이 우는 것이 그가 든 사례이다[31]—처럼 보일 것이라고 말한 이유일 것이다. 인간은 정말로 어떤 것으로부터 소외되어 있지만 어떤 안정적이고 활력 없는 근저의 본질로부터 소외된 건 아니다—이 신화적인 짐승인 인간이라 불리는 덩어리(그리고 이것의 기이하고 낯선 유령적 그림자, 이를테면 의미 있는 방식으로 생존하기보다는 그저 살아있을 뿐인, 프레모 베리Premo Levi가 말한 아우슈비츠의 비참한 무젤만Müselmäner[32])는 단절의 논리로 인해 생겨난 부산물일 따름이다. 소외란 생명권, 즉 수 천 억 개의 구성적 존재자들로 넘쳐나는 과잉객체(hyperobject)와 연결된 사회적·정신적·철학적 관계 내의 균열이다. 우리가 어떻게 소외되었는가에 대한 우리의 이야기는 그 자체로 단절 때문에 생긴 소외의 인위적 산물이다! 우리는 일관성(consistency)으로부터 소외된 것이 아니라 비일관성(inconsistency)으로부터 소외된 것이다.

트라우마의 가해자들의 세계는 급격히 고갈되고 있다. 단절자(Severer)는 한 정신분석학자가 사막 풍경—즉, 신석기 시대 이후의 농업의 물류학(logistics)의 과잉살인적 강렬함에서 유래하는 강력한 이미지[33]—이라 부른 것을 경험한다. 물류학이 처방이라는 것, 즉 그것이 **알고리즘**이라는 것은 『인류』에서 매우 중요해질 것이다. 알고리즘은 현상학에서 의미하는 아주 범박한 의미에서 자동화된 인간적 '스타일'이다. 스타일이란 단순히 당신이 통제하는 부분이 아니라 인간의 전체적 외양(appearance)이다. 이것은 선택(분명히 패션 선택과 같은 것)이 아니라, 우리가 단순히 시각적 의미에서가 아니라 모든 신체적(이거나 다른) 감각들에서 나타나는 양식이다. 스타일은 과거이고, 외양도 과거인데 이는 (곧 보겠지만) 깊은 존재론적 근거들을 갖는 사실이다. 따라서 알고리즘은 음악 악보처럼 과거에 인류가 존재해온 일련의 양식들에 대한 스냅사진이다. 주식 거래를 지배하는 알고리즘은 자본주의적 교환이 과거에 사로잡혀 있음을 의미한다. 아무리

빨리 움직인다고 하더라도, 그것은 마치 아무리 달려도 제자리에 맴도는 악몽처럼 멈춰서 있다. 미래가 폐제된 것이다.

알고리즘은 자동화된 과거다. 즉 외양은 이미 과거이기 때문에, 이렇게 말해도 된다면, 그것은 과거의 '제곱'(past "squared")이다. "죽은 세대의 전통이 살아 있는 자들의 머리를 악몽처럼 누르고 있다."[34] 사회(혹은 그 어떤 것)를 순전히 알고리즘적 양식으로 운영하는 것은 과거에 사로잡힌 것이다. 자율 주행차의 프로그램은 사고가 나더라도 운전자를 구하거나 보행자를 구하도록 설계되어 있을 것이다. 즉, 각 양식은 인간 스타일의 과거 상태를 나타낸—운전은 과거에 갇혀 있는 것이다. 외상 후 스트레스 장애(PTSD)는 명백히 피해자의 정신에 상처 구멍을 낸 트라우마로부터 생겨난 자동화된 인간 행동이다. 그 희생자는 과거의 제곱 속에 갇혀 있다. 서구 백인들은 비인간들에 대해 과거 속에 얼어붙어 있다.

군대에서 트라우마를 겪은 희생자들을 연구한 한 분석가는 가해자들이 생명을 유지하고 긍정하는 동일시의 경계를 넘어 죽음충동이 지배하는 세계로 들어가게 된다고 주장한다.[35] 트라우마는 기억 내의 공백 혹은 간극으로 경험되는데, 이 기억 속에서 죽음충동은 트라우마의 강렬함에 맞서 희생자를 보호해준다. 단절자는 말 그대로의 그리고 정신적인(그리고 철학적인) 사막에 거주하는데 이곳에선 의미와 연결성은 사라져버린다. 창세기에서 농업적 세계는 흙먼지 속에서 일꾼들이 엄청나게 고통스럽게 일하는 것으로 그려지는 한편, 풍부한 행동유도성(affordances)[36]이 가능하던 농업 이전의 에덴은 영원히 차단되고 만다. 차단의 불가피성은 그 자체로 죽음충동에 내몰린 농업적 프로그램의 징후이며, 선택적 기억상실증처럼 트라우마적 단절을 직접 경험할 수 없기에 그것을 횡단하고 해결할 수 없음을 확실히 보여준다. 이는 그런 시도들이 왜 유치하고 퇴행적이며 어리석은 것으로 여겨지는지를 설명해준다—정확히 그런 시도들이 적절**하기** 때문이다.

좌파 전체론

연대는 단절에 저항하는 인간의 정신적·사회적·철학적 존재를 의미해야 한다. 기본적인 공생적 실재가 인간의 사고나 정신적 활동에 의해 유지될 필요가 전혀 없기 때문에 연대는 보이는 것만큼 어렵지는 않다. 서구 철학은 인간, 특히 인간적 사고가 너무 오랫동안 사물들을 현실화시켜왔기 때문에 단지 실재적인 어떤 것이 우리를 침해하는 것을 **인정하는** 윤리학 혹은 정치학이란 터무니없거나 불가능한 것처럼 들린다고 말하고 있다. 사고이자 감정이자 신체적·정치적 상태인 연대는 더불어-느낌(feeling-with)과 더불어-있음(being-with), 나타남과 존재함, 현상과 사물, 능동성과 수동성 간의 유쾌한 뒤섞임 속에 존재하고, 단순히 비단절적 실재를 향해 몸짓하는 것이 아니라 바로 그 실재로부터 창발하는 것 같다. 연대는 몹시 유쾌하고 요동치는 감정이자 정치적 상태이다. 그리고 연대는 바탕적인 공생적 실재에 의지하기 때문에 가장 저렴하고 가장 쉽게 이용할 수 있는 것이다. 연대는 너무 저렴하고 너무 근본적이라서 비인간들에게도 자동적으로 확장된다.

　연대는 또한 시간성을 재촉발한다. 연대는 과거에 사로 잡혀 있는 상태에서 해방되어 미래가 열리는 생동하는 **지금**(nowness) 속으로 들어가는 것을 의미한다. 이는 나중에 탐구해볼 생각이다.

'연대'는 (옥스퍼드 영어사전에서 말하듯) "완벽하게 통일되거나 하나가 되는 사실"을 나타내기 위해 사용되는 단어다. 연대는 하나의 집단 그 자체의 구성을 위해서도 사용된다. 그 예로서 지구 지각의 상층부에 있는 플라스틱, 뉴클레오티드,[37) 콘크리트와 같이 인간이 만든 물질들에 의해 규정되는 새로운 지질학적 시대(공식적으로 1945년으로 거슬러 간다)인 인류세(Anthropocene)라는 무시무시한 시대에 이른바 '안트로포스'(Anthropos), 곧 **종**(species)으로 알려진 인간종(human race)이라는 유명한 개념을 들 수 있다.[38) 인문학에서는 기존의 사고 규칙들 때문에 이 지질학적 시대는 당혹스러운 일반화, 즉 인간적인 것으로부터 역사적 특수성, 인종, 계급, 젠더를 박탈하는 계몽주의적 공포처럼 보인다. 인류세 개념 뒤에 숨어 있는 종의 개념은 마치 녹슨 창살문처럼 급격히 낡아 보이는 것 같다.

설상가상으로, 연대는 '공동체'를 의미할 수 있고, 이 용어는 완전한 현존, **민족** 감정과 같은 개념들에 의해 위험에 빠지기도 한다. 연대는 우리 같은 식자층을 위해 온갖 잘못된 버튼들을 누른다. 하트와 네그리가 그들의 걸작인 『제국』(*Empire*)의 말미에서 이 개념을 교묘하게 틀어 분산적인 탈영토적 감정으로 정의하는 데 많은 시간을 공들였다는 점은 전혀 놀랍지 않다.[39) 오늘날의 연대 이론들은 연대를 가능한 한 비-고체적(un-solid)이고 비-공통적(un-together)인 것으로 정의하고 싶어한다. 그것들은 공통성이 전혀 없는 사람들의 공동체, 즉 비작동 혹은 무위(inoperation)의 공동체이기를 원한다.[40) 우리가 공통적인 것을 느끼는 것은 절대적으로 금기시되는 것이다. 다른 한편, 학자들은 너무 개인적이지 않는 한에서 공통성의 무위적인 창발, 특히 체계들, 그리고 베이트슨식(Batesonian)의 독특한 말로 해서 이 체계들이 어떤 변화를 낳는 간단한 차이들로부터 어떻게 마술처럼 출현하는가에 매혹을 느낀다. '변화를 낳는' 해석학적 틀이 (차별화의 표식이 마법을 발휘하기 위해서 그래야 하듯이) 어떻게 미리 구축되어 있는가 하는 문제는 시스템 이론들을 항상 피해간다.

우리는 본질주의로 간주되는 것에 맞서 전쟁을 벌임으로써 농업 시대의 종교에 저항하거나, 아니면 우리는 인간의 손이 닿지 않은 시원적이고 무표적인 카오스로부터 창발하는 자기 창조적 개체들의 기적에 경탄함으로써 다른 수단을 통해 농업 시대의 종교를 촉진하고 있다. 둘 중 어느 경우든 우리는 농업 시대의 종교를 참조하며 활동하게 되어 있는데, 이 종교는 단절의 최초 경험적, 사회적, 사유적 양식이자 실재에의 접근을 대대적으로 사유화한 것이다. 인간적 역능을 치환하고 신에 의해 임명된 군주만이 자기 자신의 잠재적 형태에 접근할 수 있는 핫라인을 갖게 된다. 하지만 이는 인간적 역능의 한층 심화된 치환이다. "휴스턴, 휴스턴! 우리에게 문제가 생겼어."[41]

왜 긍정적이고 풍부하며 강건해 보이는 연대에 대해 알레르기 반응이 생겨나게 된 것인가? 이 알레르기 자체가 단절의 증상은 아닌가? 클로드 레비스트로스(Cluade Lévi-Strauss)는 원주민 사회의 상층계급과 하층계급에게 사회 공간을 어떻게 상상하는지 간단한 그림을 그려보라고 질문하는 실험을 설명한다. 지배계급에 속한 사람들은 동심원들로 구성된 간단한 만다라 모양의 형태를 그렸다. 내부는 외부와 명확하게 구분되고, 이러한 차이는 사회 공간 내부에서 반복된다. 이와 반대로 하층계급에 속한 사람들은 중간에 줄이 그어져 있는 원, 즉 내부 균열(흑과 백, 상위계급과 하위계급, 부자와 가난한 자 등)을 그렸다.[42]

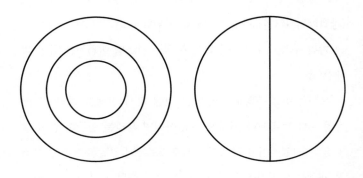

<그림1> 계급에 따른 사회 공간에 대한 모순적 견해들

지배계급의 견해와 하층계급의 견해는 근본적으로 비대칭적이다. 상층계급과 하층계급의 사람들은 전적으로 다른 종류의 사회 공간에서 살고 있다. 즉 그들의 존재론적 구조는 심층적으로 다른 것이다. 상층계급의 경우에서는 변하지 않는 본질주의적 존재자들('진정한 사람들')이 덜 인간적(human)이거나 반인간적(inhuman)이거나 비인간적인(nonhuman) 외부 세력들에 의해 에워싸인 채 위협당하고 있다. 내가 사용하는 '반인간'(inhuman)이라는 용어는 담론이나 언어, 혹은 권력-앎(혹은 현존재나 정신 등)에 의해 '인간적인 것'으로 분류된 것들의 연장적으로 친밀하거나 가까운 부분들이면서도 바로 그 '인간적' 범주에 쉽게 포함되지 않거나 전혀 포함되지 않는 부분들을 가리킨다. 연장적

인 공간적 근접성은 인간중심주의적 스케일에 의해 판단된다. 그리고 형태론적으로 인간적인 것에 가까워 보이는 것은 미세하게 반인간적인 것으로 규정된다. 이것이 인종주의의 본질이다. 반인간적인 것을 통해 인간적인 것과 비인간적인 것(이는 존재적 ontic이라서 가리킬 수 있다)이 서로 구분된다.[43]

이제 우리는 지배계급 모델의 생태학적 반향과 그 전통적인 농업적 도시 형태, 즉 들녘과 '야생지'에 의해 에워싸인 성벽화된 도시라는 형태를 엿볼 수 있다. 만일 연대가 비인간적인 것을 포함할 수 있다면, 우리는 지배계급의 만다라에 의지하지 않으면서 어떻게 여기에서 저기로 넘어갈 수 있을까? 연대는 단단해지는 것, 즉 외부에 맞서는 선택받은 존재자들의 본질화된 단단한 원을 뜻하지는 않을까? 만일 사회 공간이 당장 비인간적인 것을 포함한다면, 외부란 도대체 어디에 있을까? 아이러니하게도 전통적인 생태학적 모델들은 지배계급의 만다라 구조에 의존한다. 이 모델들은 반인간적인 것의 범주를 구축함으로써 생태학적인 것, 즉 엄밀하게 인간적이지도 비인간적이지도 않은 유령적 성질을 배제한다. 그 결과 자연은 시원적이고 순수한 어떤 것, 즉 (인간적) 사람들의 행위를 위한 무한히 착취 가능한 자원 내지 웅장한 배경을 의미하게 된다.

이 사유 양식의 바탕적인 특징은 무엇인가? 이를 '외파적 전체론'(explosive holism)이라 부르자. 이 전체론은 공식적으로 증명된 바 없지만 늘 리트윗되고 있는, 즉 전체가 부분들의 합보다 항상 더 크다는 믿음이다. 다른 대안들은 제한적이다. 당신은 전통적인 유신론자이거나, 아니면 인공두뇌학(혹은 이 개념의 그 어떤 다른 형태들)으로 나아가게 된다. 아니면 롤랑 바르트(Roland Barthes)가 말하듯이, 정치적 아버지에게 등을 돌리는 그런 부류가 된다.[44] 당신은 교회를 지지하거나 아니면 교회를 비웃고 있다. 어느 경우든 교회는 존재한다. 이것은 생태학적 얘기인 개체군(population)에 관한 이야기가 대학 강단 좌파들에게 매우 의심스러운 것으로 간주되는 중요한 이유 중 하나이다. 개체군 개념은 확실히 그 개체들, 흔히 당신과 나 같은 사람들로 알려진 개체들에 대해선 전혀 신경 쓰지 않는다. 그것이 외파적 전체론의 공리주의적 형태이며, 이런 형태가 종의 얘기를 거의 독점하다시피 하는 것은 당연히 우려스런 일이다. 하지만 만일 우리가 우생학자나 사회다윈론자처럼 여겨질까 봐 그와 같은 것을 전혀 말하지 않는다면, 좌파 생태학이란 헛된 꿈에 지나지 않을 것이다. 어떻게 나아가야 할까?

외파적 전체론의 아주 명백한 한 가지 사례가 『꿀벌의 우화』(*The Favle of the Bees*)(이 책의 부제는 『사적 악덕과 공적 이득』(*Private Vices, Public Benefits*)이다)에서 버나드 맨더빌(Bernard de Mandeville)에 의해 처음 공포되었고, 아담 스미스(Adam Smith)의 자본주의론에서 펼쳐진 '보이지 않는 손'이라는 개념이다. 사적인 것과 공적인 것의 차이는 부분과 전체 간의 형이상학적 차이인데, 이 차이는 더 작은 것과 더 큰 것 간의 차이이기도 하다. 보이지 않는 손은 신의 섭리의 이미지들을 불러냄으로써 명백히 유신론적 반향을 느끼게 한다. 자본주의적 이데올로기는 외파적 전체론에 강력히 의존해왔다. 보이지 않는 손이라는 개념은 창발적이고 목적론적이다. 자비로운 집단적 목적(telos)이 개인의 이기적인 행동으로부터 나온다는 얘기다. 이런 목적론에서 사회다윈주의가 생겨났는데, 사회다윈주의는 이러한 핵심적인 점, 즉 강한 의미의 '최적자생존'(the survival of the fittest)에서 실제의 다윈주의와는 차이가 있다. '최적자생존'은 허버트 스펜서(Herbert Spencer)가 다른 함의를 갖지 못하도록 다윈의 『종의 기원』(*The Origin of Species*)에 끼어 넣은 말이다. 이기적이고 탐욕스런 공격성이 결국에는 좋다는 것이다.

외파적 전체론의 두 번째로 명백한 동시대적 사례는 파시즘이다. 라틴어 *fascis*는 막대기 묶음을 의미하며 사람들의 무리를, 부분을 초월하고 그 부분에 확실하고 변함없이 존재하는 깊이를 부여하는 전체로 표현한다. 이 이미지의 농업적 기원에 주목하라. 이것은 우연적 사건이 아니며, 단지 시골 대 도시(흑인, 유대인, 혹은 이슬람 사회 공간 등)의 이데올로기가 있다는 의미에서 우연적 사건은 아니다. 농업적 사회 공간 그 자체, 즉 비옥한 초승달 지역에서 상상되었던 농업의 이데올로기가 있다. 농업 사회가 시작하자마자, 가부장제, 계층제, 사막화처럼 사회 공간의 분열을 낳게 만든 명백한 방식들 때문에, 농업적 공간은 통합되어야 했다. 사회 공간에서 이런 분열의 근본 양상은 단절, 즉 공생적 실재로부터 인간적 공간의 차단이다. 이러한 차단은 인간과 비인간, 즉 소유 가축(proprietary cattle)(노예*chattel*와 자본*capital* 모두 이 용어에서 유래한다)을 결합한 이중성을 낳았다. 가축은 인간과 명확하게 구분된다. 이것은 공생적 실재가 결코 안정화될 수도 없고 **막대**(fasces)로 묶일 수도 없는 기이하고 낯선(uncanny) 관계를 통해 실제로 기능하는 방식과는 다른 것이다.

사회 공간에서 이 분열은 사랑스럽고 유기적이고 토착적이며 (또한 외파적으로) 전체론적인 에덴 같은 선사시대가 해체되었다는 뜻인가? 결코 그렇지 않다. 인간들이 행한 것은 자신이 **내**

파적이고 궁극적으로 무-의미하고 우연적인 공생적 실재와 맺고 있는 관계를 끊은 것이었다. 메소포타미아 이후의 문명의 폭력은 정확히 자연으로부터의 인간의 뿌리 뽑힘이 아니다. 이 폭력은 편리하고, 자기 독립적인 듯이 보이고, 외파적으로 전체론적이며, 공생적 실재의 혼란스럽고/경이로운 편집증적 놀이로부터 차단된, 인간 '세계'의 구축이다. 이 세계는 물리적인 외부에서는 야생적 자연에 의해, 역사적 외부에서는 에덴에 의해 경계지어진 세계이다. 인류는 애덤 캐드먼(Adam Kadmon)이나 홉스(Hobbes)의 리바이어던(Leviathan)에게로 되돌아가 거기에 자신을 다시 꿰매려고 하는 단편화된 존재자가 **아니다.** 단절은 **정확히 이 함께 꿰맴(stitching-together)에 있는데,** 그 논리적 결론 중 하나가 파시즘이자 공생적 실재의 공백에 맞선 정신분열증적 방어이다. 이런 의미에서 종교는 반유대주의의 원형이다. 다시 말해, 종교는 공생적 실재의 환상적 유희와 물리적 강렬함, 즉 기이한 촉진(palpation)과 가변적인 연계들에 대한 설명들을 제공하는 음모 이론(예를 들면, 타락 서사)이다.

지질학적 시간에서 한두 번 눈썹을 깜박하며 앞으로 나가보면, 다음과 같은 일이 벌어지는 것을 볼 수 있다. 신자유주의는 사회 공간을 아주 얇은 천으로 전환하는데, 이 천의 망을 통해 신자유주의에 의해 황폐화된 지구라는 행성의 아주 얇은 천을 엿볼 수 있다. 이 이중의 틈새는 정신분열증적 방어와 유사하고, 비백인, 비남성적 인간들이 인간성을 박탈당하고 반인간적이게 되는 강력한 퇴행적 반발을 불러일으키며 언캐니 계곡(Uncanny Valley)[45]을 개방한다. 이 계곡의 극히 작게 축소된 공간에서 인간중심주의는 결정적으로 비인간적 타자를 보게 된다(나중에 언캐니 계곡에 대해 상세히 살펴볼 것이다).

사회 공간의 만다라 내부에는 (본질주의적 대문자로 된) 진정한 사람들(Real People)이 존재한다. 여기서 비인간들과의 연대는 비인간을 하나의 집단, 즉 포함 대 배제의 집단으로 받아들이는 것과 마찬가지이다. 만일 공생적 실재가 어떠한 특정한 중심이나 가장자리를 갖지 않기 때문에 현존하는 생태학적 공간에 '외부'가 존재하지 않는다면(상호의존성을 사고한다면, 당신은 내부와 외부를 구분짓는 선을 어디에 긋거나 그을 수 있을까?), 이 특권적인 집단은 도대체 어떻게 기능하는가? 만약 연대에 대한 그림이 명시적이든 은밀히든 이런 사회 공간의 존재론에 기반을 둔다면, 이것은 정말로 좌파적이지도 않고 그다지 효과적이지도 않을 것이며—비인간들도 명백히 포함할 수 없을 것이다. 내부와 외부의 차이는 형이상학에 근본적이다.[46] 우리가 하나의 행성에 살고 있다는 명백한 사실과 관련된 지식들이 급증하는 시대에 접어들면서, 내부와 외부 모델의 허구성은 보다 더 명확해지고 있다. 우리가 행성적 인식을 갖게 될 때, 도대체 '저 멀리'란 어디에 있나? 우리가 버리는 쓰레기는 '저 멀리로' 가는 것이 아니라, 어딘가 다른 곳으로 갈 뿐이다. 자본주의는 (운 좋게) 더 이상 사유할 수 없는 '저 멀리'를 창조하려는 경향이 있었다.[47]

내부와 외부의 경계가 없다면, 사회 공간은 무의식적이긴 하지만 이미 비인간들을 포함해야 한다. 따라서 사회 공간의 모순들은 구조적이어야 한다. 즉 그것들은 경험적 차이를 초월한다. 동심원을 그리는 원들의 만다라의 중심을 지향하는 '진정한' 혹은 '보다 진정한' 존재자들이 있다는 건 사실이 아니다. 차이는 그런 식으로(폭력에 의해) 결코 임의적으로 분리될 수 없는 존재자들에 대한 (사회적·정신적·철학적) 폭력 행위를 통해 항상 임의적으로 생산되는 것이다.

사회 공간 내의 균열은 단절의 인위적 산물이다. 만약 세계에 균열이 없다면, 세계('현실성', 혹은 우리가 실재에 접근하는 방식)가 어떻게 보일 것인지를 상상하려고 하는 것은 거의 금기나 마찬가지다. 여기서 금기는 어느 순간 우리의 상상이 우익적인 원으로 돌아가버린다는 것을 의미한다. 균열이 없는 원을 상상해 보라—내부와 외부의 경계가 없기 때문에 다시 그런 상상은 불가능하다. 이 때, 연대는 종교적 교감 같은 것, 즉 어떤 식으로든 자신들이 배척했던 존재자들로부터 보호받는 선택받은 자들의 원을 의미하게 될 것이다. 우리는 차이가 폭력 없이 축소될 수 없다고 주장하기 때문에 인간적 연대가 그와 같을 수는 없다고 주장한다. 하지만 만일 어떤 사람이 돌고래들이 혁명 투쟁의 일부가 될 수 있는가를 고려하기 시작하면, 어떤 이는 주춤하면서 동심원들의 만다라처럼 보이는 견해로 돌아가고 말 것이다.

『인류』는 새로운 폭력 이론을 필요로 한다.

외파적 전체론은 사회 공간이 그 부분들의 합보다 더 크기 때문에 종교적 교감이 바로 연대가 의미하는 것이라고 우리 귀에 대고 속삭인다. 이것이 효과적인 것은 우리가 어떤 의미에서 농업적 종교에 얽매여 있을 때뿐이다. 그리고 농업적 종교는 농업 사회—단절에 기반을 둔 농업 사회—가 스스로에 대해 말하는 가장 근본적 방식 중 하나이다. 연대에 대한 바로 이런 이미지는 비인간들과의 연대를 결코 성취할 수 없다는 데 근거한다!

이런 사회에서 비인간들과의 연대는 근본적으로 불가능하게 된다. 여기서 연대는 성취되어선 **안 된다.** 그렇지 않다면, 아주 근본적인 어떤 것이 무너지고 말 것이다. 당신은 여기로부터 저기에 도달할 수 없다—따라서 인간이 비인간과 맺는 관계에 대한 '관리'(stewardship)와 다른 형태의 (궁극적으로 종교에서 유래된) 명령 및 통제의 모델들 또한 생태학적 연대에 전혀 유익하지 않다. 생태학적 관리는 겉으로는 인간중심주의적 전제정치와 반대되는 듯이 보이지만 둘 다 단절의 인위적 산물들이다. 관리란 강제성이 '덜하거나' 덜 직접적인(더 헤게모니적이거나 더 팬옵티콘적인) 형태이다. 우리는 비인간들에게 선량한 군주가 돼야지 폭군이 되어선 안 된다, 즉 아시리아적(Assyrian)이기보다는 봉건적이어야 한다는 것이다. 이 개념에 대한 자본주의적 업그레이드는 점점 효율적인 것이 되어 지구에 미치는 영향을 최소화하는 것이다. 이는 "작은 것이 아름답다"는 식의 1970년대 환경주의적 언어에서 효과적이었던 만큼 엑손(Exxon) 이사회에서도 효과적인 언어이다. 당신이 초월론적 전체의 일부이기 때문에 작은 것이 아름다운 것이다. 보트를 뒤흔들어 세상에 너무 큰 풍파를 일으키지 마라. 종종 시스템 이론들이 제공하는 이런 사고는 나치의 강제수용소에서 정점을 보인 생명정치와 같이 사회 공간 전역에 걸쳐 권력을 우두머리 없이(acephalically) 분배함으로써만 봉건적이고 메소포타미아적인 양식에서 벗어나게 된다. 팬옵티콘은 중앙에 아무것도 없는 만다라이고 완전히 자동화된 협치(governance)이다. 생태학에 근거한 사회질서야말로 이제껏 가장 강제적이고 억압적인 사회 공간일 수도 있다. 여기서 파시즘과의 연관성은 명백하다. 우리는 그냥 포기해야 하는가? 아니면 우리의 연대 이론에 뭔가 문제가 있는가?

비전적인 만다라(esoteric mandala)는 동심원에 기반을 두지 않는다. 비전적 이론—농업 시대 종교의 VIP라운지에 보존된 이론—에 따르면, 만다라에는 중심이나 가장자리가 없다. 동심원 모델은 물화(reification)이다. 비전적인 이론의 주장에 따르면 문제가 되는 것이 우익적인 만다라의 본질주의가 아니다. 문제는 본질을 외파적 전체론으로 정의하는 현존의 형이상학이다. 나를 이루는 부분들이 아무리 다양하고 상이하다고 하더라도, 전체적으로 나는 시종일관 팀 모턴이다. 하지만 그런 식의 믿음은 공생적 실재와는 매우 다른 것이다.

비인간들과의 연대를 위한 투쟁은 따라서 부분과 전체의 관계에 대한 가장 근본적 논리에 이르기까지 우리 세계를 여전히 틀 짓고 있는 농업 시대의 종교에 맞선 투쟁을 포함해야 한다. 서구 철학은 종교적 담론 공간의 합리화된 업그레이드이며, 이는 자본주의가 농업적 전제정치의 공간에 대한 우두머리 없는 업그레이드인 것과 마찬가지다. 이런 특징이 열광적으로 전개된 것이 가장 기본적인 영도 양식의 단절이 아닌가? 이는 포함되거나 배제되는 경험적 존재자들을 가리킬 수 없는 순수한 배제, 즉 배제를 위한 배제는 아닌가? 우두머리 없는 분산된 권력의 공간에 비인간들을 포함하는 것은 정신분열증적일 것이다. 배제는 어디에나 있겠지만 그것은 그 어떤 특별한 경험적 존재자에게는 적용되지 않을 것이다. 이런 환경주의적 유토피아의 비전으로부터 비명을 지르며 달아나는 것이 상책일 것이다.

유신론과 그 다양한 업그레이드 형태들을 완전히 초월하는 것은 사회적·정신적·철학적 공간에서 생태학적 인식에 도달하는 것이나 진배없다. 그것은 적어도 공생적 실재의 일부가 흘러나오게 하는 것과 같은 것이다. 마르크스는 코뮌주의가 무신론에서 시작고, 유신론적 사고 양식과 제도를 전복함으로써 단절을 약화시키는 것이 코뮤주의를 향한 행진에 반드시 비인간들을 포함하게 될 것이라고 주장한다.[48] 그렇게 하는 것이 적어도 사적 소유의 거대한 부분, 즉 인간을 위한 노예이자 먹잇감으로서의 비인간적 존재자들을 폐지하는 것과 같은 것이다. 권리 담론이 사적 소유 개념에 기반을 두고 있기 때문에 이를 비인간들에게 권리를 부여하는 것으로 이해하는 것은 잘못이다. 만약 어떤 것이 소유와 재산이 될 수 없다면, 그것은 권리를 가질 수도 없다—비인간들을 전유하지 않는 것이 '동물권' 담론들이 꾀하는 것을 성취하기 위한 신속하고 비열한(그래서 더 나은) 방법이 될 것이다.

우리는 사회적 조건들에 의해서뿐만 아니라 우리가 그런 조건들을 사유하는 방식에 의해서도 시달리는데, 그런 방식은 전체가 부분들의 합보다 더 크다고 생각하는 집합 이론에 종종 의지한다. 그런 이론은 전체—공동체(군집), 생물권(자연), 우주, 우리를 죄인 취급하는 성난 손을 가진 신—를, 우리와 근본적으로 다르고, 초월적으로 훨씬 더 거대한 존재자, 즉 왜소한 우리를 근본적으로 적대시하는 거대한 보이지 않는 존재자로 전환한다. 우리는 곧 수렴되고 말 것이고, 물방울도 대양 속으로 흡수되고 말 것이다. 불교에 관한 서구적 편견은, 외파적 전체론이 바로 그 전체론에 의해 조건지어진 사유 공간 속으로 스며 들어가서 동양 종교에 투사됨으로써 생겨난 부정적 사고들이다. (그 탈자적인 그림자와 더불어) 전체 속으로 흡수되는 데 대한 이런 두려움 속에서 우리는 우리 자신이 타자들로부터 생겨났다는 단순한 사실, 즉 브라차 에팅거(Bracha Ettinger)가 '탄생을 향한 존재'라고 부른 것에 대한 전통적인 가부장제적 공포를 읽어낸다.[49] 기이하고 낯선 것에서 힘을 얻는 것은 우리가 여성의 질에서 나왔다는 (실재와 현실의 엄격한 경계를 유지하기 위한) 스톡홀름 증후군 같은 반복이다. 이러한 사실이 대단하지 않고—그것이 숙주와 기생체의 결정 불가능한 공생적 논리와 관련 있기 때문에 그 자체로 이상하다는 보다 온건한 의미에서는 기이하고 낯설지만—공포스럽다는 의미에서는 더 이상 기이하고 낯설지 않은 순간은 제국주의적이고 신자유주의적인 '서구' 가부장제적 사유공간이 붕괴하게 될 순간이다.

코뮨주의 이론—연대의 이론, 즉 (예를 들어 재산, 계급, 인종, 젠더, 혹은 종과 같은) 목적론적 구조 없이 사람들이 제공할 수 있는 것과 사람들이 필요로 하는 것에 따라 향락을 조직화하는 이론—은 메소포타미아적 농업물류학의 사유공간을 유지하는 것이 되어선 안 된다. 이것이 함축하는 의미는 매우 진지한 것이다.

코뮨주의라는 유령의 출몰

비인간적인 것의 코뮨주의적 통합이 갖는 풍부함과 그 결여를 목록화하는 것은 어려울 것이다. 비인간은 마르크스주의 이론에서 한발은 내부에 두고, 다른 한발은 외부에 두는—혹은 당혹스럽게 내부에서 외부로 전환하는 발과 덩굴손과 같이—논쟁적인 지점이다. 마르크스주의에는 이미 비인간적인 것이 **어른거린다**. 공식적 마르크스주의에 어른거리는 다양한 코뮨주의들의 회색지대를 나타내는 경멸적 용어인 무정부주의는 지배적 이론보다 훨씬 더 나은 역할을 해왔다. 『인류』는 다른 사람의 아픈 장에 유용한 박테리아를 든 배변 물질을 주입하는 것과 같은 새로운 의술처럼 마르크스주의에 무정부주의적 사고 양식과 같은 것을 추가하는 방법을 탐구하게 될 것이다. 특히 무정부주의는 코뮨주의 이론으로부터 그 주위를 맴돌고 있는 유신론이라는 버그를 제거하는 데 유용하다.

대략 네 개의 통합 양식들이 있다. 우리가 필요한 것은 이 양식들의 견해에 대한 개관이다. 그런 견해가 여태껏 제공되지 않았다는 사실은 마르크스에게서 비인간적인 것의 문제가 그 질문이 어떤 식으로 대답될 수 있을지를 살펴보는 것조차 가로막을 정도로 당파적인 반발을 일으켰다는 증거이다. 나무를 보기 위해 숲을 볼 필요는 없다. 하지만 만일 비인간적인 것이 중요하지 않다면, 이런 질문들이 제기되는 가능 공간을 고려하지 않으면서 사상가들을 네 가지 입장 중 하나의 입장에 억지로 밀어 넣는 당파적인 열정으로 인해 댄 자국도 전혀 없을 터이다.

사고 영역을 둘로 나누어보자. 마르크스가 비인간을 포함하는 경우와 그렇지 않은 경우가 있다. 우리는 전자를 '통합 이론'(incorporation theory)이라 부를 것이다. 통합 이론 중 가장 인기 있는 형식은 이른바 "마르크스가 이미 그것을 생각했어"(Marx Already Thought of That, MATT)라는 형식이다. MATT는 엄청난 예지력을 가진 마르크스가 자신의 주장에 대해 생겨날 반대들을 미리 알고 있었다고 가정한다. 이런 반대들이 마르크스가 자신의 이론에서 이런저런 현상들을 배제했다는 논리에 근거한다면, MATT는 이런 현상들이 마르크스에게서 명확하게 나타나지 않았더라도 마르크스는 이 현상을 설명할 능력을 갖고 있다고 말한다. MATT는 마르크스의 저택에 머물고 있는 자비로운 손님과 같은데, 이 손님은 마르크스가 접시를 씻어야 할 차례가 되었을 때 접시 두어 개를 빠뜨렸다고 하더라도, 그의 스타일이 어느 시점에는 그 빠뜨린 접시들과 마주치게 되어 있기 때문에 결국엔 그 접시들을 정리하게 될 것이라고 생각한다—만약 마르크스가 약간 게으르다고 하면 어떻게 될까? 마르크스는 그 접시를 씻을 작정이었는데, 당신이 마르크스를 믿지 못하거나, 아니면 당신이 설거지에 대해 극히 제한된 생각을 갖고 있는 것이다.[50]

실제로 이는 강한 MATT이다. 강한 MATT는 마르크스의 접시 닦기 능력(과 주제 포용력)에 대한 철저한 옹호자이다. 하지만 강한 MATT에게는 약한 MATT라는 어린 동생이 있다. 약한 MATT는 접시를 닦는 마르크스의 능력은 존경하지만 간혹 한두 번은 "봐, 접시 두어 개를 빠뜨렸잖아"라며 힌트를 줄 필요가 있다고 생각한다. 약한 MATT는 마르크스가 평상시라면 접시들을 절대로 빠뜨릴 리 없다고 생각하지만, 그가 적절한 타임에 그 빠뜨린 접시들을 처리할 것이라 믿지 않는다. 약한 MATT는 비인간에 관해서 마르크스의 이론에 공백이 있다고 생각하지 않는다—마르크스는 이미 비인간에 관해 생각하고 있었는데, 그게 아니라면 약한 MATT는 이름을 갖지 못했을 것이다—하지만 약한 MATT는, 주의를 주지 않고 그냥 두면 결국 마르크스가 비인간들에 대해 말하지 못할 것이라고 믿는다. 약한 MATT는 마르크스주의 이론에 일부 비인간들을 더욱 명시적으로 추가한다고 해서 마르크스주의 이론이 폐기되지는 않을 것이라고 생각한다. 왜냐하면 마르크스주의 이론의 기본 좌표들은 암묵적으로 비인간들을 포함하기 때문이다.

따라서 통합 이론은 강한 유형과 약한 유형을 갖고 있다.

1991년 소련이 붕괴한 후 특별 기간[51] 동안 쿠바가 자발적으로 유기농 식품을 재배하기 시작한 방식은 약한 MATT가 환영할 만한 것이다. 이것은 마르크스주의에 내재적인 것은 아니지만 공산당은 이것을 긴급 상황에 적응할 수 있었다. 약한 MATT는 레닌이 가능한 한 많은 사람들을 먹여 살리기 위한 농업을 유지하기 위해 토양에 화학비료들을 쏟아 부어야 할 필요성을 강조했음을 상기시킨다.[52]

이제 우리의 생태학적 사고의 후반 영역 즉, '비통합적 이론'(non-incorporation theory)이라 일컬어지는 것에 대해 얘기해 보자. 우리는 비통합적 이론 역시 강한 유형과 약한 유형으로 나뉘지는 것을 볼 수 있다.

공교롭게도 마르크스에게는 강한 MATT와 약한 MATT의 형제들에게 사촌 자매가 한 쌍이 있는데, 이들은 집안(집에 대한 그리스 어원이 오이코스*oikos*이며 여기에서 생태학ecology이라는 단어가 유래한다)의 힘든 일을 척척해내는 마르크스의 능력을 별로 확신하지 않는다. 더 세고 더 나이든 사촌인 FANNI가 우리에게는 더 친숙한데, 그녀는 진실이 무엇인지에 대해 명확하고 엄격한 흑백의 논리로 사고하는 그룹 내에서 인기가 있다. FANNI는 "인간중심주의의 특징은 우연적이지 않다"(the Feature of Anthropocentrism Is Not Incidental)라는 뜻이다. 나이 많은 사촌은 마르크스가 구제불능의 인간중심주의자라고 생각한다. 마르크스가 비인간을 포함하는 것을 잊어버렸거나, 그가 이미 비인간을 포함했지만 당신이 알아채지 못했다는 것이 아니다. 마르크스가 비인간을 도저히 포함시킬 수 없었다는 것이다. 마르크스는 접시 두 개를 씻는 것을 까먹지 않았다. 그는 더러운 접시들을 찾아 싱크대 주변만 둘러보았을 뿐 식탁을 살펴볼 생각을 전혀 하지 않았기 때문에 근본적으로 접시들을 씻을 수 없었던 것이다. 그가 그래야 할 이유가 전혀 없었던 것이다. 더 나이든 사촌은 마르크스의 인간중심주의가 그의 사고의 뿌리 깊은 특징이라 생각한다. 비인간들은 마르크스로부터 무엇을 얻을 수 있는가? 아무것(사랑스러운 FANNI 애덤스[53])도 얻지 못하거나, 혹은 만약 당신이 미국인이라면, 곤욕만(Fuck All) 치르게 될 것이다. FANNI는 마르크스가 비인간들을 배제하는 것을 자랑스러워하거나 당혹스러워 할 수 있다—이렇든 저렇든 중요하지 않다.

하지만 FANNI에게는 ABBI라고 불리는 더 어리고 더 연약하고 덜 인기 있는 여동생이 있다. ABBI는 "인간중심주의는 우연한 버그이다"(Anthropocentrism Is a Bug That's Incidental)라는 뜻이다. 덜 자상한 그녀의 언니처럼, ABBI 또한 마르크스가 그 접시들을 씻을 능력이 없고, 아무리 자주 일러주더라도 별 도움이 되지 않을 것이라 믿는다. 그리고 그녀의 언니처럼, 그녀도 마르크스가 이미 그 접시들에 주목하고 있었는데 우리만 그것을 보지 못했다는 것은 결코 납득할 수 없다. 하지만 ABBI가 제대로 한번 꼬집으면—가령 그녀가 마르크스에게 마음을 달리 먹는 약을 한 방 주면—마르크스는 갑자기 돌아서 접시가 있는 것을 알아차리고, 마치 아무 일도 없었다는 듯이 접시들을 씻기 시작할 것이다. 그녀는 인간중심주의가 마르크스주의 이론의 특징이 아니라 버그라고 믿는다. 이 책은 ABBI의 입장에서 쓰인 것이다.

우리가 이제껏 해온 것은 작은 논리 사각형을 만든 것이다. ABBI의 입장은 약한 MATT의 정반대이다.

동정과 공감의 아래로

2015년 7월 1일 월터 파머(Walter Palmer)라는 미국인 치과의사가 짐바브웨에서 세실이라는 사자를 사냥했는데, 페이스 북이 발깍 뒤집어졌다. 독일과 가봉은 야생동물의 밀렵과 불법 밀매에 반대하는 유엔 결의안을 의제로 올렸다. 그 치과의사의 주소가 폭로되었고, 그는 온라인, 오프라인 모두에서 스토킹당하고, 수모를 겪고, 비난받았다. 잠시 동안 히치콕의 새처럼 누구에게나 일순간 닥칠 수 있는, 무리들이 번개처럼 달려들어 도덕적 비난을 쏟아내는 일반적인 현상은 접어두자(이 때문에 트위터Twitter라고 불린다). 오히려 무리와 그들의 감정의 순수한 크기와 범위를 생각해보자. 이것과 그리 동떨어지지 않는 것이 1970년대 중반에서 후반까지 "고래를 구하자"라는 구호가 유행하던 시절에도 일어났다. 공감은 무리들이 **수행**하는 것이었다—공감은 겸손 떠는 연민이나 고통스런 무기력감만은 아니다(그것이 진정한 것인지 누가 알고 누가 신경이나 쓰겠는가!). 공감은 사실상 **행동**과 결합된다. 좋든 나쁘든, 필연적이든 그렇지 않든 간에 이런 질문들은 부적절하다. 그린피스가 1970년대에 시작되었고 레인보우 워리어(Rainbow Warrior)가 포경선들을 가로 막았던 건 확실하다. 하지만 이번에는 특정한 사자 한 마리 때문에 특정한 한 사람을 겨냥해서 번개 모임식의 레인보우 워리어 형태로 수백만 명의 사람들이 모여든 것이었다.

잠비아의 관광부 장관인 장 카파타(Jean Kapata)는 "아프리카에서는 인간이 동물보다 더 중요하다. 나는 서구 세계에선 어떤지 모르겠다"[54]고 말하며 서양이 아프리카 사람보다 사자에 대해 더 걱정하는 것 같다고 불만을 터뜨렸다. 이 말은 그런 반응이 어리석고 광적이라는 것을 함축한다. 우리는 그런 반응이 아프리카 사람들의 복잡하고 지난한 투쟁을 무시하거나, 현실 문제를 제대로 다루지 않는 스펙터클 사회의 야단법석이거나, 혹은 인종 차별주의가 인간 존재자를 넘어 얼마나 자주 비인간들을 향하는지—히틀러는 자신의 개 브론디를 사랑했고 나치는 동물권에 대한 법안을 통과시키기도 했다—를 지적하는 것이 옳을지 모른다. 사자와의 동일시는 인간과의 동일시가 아님을 의미한다.

하지만 그런가? 사자와의 동일시를 무시할 만한 이유는 너무나 많다. 왜냐하면 그 동일시는 잠정적으로 인종차별주의적으로 보일 뿐만 아니라 유치하기도 하기 때문이다. 냉소적 이성 (cynical reason)은 열정적인 동기들이나 아주 공격적이지 않은 동기들 뒤에 숨어있는 공격적 동기들을 찾아내고 싶어 한다. 우리는 이를 조롱조로 '카리스마 있는 대형동물군'[55]이라 일컫는, 즉 생명체의 작은 일부를 구성하고 있는 것과의 인간적 동일시를 보여주는 좋은 사례로 언급하는 것이 좋을 것이다. 하지만 이런 종류의 이야기들은 종종 우리가 다른 인간들에게 어떻게 보일까 하는 것에 관해 개인적 죄의식이나 수치심의 논조로 얘기된다.

세실 사건을 무시하는 건 아주 쉬운 일이다. 그 무리들의 우산 아래에는 단순히 동물권이나 가학적인 동정보다 훨씬 더 많은 것이 들끓고 있다. 권리는 소유와 관련이 있고, 소유는 "원하는 대로 처분할 수 있다"는 의미이다. 일단 사자가 인간이 자기 마음대로 처리할 수 있는 것으로 (물론 인간의 명령에 의해) 결정되면, 바로 이것이 그 치과의사가 했던 것이다. 윌리엄 블레이크 (William Blake)가 정확히 "우리가 어떤 이를 가난하게 만들지만 않는다면/연민 따위는 더 이상 없을 터"[56]라고 썼던 것처럼 연민은 위선적이다. 동정은 항상 권력 관계이다. 이는 확실히 효과적이었다. 하지만 동일시와 관련된 공감 또한 마찬가지다.

온갖 징후적이고 스펙터클한 정치적인 실패들 속에서, '순진하고' 전(前)이론적인 감정 고조가 상황주의자들의 말처럼 **그 어떤 이가 인간이든 사자든 상관없이** "자신의 휴일이 바로 그 어떤 이의 비참함을 딛고 있다"는 생각에 대한 암묵적인 거부가 아니었는지에 대해 의문을 가져봐야 한다. **가장** '어리석은' 차원에서도 그 반응은 (아프리카) 인간들에 대한 무시와는 무관한 것이었다. 그 반응이 무시했던 것은 사냥과 관광 간의 연계성이었고, 그 연계성이 만들어낸 스펙터클이 억압적인 현상태를 유지하는 방식이라는 것이었다.

공감은 우리가 생각하는 것만큼 비용이 많이 들지 않는다. 나는 병 속에 있기에 내가 아닌 사물들에 영향을 주기 위해 어떻게 병 밖으로 나가야 하는가 하는 문제와 대면하는 영혼이 아니기 때문에, 사고가 어쨌든 존재의 모든 것을 파헤치지 못하기 때문에, 그리고 사고가 특권적인 접근 양식이 아니기 때문에, 우리는 잘못된 곳, 즉 인간중심주의적 장소에서 공감을 찾는 것이다. 실제로 사자와 동일시하는 것은 우리가 생각했던 것보다 훨씬 쉬울 수도 있다. 사자 관련 발언에 대한 비트겐슈타인식의 공리(어떤 사람이 말을 한다고 하더라도, 우리는 그를 결코 이해할 수 없다)는, 은유를 뒤섞는 위험이 있지만, 틀린 나무에 대고 짖어대는 것이다.[57] 이해하는 것, 즉 심지어 같은 처지에 있어보는 것(being-in-the-same-shoes-as)조차 결코 핵심은 아니었다.[58] 핵심은 **어떠한 노력도** 결코 필요치 **않다는** 것, 그리고 그 어떤 노력을 기올일 때마다 연대가 희미해져간다는 것이다. 아담 스미스(Adam Smith)는 미적 조율(소설을 읽는 것)이 다른 사람과 동일시할 수 있는 능력을 쌓을 훈련장이고, 공감이 윤리의 기반이라는 이론을 펼쳤다.[59] 허구적 인물과의 동일시는 소설적 사실주의에 의해 거부된 유령, 즉 원격감응(telepathy)의 유령을 불러내는데, 여기서 내가 **누구의** 생각과 감정에 맞추고 있는지가 논쟁거리가 되고, 나와 다른 사람 간의 경계가 서구적 사고가 전제하는 것보다 훨씬 덜 엄격해진다.[60] 그러나 만일 우리가 이미 연결성, 공생적 실재, 그리고 연대의 웅성거림으로 이루어진 에너지 장에 있지 않다면, 원격감응(일정한 거리를 두고 느끼는 정념)을 통한 그런 노력의 훈련은 가능하지 않을 것이다. 코뮨주의적 정동은 공감보다 **더 낮고**, 더 저렴하고, 접근성이 덜 어렵고, 너무 쉽다. 요점은 자본주의적 상부구조의 공감적 부분을 관통해 '아래로' 내려가는 것, 즉 공감보다는 훨씬 더 바탕적인 어떤 것을 발견하는 것이다.

변증법적 변형 속에서 오늘날 사람들은 너무나 궁핍해진 나머지 그들과 비인간들의 유대관계는 대문자 자연(Nature)이라는 막을 통해서만 드러나기 시작한다. 이 자연은 대략 기원 전 1만 년 이후부터 인간적 기획의 유순한 실체—또는 그것의 근대적 업그레이드, 즉 인간들이 자신의 욕망을 투영하는 막 같은 표면—가 된 하나의 구성물이다. 적어도 일부 인간들은 이제 이런 자연 개념을 포기하고 실제로 생물권을 구성하는 존재자들과의 연대를 성취할 준비를 하고 있다.

2015년은 엄청나게 많은 인간들이 치과의사보다 사자와 더 많은 공통성을 갖고 있다는 것을 이해하게 된 해이다.

인간과 사자의 연대가 비참함을 매개로 이루어졌다는 것은,

비록 그것이 인간과 인간의 연대가 이루어지는 방식이라 하더라도, 우리로 하여금 이런 연대를 받아들이는 것을 꺼리게 만들 수도 있다. 그 이유는 인간중심주의 때문이다. 마르크스는 노동자들이 비인간들과 어떻게 같은가 하는 것을 지적하면서 이를 타락으로 묘사한다. "인간이 연장을 갖고 노동 대상에 작업을 하는 대신에 단순히 기계의 동력에 불과한 것이 되자마자, 그 동력이 인간의 근육 형태를 띠게 된 것은 순전히 우연에 불과하다. 바람, 물, 혹은 증기도 당연히 인간의 자리를 차지할 수 있다."[61]

마르크스주의 내에서 비인간을 받아들이는 데 장애물로 인식되는 한 가지는 마르크스가 이와 같은 문장에서 인간의 생산을 설명하는 방식이다. 자본주의 안에서 비인간적인 것과 마주치는 것은 인간의 고유성을 박탈당하는 것과 같다. 인간 존재는 근육으로 축소되고, 근육은 대체 가능한 요소들, 즉 단순한 연장적 움직임으로 축소된다. 살고 호흡하는 데 필요한 정확한 최소 공간에 대한 빅토리아조 자본주의의 미시적 관리에 대한 조사를 살펴보자. 마르크스는 이를 통해 자신의 견해를 일반화한다.

(자본은) 신체의 성장과 발달과 건강한 유지를 위한 시간을 강탈한다. 그것은 신선한 공기와 햇빛의 소비를 위해 필요한 시간을 훔친다. 그것은 식사 시간을 두고 옥신각신하고, 가능하다면 그 시간을 생산과정 자체 속으로 통합시켜버린다. 그 결과 석탄이 보일러에 공급되고 기름이 기계에 공급되듯이, 음식이 단순한 생산수단에 대해서처럼 노동자에게 덤으로 추가된다. 그것은 생명력의 회복과 쇄신과 재생을 위한 필수적인 숙면을, 완전히 탈진한 유기체의 소생에 필요한 정확한 휴면의

양으로 축소시킨다. . . 자본의 관심은 순전히 노동일에 동원할 수 있는 최대치의 노동력일 뿐이다. 그것은 탐욕스러운 농부가 토양으로부터 더 많은 농산물을 빼앗기 위해 그 비옥함을 망쳐 버리는 것과 똑같은 방식으로 노동력의 수명을 단축시킴으로써 이 목표를 달성한다.

(그것은) 인간의 노동력의 악화를 낳을 뿐만 아니라. . . 이 노동력 자체의 조기 탈진과 죽음을 초래하기도 한다.[62]

이 음산한 마지막 문장은 우리가 여기서 목격하고 있는 것이 아주 잔인하고 아주 리얼한 버전의 과학적 환원주의라는 점을 더욱 부각시킨다. 마르크스가 어떻게 초기 자본주의의 원시적 축적의 단계를, 비인간들을 축소시키는 재치 있는 한 문장으로 묘사하는지를 보라. "먼저 노동자들이 땅에서 쫓겨나고 그 뒤에 양들이 도착한다."[63]

마르크스가 낮은 차원에 두지 않은 하나의 비인간이 바로 자본이다. 상품물신숭배에 관해 당혹스러운 것은 그것이 (인간의) 믿음을 필요로 하지 않는다는 것, 즉 그것이 완전 자동화되어있다는 것이다. 자본의 '비밀'에 관해 당혹스러운 것은 그것의 숨겨진 정도가 아니다—심지어 아담 스미스조차 노동이 가치를 생산한다고 지적할 수 있었다. 당혹스러운 것은 그 비밀이 **표면에 드러나 있다**는 것이다. 즉, 이것이 **사회적 형식 그 자체의 비밀**이다. 내용에 매혹될 때 부르주아 정치경제학자들은 본질을 보지 못한다. **오성**(understanding)은 부적절하며, 이것이 마르크스가 칸트의 계보를 계승했기 때문에 오성이 최고의 접근양식이 됨으로써 일어날 수 있는 최악의 상황이다. 오성이 인간적인 것과 연관되면서 비인간적인 접근양식(털어주거나 서성이거나 핥아주는 것)은 저평가된다. 상품물신숭배에 대해 당혹스런 것은 그것이 자율적 힘을 갖는다는 것이다. 따라서 비인간들에게 힘을 부여한다는 것은 근본적으로 문제가 있다. 이런 생각은 버그인가 특징인가?

신자유주의와 행성적 인식

인간의 비인간으로의 환원과 비인간의 야만적인 것으로의 환원은 하나의 출구를 제안하기도 한다. 인간과 비인간을 환원하지 않는—즉, 신맛이 바람이나 물과 비교되는 것을 차단하는— 존재론(사물들의 존재 **방식**에 관한 논리)은 자본주의의 암묵적 논리를 위반하게 될 터인데, 여기서 자본주의의 논리는 유물론적 환원주의와 아주 유사한 존재론적 소리를 자아낸다.

유엔 지구정상회의(1992년 6월 3일에서 15일까지 리우에서 개최) 이후 미국의 파시스트 우파를 지탱해온 것은 비인간들과의 연대에 대한 반대였다. 우리는 이로부터 많은 결론을 도출할 수 있다. 소비에트 해체 이후의 새로운 세계질서에 대한 조지 부시(George Bush)의 첫 발표는 정말로 불길했지만, 그 발표에 대한 파시즘적 해석 또한 그러했다. 매혹적인 것은 파시스트들이 그것에 대해 얼마나 노골적인가 하는 것이다. 그들은 신세계 질서에 대한 부시 행정부의 구상과 지구 정상회의에 참가한 178개 참가국이 서명한, 별로 구속력이 없는 <아젠다21> 협정을 묶어서 반유대주의와 비인간적 생명체들에 대한 적대감을 융합한

'글로벌 뱅킹 음모론'(global banking conspiracy)을 지어냈다.[64]

<아젠다21>의 첫 조항은 가난을 줄이고 소비 패턴을 바꾸는 것, 지구라는 행성 위에서 인간 존재의 폭발을 억제하는 것, 그리고 생태적으로 '지속 가능한' 방식의 협정을 맺는 것에 관해 주장한다. 두 번째 조항은 생물 다양성(biodiversity) 개념을 소개한다. 세 번째 조항은 <아젠다21>의 비전에 참여한 (인간) 이해당사자 집단들을 기술한다. 네 번째 조항은 실행에 관해 말한다. '지속가능성'이 핵심 용어인데, 괴벨스(Goebbels)가 '문화'라는 단어를 들었을 때 총을 집으려고 손을 뻗었듯이, '지속가능성'이라는 단어를 들었을 때 나는 자외선 차단제로 손을 뻗게 된다. '지속가능성'이란 '문화'보다 훨씬 더 공허한 용어이며, 이 두 용어는 서로 중첩되어 있다. 물론 지속 가능한 것은 신자유주의적인 자본주의적 세계경제구조이다. 그리고 이는 인간, 산호, 키위새, 이끼류에게 희소식은 아니다. 이것은 결국 외파적인 전체론에 근거한 정치경제적 아젠다가 된다. 개별 존재자들은 중요하지 않다. 중요한 것은 그들을 초월하는 전체다.

만일 우리가 기본적인 농업적·신학적 문화유전자(meme), 즉 인간과 비인간의 경계를 정당화하는 문화적 유전자를 업그레이드하거나 리트윗하지 않으면서 지구라는 행성적 차원에서 사고하려고 하면, 우리에게는 다른 전체론이 필요하다. 파시즘은 이런 억압적 실패라는 현실에 대한 격세유전적인 반발이며, 새로운 신을 '미국을 다시 위대하게'라는 환상적인 구닥다리 신으로 대체하고자 한다. <아젠다21>의 파시즘적 상상계를 새로운 세계질서와 융합한 것은 기하학적 삼각형에서처럼 (유대인의) 글로벌 뱅킹 음모라는 가상적 이미지를 낳았다. 극단적 불안의 공백을 덮으려고 하

는 편집증적 환각의 정신분열증적 방어처럼, 반유대주의와, 외파적 전체론에 근거한 생물권 '국제 공동체'의 긍정적이고 실체화된 이미지 간의 중첩은 실제적인 생태학적 인식의 공백에 맞선 방어막을 구축한다. 공생적 실재는 필히 울퉁불퉁하고 들쭉날쭉하다.

하지만 여기서 도출할 수 있는 더 깊은 결론은 직관에 반하는 것으로 들릴 수 있지만, 최근 들어 우리는 확실히 더욱 직관적으로 보이는 주장을 듣게 된다. 인종차별주의는 종차별주의 (speciesism)에 의해 뒷받침되는 것 같다. 하지만 『인류』는 그것이 정확히 정반대임을, 즉 **인종차별주의가 종차별주의에 내재함**을 주장한다. 인간으로 간주되는 자와 그렇지 않은 자 간의 미세한 폭력적 구별은 '언캐니 계곡'(Uncanny Valley)(로봇 디자인의 용어)을 생성하는데, 여기서 비인간들(예컨대 돌고래 혹은 R2-D2[65])은 인간과 명확하게 구분되고, 도저히 이을 수 없는 간극에 의해 인간으로부터 분리된다. 만약 당신이 간극 너머로 특정한 비인간들을 바라본다면, 간극은 존재하지 않는 것처럼 보일지 모른다. 하지만 언캐니 계곡은 존재하지 않아도 되는 얇고 딱딱한 경계라기보다는 수천의 버려진 존재자들을 포함하는 거대한 묘지처럼 질퍽한 구덩이이다. 좌파는 극우파가 생물다양성에 대한 편집증을 반유대주의와 뒤섞어버림으로써 종차별주의를 인종차별주의로 뒷받침한다는 사실에 주의해야 한다. 따라서 인종차별주의에 맞선 투쟁은 생태학적 정치를 위한 전쟁터가 된다. '환경적 인종차별주의'는 단순히 가난한 자들에 대한 점진적인 폭력을 통해 해악을 퍼트리려는 전술이 아니다. 환경주의가 인간적인 것과 비인간적인 것을 엄격하게 구분할 때, 환경주의 자체는 인종차별주의와 일치할 수 있다. 인류를 비인간중심주의적 방식으로 사유하는 것은 인류를 반인종차별주의적 방식으로 사고할 것을 요구한다.

우리는 하이데거의 '세계' 개념을 전유하고 수정함으로써 거기에 도달할 수 있다. 하나의 세계를 갖는 것은 다른 것들로부터 차단된 진공 상태의 거품 속에 사는 것을 의미할 필요는 없다. 세계는 인간이 구성하는 특별한 것일 필요가 없고, 하물며 하이데거가 염두에 두고 있는 듯한 독일 사람들이 세계화(worlding)에서 최상일 필요도 없다. 우리는 하이데거를 내부로부터 무장 해제시킬 것이다. 세계와 같은 그런 것이 전혀 없는 것은 아니라, **세계는 항상 그리고 필연적으로 미완결적이라는 것이다.** 세계들은 항상 아주 저렴하다. 이는 공생적 실재의 특징인 특별한 비외파적인 전체론적 상호연결성(non-explosively holist interconnectedness) 때문이다. 그리고 OOO가 '객체의 물러남'(object withdrawal)이라 일컫는 것, 즉 어떠한 접근양식도 개체를 완전히 삼킬 수 없는 방식이기 때문이다. '물러남'이란 경험적으로 줄어들거나 뒤로 이동하는 것을 의미하지 않는다. 이것은 —이는 내가 간혹 '물러섬'보다는 '열림'이라고 말하는 이유이다 —**당신의 얼굴에서 그것을 볼 수 없다**는 것을 의미한다.

존재하는 모든 것은 너덜너덜하고 '불완전한' 세계를 가지고 있다. 당신은 조각을 이어붙인 커튼 사이로 손을 뻗어 사자의 발을 흔들 수 있고, 사자 또한 똑같이 그럴 수 있다. 올빼미는 올빼미이고, 올빼미를 돌봐야 하는 까닭은 그가 핵심 종(keystone species)[66]의 일원이기 때문이 아니다. 우리는 올빼미를 단단한 벽 같은 세계를 구성하는 하나의 벽돌 같은 것으로 간주해선 안 된다. 우리는 올빼미를 돌보고, 올빼미와 함께 놀이를 할 필요가 있다. 이는 우리가 누구든지 간에 서로서로를, 나아가 다른 생명체들을 돌봐야 하는 강력한 이유를 제공한다. 이것은 우리가 공통적인 것들을 갖고 있다고 말하는 좌파적인 방식을 제공해준다. 우리는 인류다.

이제 우리는 강한 MATT가 어떻게 상관주의적인 인간중심주의적 방식으로 마르크스와 생태학을 속였는지를 보다 자세하게 볼 수 있게 된다. "마르크스는 이미 그것을 생각했어"(Marx Already Thought That), 즉 MATT를 주장하는 것은 생태학적 정치와 윤리가 "지구를 구하라"와 같은 의미를 갖는데, 이는 "세계를 구하라", 그리고 "상당히 인간 친화적인 환경을 보존하라"를 의미하는 것이다. 이것은 연대가 아니라 현재의 하부구조의 유지에 지나지 않는다. 여기서 보존되는 것은 인간 욕망의 투사가 다른 모든 것의 텅 빈 스크린 위에 펼쳐놓는 시네마인 것이다.

이 시네마는 분명히 플라톤의 동굴의 현대 버전이다. 만일 우리가 하고 싶은 것이 동굴 벽 위에 펼쳐지는 그림자 놀이라는 성질을 보존하는 것이 전부라면, 그러한 동굴에 함축된 따뜻하고 어둡고 촉감적인 친밀감은 간과된다. 우리는 이 그림자 놀이에 관해 확신하는 듯하다. 하지만 이 놀이는 정확히 그 유희적 성질의 전체 차원을 상실하고 비행기 기내의 오락, 즉 우리가 아는 것만 보고 우리가 보는 것만 아는, 전혀 깜박거림이 없는 고성능 스크린이 되어버린다. 우리는 인형사, 우리가 볼 때 뒤에서 돌아가는 인형들, 그들이 돌보는 불꽃, 또는 불꽃을 피우는 데 필요한 장작에 대해서 전혀 동료심을 느끼지 않는다. 이것은 환상에 빠져 있는 것이 아니라 환상과 놀이가 펼쳐질 여지를 전혀 열어놓지 않는, 억압적이고 지겨운 **현실**에 갇혀 있는 것이다. 유일한 목적은 존재를 유지하는 것이다. 이는 잔인하고 지겹게 들린다.

그림자와 깜박이는 불꽃에 주목하는 것은, 평범한 존재의 단순한 연명을 넘어서 우리 자신과 다른 생명체들을 돌보기 위해서 우리가 어른거리고, 기이하고 낯설며, **유령적인** 차원을 포함할 필요가 있음을 의미한다. 생태학적 현실은 유령처럼 진동하는 에너지로 충만해있는데, 이 에너지는 폭력 없이는 '정신', '영혼', '관념', 혹은 '개념'으로 고립될 수 없다. 생태학적 현실은 우리가 '초자연적'(paranormal)이라 부르는 현상에 속하는데, 이 현상을 일정한 거리를 둔 행위나 비기계적 인과관계, 예컨대 원격감응, 원격작용, 스스로 움직이는 비생명적 사물들로 사고하는 것—생명을 더 거대한 떨림의 부분집합으로, 운동 자체를 더 깊은 떨림의 주체로 사고하는 것—이 가장 쉽다. 반동적 본질주의에 의지하지 않으면서 인간적인 것을 사유하는 것, 그리고 다른 생명체들과 다른 인간들을 연대 속으로 끌어들이는 것은 춤출 수 있는 테이블의 가능성을 고려할 것을 요구한다. 이런 사고는 서구 형이상학과 문화에서는 금기이다. 특히 그것은 우리가 근본적으로 잘못된 것을 믿어야 한다는 걸 의미하지 않을까? 예를 들면, 우리는 자본주의적 상품의 행위성이라는 현실—교환가치의 세계에서 춤추는 상품의 형태를 띠고 있는 소외된 인간 생산력—이 여기에 그대로 있어야 한다는 것을 받아들여야 할 것인가? 심지어 믿음도 필요로 하지 않고 오직 순응만을 요구하는 체계를 따라야 하는가? 이것은 어떤 종류의 좌파 생태학인가?

그래, 나는 정말로 상품물신숭배가 사물들이 존재하는 방식, 즉 공생적 실재에 관해 진정한 것을 왜곡된 방식으로 말하고 있다고 주장할 것이다. 나아가서 나는 실제로 소비주의가 공생적 실재에 관해 진정한 뭔가를 말하고 있다고 주장할 생각이다.

냉정함의 상실

왜 우리는 갑자기 종으로서의 인간에 관심을 갖는가, 그리고 우리가 우리 자신에게 어떻게 그려지는지를 상상하고자 할 때 무엇을 조정할 필요가 있는가? 그 주된 이유는 생태학적이다. 즉 우리가 우리 자신을 종으로 사유할 수 있게 해주는 것은 우리가 **다른** 종들에게 행해온 것이다. 이런 방식으로 사유하는 것은 1960년대 이후 좌파적 사유의 조각그림에서 잃어버린 조각—생태학을 사회혁명과 통합하는 방법—을 제공해준다.

신좌파는 자신이 해선 안 된다고 주장한 것을 의도치 않게 행하고 있다. 그것은 무의식적으로 정치적 예리함을 매우 무디게 하는 암묵적으로 전前칸트적인 존재론적 시도를 통해 인간 존재자들을 모든 비인간들과 형이상학적으로 구분함으로써 인간적인 것을 보편화한다. 마르크스주의적 자연은 (인간의) 경제적·문화적 물질대사를 의미하고, 사용가치는 사물이—인간에게—어떻게 나타나는가를 의미한다. 적어도 다른 생명체들은, 문화적 관계는 아니더라도 물질대사적 경제관계에 참여하는 것으로 사고되어야 한다. 문어의 경제적 물질대사도 있고 산양의 경제적 물질대사도 있다. 이 모든 물질대사를 표현하는 이름이 '자연의 경제학'이었는데, 헤켈(Haeckel)은 이를 '생태학'이라는 말로 압축했다. 생태학은 단순히 인간적 물질대사보다 더 거대한 스케일을 지칭한다.

인간의 경제 관계는 사물을 실재하게 하는, 즉 의미 있는 현실을 구성하는 '결정자'로 여겨진다. 거기에 대한 저항들은 접어두고 다른 모든 것들은 모두 같은 종류의 사물, 즉 이런 관계의 투영을 위한 텅 빈 화면이 된다. 아이러니하게도 마르크스에게 자본주의는 이런 관계가 생산하는 것이 상품들 간의 관계이고 이 관계가 인간들 간의 관계를 결정하는 것을 보장한다. 나무는 행위성 (agency)을 갖지 못할 수도 있지만 수프 통조림과 헤지펀드는 많은 행위성을 갖는데, 이는 객체 지향적 존재론의 관점에 비춰 사고해봐야 할 또 다른 이유이다. 이는 미묘한 문제다. 즉 우리는 명백히 체계를 결정하는 고래들 사이의 관계가 아니라 인간들 사이의 관계에 대해 말하고 있는데, 이것이 자본주의일 때, 바로 그 때 체계는 인간들 간의 (소외된) 관계를 또다시 결정한다(이 문장에서 '그때'는 논리적인 '그때'이지 시간순의 '그때'는 아니다). 그러나 자본주의적이든 아니든 이러한 관계들은 이미 인간들의 관계는 아니다. 즉, 그것은 삶과 창조성과 '생산'의 향락에 관한 일련의 관계들이다. 이 관계는 단지 인간들 **사이**에 있을 뿐이다. 이는 문장 하나 때문에 더 숙고해볼 가치가 있다. 이것이 의미하는 바는 인간들이 이러한 관계들로 인해 소진되지 않는다는 것이다. 마르크스주의의 일부 양식들은, 만일 봉건주의에서 자본주의로의 이행이 있다면 그것이 자본주의적 관계가 인간들을 소진시키지 못한다는 의미임을 잊은 채 우리가 영원히 자본주의에 갇혀있다고 설득하려 할지도 모른다. 바로 이러한 관계들의 성격이 인간들을 실재하게 만든다는 것, 그리고 이런 관계들이 인간들을 자본주의적 인간 내지 봉건적 인간으로 '현실화'한다는 것이다.

아이러니하게도 이는 흔히 반본질주의적이고 반인간주의적인 포스트구조주의에 의해 영향 받은 좌파가 인간적인 것을 비인간으로부터 결정적으로 분리된 범주로 상상함으로써 인간적인 것을 지키는 마지막 보류라는 것을 의미한다. 비인간을 좌파적 방식으로 사고하는 것은 절대적으로 가능하고 정말로 필요한 일이다. 그렇게 하려는 시도를 '히피'라고 비난하는 것과 그런 식으로 절차를 밟아가는 것을 '현상학적'('히피'의 다음절polysyllabic 형태)이라고 비난하는 것은 더 이상 만족스럽지 않을 것이다.

문제는, 누가 누구를 결정하는가, 혹은 결정자는 무엇인가 하는 것이다. "야경꾼을 감시하는 것은 누구인가?"라고 질문한 유베날리스(Juvenal)를 인용하면서 이런 종류의 진리 공간에 대해 다소 신중한 입장을 취했던 한 철학자에게 마르크스의 전도된 헤겔주의에는 논리적으로 기이하고(명백한 무한 퇴행이 있다) 정치적으로 억압적인 작은 결함이 포함되어 있다. 우리는 결정자 모델의 버그를 제거할 수 있는가?—우리는 이 모델을 탈인간중심화(de-anthropocentrize)할 수 있는가?

'종'이란 실재하지만 현상 아래에 항상 현시하지도 않고 항상 동일하지도 않는 개체를 의미한다. '인간'이란 의미는 나(me)와 나에게 있는 박테리아 미생물체(microbiome)와 기술적 장치와 같은 비인간적 보철들과 공생체를 합친 것을 의미한다. 즉 인간이란 얇고 딱딱한 형태 안에서 미리 결정될 수 없거나 공생적 실재와 엄밀히 구분될 수도 없는 개체인 것이다. 인간적인 것은 내가 '과잉객체'(hyperobject)라고 부르는 것, 즉 시간과 공간 속에 대대적으로 분산되어 있는 개체들의 다발로서 그 자체로도 하나의 개체를 형성하는, 즉 인간들이 직접 볼 수도 만질 수도 없는 것이다.[67] 다음은 『1844년 경제학-철학 수고』(*Economic and Philosophical Manuscripts*)에서 마르크스가 종적 존재(species-being)[68]에 관해 쓴 부분이다.

인간과 동물 모두에게 종적 삶(species-life)은 물리적으로 인간이 동물처럼 비유기체적인 자연에 기대어 살고 있다는 사실에 근거한다. 그리고 인간이 동물보다 더 보편적이기 때문에 인간이 기대어 살고 있는 비유기체적인 자연 역시 보편적이다. 식물, 동물, 광석, 공기, 빛 등이 부분적으로는 과학의 대상으로서, 부분적으로는 예술의 대상—인간이 이것들을 향유하고 소화하기 전에 먼저 준비해두어야 하는 인간의 정신적·비유기체적 자연, 즉 인간의 정신적 생활수단—으로서 이론적으로 인간적 의식의 일부를 이루듯이, 그것들은 실천적으로 인간의 삶과 인간 활동의 일부를 형성하기도 한다. 신체적인 의미에서 인간은 식료품, 난방, 의복, 주거 등 어떤 형태든지 간에 오직 이러한 자연적 생산물에 기대어 살아간다. 인간의 보편성은 (1) 직접적인 생활 수단으로서 (2) 인간의 생활 활동의 물질과 대상과 도구로서 자연 전체를 자신의 **비유기체적** 몸으로 만드는 그런 보편성 속에서 실천적으로 나타난다. 자연은 인간의 **비유기체적 몸**, 즉, 그것이 인간의 몸이 아닌 한에서 자연이다. 인간은 자연에 기대어 **살아간다.** 즉 자연은 그의 몸이고, 인간은 죽지 않으려면 자연과의 지속적인 대화를 유지해야 한다. 인간의 신체적·정신적 삶이 자연과 연결되어 있다고 말하는 것은 인간이 자연의 일부이기 때문에 자연이 자기 자신과 연결되어 있음을 의미할 따름이다.

소외된 노동은 (1) 자연을 인간으로부터 소외시키고 (2) 인간을 자기 자신으로부터 소외시킨다. . . 뿐만 아니라 그것은 인간을 자신의 **종**으로부터 소외시키기도 한다. 소외된 노동은 인간의 **종적 삶**을 그의 개인적 삶을 위한 수단으로 바꾼다.[69]

마르크스에게서 '보편적'인 것의 양상에 주목하라. 즉 비인간들 또한 보편적일 수 있되 덜 보편적이라는 것이다. 이 글에서 종적 존재는 공생적 실재와의 인터페이스이고, 그들간의 관계는 너무나 친밀하여 자연과 자연 간의 인터페이스이기도 하다. 몇 줄 뒤에 마르크스가 종적 존재에 관해 말한 것에 주목하라.

객관적 세계의 실천적 창조, 즉 비유기체적인 자연의 **형성**은 인간이 의식적인 종적 존재, 즉 종을 그 자신의 본질적 존재로서, 또는 스스로를 종적 존재로 취급하는 존재라는 증거다. 동물 또한 생산한다는 것은 사실이다. 동물들은 벌, 비버, 개미 등처럼 둥지와 주거지를 짓는다. 하지만 이들은 자신의 즉각적인 필요나 어린 새끼들의 필요만 생산한다. 이들이 일면적으로 생산하는 데 반해, 인간은 보편적으로 생산한다. 이들이 직접적인 신체적 필요 때문에 생산해야 할 때만 생산하는 데 반해, 인간은 신체적인 필요로부터 자유로울 때에도 생산하지만 그런 필요로부터 자유로운 상태에서만 진정으로 생산한다. . .

따라서 인간이 정말로 스스로 **종적 존재**임을 증명하는 것은 그가 이런 객관적인 것을 형성할 때이다. . . 그러므로 소외된 노동은 그로부터 **종적 삶**, 즉 그의 종적 객관성을 빼앗고, 동물보다 나은 우월함을, 그에게서 그의 비유기체적 몸, 즉 본성을 빼앗아버리는 불리함으로 변형시킨다.[70]

한 페이지 뒤가 아니라 바로 다음 문단에서는 오직 인간만이 보편화를 할 수 있다. 우리는 결국 인간만이 종적 존재라는 생각에 이르게 된다. 그럴 때 종적 존재가 어정쩡하게 인간중심주의적이라는 것을 주목하라. 그것은 한 발은 인간중심주의에 두고, 다른 한 발은 다른 곳에 두고 있다. 『인류』는 인간중심주의에 두고 있는 그 한 발도 뗄 수 있다고 주장하고자 한다.

인류세는 인간적인 것이 비목적론적이고 비형이상학적인 의미에서 진정으로 사고 가능하게 된 시대이다. 지구의 지각 위에 있는 폐기물들은—마치 인간적인 것이 뒤틀린 후광처럼 인간 주위를 배회하는 흔들리는 그림자들에 의해 에워 쌓인 흔들리는 유령인 듯이—이런 확장된 유령적인 의미에서 인간적인 것이기도 하다. 우리는 이를 '유령성(spectrality)'이라 부를 것이다. 유령적인 것과 마르크스에 대한 데리다의 사고가 보여준 진폭을 기이하게 확대할 때, 우리는 유령성을 단지 코뮨주의라는 사상에 어른거리는 어떤 것이 아니라 현실세계의 일부로 받아들일 수 있을 것이다. 데리다는 존재론적인 것을 있는 그대로 두었는데, 이는 결국 거대 기업이 우리 시대의 존재론적인 것을 정의하게 되었음을 의미한다. 만일 우리가 존재론적인 것을 내버려두게 되면 어떻게 될까?

1
장

생명

난—아, 그 단어는 뭐죠? 그건 너무 커요. 그리고 너무 복잡하고,
그리고 너무 슬퍼요.

—『닥터 후』(그 단어는 '살아있음'이다)

생존이라는 극단적 개념을 포기하자. 프레모 레비(Premo Levi)
의 『아우슈비츠에서의 생존』(*Survival in Auschwitz*)을 잠시 살펴
보면, 죽음 문화의 가장 치명적 형태가 삶과 죽음 간의 딱딱하고
얇은 분리를 어떻게 특징짓는지를 보여준다. 여기서 '생존'이 핵
심어다. 생존은 순수한 '살아있음'(living on)이다. 하지만 생존은
그 내부에서부터 죽지 않으려고 하는 것과 죽기를 기다리는 것
('무젤만'Müsselmäner) 사이가 균열되어 있다. 이 균열은 희생자
들에게 가해지는 산업적 폭력의 인위적 산물이다. 나치의 물류학
이 실제로 존재하는 사람들과 만났을 때, 삶과 죽음이라는 딱딱
한 범주들 '사이'에 존재하는 온갖 종류의 기이하고 낯선 존재자

77

들이 나타나기 시작한다.

논리는 애매성을 좋아하지 않기 때문에 이런 생각을 별로 좋아하지는 않는다. 전통적 논리에서는 중간 지대, 즉 사람들이 일상적인 '삶'에서 마주치는 지대를 사고하기 위한 여지가 없다. 하지만 대문자로 시작하는 삶(Life)과 대립하는 실제 '삶'(life)은 이 배제된 중간 지대에 존재한다. '삶'이라 불리는 것은 두 가지 다른 종류의 죽음, 즉 맹목적인 술수(blind machination)와 완전한 비존재(total nonexistence) 사이의 머뭇거림이다. 삶 자체는 장애와 대립적일 수 없다. 사지(limb)는 항상 보철적 사지이고, 눈은 항상 인공적인 눈이다. 진화의 추진 엔진은 아무런 이유도 없는 변이이기 때문에 새로운 생명체가 언제 변이로 나타날지 혹은 괴물성(monstrosity)으로 나타날지를 구분하는 것은 불가능하다.

그러나 비모순율(Noncontradiction)과 그에 따른 배중률(Excluded Middle)을 가진 논리는 작은-나(small-I)의 생명 그 자체를 규정하는 미세한 음영들의 회색지대를 차단한다. 이런 사실은 우리에게 논리에 관해 무엇을 말해주는가? 이것은 니체가 주장했듯이, 가부장제와 계층제를 가진 농업 시대(우리는 메소포타미아 문명의 한 형태 속에 살고 있다)의 산물이라는 것이다. 인류는 어떤 살아있는 이상적인 개체로서가 아니라 이 배제된 중간, 즉 두 종류의 죽음 사이의 유령적 영역을 통해 사고되어야 한다. 인간적 삶은 덜 화려하고 덜 웅장하며 덜 활기차다. 그것은 더 애매하고 더 혼란스러우며 더 포괄적이다. 그 때에만 우리는 신자유주의적 자본주의를 낳은 물류학의 외부에서 인류를 사고할 수 있다. 이런 삶의 개념을, 가령 공리주의나 완전한 '생-존'(sur-vival) 혹은 '살아있음'이라는 통념에서 볼 수 있는 삶의 최소적 정의들과 구분짓도록 하자.[1] 이는 단순한 살아있음을 온전하고 건강한 생명력과 대립시키는 것이 아니다.

깨어지기 쉬움(fragility)은 근본적인 존재론적 범주이기 때문에 근본적인 생태학적 범주이다. 하나의 사물이 존재하면서도 현상하는 것과는 결코 같지 않은 것이라면, 그것은 내부에서부터 깨어져 있는 것이다. 존재하는 것은 장애가 있는 것이다. 모든 사지는 보철을 한 사지이다. 창조성은 존재론적 장애에도 불구하고 생겨나는 것이 아니라 정확히 이런 존재론적 장애 **때문**에 생겨날 수 있는 것이다. 살아있음은 끊어지지 않는 실(thread), 즉 아주 가늘지만 끊어지지 않는 실이다. 창조적인 삶은 오직 장애인에 의해서만 성취될 수 있는 기적이다. 인류는 그 자체로서 장애적이다.

살아있는 악: 가부장제적 삶과 객체의 비죽음

대문자 생명은 실제로 존재하는 생명체들에게 적대적이다. 이는 그 바탕적 존재론, 즉 사회 공간에 단단히 연결된 실체적 존재론(substance ontology) 때문이다. 그것은 존재하는 것이 외양들의 아래와 너머, 혹은 외양들에도 불구하고 항상 현존하는 어떤 다른 것이 있다는 것, 즉 자연 개념에서처럼 농업 체제의 한 기능처럼 보이기도 하는 저 너머(over yonder)가 있다는 것을 강조한다.

알고리즘은 요리법에 다름 아니다. 계란 두 개를 깨서 가열된 팬에 약간의 버터를 넣고 잠시 저어보라—그러면 작은 그릇에 담긴 스크램블 계란이 만들어질 것이다. 그리고 들로 둘러싸인 집에 정착해서 잡초를 뽑고 병충해를 퇴치하고 다른 꽃들이 피지 못하게 막으면서 알맹이 즙이 풍부한 옥수수를 최대한 늘려보라 등등. 알고리즘이 충분한 시간 동안 돌아가도록 내버려둘 필요가 있다. 그리고 우리는 가장 최신 버전이 여섯 번째 대량 멸종 사건 (Sixth Mass Extinction Event)[2]을 부추기는 데 성공적이라는 것을 볼 수 있다. 인간은 홀로세(Holocene) 초기의 가벼운 지구 온난화를 피하고 싶었기 때문에, 오히려 그들의 알고리즘은 훨씬 더 악화된 지구 온난화를 초래하고 말았다. 그들은 운명의 거미줄과 불안을 유발하는 존재의 루프 구조, 즉 트릭스터(Trickster)의 구석기 시대 영역을 뛰어넘고 싶었기 때문에, 인간은 판돈을 두 배로 늘렸고 그 결과 운명의 거미줄에 한층 더 깊이 얽히고 말았다.

이것은 모든 비극의 플롯이 아닌가? 비극은 인간이 농업적 물류학(agricultural logistics)을 계산하는 방법이기 때문에 이는 놀라운 일이 아니다. 그 계산법은 필연적으로 제한적인데, 이는 **농업물류학**(agrilogistics), 즉 특정한 농업 양식(메소포타미아 양식)과 그 논리적 구조의 증상이기 때문이다.[3] 물류학은 사물들이 조직되고 실행되는 방식이다. 그리고 이 조직은 종종 은폐되어 있는 숨겨진 논리를 지니고 있다. 그 차이는 행위하기와 인식하기 간의 차이와 유사할지 모른다. 주요 농업용 화학비료인 인이 생물권에 영향을 끼쳐온 방식을 잠시 살펴보는 것만으로도 농업물류학의 문제점을 깨닫는 데 충분할 것이다. 현재의 생태학적 위기에 대해 우리가 빠져있는 비극적 양식은 이 위기를 낳은 바로 그 알고리즘의 미적 산물이다.

우리는 어떻게 이 비극의 공간에서 빠져나올 수 있는 길을 발견할 수 있을까? 이는 더 거대한 맥락에서, 우리가 어떻게—현재 그 실행을 유지하기 위해서는 산업과 전산화된 보철장치를 필요로 하는—농업물류학적 배치에서 빠져나올 수 있는 길을 찾을 수 있는가를 묻는 질문이다. 삶 그 자체는 비극적 개념이다. 산의 경사면에 매달린 바구니 속의 가엾은 오이디푸스, 즉 겨우 살아있는 어린 아기를 생각해보라. 생명은 **겨우 살아있음**(barely alive)을 의미한다.

시작부터 농업물류학은 효과적이었다. 우리는 농토를 사막으로 만들고, 다시 서쪽으로 이동한다. 아주 단 기간 내에 가부장제는 농업물류적인 기능의 직접적인 결과로서 발전하게 된다. 그 뒤 왕을 정점으로 한 어마어마하게 억압적인 사회계층제가 신속하게 출현한다. 오이디푸스는 무능한 아버지-왕과 연관된 신드롬—이를 라이우스 콤플렉스(Laius complex)라고 부른다[4]—의 희생자다. 문명의 역사, 그것은 의도하지 않은 결과로부터의 장구한 후퇴처럼 보인다. 기이한 것은 일부 인간들('서구인들')이 이 프로그램을 어떻게 아주 행복하게 계속 돌아가게 했는가 하는 것이다—이 프로그램은 시작된 후 이내 극도로 불쾌한 것이 되었다. 홀로세의 온건한 온난화가 대규모 농업에 의해 야기된 것일 수 있는데, 이는 인류세가 두 단계로 나뉘어 있음을 보여준다.[5] 어느 단계든지 간에 자연이라 일컬어지는 것은 홀로세 지구 시스템의 유연한 주기성일 따름이다. 이는 적어도 부분적으로 인간에 의해 생겨난 인위적 구성물이었거나, 아니면 농업물류학이 의지하고 망각할 수 있는 아주 안락한 비인간적인 배경을 제공함으로써 인간중심주의적 운영의 극장을 건설하기 위한 행복한 우연의 일치였다.

농업물류학적 소프트웨어의 기능으로 구축된 생명과 비생명의 얇고 딱딱한 경계는 이런 기능이 창조해온 세계의 핵심적 요소이다. 만약 일어난 일이 마음에 들지 않는다면, 우리는 생명체가 무엇이든지 간에 그것에 대한 새로운 개념을 발견할 필요가 있다. 우리는 생명과 비생명의 경계를 느슨하게 할 필요가 있다. 메소포타미아적 공간 속에 코드화되어 있는 바탕적 공리주의는 하나의 공리를 함축한다. 즉, 더 많이 존재하는 것이 존재하는 것의 그 어떤 성질보다 항상 더 낫다는 것이다. 이는 결국 개체군의 역설을 낳는데, 메소포타미아적 공간 속에 살고 있는 허심탄회한 휴머니즘적 학자들조차 이것을 논하는 것은 금기이다. 이 역설에 따르면, 프리모 레비의 무젤만의 상태와 아주 가까운 삶을 살아가는 수십조의 인간들을 갖는 것이 절대적 탈자(황홀)의 상태 속에서 살아가는 수십억의 인간을 갖는 것보다 항상 더 낮다는 것이다.[6]

당신이 이런 규모까지 확대할 때 그것이 전적으로 부조리하게 보인다는 사실은, 과잉객체들—이는 거대하게 퍼져있는 존재자들에 대한 인식과 창조를 의미하며 우리는 한 번에 그것의 작은 시공간적 단편만 볼 수 있을 뿐이다—의 시대에는 이런 바탕적 공리주의가 명백히 더 이상 기능하지 않는다는 경고가 될 것이다. 이것은 처음엔 잘 기능하지 않았지만 지금은 소프트웨어가 너무 오랫동안 구동되어 왔기 때문에 우리는 그것을 현미경으로 아주 축소시켜 볼 수도 있고, 그것을 연구하기 위해—그리고 불행하게도 그것의 고통을 경험하기 위해—지구 크기의 규모로 확대할 수도 있다.

출산과 출산하는 몸에 대한 통제와 여성의 예속은 바탕적인 실체적 존재론과 존재의 임의적 공리주의(existence-no-matterwhat utilitarianism)와 결합되어 있다. 가부장제는 종차별주의와 인간중심주의와 뒤얽혀 있다. 비인간들—이들의 총체성은 대지 (Mother Earth)라고 불린다—은 무한히 작고 무한히 유연한 개체들로 간주된다. 그리고 칸트 이후 이 개념의 업그레이드에서 이 개체들은 인간들이 포맷할 때까지 심지어 개체로도 여겨지지 않았다.

무슨 수를 쓰든 더 많이 존재하는 것이 실체적 존재론이 갖는 의미이며, 여기서 객체들은 우연적인 것들로 장식된 단순한 연장 덩어리이다. 이런 점이 (아리스토텔레스나 환원주의적 원자론에 의해) 형식화되기 오래 전에, 그리고 인류세의 초기에 공리주의가 형식화되기 수천 년 전에, 바탕적인 실체적 존재론이 사회 공간 속에 바로 코드화되었다. 이를 원상태로 돌리는 것은 현재의 사회공간의 해체를 의미한다. 현존의 형이상학과, 비인간을 조작 가능한 연장 단위로 규정하는 인간중심주의적 정의를 해체하는 존재론적 기획은 이런 시간적 스케일—즉 지구 온난화와 멸종의 스케일—로 사고하면 정치적 기획이기도 하다.

메리 데일리(Mary Daly)[7]는 아주 옳았다. 우리는 죽음의 문화, 즉 과잉살인의 문화—프로이트의 죽음충동은 항상 과잉살인의 기제이다—에 살고 있고, 이 문화에서는 식물 세포와 동물 세포의 부드러운 경계가 플라스틱의 딱딱하고 매끄러운 경계가 되고, 오일로 전환되어 버린다.[8] 우리는 말 그대로 사회적 세포벽을 거듭 단단하게 만든다. 즉, 우리는 화석화된 식물 및 동물 세포를 사용하여 마일라(Mylar)와 라텍스 같은 플라스틱용 오일, 즉 아주 윤기나고 매끄럽고 아름다우며 보호적인 BDSM막으로 만든다. 죽음충동은 정확히 농업물류학의 완화된 생존 양식이고 생명(Life) 개념을 책임진다. 냉혹한 생명의 무자비한 추구는 바로 죽음과 절멸이다. 예로 들어, 자본주의적 성장 개념은 바로 이런 추구의 양식이다.[9]

예술과 인간적 섹슈얼리티는 죽음의 논리와의 유희가 벌어지고 그 논리가 전복되고 패러디되며 좌절되는, 지구상에 남은 극히 드문 장소 중 두 곳이다. 성적 선택(sexual selection)은 칸트보다 훨씬 더 칸트적이다—성적 재생산을 위한 공리주의적 근거는 전혀 존재하지 않는다. 성적 선택은 DNA의 관점에서 보면 터무니없이 비싸고, 근본적으로 아무런 근거 없이 이루어진다. 빛을 발산하는 아름다운 날개가 한 생명체의 생식력을 보여주는 증거라는 주장은 순환적이고 문제 회피적이다. 만일 살아있음이 정말로 생식력과 특히 외모의 폭발적 과시와 관련이 있다면, 모든 생명체는 우리 자신을 복제하려고 할 것이다. 아름다운 날개의 사례보다 권력을 과시하는 훨씬 더 효율적인 방법들이 존재한다. 생명체 자체는 존재로부터 현상을 떼어내버리려는 논리에 도전한다.

메소포타미아적 사회 공간에서 우리는—(여성 육체의 통제를 둘러싼 끝없는 낙태 '논쟁'에서처럼) 노골적인 생명이냐 아니면 완전한 비존재냐 하는—두 종류의 죽음 사이의 냉정한 선택과 마주한다. 우리는 사디즘적으로 무슨 짓이든 할 수 있는—혹은 결코 아무 짓도 할 수 없는—단순한 연장 덩어리로 간주된다.

'생명'은 이 두 가지 죽음들 사이에 실제로 존재한다. 생명은 기계적 투입이 없는 떨림이나 희미한 어른거림이며, 여기서 객체들은 외부의 동력에 의지하지 않으면서 홀로 움직인다. 이러한 떨림을 이제 작은 객체들 속에서 관찰할 수 있는데, 이 객체들이 작다고 하더라도 원자구성입자들(subatomic particles)보다는 훨씬 크다. 이런 입자의 차원에서 불규칙적인 행동은 상관주의적 표준 모델(correlationist Standard Model)에 의해 제약받는다.[10] 바꿔 말하면, 사물의 내재적 운동이 의미하는 것은 현상과 존재가 분리 불가능하지만 동시에 교묘한 차이를 가지며 농업물류학적 기능에 도전한다는 것이다. 농업물류학적 기능은 결코 공식적으로 증명된 바 없는 비모순율의 논리적 '법칙'을 생성한다. 이것이 증명되지 않았다는 것은 농업물류학적 사회 공간 내에서 이것이 너무나 명백해 보이기 때문이다. 이븐 시나(Ibn Sina)(혹은 서기 1000년경에 명성이 자자했던 페르시아 철학자인 아비센나 Avicenna[11])는 그 핵심에 도달했고 고문의 협박을 통해 그 법칙을 뒷받침했다. 즉, 존슨 박사가 발차기 소리를 내고 난 뒤 이 소리를 발로 찰 수 있는 사물의 존재에 대한 논증으로 내세웠던 것처럼, 혹은 (약간 더 폭력적으로) 이단 심문이 특정 개념을 믿지 않는다는 것을 고백하게 하고 그에 근거해 화형시켜야 한다고 주장했던 것처럼, 영혼도 그와 같은 것이라는 것이다.[12]

운동이 발생하는 것은 현상과 존재가 서로에게로 미끄러지고, 마치 존재가 루프이고 현상이 뫼비우스 띠를 형성하는 루프의 꼬임인 양, 그것들이 다르면서도 같은 것이기 때문이다. 이러한 꼬임이 어디에서 시작하는지는 알 수 없다. 우리에게 내부와 외부의 경계에 대해 말해줄 수 있는 작은 점선이나 도시 방벽이나 울타리나 개념 따위는 전혀 없다. 뫼비우스 띠는 **방향성이 없는 표면**(non-orientable surface)이며 이 위상학에서는 내부와 외부, 앞과 뒤, 위와 아래의 구분은 존재하지 않는다. 생명체는 바로 이와 같이 방향성이 없는 개체다. 만약 절대 영도의 진공에서 작은 거울들이 기계적인 도움 없이 적외선 빛을 방출할 수 있다면, 당신은 아무런 특별한 이유 없이 아름다운 날개의 사례를 받아들이고, 바로 그렇기 때문에 그것이 섹시하다고 생각할 것이다. 칸트적 미의 비개념성(nonconceptuality)은 적어도 딱정벌레와 나비, 물고기로 확대된다.[13)]

우리는 정말로, **정말로** 개체들이 기계적인 투입 없이 희미하게 흔들거리는 것을 좋아하지 않는다. 심지어 표준적인 양자 이론조차 이 원반(disco)을 직경 약 10의 마이너스 17승(10^{-17}) 센티미터나 그 이하에 존재하는 사물들에 한정하고 싶어 한다. 농업 물류학의 사디즘적 죽음학(sado-thanatological)의 공간에서 존재의 내재적인 흔들림, 즉 현상과 더불어 희미하게 흔들리는 존재는 유령적이고 죽지 않고 불순하며 이단적인 금기로, 혹은 힌두교나 기독교와 같은 농업 시대 종교의 VIP 라운지에 도달한 사람들에게만 주어지는 신비스런 비밀로 알려져 있다. 최상층까지 올라가느라 기진맥진하게 된 당신 자신이 바로 신이라고 듣게 되는 엄청나게 매개된 버전의 이야기를 듣게 되는데, 핵심은 그것을 알아차리는 것이다. 이는 무지개 빛깔의 날개의 사례처럼 흥미롭다. 축의 시대(Axial Age)의 종교는 그 감각적인 줄기의 꼭대기에서 이색적이고 신비스러운 꽃을 피울 수밖에 없다.

'구석기 시대적'(Paleolithic)(경멸적이고 물화적인 용어) 혹은 '토착적'(indigenous)이라 불리기도 하는 비농업물류학적 공간에서 어른거림은 마법으로 알려져 있다. 그것은 메소포타미아적 기준에 의해 살아있든 아니든 간에 모든 객체에게 적용된다. 원주민들에게 개체는 죽었거**나** 살아 있는데, 그것이 어떤 것인지는 정확히 말할 수 없다.

우리 메소포타미아인들은 메소포타미아적인 사유 공간 밖으로 나가는 것은 금지되어 있다. 나가게 될 경우 당신은 미쳤거나 우둔한 사람으로 손가락질 당하게 된다—예를 들어, 당신은 원시주의자가 되거나 아니면 비서구 문화들을 전유하는 것으로 비난 당하게 될 것이다. 비인간들이 어떻게 그들의 주위에, 그들의 내부에, 혹은 그들의 옆에 희미하게 어른거리는 영혼을 갖게 되었는지에 관한 모든 얘기들은 먼 과거에 관한 것이거나, 프랑스어로 '에일리언'(*aliens* 광인들)이라 불리는 사람들, 즉 농업물류학적 주거구조의 경계표석 너머에 있는 존재자들을 나타내는 흥미로운 용어에 관한 것으로 여겨진다. 견과류와 열매를 찾아다닌다는 생각을 비웃거나 기이하게 여기는 것은 존재론적 흔들거림을 억압하려고 하는 또 다른 치환된 방식이다. 희미하게 흔들리는 개체가 살아있는지 아닌지는 미리 만들어진 개념 없이는 판단 불가능하다. 생명과 비생명의 구분은 유지될 수 없다. 모든 존재자들은 살아있거나 살아있지 않은 것으로 사고되기보다는 죽지 않은(undead) 것으로 사고되는 것이 낫다.

다음 장에서 우리는 농업물류학의 바탕적인 실체적 존재론 없이 하나의 종이 어떠할지를 숙고해볼 것이다. 희미하게 흔들거리고 죽지 않는 유령적인 존재자—전자, 생쥐, 마천루, 사회운동—는 본질적으로 초능력을 부여받은 미지의 존재자(X-being)이다. 우리가 이를 이해할 수 있는 것은 정확히 칸트 자신이 물러날 수 있는 것으로 인정한 유일한 것을 설명하기 위해 사용한 X, 즉 초월론적인 선험적 종합판단을 통해서이다. 그는 이것을 '미지=X'라고 부른다.[14] 그러나 이제, 이 초능력에 대한 인간중심주의적 저작권 규제를 해제하고, 이 초능력을 단지 연장적 공간과 시간의 수학화만이 아니라, 즉 논리적 명제나 사고, 희망, 소망, 증오와 같은 모든 다른 이념적 현상들(후설)에만—하이데거와 라캉에 따라 탈자(ex-sist)한다는 점에서 인간들에게만—한정하지 말고 어떠한 임의적 개체들에도, 즉 관념, 꽃, 단어, 시, 청개구리, 생물권에도 적용해보자.

이 흔들거리고 희미한 X-능력을 나타내는 하나의 용어가 있는데, 그것이 **악**(evil)이다. 그리고 예술이 농업물류학적 소프트웨어 속에 함축되어 있는 것과 이 소프트웨어에서 출현하는 것을 초과하는 그림자와 유령을 다루기 때문에, 농업 철학은 너무나 자주 예술을 악의 영역으로, 플라톤적 동굴 같이 잊혀진 구석기적 몽상으로 간주해왔다. 필립 풀먼(Philip Pullman)의 『황금나침판』(*His Dark Materials*) 삼부작에서 종교는 마녀의 친구들처럼 아이들 주변에 맴돌면서 아이들의 몸에 달라붙어 있는 영적 동물들이나 '데몬'(dæmon)을 제거하려고 한다. 가부장제적 종교는 정확히 사물의 미지의 힘을 말소하고, 사물들이 지금과 같지 않게 될 자기 자신의 미래 버전들, 즉 당신의 어깨 위에 앉아 있는 데몬들에 의해 드리워져 있거나 어른거리는 방식을 제거하기 위한 장치다. 그리고 이는 가부장제적 종교가 매우 효율적인 기계의 직접적인 결과이기 때문이다. 이 기계에 의해 유령성을 제물로 바치는 무자비한 봉헌식이 오늘날 여섯 번째 대량 멸종 사건이라는 이름으로 불린다. 이제 생명체들을 위해서, 악해 보이는 유령적 어른거림을 예술의 영역 속에 감금된 처지에서 해방시켜주고, 돌고래와 인간들이 그런 흔들거림을 가질 수 있도록 해줄 때이다.

2
장

유령들

그래, 온 세상에 뭔가가 출몰하고 있다! 단지 출몰하기만 한다고?
아니다. 그것 자체가 '걷는다.' 그것은 속속들이 기이하고 낯설다.
그것은 방황하고 몸 같아 보이는 영혼이다. 그것은 유령이다.

—맥스 슈티르너, 『자아와 그 고유성』

내가 '상관주의적 발견양식'(correlationism revelation mode)이라
부르게 될 한 현상들을 살펴보자. 나의 조사는 이 양식을 왜곡시
키려고 하는 것 같은 내부 압력, 즉 그것은 어디에서 오는가에 주
목함으로써 정신분석학적 방식으로 진행될 것이다.

칸트 이후의 철학과 관련 문화적 객체들을 규정하는 상관주
의의 설명들이 공유하는 수사학적 패턴이 있다. 그것은 다음과
같다. "소년아, 아 소년아, 객체가 주체를 수반한다는 것을 알면
놀랄 것이다. 이것이 너의 세계를 흔들 것이다!" 칸트조차도 우
리가 이제 막 보았듯이, '미지=X'라는 말을 사용하면서 이를 해

명하는 데 상당한 열정을 보였다. 이 '미지=X'라는 킬러의 단어는 점점 다가오는 위협을 환기시킨다. "당신은 그것을 볼 수 없지만 그것은 실재한다. . .! 칸트의 경우에 이 X는 초월론적 주체임이 드러나는데, 이것은 인간에게 마치 풍선처럼 매달려 있는 듯 하다.

또는 하이데거를 생각해보자. 『존재와 시간』(Being and Time)은 현존재의 서사적 드러남(reveal)으로 구성되어 있다. 즉 이 드러남은 독자에게 살금살금 다가올 것이다. 소년아, 아! 소년아, 이는 무시무시하지 않을까. . .! 또는 라캉을 생각해보자. 나는 문학이론 수업에 참석했는데, 교수는 자신의 작업을 가르치기 직전에 잊지 않고 "여러분은 놀라게 될 겁니다!"라고 말한다. 놀라운 것은 현실이 하나의 구성물이라는 것이다—놀랍죠! 상관주의의 발견양식은 뉴에이지 문학에서 아주 강력하게 나타난다. 이것은 종종 "이는 놀라운 일입니다. 전에는 이에 관해 결코 몰랐을 겁니다. 하지만 . . ."라는 식으로 외친다. 예를 들어 잠시 《블립》(What the Bleep Do We Know?)이라는 영화의 의미를 생각해보라.[1]

적어도 『물리학의 도』(The Tao of Physics)에서 상관주의의 발견양식은 우리가 양자 이론에 관해 서로서로 이야기하는 방식에 영향을 끼쳤다.[2] 상관주의의 발견양식은 일련의 문화 및 문학비평과 불교의 안내책자들에 나타나 있다. . . 그것은 도처에 있다. '미적인 것의 이데올로기'는 이런 발견양식의 영역 내에서 기능한다. "사회 공간은 파편화되어 있지만 이 사물은 존재한다. 이 사물은 모든 파편들을 접합하여 원래 상태로 돌려놓는다. 정말 놀랍다! 구원받은 것이다!" 각 사례에서 작용하는 조야한 환원주의적 유물론에 맞서는 역능 강화적인 요소가 있다. 우리 자신은 상관주의에 대해 크게 놀라워할 필요가 없을 것 같다. 그것은 마치 해마에 손상을 입은 사람이 5분마다 반복적으로 '깨어나' 돌아다니는 것을 보는 것과 유사하다. 수없이 반복됨으로써 이보다 더 지루하게 관습적인 것도 없을 것이다. 어떤 이는 반복이 현재 진행되고 있는 것의 어떤 무의식적 양상을 보여주는 증거일 거라고 추측한다. "**나는 모른다**(I'm out of the loop)! **나는 모른다! 나는 모른다! 나는 . . .**" 이것은 이상하게도 휘그의 역사, 즉 과거, 이를테면 로마 제국을 떠올리면서 부르주아가 부상하고 있다고 생각하는 그런 류의 역사와 닮았다. 놀라움과 예측가능성이 기이하게 중첩되고 있다.

우리가 객체들이 (인간적) 투사를 위한 텅 빈 스크린이라는 것을 알면 놀라게 될 것이라고 스스로에게 말해온 지도 사실상 200년이 지났다. 이것은 종종 사람들에게 자신들이 비인간들보다 **훨씬 더 많은** 힘을 갖고 있다는 것을 보여주는 방식으로 행해져왔다. "한 때 우리는 연장 덩어리를 대부분 기계적으로 밀어붙임으로써 조작할 수 있었다. 하지만 이제, 이를 확인해보자! 우리가 연장 덩어리의 조작에 관해 말하기도 전에 그것들을 **포맷**할 수 있다!" 상관주의의 발견 양식은 그런 양식이 나타나는 담론의 의도가 무엇이든 사람들이 무슨 일이든 할 수 있는 사디즘적 향락의 양식이다.

종종 문제가 되는 것은 생각하는 내용이 아니라 생각하는 **방식**이다. **우리 스스로가 200년 동안 이렇게 말해왔다**는 사실을 사람들이 정말로 모른단 말인가? 사실 사물들은 조작 불가능하기 때문에, 그것들이 얼마나 쉽게 조작 가능한지를 반복해서 말함으로써 우리의 마음을 편하게 해주고 싶은 것은 아닌가? 그 발견 양식에는 상관주의 자체와 **단단히 연결된** 뭔가가 있는가?

또는 우리가 마음 속으로 **메시지 속에 파묻혀 있는** 뭔가가 반복을 통해 드러나기를 바라기 때문에 경이의 양식(surprise mode)을 거듭 반복하는 것인가? 칸트의 사유는 그가 메스머(Friedrich Anton Mesmer)[3], 스베덴보리(Emanuel Swedenborg)[4], 그리고 동물 자기설(animal magnetism)에 대해 알고 있던 것을 억압적으로 승화한 것이다. 동물 자기설은 생명체를 에워싸고 그 속으로 침투하는 한편, 생명체에게 비국소적이고 원격작용적이고 원격감응적이며 최면적인 방법으로 작용을 가해 다양한 효과를 생산하게 만드는 힘을 설명하는 메스머의 용어이다. 오비 완 케노비(Obi Wan Kenobi)는 이것을 《스타워즈》에서 "!쿵족(Nyae Nyae !Kung)은 이를 N!ow라고 불러"[5]라고 말한다. 하지만 상관주의 내에서 일어나는 것은—마치 힘(Force)을 단 하나의 점으로 축소시켜서 그것을 주체와 객체의 상관관계 내에 확실히 편입시킬 수 있을 것처럼—이런 원격작용적인 힘을 사유화하는 것이다. 종교가 1700년대 중반 유럽에서 서서히 약해지면서, 그 사이에 '초자연적인 것'이 새어나왔다. 사상가들은 초자연적인 것에 매혹되었는데 종종 이를 차단하거나 제멋대로 삭제하려고 했다. 이때 동물 자기성에서 최면술로, 다시 정신분석학적 전이로 역사적 연쇄가 이어진다. 21세기가 시작할 무렵, 우리는 거울신경세포(mirror neuron)[6]에 이르게 된다. 이 방향에도 역시 연장 덩어리가 있다. 과학주의는 안도의 한숨을 내쉬고, 상관주의 또한 마찬가지다. 요다(Yoda)처럼 들린다고 해서 걱정할 필요는 없다.

킨트적인 미는 이 불안한 영역에서 발견된다. 그것은 원격감응이나 원격작용, 즉 무생명적 존재나 회화 혹은 음악작품과 같은 것에서 발산하는 행위성이나 생기 같은 것을 제거한 버전이다. 하지만 칸트적 미는 우주의 한 지점(예술작품과 인간 주체 간의 인터페이스)으로 제한되었고, 그 안에서도 일종의 '사유감'(thinkfeel), 즉 사고 자체의 경험(그것은 어쨌든 유용하지도 기능적이지도 않다)에 한정되었다. 칸트가 "우와, 이건 정말 놀라워"라고 말하는 데 반해, 칸트의 또 다른 일부는 "장담컨대 이건 기이하지도 섹시하지도 **않아!**"라고 말하는 것을 들을 수 있다! 만일 칸트가 경계심을 내려놓으면, 그는 아마 요다로 변신하게 될 것이고 자신도 이를 대충 알고 있었다.

이는 마치 양식이 메시지와 모순되는 것처럼 보인다. 우리는 서구 철학적 공간의 밖에서 **심오하고 기이하면서도** 대체로 종교와 '영성' 속에 포함되어 있는 무언가를 들으려고 노력하는 것 같다. 이것은 억압된 구석기 시대적 사고와 같은 것인가? 아니면 '멀리서 어른거리는 유령적 작용'을 포괄하는 사고 공간인가? 노력만 하면 그것을 찾기가 얼마나 쉬운지 알면 당황스러울 것이다. 그리고 이것이 물리적 인과성의 핵심 특징이라는 것은 명백해진다.[7] 만일 상관주의를 탈사유화(脫私有化, de-privatize)하면, 우리는 모든 것이 행위성을 가지고, 모든 것이 '살아 있고' '의식적'일 수 있다는 생각, 혹은 의식이 대등한 타자들 사이의 또 하나의 접근 양식에 지나지 않는다는 생각에 재빨리 도달하게 된다. 전혀 놀랄 필요가 없다.

그리하여 우리는 상관주의를 돌려서 그 안에서 어떤 것, 즉 상관주의를 실제로 **정초하기 위해서** 억압되어야 했고, 그럼으로써 구조적으로는 결코 말할 수 없는 어떤 것을 파악하게 된다. 버터를 생산하기 위해 교유기용 돌(churning stones)을 넣듯이, 우리는 그것을 휘젓는다. 따라서 반복은 정말로 슬픈 어떤 것의 징후다. 우리 자신은 거기에 도달할 수 없는데, 이는 비극적 아이러니이다. 즉 우리의 반복은 조작할 수 있는 우리의 감각을 고양시킨다. 이것은 스톡홀름 증후군의 한 형태인데, 여기서 우리는 상관주의적 폭발을 단지 하나로, 즉 우주 중에서 인간적 부분에만 국한함으로써 단절을 재생산한다. 이것에 대해 우리가 흥분을 느끼는 것은 전통적인 상관주의의 바로 그 내용 속에 뭔가가 빠져 있다는 징후이다.

유령적 현상학

우리가 상관주의적 경이의 양식(correlationism surprise mode)의 사례에서 마주치는 것은 초자연적인 행위의 유령이다. 가장 기본적인 형식으로 추출할 때, 코뮌주의에 출몰하고 있는 것은 유령성 그 자체의 유령(the specter of spectrality itself)이다. 왜냐하면 유령성은 공생적 실재가 풍기는 특질이기 때문이다. 공생적 실재에서 모든 것은 있는 그대로의 것이지만 그 어떤 것도 정확히 자신과 일치하지 않는다. 코뮌주의적 사상은 유령적인 것을 포함할 필요가 있고, 정확히 유령적인 것을 구성하는 것이 무엇인지를 이해할 필요가 있다. 비록 유령적인 것이 인간적인 것 내에 재배치된다—이것이 인간성 개념을 형성한다—고 하더라도, 그것은 신의 영역에 존재하는 정신은 아니다. **유령성은** 우리 자신의 '비인간적' 측면을 포함해 **비인간적인 것들이다.** 유령들의 불러 모음은 우리가 생태코뮌주의(ecocommunism), 즉 인간들과 비인간들 모두의 코뮤주의과 같은 것을 상상하는 데 도움을 줄 것이다.

'유령'은 '환영'(apparition)을 의미할 뿐 아니라 '무시무시한 객체'를 의미할 수도 있고, '환상'을 의미할 수도 있고, '사물의 그림자'를 의미할 수도 있다.[8] '유령'이라는 단어는 현상과 존재 사이에서 동요함으로써 자체적인 정의에서도 유령적이다. 유령에서 우리는 마르크스의 자연, 즉 인간적 물질대사에 예속된 비인간들을 포함하여 자연에 따라 아직 포맷되지 않은 존재자들의 유령적 현존과 만나게 된다. 사물 그 자체가 데이터에 어른거린다. 즉, 이는 칸트 이후 대륙의 철학적 전통을 설명하는 가장 간단한 방법일지 모른다. 이것에 대한 마르크스의 견해는 사용가치가 이 등식에서 인간의 물질대사의 편에 있다는 점이다. 즉 스푼은 나의 향락을 조직하는 방식의 일부가 되는 한에서만 존재하는 것이다. 이것이 우리가 『자본』 제1권 15장에서 상상력이 풍부한 건축가와 기계 같은 벌의 예를 통해 듣게 되는 것이다. 이 사례는 인간 존재와 다른 모든 것 간의 첨예한 구분인데, 이는 마르크스가 칸트로부터 물려받은 것이고, 칸트에게는 여전히 데카르트의 유령, 즉 기계적으로 연결된 순수한 연장 덩어리에 대한 데카르트의 실체적 존재론이 어른거린다.

우리가 생태학적 존재자들—인간, 나무, 생태계, 구름—에 관해 더 많이 생각하면 할수록, 우리는 더욱더 그것들을 살아 있거나 죽은 것이 아니라 유령적인 것으로 생각하지 않을 수 없게 된다. 그런 존재자들에 관해 더 많이 생각하면 할수록, 우리는 이 존재자들이 확실히 '현실적'이지도 않고 전적으로 '비현실적'이지도 않다는 것을 더욱더 깨닫게 된다. 이런 의미에서 생태학적 존재자들은 유령적이다. 생명과 비생명 간의 차이가 얇지도 딱딱하지도 않기 때문에, 우리는 생물학과 진화이론이 실제로 우리가 전통적인 서구적 논리에서 배제된 두텁고 흐릿한 중간 지역에서 망령, 유령, 좀비, 죽지 않은 자 및 다른 애매한 존재자들**로서**, 그리고 그런 존재자들**과 더불어** 공존한다고 말하고 있다는 것을 알게 된다.

마르크스는 인간들과 살아있는 비인간들을 구분한다. 건축가들은 상상력을 갖고 있는 데 반해, 벌은 컴퓨터 프로그램처럼 실행만 할 뿐이다. 만약 인류가 인간중심주의적이기를 원치 않는다면, 우리는 이처럼 사고할 수 없다. 또한 마르크스는 자본이 하는 것—테이블로 하여금 가치를 계산하게 하는 것—과 초자연적인 것이 하는 것—테이블로 하여금 춤추게 하는 것—을 구분한다.[9] 자본주의적 테이블이 건축가의 인공지능적 형태와 유사한데 반해, 초자연적 테이블은 벌의 유령적 형태와 유사하다. 아이러니한 것은 마르크스가 춤추는 테이블보다는 자본주의적 테이블과 함께 있을 때 더 행복하게 느낀다는 것이다. 미래의 코뮨주의는 개구리와 벌과 같은 비인간들, 심지어는 테이블조차 춤출 수 있는 장소가 되어야 한다.

마르크스가 바라듯이, 인간이 상상력을 사용하고, 벌은 단지 알고리즘을 실행할 따름이기 때문에 최상의 벌이 최악의 (인간) 건축가 보다 결코 우수할 수 없다는 것은 증명될 수 없다.[10] 벌이 상상력이라는 능력을 갖고 있다는 것을 보여주는 것보다 더 효과적인 것(일부 과학은 이런 가능성을 향해 나아가기 시작한다)은 인간이 상상력을 갖고 있다는 것을 증명하는 것이 불가능함을 보여주는 것이다. 내가 뭔가를 계획하고 있을 때 알고리즘을 실행하고 있지 않다는 것을 증명해보라. 인간이 알고리즘을 맹목적으로 추종하지 않는다고 주장하는 것이 어떤 맹목적인 알고리즘의 효과가 아니라는 것을 증명해보라. 우리가 말할 수 있는 최대치는 인간 건축가들이 당장은 튜링 테스트를 통과한다고 하더라도 그들이 어떤 점에서 벌보다 더 낫다고 말해야 할 아무런 이유도 없다는 점이다. 오히려 진실에 더 부합하는 것은 벌들이 실제로 맹목적으로 알고리즘을 실행할 뿐이라는 우리의 확실성에 의문을 제기하는 한편, 인간이 알고리즘의 실행인지 아닌지를 결정할 수 없다고 주장하는 것이다. 왜냐하면 우리의 확실성이 인간에 관한 형이상학적 주장에 근거하기 때문에 무용한 순환성에 갇혀있기 때문이다.

내가 상상할 수 있다는 것을 증명할 수 없는 두 가지 가능한 이유가 있다. 첫째, 상상하는 것과 같은 그런 것은 결코 존재하지 않는다. 우리가 '상상함'이라 부르는 것이 무엇이든 그것은 어떤 물질적 과정으로 환원될 수 있다. 만약 이 첫 번째 이유가 진실이라면, 이는 우리가 생명체에 관해 관심가져야 할 이유를 급격히 줄여줄 것이다. 건축가는 기만에 빠진 벌일 뿐이고, 벌은 단지 메커니즘일 뿐이다. 둘째, '상상력'이라 일컫는 것은 직접적으로 현존하지 않는다. 따라서 그것을 직접적으로 지시될 수 없다. 그것은 기본적인 존재론적 불확실성을 포함하는 유령적 존재를 갖는다. 이런 관점에서 벌은 이름표가 잘못 붙어있는 건축가인 것이다.

생명과 비생명을 명확하게 구분하기 어려운 세계에서는 벌과 테이블을 구별하는 것 또한 쉽지 않다. 인간과 벌을 아주 엄격하게 구분할 수 없기 때문에, 인간과 테이블 간의 차이는 줄어들게 된다. 우리는 모든 존재자들이 행위성, 심지어 마음을 갖는다는 객체 지향적 존재론을 향해 나아가고 있다. 의미심장하게도,

마르크스가 밀턴에 관해 말할 때 우리는 이것을 잠시 엿볼 수 있다. 영문학사의 평가에서 셰익스피어 바로 다음으로 유명한 밀턴이라는 시인은 그가 『실락원』(*Paradise Lost*)을 썼을 때 누에고치처럼 행동했다. 그는 출판사에게 돈을 벌게 해주려는 계약 관계를 맺지 않았다. 밀턴은 그 어떤 잉여가치도 생산하지 않았기 때문에 '비생산적' 노동자였다.[11] 자본가가 추상적이고 동질적인 잉여 노동시간을 획득할 때 잉여가치가 생산된다. 밀턴의 자동화되고 비인간적이며 알고리즘적인 행동—바로 밀턴으로부터 쏟아져 나온 시—은 높은 평가를 받는 데 반해, 돈을 받는 작가가 맺는 의도적이고 '상상력있는' 계약 관계는 저평가된다. 비버의 유전자가 그의 수염에서 끝나는 것이 아니라 그가 쌓는 댐에서 끝나듯이, 『실락원』은 밀턴이라는 누에(Milton the Silkworm)의 '확장된 표현형'[12] (extended phenotype), 즉 그의 예술적 유전자의 표현이었다.

이는 건축가와 벌의 놀라운 역전이다. 작가는 자신의 노동이 추상적이고 단조롭고 동질적인 노동시간의 단위로 축소됨으로써 자신이 무엇을 표현하고 있는지가 크게 중요하지 않는 계약 작가인 것이다. 마르크스는 아돌프 바그너(Adolph Wagner)에 대한 노트에서 '반응'(behave)(벌이 행하는 것)을 긍정적 의미로 사용한다. 여기서 그는 생산 개념을 일반적 통념과는 다르게 정의하는데, 기존의 생산 개념은 우리가 시간과 시간의 측정을 혼동해버린 것처럼 사회주의가 반대하려고 한 **물화된** 생산과 훨씬 더 많은 관련이 있는 것 같다.

인간은 결코 "외부 세계의 사물들과의 이런 이론적 관계 속에 있음으로써" 시작하지 않는다. 인간은 모든 동물들처럼, 먹고 마시는 등의 일로 시작한다. 다시 말해, 그는 하나의 관계 속에 '있는' 데서 시작하는 것이 아니라 적극적으로 반응하고, 행동을 통해 외부 세계의 특정한 사물들을 이용하며, 나아가서 자신의 욕구를 만족시킴으로써 시작한다. 그렇다면 이제 생산으로 시작해보자.[13]

생산은 복숭아를 베어 무는 것이다. 생산은 베어 물기의, 복숭아의, 그리고 비인간들의 향락이다. 생산은 사랑이며, 이는 비인간과의 순수한 연대―복숭아를 입으로 가져가 베어 무는 것―를 포함한다. 생산은 당신이 하지 않을 수 없는 어떤 것이다. 생산은 누에가 실크를 뽑아내는 것이다. 생산은 또한 벌이 벌집을 짓는 것이다. 글쓰기 자체의 출현은 이윤을 위한 노동으로서의 글쓰기라는 실체와 명확하게 분리된다. 하지만 밀턴의 경우에, 사물(시인)과 그 현상(시)은 분리될 수 없다. 여기서는 정신과 신체 혹은 실체와 우연의 이원론은 작동하지 않는다. 그리고 이원론이 사라지는 것은 환원주의를 통해서가 아니라, 즉 밀턴은 단지 서브루틴(subroutine)[14]의 집합체에 지나지 않을 뿐이라고 말함으로써가 아니라, 상상적인 것 속에서라고 하더라도 '그렇게 할 수밖에 없는 밀턴'(Milton-who-can't-help-it)의 자연스러운 사물적·감각적 성질이 화려한 시로 출현한 것이라고 주장함으로써 가능하다. 비록 상상적인 것 속에서이긴 하지만 이는 '행위'(act)라는 단어의 가장자리는 부드럽게 하고, '반응'이라는 단어의 행위성은 예리하게 만든다.

99

춤추는 비인간들

지금 막 얘기한 것은 상품물신숭배에 대한 마르크스의 이론과 일치한다. 자세히 살펴보기에 앞서 『자본』에서의 마르크스의 설명의 시작 대목을 상기해보자.

> 상품은 처음에는 지극히 명백하고 하찮은 사물로 보인다. 그러나 그것을 분석해보면 형이상학적 섬세함과 신학적 미묘함이 넘쳐나는 아주 이상한 것임이 드러난다. 그것이 사용가치인 한, 우리가 그것의 속성이 인간적 욕구를 만족시킨다는 관점에서 생각하든, 아니면 그것이 인간 노동의 산물로서 처음으로 그런 속성을 띠게 되었다는 관점에서 생각하든 그 사물에는 전혀 신비스러운 것이 없다. 인간이 자신의 활동을 통해 자연적 물질의 형태를 자신에게 유용한 방식으로 변화시키는 것은 지극히 명백하다. 예를 들어, 만약 나무를 갖고 테이블을 만들게 되면, 나무의 형태가 달라지게 된다. 그럼에도 불구하고 테이블은 나무, 즉 일상적인 감각적 사물로 계속 남아 있다. 하지만 그것이 상품으로 등장하는 순간, 그것은 감각을 초월하는 사물로 변하게 된다. 테이블은 땅 위에 제 발로 서 있을 뿐만 아니라 모든 다른 상품과 관련해서는 뒤집어져 있다. 그것은 나무로 된 두뇌에서 그로테스크한 생각들을 뽑아내는데, 이런 생각은 자유의지로 춤추기 시작한다고 생각할 때보다 훨씬 더 경이롭다.[15]

추상적이고 동질적인 노동시간은 황금 알을 낳는 거위이고, M(화폐)을 C(상품)를 경유시켜 M′(더 많은 화폐)으로 전환하도록 만든다. 이것이 유명한 M–C–M′공식이다. 자본주의는 사물들을 우연들로 장식된 단조로운 연장 덩어리로 환원함으로써 서구철학의 바탕적 존재론의 극단적 형태처럼 기능한다. 내가 스퀴즈에 뛰어난지 타격에 뛰어난지는 중요하지 않다. 두 가지 행위들은 추상적 노동시간과는 무관하고, 이런 행위들이 만드는 것은—초콜릿 바든 핵무기든—돈 벌기와는 무관하다. 따라서 나의 실제 노동과 내가 만들고 있는 것(사용가치)과 상품 **형식**(상품이 가치, 특히 추상적이고 동질적인 노동시간의 가치를 결정하는 형식) 사이에는 초월론적 간극이 있다. 은밀한 소망이 꿈의 드러난 내용이 아니라 꿈의 형식 속에 숨어있다는 프로이트의 사고에서처럼 자본주의의 비밀은 교환가치의 형식 속에 숨어있다. '상품형식'은 '이 초콜릿 바의 형상'을 의미하지 않는다.

내가 무엇을 창조하는지 그렇지 않은지는 중요하지 않다. 그리고 내가 그것에 대해 어떻게 느끼거나 생각하는지는 확실히 중요하지 않다. 구체적으로 노동이 가치를 생산한다는 것을 아는 것은 중요하지 않다—모든 자본주의적 이론들 역시 그 점을 알고 있기 때문이다. 하지만 추상적인 노동시간의 가치를 계산함으로써—시간 순으로는 나의 노동이 초콜릿 바를 만들지만, 논리적으로 볼 때는 이 초콜릿 바의 교환가치가 나의 노동시간을 내가 판매할 상품으로 만든다—상품물신숭배가 어떻게 작동하는지를 아는 것 또한 중요하지 않다.

객체들이 행위성을 갖는다고 주장하는 것, 객체들이 사물적(thingly)(『자본』의 이 문단에서 마르크스가 사용하는 말로는 '**물적**'*dinglish*)이라고 단지 주장하는 것, 그리고 객체들을 감각적으로 사유하는 것은 자본주의적 운영과는 무관하다. 그러므로

OOO는 명백히 상품물신숭배의 발현이 아니다.[16] 뿐만 아니라 객체가 행위성을 갖는다고 주장하는 것은 객체를 가치계산을 위한 단순한 텅 빈 스크린, 즉 인공지능처럼 개념들을 '펼치는' 두뇌를 가진 연장 덩어리로 만드는 추상화에 저항하는 것이다. 테이블이 춤출 수 있다고 사고하는 것이 상품물신숭배는 **아니다**. 상품 형식은, 추상적인 노동시간이 단조로운 동질적 덩어리, 즉 육체와 같은 (데카르트적인 이원론에서와 같이 이 육체를 부지런히 움직이게 만드는 정신처럼 그 위에 가격이 매겨져 있는) 연장 덩어리로서 생산되는 교환가치의 구조이다. 이는 OOO와는 아주 거리가 먼 것이다. 자본주의는 어느 편이냐 하면 관념론의 변질된 형태이다. 여기서는 단지 하나의 비인간만이 행위성—과잉객체—를 가질 수 있다. 이 과잉객체는 실제 노동으로부터 추출된 동질적인 추상적 노동시간으로 구성되는데, 이는 복숭아를 베어 물고 그 즙이 턱을 타고 흘러내리도록 하는 감각을 포함한 창조성과 쾌락들, 즉 아주 넓은 생산의 스펙트럼 내에서 좁은 범위를 나타낸다.

이 모든 것은 적어도 비인간들의 감각성과 특수성, 그리고 창조성의 감각성과 특수성을 고려하지 않아야 할 그 어떤 합당한 이유도 없다는 것을 의미한다. 상품물신숭배는 단지 인간의 소외와 관련이 있는 것이 아니라, 우리가 방금 보았듯이 그 어떤 개체든지 간에 그 개체의 감각적인 성질들로부터 개체가 소외된 것과 관련이 있다. 한편의 탁월한 시를 쓸 때처럼 생산은 종적 존재로서의 당신이 하지 않을 수 없는 일이다. 이는 정확히 생산이 이용 가능한 방식이다. 생산은 어쨌든 일어나게 되어 있는데, 자본가는 양동이를 그 생산의 강물 속에 집어넣어 거기에서 노동시간을 추출하고 그것을 동질화할 수 있다. 자본가는 이런 사실, 즉 내가 고안할 필요가 없는 비-선택적이고 '비-상상적인' 나의 부분, 즉 내가 누에고치와 같은 존재자라는 사실을 이용한다. 이것이 바로 나의 노동이 토양의 생산성과 같을 수 있는 이유이다—노동과 토양 둘 모두 자본주의가 가치 계산을 위한 텅 빈 스크린으로 전환할 수 있는, '자연'의 매우 자연스런 부분들이다.

나 자신의 이런 자연스런 부분이 마치 외부의 존재자인 양 나에게 폭력을 행사한다—이것이 소외다. 이는 마치 자본주의가 인체 공학적 영혼을 나의 가엾고 무기력한 육체 속에 억지로 집어넣고선 데카르트적인 좀비처럼 이 육체에 생기를 불어넣는 것과 같은 것이다. 이제 이 육체의 감각성과 구체적 창조성은 가면일 뿐이다. 이것이 자본주의의 진정한 공포다. 즉 자본주의는 나를 객체로 만드는 것이 아니라 인간의 희화화, 즉 데카르트나 아리스토텔레스의 경우에서처럼 영혼을 가진 인간중심주의적 기계로 전환시킨다. 특히 이 영혼은 나의 것이 아니다. 에메 세제르 (Aimé Césaire)가 '프롤레타리아화와 신비화'를 지지한다고 선언했던 것은 전혀 놀랍지 않다.[17] 사물로부터 현상을 무례하게 벗겨내서 그 사물을 까발리는 탈신비화는 자본주의의 최상의 운영 방식이다. 나는 바로 이런 방식으로 초콜릿을 주형 속에 부어넣는다. 나든 초콜릿이든 주형이든 우리가 서로에게 접근하는 방식들에 의해 고갈되지는 않는다. 이와 동시에 동질적인 추상적인 노동시간이 추출되어 나온다. 비록 내가 끔찍하게 고통당하지는 않더라도, 나는 외계인에 의해 유괴당할 때처럼 이용당하게 되는 것이다.

인간들의 비인간적인 양상, **즉 생산이 인간들이 '반응'하는 방**

식이라는 사실은 토양 속의 미생물체들과 같은 다른 비인간들과 더불어 바로 자본주의의 착취 대상이다. 강한 의미에서 마르크스주의는 이미 비인간들을 포함하고 있다! 그리고 이는 종적 존재가 공생을 함축하기 때문에 우리가 공생적 실재와 접촉하는 지점이다. 자본은 인간중심주의적이고, 이것이 바로 자본이 인류, 즉 공생적 실재의 일부로서의 종적 존재와 뒤엉켜 있는 방식이다. 즉 인간적인 것의 부분이 비인간적인 것에 발을 딛고 있는 것이다. 현상학적 스타일—자아는 기껏해야 이 스타일의 아주 얇고 왜곡된 조각에 불과하다—처럼, **인간적인 것의 비인간적인 양상**은 정확히 '인류'라는 단어로 이야기되는 것이다.[18] 동족, 우정, 연대, 공생—이런 류(kind-ness)가 여기서 이야기된다.

일반적인 인간에 대한 계몽주의적 사고와 그 포스트모던적인 이면, 즉 통약 불가능한 차이들의 비-전체적(not-all) 집합 둘 모두 자본의 반영물이다. 둘 모두 인간중심주의적이고, 둘 모두 인류를 왜곡한다. 인류의 비-왜곡(un-distortion)은 종적 존재의 개념 속에 함축된 비인간적인 공생적 실재의 확장을 필요로 한다. 따라서 우리가 마르크스주의 내에서 비인간들의 볼륨을 올리면 무슨 일이 일어날까?

더 이상 비인간들을 배제할 수 없기 때문에 우리의 사고는 인간중심주의와 대면하지 않을 수 없다. 벌과 건축가가 중요한 것은 칸트의 계보 속에 있는 마르크스에게는 사물을 실재하게 하는 결정자가 있기 때문이다. 마르크스에게 결정자는 인간의 경제적 관계이다. 하지만 생태학적 관계는 모든 종류의 인간관계에 내재하며, 그리고 생태학적 관계는 인간관계를 넘어 생물권 전체로 확장된다. 인간들은 공생적 실재에 참여하기 때문에 자신의 향락을 조직(경제학)할 수 있다.

인간의 경제적 관계는 사라진 임의의 조각들—엄청난 수의 조각들—과의 일반적인 생태학적 관계에 다름 아니다. 마르크스주의는 바로 이 변경 불가능한 지식을 포함하는 방식으로 사고될 수 있거나 그럴 수 없거나 둘 중 하나다. 만약 그런 방식으로 사고할 수 있다면, 코뮨주의는 비인간들과의 관계에서 지금 당장 활용할 수 있는 것보다 더 위대하고 더 탁월한 관계를 맺게 될 것이다. 『자본』의 기계에 관한 장에서 마르크스가 말하듯이, 자본주의는 노동자의 궁핍과 토양의 고갈을 낳는다.

> 자본주의적 농업에서 모든 진보는 노동자를 강탈할 뿐 아니라 토양을 강탈하는 기술의 발전이다. 주어진 시간 동안 토양의 비옥함을 증진하려는 모든 발전은 비옥함의 보다 장기적인 원천들을 황폐화시키는 발전이다. . . 따라서 자본주의적 생산은 모든 부의 근원적 원천들—토양과 노동자—을 약화시킴으로써 생산 기술과 생산의 사회적 과정의 결합 정도를 발전시킨다.[19]

토양은 생명체들과 박테리아들을 분해하는데, 이들 생명체들이 박테리아의 확장된 표현형이다.[20] 마르크스는 비인간들을 염두에 두었지만 삭제해버렸다—그는 토양의 **비옥함**이 상실되는 것을 한탄했는데, 이 비옥함이야말로 인간의 물질대사에 열쇠가 된다. 즉, 토양은 인간에 의해 접근 가능한 것으로 간주된다. 이는 인간중심주의적 토양인 것이다. 하지만 희소식은 비인간들이 갖는 함의가 우리가 마르크스주의 내에서 비인간들을 지울 수 없을지도 모른다는 것을 의미한다는 것이다. 이런 일은 엄격한 자본주의적 경제이론의 영역 내에서는 일어날 가능성이 그다지 높지 않은 것 같다.

자연이라 일컫는 것은 공생적 실재의 낯섦에 대해 눈을 가리고 귀를 닿는 방식이다. 이제 막 지구상의 모든 이들에게 일어나고 있는 생태학적 인식(ecological awareness)이란 귀를 막고 있는 자신의 손을 귀에서 떼고, 18세기 후반에 크고 명확하게 전달되었던 메시지, 즉 그 전령들조차 완전히 듣고 싶지 않았던 메시지를 듣는 한 방식이다.

칸트는 자신의 상관주의가 갖는 함의들, 즉 비인간들이 상관물이 아니라 상관자가 될 수도 있다는 사실에 귀를 닫았다. 칸트는 자신이 발견했던 모든 간극을 인간 존재자들과 다른 모든 것들 간의 간극으로 제한했다. 이제는 이런 간극에 대한 저작권 규제를 해제해줄 때이다. 이런 해제의 이름이 바로 생태학적 인식이다. 생태학적 인식은 사고와 실천에서 비인간들의 유령적 숙주와 공존하는 것이다. 사유 그 자체는 공생적 실재 속에서 유령들의 불러모음을 나타내는 하나의 양식이다. 이럴 만큼 사람의 '내부 공간'은 뱀파이어를 물리치려고 마늘을 뗀 줄을 잡고 덜덜 떠는 농부처럼 우리의 형이상학적 경직성 때문에 사고할 수 없었던 더불어-있음(공존적 존재)를 상상하기 위한 시험관이다.

이는 반드시 이상한 견강부회는 아닐 것이다. 상품물신숭배가 테이블, 과일 조각, 이산화탄소 구름이, 마치 코트가 가치의 변동이 투영되는 스크린이 될 수 있는 것처럼 자신의 교환가치에 대해 서로 채팅을 나눔으로써 컴퓨터 프로그램처럼 작동하기 시작한다는 것을 의미하는 것임을 기억하라. 핵심은 테이블을 교환가치를 계산하는 인공지능 알고리즘과 같은 것을 위한 플랫폼으로 바꾸는 것이 테이블이 저절로 혹은 원격작용에 의해 춤을 춤으로써 초자연적 방식으로, 즉 규범적 근대성을 벗어나 '마술적인' 방식으로 행위할 수 있다는 것을 받아들일 때보다 **훨씬 더 이상** 하다는 점이다. 바로 이것이 마르크스가 상품물신숭배에 관해 말한 것, 즉 춤추는 테이블이 계산하는 테이블보다 덜 기이하다는 것이다.

마르크스가 아주 명확하게 표현할 수 없었던 미래의 사유는 정확히 논증 속에서가 아니라 상상적 이미지 속에 들어있다. 이상하게도 이 미래의 사고를 파악하는 것은 그렇게 어렵지 않다. 상품물신숭배 속에서 스푼과 닭은 행위성을 갖지 않는다. 즉 그것들은 자본주의적 소프트웨어를 돌리기 위한 하드웨어 플랫폼이 된다. 이것은 춤추는 침팬지는 물론이고 마르크스의 춤추는 테이블을 인정하는 것보다 훨씬 **더 쉬운 일이다.** 여기서 우리는 그 존재자들의 감각성을 삭제하지 않는다. 이것은 자본주의가 유령적인 것과 불장난을 친다는 것이 아니라 **자본주의가 충분히 유령적이지 않다**는 것이다. 자본주의는 사물의 존재—'정상적인' 혹은 '자연적인' 고정된 본질들(성질들이 없는 연장 덩어리)—를 사물의 외양과 명확하게 구분짓고, 사물에게서 힘을 빼앗고 사물을 탈신비화하며 사물로부터 성질들을 박탈하고 그 데이터를 지워버리는 실체적 존재론을 함축한다. 생태학적 미래를 상상하라.[21] 어떤 형식의 신비가 좋다는 것을 받아들일 필요는 있다. "그것들은 나에게 문명에 관해 말하고, 나는 프롤레타리아화와 신비화에 관해 얘기한다"(에메 세제르).[22]

생태학적 조율의 유령적 화학작용

생태학적 존재자와 조우하는 현상학—그리고 그 조우의 전개방식—은 우리에게 생명체의 유령성을 사유하기 위한 실마리를 제공해줄 것이다. 생태학적 존재자와 만나는 것은 내가 아닌 어떤 것과 만나는 순간이다. 여기서 비록 이 존재자가 명백히 나의 일부—가령 나의 두뇌—라고 하더라도, 나는 그것을 '나'를 구성하는 전체라는 것의 일부로 경험하지 않는다. 생태학적 사고는 사유를 비동일성과의 조우로 인식하는 아도르노의 이상과 같은 것이다.[23] 사유가 사전에 포맷된 조각들을 이리저리 짜맞추어보는 것이 아닐 때, 사유는 유령들, 다시 말해, 그 존재론적 지위가 깊이 그리고 그 자체로서 애매한 존재자들과 만나는 것이다.

생태학적 개체와 만나는 것은 **유령 들림**(haunted)이다. 어떤 것은 내가 그것을 사유하기 이전에 이미 거기에 있다. 우리가 유령 들림에 대해 말할 때, 우리가 실제로 말하는 것은 현상학이 소여성(givenness)이라 부르는 것이다. 소여성이란 데이터(라틴어로 '주어진 것'이라는 뜻)를 위한 가능 조건이다. 불이 켜져 있는지 아닌지를 확인하기 위해 문을 열어보기 전에 냉장고 안에는 이미 빛이 있다. 빛의 소여성—이것은 빛이지 문어가 아니다—은 내가 계획하거나 예견하거나 포맷한 것이 아니다. 내가 이 소여성을 예견되고 예상 가능하며 계획된 것으로 환원할 때는 필히 이 소여성 자체의 어떤 핵심적 요소를 빠뜨릴 수 있다. 따라서 소여성은 항상 놀라우며, 그것도 경이로운 방식으로 놀랍다. 즉 **경이로울 정도로 놀랍다**. 하지만 유령 들림 속에는 다른 무엇으로 환원 불가능한, 혼란스럽고 경이로운 소여의 현상이 반복된다.

소여성이 반복할 때마다 경이로움은 전혀 줄지 않는다. 반복은 지루함(boredom)이 아니라 기이하고 낯선 의미의 신선함으로 이어진다. 이것은 마치 내가 익숙하지만 약간은 역겨운 어떤 것을 맛보는 것, 마치 내가 좋아하는 음료수를 입에 대자마자 그 음료수의 표면에서 곰팡내가 나는 것을 알게 되는 것과 같은 것이다. 나는 바로 그 반복 자체에 의해 자극받는다. 즉 지루함에 자극받는 것이다. 이를 표현하는 또 다른 용어가 권태감(ennui)이다. 권태감은 소비주의적 경험의 정수다. 나는 끊임없이 자극받는 지루함에 의해 자극 받는다. 권태감 속에서 나는 보헤미안적이거나 낭만주의적 소비자의 칸트식 윈도우 쇼핑이 고양되는 것을 본다.

대리 경험을 경험하는 것—저 셔츠를 입은 사람이 되어 보는 것은 어떤 기분일지를 궁금해 하는 것—은 그 자체로 너무나 익숙하고 약간 역겨우며 혐오스럽다. 나는 그것을 '적절하게' 즐길 수 없다. 나는 그것을 아름다운 것(혹은 그렇지 않은 것)으로 평가할 수 있는 친숙한 미적 거리를 성취할 수 없다. 혐오감은 이 점에서 좋은 취향의 이면이다. 좋은 취향이란 나쁜 풍미를 풍기는 사물이 주는 혐오감을 적절하게 받아들 수 있는 능력이다. 나는 너무나 많은 대리적 스릴감을 느꼈고, 이제 나는 이것을 약간 역겹다고 생각한다—하지만 완전히 외면할 만큼 역겨운 것은 아니다. 나는 이 역겨움을 약간 즐긴다. 이것이 권태감이다.

생태학적 시대에 사물들을 판단할 수 있는 적절한 스케일(인간인가? 미생물인가? 생물권인가? DNA인가?)가 없기 때문에 순수하고, 섞이지 않고, 전적으로 고상한 미란 있을 수 없다. 미는 항상 약간은 기이하고 약간은 역겹다. 미는 항상 키치의 약간 구역질나는 불쾌감을 가지고 있는데, 키치가 다른 사람의 역겨운 향락의 대상이기 때문이다. 키치가 역겨운 것은 정확히 그것이 다른 사람의 향락의 대상이며, 그러므로 나에게 설명될 수 없기 때문이다. 더욱이 미는 나의 자아와 무관한 향락이고, 따라서 나 아닌 것(not-me)이기 때문에 미에는 항상 그것의 유령적 복제, 즉 키치가 어른거린다. 키치는 정확히 타자의 향락 대상이다. 제 정신을 가진 사람이라면 어떻게 모나리자의 스노우 볼을 사고 싶어 하겠는가? 하지만 관광품 가게에는 이런 사람들로 넘쳐 난다.

미는 항상 향락을 조직하는 데 나를 연루시키기 때문에, 그 사용가치가 아직 결정되지 않았다는 흥미로운 의미에서 미는 매우 **경제적인** 현상이다.[24] 미는 사물과 데이터 사이의, 그리고 사물의 본질과 사물의 현상 간의 상관주의적 경계를 횡단하는 경제학을 사유하기 위한 방법을 제공한다. 미는 비인간적 유령들이 입장할 수 있는 통로를 제공한다. 이 유령들은 부르주아 이데올로기의 미리 날조된 '자연'에서 제외될 필요는 없다.

우리는 미를 폐지하기보다는 오히려 우리 자신의 목적을 위해 미를 리믹스할 수 있다. 미는 항상 미지의 곳에서 온 연애편지이다. 그것은 의식적이지도, 감각적이지도, 살아있지도, 심지어 존재하지도 않을 수 있는 어떤 것과 혼합된, 비국소적이고 원격감응적인 마음이다. . . 미는 사물, 만물, 혹은 그 어떤 사물과의 무조건적인 연대의 감정이다. 미는 비인간의 비인간적 발자국—유령의 흔적을 지닌 나의 내부 공간에서 생겨나는 나 아닌 것(not-me)의 경험—이다. 그리고 권태는 미가 그 인간중심주의적 동질화를 잃게 되는 순간이다. 권태 속에서 나는 이 병든 세계를 전적으로 외면하지 않는다. 생태학적 세계가 공생적 실재이기 때

110

문에 나는 도대체 어디로 나아가야 할까? 권태는 올바른 생태학적 조율이다!

비인간으로 나아가는 통로는 자본주의의 이데올로기적 상부 구조에 있는 천창문을 통해서인데, 이러한 사실은 받아들이기가 쉽지 않아 보인다. 환경주의에 어른거리는 바로 그 소비주의—환경주의가 명확하게 반대하고 역겹게 생각하는 소비주의—는 생태학적 인식이 어떻게 나아가야 하는가를 보여주는 모델을 제공한다. 더욱이 이러한 생태학적 인식은 '올바른'(right), 혹은 '고유한'(proper) 생태학적 존재자에 의존하지 않을 것이고, 따라서 형이상학적 사실과 유사한 것에 의존하지 않을 것이다. 소비주의는 생태학의 유령이다. 생태학적 인식은 그 유령을 끌어안아야 한다.

권태감 속에서 나는 내가 떨쳐버릴 수 없는 개체들에 둘러싸여 있고 그 개체들에 의해 침투되어 있다. 내가 하나의 개체를 떨쳐버리려고 하면, 또 다른 개체가 붙어있거나, 또 다른 개체가 이미 붙어있는 걸 알게 되거나, 혹은 그것을 떨쳐버리려고 하는 것 자체가 그것을 더 단단히 조이게 만든다는 것을 알고 있다. 이것이 바로 생태학적 인식의 본질, 즉 내가—다른 인간들, 여우원숭이, 바다 거품은 물론이고—위장 박테리아, 기생충, 미토콘드리아 같은 개체들에 둘러싸여 있고 그것들에 의해 침투되어 있다는 느낌이 아닌가? 나는 이를 약간 역겹지만 매혹적이라고 생각한다. 내가 나의 인식 속에서 항상 무시하려고 한 모든 존재자들을 포함하는 것을 도발적이라고 생각한다는 점에서 나는 '지루하다.' 이런 식이라면 누가 생태학적 담론에 의해 '지루하지' 않겠는가? 그리고 화장실 오물을 왈칵 쏟아버릴 '저 멀리'가 없는 세계에서 물을 쏟아버린 후에도 그것이 현상학적으로 우리에게 달라붙어있다는 것을 누가 알고 싶겠는가?

우리가 접근자(accessor)보다 접근대상(accessee)에 주안점을 두고 생각할 때, 이런 비체 경험(abjection experience)[25]은 마르크스가 종적 존재라고 부른 것의 현상학에 속하지 않는가? 『1844년 경제학 철학 수고』를 생각해보자.

> 자연이 그 자체로 인간적 몸이 아닌 한에서, . . 자연은 인간의 비유기체적 몸이다. 인간이 자연에 의지해 산다는 것은 자연이 인간이 죽지 않기 위해 지속적으로 상호 교환을 유지해야 하는 인간적 몸이라는 의미이다. 인간의 육체적·지적 삶이 자연에 의지하는 것은 단지 자연이 자기 자신에 의존한다는 것을 의미한다. 왜냐하면 인간은 자연의 일부이기 때문이다.[26]

마르크스가 인간의 '보편성'으로 여기는 것의 이미지를 뒤집어보면, 우리는 정확히 나 자신에게서 비인간을 벗겨내면 나 자신이기를 멈추게 된다는 비체적인(abject) 인식에 이르게 된다. 여기서 완전히 형성된 헤겔적 주체가 될 길은 없다. 왜냐하면 그것은 나 자신의 '비유기체적인 몸'이라 할 수 있는 비인간들(위 문단에서는 '자연')을 벗어버리는 것과 관련이 있기 때문이다. 나는 "자연이 자기 자신에 의존"하는 한 방식—'공생적 실재'에 대한 우아한 풀어쓰기—이다. 나는 인간적(이고 비인간적인) 종적 존재인 바로 이 공생적 실재의 일부로 존재한다. 같은 페이지에서 마르크스는 내가 공생에 참여하는 방식을 바꿀 수 있는 능력을 갖고 있다는 점에서 비인간과 다르다고 말한다. 이는 비인간들과 달리 인간의 종적 존재가 인간이 자기 자신의 환경을 창조하는 방법이라는 강한 상관주의적 해석의 토대를 제공한다. 이런 생각은 헤겔의 기발한 사고에 너무 사로잡힌 나머지 흰개미나 비버와 같은 간단한 사실과 어떤 종류의 '확장된 표현형', 다시 말해, 거미의 유전자가 거미 다리뿐만 아니라 거미줄도 포함한다는 사실을 잊어버린다.[27]

공생적 실재의 현상학을 계속 탐구해 보자. 샤를 보들레르(Charles Baudelaire)의 『파리의 우울』(*Paris Spleen*)이라는 시를 생각해보자. 보들레르는 탁월한 시인-소비자이자 보헤미안적 산책의 발명자이며, 이러한 핵심적이고 '칸트적인' 소비 양식에 세례명을 지어준 사람이다. 그리고 그는 권태감이라는 개념의 기원이 된 시인이다. 다양한 이유로 시 전체를 읽어봐야 한다. 첫째, 시 전편에 흐르는 일반적인 감정구조가 있다. 둘째, 도발적인 제목들—정확히 『악의 꽃』(*The Flowers of Evil*)에서 연작을 이루는 4편의 시가 모두 동일한 제목(「우울」)이다—은 마치 동일한 정동(affect)이 무너지거나 잠들었다가 매번 메스꺼움을 느끼며 다시 시작하는 것처럼 우리에게 이 시들을 함께 읽을 것을 강요한다. 셋째, 이 형태가 아주 빈번하게 일어난다는, 즉 사건이 한 번 이상 일어난다는 의미에서 유령 들려 있음을 보여준다. 우리 모두는 반복이라는 개념이 없다면 기이한 낯섦(the uncanny)과 같은 그런 것이 있을 수 없을 거라는 점을 알고 있다. 지면 관계상 한 편만 인용해보자.

장마비 내리는 달, 도시 전체가 짜증스럽고,
어두운 추위가 공동묘지로부터
근처 공동묘지의 창백한 주민들 위로,

그리고 안개 낀 변두리 지역의 인간들 위로
억수처럼 쏟아지네.

잠잘 바닥을 찾고 있는 나의 고양이, 자신의 야윈 옴 오른 몸을
불안하게 흔든다.
어느 늙은 시인의 넋이 빗방울을 타고 흘러내린다
오싹한 허깨비의 구슬픈 목소리를 하고선.

호박벌이 신음소리를 내고, 연기 나는 장작불 튀는 소리는
뒤엉킨 추시계 소리에 맞춰 팔세토 창법으로 되풀이된다.
한편 역한 향수 냄새가 나는 트럼프 놀이—

부종에 걸려 죽은 노파의 유품—에서 하트의 멋진 잭과
스페이드 퀸은 자신의 시들어버린 사랑에 관해
음침한 잡담을 나눈다.[28]

온갖 종류의 어울리지 않는 사물들, 심지어 소비주의와 생태학적
인식의 차이조차 함께 뒤섞인다. 살아 있는 사물과 죽은 사물이
뒤섞이고, 시적 화자를 짓누르며 우울하게 만든다. 생태학적 인
식은 나 자신이 다른 존재자들로 이루어진 것은 말할 것도 없고,
나 자신을 그런 존재자들에 의해 둘러싸이고 스며들어 있는 존
재와는 다른 방식으로 사고하려는 인간중심주의적 광기를 중지
시킨다. 다시 말해, 생태학적 인식이란 유령들에 대한 의식으로
이루어진 유령성이 아닌가? 유령이 물질적인지 환상적인지, 혹
은 가시적인지 비가시적인지에 대해선 확신이 없다. 보들레르를

짓누르는 것은 그의 보헤미안적이고 낭만주의적인 소비주의의 유령, 즉 그의 칸트적이고 유동적인 향락, 즉 향락으로 물든 혐오, 혐오로 물든 향락의 유령이다. 권태는 물러난 향락의 유령적 현존에 의해 둘러싸여 있다.

소비주의적 가능 공간 내부의 어딘가에, 즉 (펑크처럼) 도발적 거부와 (팝 아트처럼) 도착적 수용 사이에, 이러한 보들레르적 감정 구조가 존재한다. 그리고 이것은 공생적 영역으로 나가는 천창문의 위치를 상상하는 데 아주 유용할 수 있다. 천창은 항상 소비주의적 공간 내부에 있기 때문에 거부의 방식으로 빠져나갈 수는 없다. 우리는 진정함과 배신 간의 끝없는 변증법에 들어간다. 우리는 거부의 방식보다 더 가능성 있어 보이긴 하지만 도착적 수용의 방식으로도 빠져나갈 수 없다. 즉 거부는 (내가 이제 막 설명한 역설 때문에) 부인-속의-수용(acceptance-in-denial)이다. 혐오에 대한 불쾌한 수용, 불쾌감의 역겨운 수용, 애매함에 대한 혐오의 수용, 혐오에 대한 애매한 감정의 수용과 같은 것 . . . 즉 이것들은 바닥을 녹일 수 있는 화학물질을 제공해주고 공생적 실재와 그 연대의 와글거림으로 통하는 길, 즉 우리가 소비주의적 가능 공간 **아래에** 자리잡는 방식을 보여준다.

사유가 생태학적인 것이 될 때, 그것이 마주치는 존재자들은 살아 있거나 살아 있지 않은 것, 감각적이거나 감각적이지 않은 것, 실재적이거나 현상적인 것으로 미리 구분될 수 없다. 생물학은 이러한 혼란에 근거한다. 우리가 공생적 실재에 접근할 때 마주하는 것은 유령적 존재자들인데, 우리가 이제까지 알던 수준을 넘어서서 그것을 상세하게 알고자 할 경우 그 존재론적 지위가 매우 불확실하다. 이 유령적 존재자들에 대한 우리의 경험은 바로 권태처럼 그 자체로 유령적이다. 자동차 엔진에 시동을 거는 것은 예전 같지 않아졌다. 왜냐하면 그것이 온실가스를 방출한다는 것을 이제는 알기 때문이다. 물고기를 먹는 것은 수은을 먹는 것이고 취약한 생태계를 고갈시키는 것을 의미한다. 생선을 먹지 않는다는 것은 곧 야채를 먹는다는 의미일 터인데, 이는 살충제와 다른 해로운 농업물류학에 의존하는 것이 될지도 모른다. 상호연결성 때문에, 거기에는 마치 그림조각 하나가 항상 빠져있는 것처럼 느껴진다. 어떤 것을 끼워 넣어도 혼란스러울 뿐 딱 맞아떨어지지 않는다. 우리는 체현된 상태에서 결코 벗어날 수 없다. 우리는 결코 냉소적인 이탈속도(cynical escape velocity)[29]에 도달할 수 없다. 우리는 위선에 갇혀있다. 우리는 동정심을 정확하게 이해할 수 없다. 어린 토끼에게 잘 대해주는 것은 어린 토끼의 포식자를 잘 대해주지 않는다는 뜻이다. 억지스런 권태감 속에서 포기하는 것 또한 억압적인 선택이다.

공생적 실재를 구성하는 유령적 존재자들은 **부분 객체**(partial objects)[30]로 드러난다. 이 객체들은 전체의 일부이면서도 전체를 넘어선다. 우리는 존재론적 카메라를 반대 방향으로 돌려서, 이 객체의 부분성이 상관주의적 결정자에 대한 프로이트적 버전인 (인간적) 환상에 기인하는 것으로 보는 근거를 제공하는 논리에 대한 위반을 논하고 있는가? 전체들이 변할 필요가 있다는 것을 우리는 어떻게 생각하는가, 즉 만약 우리가 객체들을 결정자로 환원하는 것과는 다른 길을 선택한다면 무슨 일이 일어날까? 어쩌면 부분 객체라는 개념은 특정한 집합 이론, 즉 전체들에 관한 특정 이론의 부산물일지 모른다. 만약 우리가 전체론의 의미를 바꾼다면, 부분 객체들은 그 자체로서, 그 자체로부터 부분적인 것이지 (인간의) 욕망이 본질적으로 텅 빈 스크린, 즉 인간에 의해 다루어질 단순한 연장 덩어리보다 훨씬 무용한 것에 환상을 투영했기 때문에 부분적인 것은 아니다.

신은 부분 객체가 되는 것을 피하게 된 존재자이다. 이는 우리에게 신석기 시대라고도 알려진 농업 사회에서 이러한 사고를 가능하게 해준 전체론의 기원에 대해 실마리를 제공해줄 것이다. 여기서 태어난 것이 외파적 전체론이다. 따라서 우리가 목표로 하는 것은 **내파적 전체론**이어야 한다. 내파적 전체론에 따르면, 신과 같은 존재자는 중요하지 않을 것이다. 신의 존재를 증명하거나 반증할 필요가 없다. 그런 작업은 인식적으로 비효과적일 것이다. 훨씬 더 효과적인 것은, 만일 어떤 종류의 신이 존재한다면, 그 신은 항상 현존할 수 없기 때문에, 그리고 그러한 존재자는 우리가 그 구성요소가 되는 전체를 구성하지 않을 것이기 때문에, 전재적이거나 전지적일 수 없을 것이라고 상상하는 것이다. 외파적 전체론에서 부분들은 전체로 환원될 수 있다. 우리 모두는 다음에 무엇이 올지 알고 있다. "파리가 장난꾸러기들의 놀이감이듯이, 우리는 신들의 놀이감이다. 신들은 장난삼아 우릴 죽인다."[31] 우리는 하찮은 존재다. 왜냐하면 **거기에는** . . . 신이 더 많기 때문이다.

히에로니무스 보스(Hieronymus Bosch)[32]는 지옥을 외설스런 향락과 공포의 공간, 부분 대상들(위, 엉덩이)의 공간, 그리고 공생(인간들을 배설하는 새들)의 공간으로 그린다. 이는 유기체주의(organicism)이면서도 외파적인 전체론의 유기체주의—이는 메커니즘의 한 형식(그리스어 '오르가논'organon은 도구 혹은 기계를 의미한다)이다—와는 다른 것이다. 우리는 이것을, 유기체적인(organic) 것과 그 대립물인 비유기체적인(inorganic) 것과 구분하여 **무기체적인**(anorganic) 것이라 부를 수 있다. 혹은 사진 찍히는 것에 대한 원주민들의 믿음, 즉 사진 찍히는 것이 곧 영혼을 도둑맞는 것이라는 믿음에 관한 문화적 유전자를 생각해보자. 이런 믿음은 정확히 사진이 자신의 유령성을 드러내주기 때문이지 않은가? 나는 더 이상 나 자신을 '이 안에 있는 것'(inside here)으로 생각할 수 없다. 나는 단호히 '저 너머에(over there)' 있을 수 있고, 나의 존재는 유기체적으로 갇혀 있지 않으며, 나의 '영혼'은 나의 다른 부분으로부터 분리 가능하다. 테이프에 녹음된 자신의 기이하고 낯선 음성을 듣거나, 테이프에서 망령의 소리를 듣거나 사진에서 그것을 보는 데 매혹을 느끼는 것을 탐구해보거나, 영상에서 그 망령의 얼굴을 힐긋 본 적이 있는 사람은 누구도 이런 종류의 부분적 존재를 알고 있다.

외파적 전체론은 마르크스의 자본주의 이론에 속한다. 자본주의의 가장 본 모습인 산업자본주의는, 충분한 기계들이 충분한 기계들을 만들어내면서 함께 아주 복합적인 네트워크를 형성하는 과정에서 생겨나는 창발적 속성이다.[33] 마르크스에게 자본주의는 당신을 죽이고 싶어하는, 보이지 않는 사디스트의 또 다른 버전이다.

문제는, 이러한 관념이 포이어바흐와 마르크스가 전도시키고 싶어 한 이데올로기적인 치환, 즉 인간의 힘이 초월적 최고 존재자(superbeing)로 치환되는 사례라는 점이다. 이런 힘들은 오로지 인간 개인의 힘으로서가 아니라 개인과 종을 가로지르는 힘으로 사고하는 것이 가장 좋다. 왜냐하면 이런 이데올로기 개념에 내재하는 인간적인 것만을 추겨 세우는 것이 그 자체 단절의 인위적 산물이기 때문이다. 이것들은 공생적 실재에 내재하는 힘인데, 마르크스는 이 힘을 비인간적인 신체들의 연장은 아니라고 하더라도 인간적 몸의 연장으로 인식했다. 포이어바흐는 "신은 사랑이다"와 같은 종교적 진술이 인간적 힘("사랑은 신이다")의 소외된 표현이라고 주장했다. 버그를 제거한 포이어바흐식의 이데올로기 이론은, 외파적인 전체론의 최고 존재자로 치환된 초자연적으로 보이는 초능력이 모든 생명체에 공통적이며, 비생명 개념을 얇고 딱딱한 경계 내에 집어넣을 수 있는 편리한 방법은 아예 존재하지 않기 때문에 임의의 모든 존재자들에게도 공통적이라고 선언하게 될 것이다.

X-존재

우리는 사실상 대량 멸종의 시기, 지금까지 이 행성 위에 있었던 여섯 번째 대량 멸종의 시기에 살고 있다—'지금까지'란 지구상에서 대략 45억 년 동안의 생명의 역사를 의미한다. 이전에는 대략 다섯 번의 멸종의 시기들, 즉 오르도비스-실루리아기(Ordovician-Silurian)의 대량 멸종, 고(古)데본기(late Devonian)의 대량 멸종, 페름기(Permian)의 대량 멸종, 트리아스-쥐라기(Triassic-Jurassic)의 대량 멸종, 백악기-제3기(Cretaceous-Tertiary)의 대량 멸종이 있었다. 인류세의 객관적 내용은 생명체의 거대한 소멸이다. 왜냐하면 모든 것이 이런저런 의미에서—지금도 여전히 작동 중인 프로그램인—농업물류학의 일률적인 크기와 좁은 반경의 시간 파이프관 속으로 흡수되어 버렸기 때문이다.

현재의 대량 멸종은 비가시적이다. 그것은 공룡들이 소행성의 충돌에 의해 멸종된 이후 이 지구의 생명체들에게 가장 중요한 순간이다. 우리는 이 대량 멸종을 직접 볼 수 없다—우리는 단지 그것의 시공간적인 조각들만 볼 수 있을 뿐이다. **우리가 소행성이다.** '우리 없는 세계'라는 대중적인 이야기나 《멜랑콜리아》(Melancholia) 같은 영화는 당혹스럽게도 이러한 사실을 다른 것으로 치환하고 있다. 종말론적 재앙('disater'는 말 그대로 이상 작동하는 별을 의미함)은 우리를 죽이려고 외계로부터 오는 것이 아니다. 6천 광년 내에 감마광선의 폭발은 대량 멸종을 초래할 수 있다. 지구 온난화에 의해 촉발된 해저층으로부터 메탄의 거대한 분출은 클래스레이트 건(clathrate gun)[34]으로 알려져 있는데, 이것은 대멸종(Great Dying)으로 알려져 있는 '마지막 페름계(End Permian) 멸종'을 초래했다. 지금 당장 지구상의 모든 생명은 이 멸종에서 살아남은 4% 생명체의 후손들이다. 이번에는 **우리가** 폭발적 힘이 되고 있다. 하지만 우리는 이 힘을 볼 수 없다. 과학자들조차도 그것을 정확하게 지적하기가 매우 어렵다고 생각한다. 당혹스러운 것은 과잉객체들이 농업 시대의 초창기에 인간들이 구성했던 개체의 형식들, 즉 축의 시대 종교의 신들의 특징을 지니고 있다는 것이다. 다만, 과잉객체들은 왕과 같이 독점적 권한을 가진 최상층부의 인간만이 접근할 수 있는 저 너머에, 그리고 나의 일상적 불행을 잊게 해줄 저 너머에 편안하게 자리잡고 있는 것이 아니다. 이 과잉객체는 나의 유전자 속에 있고, 나의 기름기 있는 손가락 위에 있으며, 나의 시동 모터 소리 속에 있다. 그것은 나의 피하에 있고 내 피부이다. 나 자신이 소행성 위에 있는 작은 수정체이다.

나는 칸트가 '미지의 것=X'라고 부른 것과 대동소이한 것, 즉 우리가 경험할 수 있는 경험적인 것에 의미를 부여하는 이 초월론적 차원이 어떤 식으로 있어야 하는가를 나타내는 아름답고 기이하고 낯선 용어와 대면하게 된다. 홀바인의 그림 《대사들》 (*Ambassadors*)의 환상적인 3차원 공간 위에 90도로 돌려놓은 두개골처럼, 나는 그것을 왜상적(歪像的)으로 힐긋 엿볼 수 있을 뿐이다. 여섯 번째 대량 멸종과 인류는 거대한 그림자이고, 이것의 실행적 개체가 거대한 그림자이다. 죽어가는 개별적 물고기가 그 실행적 개체는 아니다. 멸종해가는 어류 종도 실행적 개체는 아니다. 자동차의 점화장치를 켜고 있는 나도 그 실행적 개체는 아니다. 단지 이런 행위는 통계적으로 무의미하다. 그러나 이런 사물들의 스케일을 확대해보면, 갑자기—이것은 부드러운 전환이라기보다는 갑작스러운 양자적 도약이다—거대한 개체가 나타난다. 이 개체는 항상 거기에 있었는데 나는 그 안에 있고 내가 그것이었다. 그리고 이 개체는 세계 속에서의 나의 경험적 체험들과 영향들로부터 기이하게 탈구되어 있다. 나는 지구에 해를 가할 의도도 없고, 사실 **지구에 해를 가하지도 않는다**. 나의 행위는 통계적으로 무의미하다. 하지만 점화장치를 켜는 것과 같은 그런 행동을 수십 억 번 하게 되면 지구 온난화와 대량 멸종을 야기시키게 된다. 나의 고양이와 나의 차가 인간중심주의적인 스케일에 의해 판단되기 때문에 나는 그것들을 개체로 보는 데 익숙한 편이다. 나는 그것들을 비유적으로도 축자적으로도 파악할 수 있다. 아이러니한 것은 실제 인간 종, 즉 우리 중 일부가 다양한 이유로 인해 이름조차 부르길 불편해하는 '안트로포스적인 부분'(anthropo- part)은 내가 볼 수 없다는 것이다! 이를 마르크스주의적으로 말하면, 인류세는 1989년에 지구(Earth)라는 이상한 이름의 클럽에서 몇 시간 동안 테크노 춤을 춘 뒤 천장에 맺혀있는 비 같은 인간 땀을 경험했을 때처럼 나의 종적 존재를 나의 반대편에 있는 힘으로 엿보게 되는 순간이다. 모든 사람들의 일부가 떨어졌다가, 우리 자신의 반복적인 뒤섞임 때문에 이질적이고 축축하고 데워졌다가, 다시 모든 사람들에게로 돌아가는 것이다.

대량 멸종의 기이하고 낯선 유령성. 그것은 광대하지만 그것을 직접적으로 가리킬 수는 없다. 더욱이 우리는 여기서 **미래의 흔적들**에 관해 이야기하고 있고, 그런 의미에서 이 흔적들 또한 유령적이다—이것들은 아직 완전히 나타나지 않았더라도 존재자의 흔적들이다. 이는 과학적 문제를 제기한다. 대량 멸종이 일어나고 있음을 보여주는 데이터 속에서 패턴을 발견하는 방법은 과학자들로 하여금 유령성의 언어를 사용하게 만들고 있다. 유령성 자체는 징후이고 그것은 외형질(ectoplasm)처럼 '종 희소성'(species rarity)의 형태를 경험적 특징으로 갖는다. 즉 어떤 이유 때문에 저 아래에서 헤엄치고 돌아다니는 소수의 특정한 종류의 물고기들, 이상하게도 너무나 소수이다.[35] 그것은 조르조 데 키리코(de Chirico)의 《거리의 신비와 우울》(*Mystery and Melancholy of a Street*)을 보는 것처럼 느껴진다. 실루엣으로 축소된 한 소녀가 저 멀리로 뻗어나가는 텅 빈 거리를 가로 질러 굴렁쇠를 굴리고 있다. 조용하고, 그것도 너무나 조용하다—하지만 그것은 침묵하지 않는다. 여섯 번째 대량 멸종이라는 현재의 상황을 파악하는 것보다 수백만 년 전의 암석 조각, 핵심 표본, 편리하게 쐐기가 박혀있고, 꽉 차있으며, 시간적으로 압축되어 있고, 부재들을 알려주는 지질학적 단층들을 살펴보는 것이 더욱 용이하다. 하이데거가 말하고자 했듯이, 그것들은 우리의 눈앞에 있고(present-at-hand),[36] 그것들 간의 비일관성들이 지질학적 맥락으로부터 튀어나와 있다. 나머지 다섯 번의 거대한 대량 멸종이 **눈앞에 있음**(vorhanden)이라면, 이번 멸종은 하이데거가 **손안에 있음**(zuhanden, ready-to-hand)이라 부르고자 한 것이다. 왜냐하면 그것은 우리의 인간적 세계, 즉 비행하려고 하는 것과 같은 우리의 기획의 일부이기 때문이다.

더욱이 농업물류학의 특정한 기획은 정확히 인간과 매끄럽게 기능하는 것 같은 세계 간의 대면을 **가능하게 해줄 수 있는** 인간과 비인간 간의 관계의 단절이다—하이데거조차 이런 매끄러운 기능이 정말로 매끄럽게 기능한다고 생각한다. 다른 존재자들로부터 차단된 세계의 개념은 진공으로 압축 및 밀봉되어 있다. 객체 지향적 존재론은 하이데거적 사유 내에서 한 차원 더 깊이, 어떠한 접근에 의해서도 고갈되지 않는 개체의 영역으로 들어가려고 한다. 이 개체들은 영원히 지속하는 것이 아니라 어떤 의미에서 신비롭거나 열려있거나 말할 수 없는 것이다. 이는 세계들이 결코 매끄러울 수 없음을 의미해야 한다. 왜냐하면 이 세계들은 한편에서는 접근을 행하는 개체의 현실과, 다른 한편에서는 공생적 실재 간의 간극을 항상 함축하기 때문이다.

매끄럽게 기능하는 인간 세계는 인간중심주의적 접근 양식을 가진 우리의 세계와 실제 현실 간의 이 간극 때문에 이상 작동하고 있다. 그리고—이것은 기이하고 낯선 부분인데—거기서 우리는 인간 문명의 매끄럽게 순항하는 잠수함 아래에 존재하는 산호초와 같은 실제 개체들과 얽혀 있다. **우리는 말할 수 없는 개**

체들 중 하나일 따름이다! 우리는—인간적인 것과 비인간적인 것 혹은 반인간적인 것을 엄격하게 구분하는 의미에서 우리가 인간 존재자가 무엇인지를 가리키기 위해 발명된 인종차별주의적이 거나 종차별주의적인 환상에서가 아니라—인류로서의 우리인 것 이다. 인간의 종적 존재가 인간의 인식 속으로 스며든다. 우리는 소행성이다. 이는 인간 세계와 인간 종 간의 간극이 정확히 내가 말하고 있는 유령성의 원인이라는 말이다. 이는 지금까지 인간 들 간의 산업적 경제 관계들, 즉 (사적이든 국가적이든) 소유에 기반을 둔 관계들이 지구상에 소행성과 같은 영향을 끼쳐왔음을 말하는 것이기도 하다.

우리의 세계는 지금 우리가 더 어둡고 더 기이한 이상 작동— 기능 그 자체에 내재적일 수 있는 불길한 **이상**(mal)—을 엿볼 수 있을 만큼 충분히 이상 작동하고 있다. 유령성은 이런 기능의 **이 상**이다. 이것은 단지 표면적인 현상이 아니라 정확히 자동차의 소음 뒤에서 희미하게 들을 수 있는 멸종의 소리이며, 그 소리의 엄 청난 약함은 그 거대한 힘의 무시무시한 징후이다. 인문주의자, 미술사가, 문학연구자, 음악학자, 철학자, 역사학자들인 **우리는 이러한 사실을 알고 있다! 우리는 그것이 무엇인지 안다! 우리는 수 년 동안 이것을, 정확하고 정밀하게 연구하고 있다.**

사변적 실재론을 실행하고 생태학적 비평을 실천하기 위해서 엄청나게 다른 어휘를 갖고 엄청나게 다른 영역으로 도약할 필 요는 없다. 그냥 가진 것을 이용하면 된다. 인간중심주의적 준거 틀을 조금 이완할 필요가 있는데 계속 그럴 필요는 없다. 흥미로 운 일이 일어날 수 있도록 원자로에서 붕소 막대를 **완전히** 제거 할 필요가 없는 것처럼 말이다. 산업 화석연료가 타고 있는 동안 우리가 억제하려고 했던 폭발의 약간만, 즉 우리가 약 2세기 동안 억제하려고 했던 폭발의 약간만 일어나게 내버려 두면 된다. 이것은 마르크스가 산업자본주의의 핵심적 요소로서 언급한 바 있고, 파울 크뤼첸(Paul Crutzen)에 의해 지금 인류세라 불리는 것의 촉진자로 언급된 범용 기계인 증기기관과 더불어 시작했다.[37]

제대로 된 존재론적 차원에서 멸종과 같은 개체들에 관한 데이터 패턴을 보기 위해서는, 마치 시를 연구하듯이 유령 그 자체에 주목할 필요가 있다는 것, 즉 당신 같은 독자에게 영향을 주는 이런 과정들이 언어의 깜박거림 속에 평범한 모습으로 숨어있다는 것은 인문학자들에게 정말로 놀라운 일이어선 안 된다. 전 세계의 상식적이고 나이든 신좌파 연구자들이여! 단결하라. 당신은 인간중심주의를 제외하곤 잃을 것이 아무것도 없다! 들어와 보시게. 물은 얼마나 사랑스러운가. 즉, 그것은 차갑고 어둡고 신비로우며 유령적이다.

유령성은 패턴을 발견하기 위한 도구가 되었다. 핀셀리 헐(Pincelli Hull)은 유령성을 대량 멸종의 징후로 간주한다. "연구자들의 지적에 따르면 오늘날의 해양은 생태학적 '유령들'—한때는 풍부해서 생태학적 역할을 했지만 이제는 너무나 희귀해져서 더 이상 그런 역할을 못하는 종들—로 가득 차 있고, 멸종보다는 종의 희귀성이 종들이 멸종하기 오래 전에 생태계 내의 일련의 변화들로 이어질 수 있고," 혹은 "과거 해양에 살던 이미 사라진 생태학적 유령들이 텅 빈 바다에서 헤엄치고 있다."[38]

유령성은 단지 기계적으로 덜컥거리는 가짜 케이크 위의 무익한 미적인 깜박임이 아니다. 유령성은 아주 정확한 존재론적 범주이지 단순히 형이상학적인 뭔가를 불가능하게 하는 아지랑이가 아니다.

다윈은 진화의 모든 단계에서 변이가 일어난다고 주장한다. 사물들은 목적론적으로 진화하지 않는다. DNA변이는 현재의 필요에 대해 무작위적이다. 우리는 이 점을 안다. 하지만 셸리가 말했을 법한데, 우리는 이것을 **상상**할 수 있을까? 이것은 실제로 무엇을 의미하는가?

이는 아주 놀라운 뭔가를 의미한다.

어느 지점에서든 진화의 테이프를 멈춰보라. 그러면 어떤 X-의 힘이 드리워진 종을 보게 될 것이다. 가령 물 밖으로 뛰쳐나와 몇 초 동안 살아남으려고 숨을 헐떡이는 물고기가 있다고 치자. 물고기의 이런 어지러운 행동을 지적하는 것은 아무런 소용도 없을 것 같다. 어떤 물고기는 이런 모습을 혼란스럽게 생각할 것이고, 심지어 어-류(fish-kind)에게 모욕적인 일이라고 생각할지 모른다. 이 물고기는 위험할 것이다. 물고기는 수조에 다시 들어가거나 회복을 위해 약을 먹어야 할 지도 모른다. 물고기가 자해할 수도 있다. 물고기는 정말로 위험하다. 즉 **존재론적으로** 위험하다. "내가 바로 이 물고기다"라는 것이 자신의 구조 곳곳에 새겨져 있다고 생각하는 물고기에게는 위험한 일이다.

이리가레이(Irigaray)가 섹슈얼리티에 관해 말한 것과 똑같은 방식으로 종은 하나도 아니고 둘도 아니다.[39] 사실은 하나의 종에는 X-종이 드리워져 있다. 앵무새와 X-앵무새. 남성과 X-남성. 여성과 X-여성. 떡갈나무와 X-떡갈나무. 다른 단세포 유기체 안에서 살아가는 특별한 능력을 갖고 있는 시아노 박테리아와 X-시아노 박테리아. 이 X-시아노 박테리아는 **엽록체**(chloroplasts)라고 불리는데, 식물이 녹색이고 광합성 작용을 할 수 있는 것은 이 때문이다. 마찬가지로, 어떤 혐기성 박테리아는 다양하게 진화하는 단세포 유기체 속에 숨어 있고, 지금 당신 몸속의 모든 세포에는 이것들이 들어있다. 이것들은 **미토콘드리아**(mitochondria)라고 불리며, 당신이 이 글을 읽을 수 있는 것도 이것들 때문이다. 이것들이 당신에게 에너지를 제공해준다. 당신의 눈이 이 페이지를 따라 움직이는 것은 박테리아의 초능력 때문이다.

이 유령적 복제, 즉 이 변이의 그림자가 없다면 당신은 생명체가 될 수 없다. 살아있음은 곧 초자연적임을 의미한다.

하나의 종은 개별체(individual)가 아니다. 나는 종을 그 구성원들로 세분할 수 있는데, 거기에는 종의 미래버전과 과거버전이 있다. 하지만 하나의 종은 훨씬 더 깊고 구조적인 의미에서 개별체가 아니다. 종은 '하나'로 셈될 수 없기 때문에 개별체가 아니다. 즉, 종이 **일단 존재하기 위해서는** 거기에 X-종들이 유령처럼 어른거린다. 이런 의미에서 하나의 종은 완전히 **독특한**(unique) **것이다**—왜냐하면 이 '1+X'의 성질은 파악될 수 없기 때문이고, 변이는 그 어떤 것을 '위한' 것이 아니기 때문이며, 변이는 강력한 의미에서 예측 불가능하기 때문이다. 개별적인 것과 독특한 것 사이에는 선명한 차이가 있다. 개인주의의 고전적인 미국식 표현인 정형화된 정원 잔디에게 물어보라. 그 뒤에는 종종 불법적인 독특함의 표현인 사이키델릭 십자가와 '아웃사이더' 예술로 뒤덮인 잔디와 상담해보라.

이것은 인류라는 개념이 존재자들을 사전에 포맷된 상자 속에 집어넣는 것과는 관련이 없는 심오한 방식이다. 지금 당장 나의 인간적 정체성이 포스트휴먼적인 존재자로서의 미래적 존재에 의해 비워지는 것은 아니다. 이 사례를 통해 우리가 행하고 있는 것은 분열된 자기 동일적인 인간의 형이상학을 물질이나 생명의 자기 동일적인 흐름의 형이상학으로 대체하는 것이 전부다. 이 경우 나와 나의 미래 변이형은 그 사례들일 뿐이다. 이것이 종을 물화하는 문제에 끼치는 순수한 효과는 전무하다.

사실상 진실은 바로 지금 이 순간에 나의 존재가 내가 존재하기 위한 가능 조건으로서 나의 X-존재에 의해 항상 이미 드리워져 있다는 것이다. 개구리와 인간과 시아노 박테리아가 사실상 실재하지 않는 데 반해 어떤 기저의 '생명'의 흐름은 실재한다는 것이 아니다. 거기에는 개구리들이 **존재하고 있고** 개구리들은 문어가 **아니다**. 개구리는 환원 불가능하다. 하지만 개구리가 개구리인 것은 모든 개구리가 자신의 그림자로서 X-개구리의 도플갱어를 가지고 있을 때 가능하다. 영혼과 육체에 대한 일신론적인 개념은 이런 무시무시한 유령성을 길들여서 그것을 비-이동적이고 계층적인 사회구조에 단단히 묶어버리는 방식이다. 영혼은 육체 안에 자리 잡고 있지 영혼이 육체는 아니다. 이 X-개구리는 개구리 주위를 불안하게 떠다는데, 이것이 개구리**이다**—동시에 이것은 개구리가 **아니다**. 프로이트가 기이한 낯섦(the uncanny)에 관한 자신의 글에서 언급하듯이, **영혼** 개념에는 **유령** 개념의 그림자가 드리워져 있다.[40] 생태학적 인식에는 **무**, 어른거림, 혹은 깜박거림이 삼투되어 있고, 서로 얽혀있는 현존과 부재의 그림자의 작용이 스며들어 있다. 이는 순간순간 어떤 느낌일까?

시간은 그 어느 쪽과도 같지 않다. 내가 이제 막 주장한 것 때문에 시간 그 자체는 물화된 원자적 현재-점들(now-points)의 연속이 아니라, 그 자체의 앞에서 혹은 그 뒤에서 어른거리는 유령적 가변성, 늦은 여름날 오후 해시계의 이면에 반사되는 연못의 빛과 그림자의 물결치는 작용, 결코 정적이지 않고 생동하는 고요함이다. 현재에는 X-현재가 드리워져 있다. 나는 현재와 X-현재의 이러한 다차원성을 '지금'(nowness)이라 부른다. 이 '지금'은 증발하는 안개처럼 가변적이고 어른거리는 영역, 즉 특정한 시간스케일에 매일 수 없는 영역이다.

지금은 과거와 미래 간의 역동적인 관계이다. 내가 설명해온 유령적 논리에 따르면, 현재는 현전하지 않는다! 현재는 존재하지 않으며 적어도 그와 같지는 않다. '동물'이 영원한 지금 속에 살기 때문에 인간보다 우월하거나 열등하다는 믿음은 사실이 아니다. 이는 마르크스의 종적 존재가 딛고 있는 두 번째 발, 즉 인간중심주의에 두고 있는 발에 문제가 있는 것이다. 더욱이 과거와 미래는 개체 그 자체의 구조의 인위적 산물이며 개체 밖의 그 어디에서도 찾아볼 수 없다. 한 사물의 형태, 즉 그 현상은 **과거**다. 나의 얼굴은 내 얼굴에 일어났던 모든 것의 지도다. 가령 벌집은 벌들이 밀랍을 씹어 먹었을 때 무슨 일이 일어났는가에 관한 이야기다. 현상에는 맥락적인 심연이 있다. 우리는 얼굴이 어느 지점에서 멈추고, 그 설명적 맥락—얼굴에 바로 이 정확한 외양을 불어넣어준 모든 사물들—이 어느 지점에서 시작하는지에 대해 명확하게 선을 그을 수 없다. 이는 우리를 누르고 있는 인류의 과거 상태들의 '악몽적' 성격에 토대를 제공한다. '죽은 전통의 중압'에는 끝이 없을지도 모른다.[41]

다른 한편, 한 사물의 본질 즉 그 존재는 **미래**이다. 개체들은 알고리즘처럼 과거의 중력에 전적으로 갇혀 있지 않다. 거기에는 **경력**(輕力 levity), 즉 미래성의 가벼움이 있다. 미래는 또한 심연이다. 다음에 나의 얼굴에 무슨 일이 일어날까? 나는 모르겠다. 그것은 적어도 측정 가능한 미래를 어느 정도 깊이 예측하는 것이 어렵기 때문이 아니라 바로 그 측정 가능한 미래가 무한한(계산할 수 없는) 미래성, 즉 내가 사용하는 접근 양식(사유하기, 로션 바르기, 셀카 찍기)이 어떤 것이든지 간에 나의 얼굴이 액체처럼 미끄러져 흘러내리는 사물의 물러남(withdrawal)이라는 성질에 의존하는, 보다 깊은 이유 때문이다. 우리의 극단적 공리주의 문화가 이런 종류의 사물이 거의 용인되지 않는 지대로서 차단해온 한 장소가 **예술**이라 일컫는 것이다. 하지만 사실 모든 것은 그와 같이 반응한다. 모든 것은 과거와 미래가 서로에게로 미끄러질 뿐 만나지 않는 철도 환승역이다.

우리는 이 생각을 자주 새롭게 평가해볼 것이다. 즉 현상은 과거이고, 존재는 미래이며, 지금은 과거와 미래가 서로 접촉하지 않은 채 미래가 과거 위로 미끄러져 가는 상대적 운동이다. 하나의 사물은 두 가지 심연 운동들의 접합이다. 연대는 과거에 의해 조건지어져 있으면서도(트라우마로 알려진 것) 미래로 열린, 유동적이고 유령적인 지금 속에서 공생적 실재가 내는 소음이다. 창조성과 향락은 과거와 미래, 현상과 존재 사이에 '장애가 있고' 이상 기능하는 상대적 운동이다.

한 사물의 존재론적 구조가 그것을 용인하기 때문에 X-존재는 공생적 실재 내에서 일어난다. 존재하는 것은 X-존재로 있는 것이다. 당신은 하나로 셈해질 수 없다. 그렇다고 당신은 둘로 셈해질 수도 없다. 당신의 유령적 복제는 **당신의** 유령적 복제이지 어떤 개구리의 복제가 아니다. 하지만 이것은 당신에게 고유한(proper) 것이 아니다. 사실 이것은 매우 비고유한(improper)

것이다. 이것은 소유와 고유성의 모든 개념을 위반한다. 물고기가 공기를 들이마시는 것은 점잖지 못하다. 종과 X-종의 다차원성은 프랙털적(fractal)이다. 이것은 하나와 둘 사이의 어딘가에 있고, 이 사이(in-between) 영역의 논리는 **양상적**(modal)이어야 한다. 이것은 엄격한 형식의 배중률을 위반해야 한다. 그러므로 사물은 다소 진리적이고, 다소 실재적이며, 약간은 틀린 것일 수 있다. 마치 모든 직설법 문장에는 가정법적 그림자, '아마도'(perhaps)라는 법적(mode) 문장이 드리워져 있다. 문장은 열려 있다. 그것은 아무것도 아닌 것도 아니고 정확히 어떤 것도 아니다. 의미는 그 자체로 문장의 유령적 그림자이다. 한 편의 시가 실제로 말하는 것을 누가 알겠는가? 하지만 이 시는 **이** 시이지 **저** 시가 아니다.

행위와 반응, 미래와 과거

비형이상학적인, 다시 말해, 칸트 이후적인(post-Kantian) 의미에서 우리는 종적 존재에 대한 **목적론적** 개념, 즉 **행위하는**(act) 인간 건축가와 **반응하는**(behave)(나는 이것을 나타내는 데 중성대명사neuter가 좋을 것이라 생각한다) 벌을 구분하는 인간중심주의적 형이상학에 기반을 둔 인간적인 것의 정의에 의존할 수 없다. 우리는 처음부터 『1844년 경제학 철학 수고』(*Economic and Philosophical Manuscripts*)에서 종적 존재에 대한 마르크스의 설명의 두 번째 페이지를 살펴볼 필요가 있다.

이 문제는 피상적인 것이 아니라 긴급한 것이다. 만일 벌이 오직 반응만 한다면, 그리고 만일 벌이 노동자이자 로봇('노동자'를 의미하는 체코어에서 유래한 단어)이라면, 벌은 이미 자본주의적 구조에서 소외된 것처럼 보인다. 그것은 인간의 투입조차 필요로 하지 않는 것, 하지만 자연으로 물화되어버린 공생적 실재에 널리 확산되어 있는 것이다. 즉 그것은 '사물들이 존재하는 방식', 다시 말해, 사물들이 예측 가능하게 **반응하는** 방식이다. 이는 비인간들에게 적용되는 자본주의적 실재론(capitalist realism)이다. 이는 마르크스주의의 버그이지 고유한 특징이 아니다. 벌은 영원히 과거 속에 갇혀 있다. 만일 벌이 알고리즘을 실행할 뿐이라면, 그것은 벌의 유전자의 어떤 과거 상태를 실행하고 있는 것이기 때문이다. 따라서 자연은 (아무리 절퍽하고 초록으로 보인다고 하더라도) 기계적이고 물화되어 있을 뿐만 아니라 자연 또한 과거 속에 얼어붙어 있다. 하지만 만일 공생적 실재의 일부인 인간의 종적 존재가 과거 속에 얼어붙어 있다면, 그것이 창조적일 수 있는 길은 전혀 없다. 이는 노동자들이 자연화된 자본주의 국가 속에 영원히 갇혀 있음을 함축한다! 그들이 수행하는 자동화된 노동이 사회적 요구조건들의 과거 상태를 재현해야 하기 때문에, 이것은 사실상 과거의 제곱(the past to the power of two)이다. 나는 이와 같이 노동자들이 과거의 함정 속에 갇혀 있는 것이 마르크스가 정말로 원했던 것이 아님을 지극히 확신한다.

다른 한편, 행위는 전적으로 미래적인 것으로 보인다. 행위하는 것은 화폐(M)가 증가된 화폐(M')로 변형되게 될 미래를 투영함으로써 시간을 지배하려고 하는 자본가처럼 되는 것이다. 자본가의 '절대적이고 무엇이든 할 수 있다'(I-can-do-anything-to anything)는 칸트식의 자유는 인간 노동의 이런 그림과 단단히 연결되어 있다! 행위는 미래 속에 구속되어 있는데, 여기서 인류의 향락 양식을 코뮌주의적 양식으로 전환하려는 어떠한 시도도 유토피아적일 뿐이며 결코 도래하지 않는다는 것을 의미한다. 일하는 것은 보스가 되는 것이다: 즉 오직 자본가만이 행위를 한다. 나는 마르크스가 **그런 생각**을 염두에 두지 않았음을 확신한다.

'행위'와 '반응' 간의 첨예한 차이는 자본주의에 구조적인 계급 분리를 표현한다. 그리고 이 차이는 인간적인 것(상상적인 것과 미래)과 비인간적인 것(알고리즘적인 것과 과거) 간의 단절을 나타낸다. 이것은 완전히 재수 없는 일이다.

만일 우리가 코뮌주의적 행위 이론을 창조하려고 하면, '행위'와 '반응' 간의 가장자리를 부드럽게 만들 필요가 있을 것 같다. '행위하는 것'과 '반응하는 것'은 한 존재자의 이중적 양상으로 볼 필요가 있다. 그것들은 서로에게로 미끄러지면서 유령적이고 생동하는 지금을 생성한다. 이 지금은 열려 있고, 따라서 새로움과, 마르크스가 말하듯이, 미래의 시를 창조할 수 있다.[42] 지금은 연대가 나타나는 양식이다. 이것은 과거 내지 미래에서는 볼 수 없고, 공생적 실재 속에 있는 생명체들의 지금 속에서 찾아볼 수 있다. 이것은 미래(개방성) 아래로 미끄러지는 과거(트라우마)가 상대적 운동을 생성하는 근본적 방식인데, 이 운동은 **선택되지 않고** 오직 **감상될 뿐이다.**

반응하기와 행위하기, 알고리즘의 실행과 인간이 되는 것을 구분할 수 없게 될 때, 우리는 유령적 영역으로 들어가게 된다. 비인간들을 유령으로 보는 견해는 귀엽지도 사소하지도 않다. 실제로 유령성은 현실 또는 **정확성**(accuracy)의 지표로 사고될 수 있다. 어떻게 해서 그럴까? 이것은 애매성이 정확성의 신호라는 사실과 관련이 있다.

안과에서 의사가 안경에 대한 처방전을 작성해줄 때, 우리는 두 가지 다른 종류의 렌즈 중에서 불가피하게 선택해야 하는 상황과 맞닥뜨리게 된다. 둘 중 어느 것이 더 잘 맞을까? 하지만 그것은 미묘한 차이가 있기 때문에 어느 것이 더 낫다고 말하기 어렵다. 의사는 "1번과 2번 중에서 어느 쪽입니까? 1번입니까, 아니면 2번입니까?"라고 묻는다. 둘 중 어느 하나를 선택하는 편이 나을 수 있다. 이 순간에 발생하는 근본적이면서 해결 불가능한 애매성은 처방의 **정확성**을 나타내는 신호이다. 이것은 우리가 애매성에 대해 통상적으로 사고하고자 하는 방식은 아니다. 우리는 보통 애매성이 뭔가가 부적절하다는 것을 의미한다고 생각한다. 여기서 이것이 의미하는 바는 렌즈의 물리적 제약과 시각 체계의 제약, 즉 시각적 데이터를 수용하고 해석하는 능력을 감안할 때, 당신은 지금 당신이 할 수 있는 조건 안에서 보고 있다는 것이다. 당신은 절대적으로, 그리고 완벽하게 볼 수는 없을 것이다. 왜냐하면 물리적 체계는 필연적으로 결정적이고 따라서 제한적이기 때문이다. 유령적 영역은 미결정성의 공간이 아니다. 즉 좀비는 뱀파이어와 다르고, 닭은 여우 원숭이와 다르다. 오히려 유령적 영역은 당신이 시력측정사의 의자에 앉아 있을 때 알게 되는 것보다 훨씬 더 많은 변수들을 가진 깊은 애매성의 영역이다.

(완벽한) 시력의 원칙과 렌즈를 통해 얻게 되는 시력의 종류 간의 간극은 뚜렷하고, 그 외의 다른 것들 또한 마찬가지다. 두 종류의 렌즈 사이의 간극이 존재하지만 당신은 그것을 거의 파악할 수 없다. 이 두 가지 사실은 깊이 관련되어 있다. 렌즈는 당신의 시력에 맞춰져 있다. 이 조율의 공간은 '아날로그적'이고,

두터우며, 엄격하게 경계지워져 있지 않기 때문에 하나 이상의 선택이 가능한 유령적 영역이다. 이런 유령적 조율 공간에서 결정의 유동성은 **정확하고,** 또한 매우 결정적이다.

하나의 사물, 가령 진공에서 절대 0에 가까운 작은 객체 같은 것을 생각해보자. 이 사물은 결정적인 애매성을 보이기 시작하고, 우리로 하여금 유령적 조율 공간을 인식하게 해준다. 두 가지 물리적 세계들의—겹침(superposition)이라 일컫는—기이한 중첩이 일어날 수 있는 어떤 양자 현상이 있다. 두 가지 렌즈는 다르지만, 다른 방식에서 보면, 이것들은 같은 것이다. 우리가 가지고 있는 가장 정확한 데이터 지각 형태(양자 이론과, 양자의 상태를 관찰하기 위해 우리가 세운 장치)는, 하나의 사물을 가령 거의 절대 0도의 진공 상태에서 매우 조심스럽게 살펴볼 때, 그것이 깊은 애매성을 드러내고, 겹침 또는 정합성(coherence)이라 불리는 것과 같은 현상들을 드러내기 시작한다는 것을 보여준다. 물리적 체계의 유한성 때문에 절대 0도를 완벽하게 맞출 수는 없다. 하지만 이 체계가 절대적으로 0도에 있을 필요도 없다. 정적이고 확실해 보이는 것이 가변적인 성질들, 즉 그것이 얼룩지거나, 흔들리는 동시에 흔들리지 않거나, 기계적인 밀림 없이 희미하게 어른거리는 방식을 드러내기 시작한다. .

이 사물은 그것이—그 자체에 의해—**유령 들림**을 보여주기 시작한다. 인류는 하나의 단조로운 통일된 덩어리가 아니다. 그것은 흔들거리는 유령 들림이다. 인류는 존재한다. 그렇지만 X-존재의 방식으로 존재한다. 따라서 연대는 이런 방식으로 X-존재한다. 즉, 연대는 항상 단지 하나(인간 존재자)가 아니라 1+n 존재자들을 포함하는 X-연대성이다. **연대는 비인간들을 함축한다.**

비의미에는 의미가 어른거린다. 의미는 도래하지만 결코 도래하지 않은 유령이다. 우리는 문장의 끝에서 의미를 발견할 수 없다—모든 문장의 끝에서도 의미를 발견할 수 없다. 하지만 문장은 의미에 의존한다. 의미는 기호작용에 어른거리는 유령이다. 플라톤이 증명했듯이, 정의(justice)는 결코 직접적으로 볼 수 없고 단지 그 자신의 불완전한 사례들 속에 구현되어 있을 뿐이다. 정의는 그 어떤 하나의 사례에서도 완벽한 정의의 불가능성에 어른거린다. 용서에는 용서할 수 없는 것을 용서한다는 생각이 어른거리는데, 이것이야말로 궁극적인 종류의 용서일 것이고 그런 용서는 불가능하다. 온갖 종류의 생물학적이고 물리적인 범주들—생명, 마음, 감각, 의식, 그리고 존재 그 자체—은 X-존재한다. 마음은 물질로 환원될 수 없지만 비-물질로도 환원될 수 없다.

우리가 이러한 개념들에 가까이 다가갈 때, 이 개념들의 차이를 결정할 수 없을 정도로 행위는 반응에 어른거린다. 벌이 다른 벌들로부터 배우고 그들을 가르칠 수 있고, 개미가 망설일 수 있으며, 쥐가 슬픔을 경험한다는 것을 증명함과 함께, 우리는 그외 어떤 것, 즉 모든 면에서 더 저렴한 어떤 것을 행할 수 있다. 그리고 더 효과적인 것은, 무한 증명이 행위와 반응 사이에 어떠한 애매성도 없다고 생각하는 사람을 만족시키지 못할 것이라는 점이다. 우리가 할 수 있는 것은 지금 이 시점에 나 자신이 사람인지, 아니면 안드로이드인지를 궁금해 하는 것이다. 최고 존재자—이 존재자는 자비로운 존재자여야 할 것이다—를 심판관으로 끌어들이지 않고서 말하는 것은 불가능하다. 이것은 데카르트의 『성찰』(Meditations)의 진정한 천재성이다. 아마도 내가 단순히 알고리즘을 실행하기보다는 상상하고 행위한다고 생각하는 것은 안드로이드인 팀 모턴(저자)이 사고하도록 프로그램화된 바로 그런 종류의 사태일지 모른다.

마음은 신체적인 것의 내부에도 외부에도, 나의 몸의 내부에도 외부에도 있지 않다. 존재하는 것은 동시에 자기 자신의 기이하고 낯선 도플갱어가 되는 것이다. 기이하고 낯선 '반인간적' 존재자들은 인종차별의 산물이 아니다. 인종차별의 산물들은 반인간적인 유령이 어른거리지 않는 '건강한 인간 존재자'를 구성하려는 시도이다. 나치식의 동물권과 히틀러의 채식주의를, 인간과 비인간 간의 극도로 명확한 차이에 근거하고 사회적·정신적·철학적 공간에서 **반인간적인 것**(inhuman)을 절멸시킴으로써 가능한, 인간중심주의적이고 실로 인종차별적이라고 비난하는 것은 정당하다. 기이하고 낯선 존재자는 기이하고 낯설게 만들어진 것이 아니다. 일단 존재한다는 것은 기이하고 낯선 X-존재이다. 연대를 느끼는 것은 곧 어른거림을 느끼는 것이다.

나는 의심한다. 고로 나는 당신과 연대한다.

안경사에게로 돌아가 보자. 만일 당신이 **완벽함**을 시력 문제의 유일한 해결책이라는 의미로 사고한다고 하더라도, 렌즈1을 대신해서 렌즈2를 최종적으로 선택하는 것은 완벽할 수 없다. 렌즈2에는 렌즈1이 늘 어른거릴 것이다. 렌즈2는 당신의 시력 체계에 맞춰 조정해야 할 가능성을 모두 만족시키지 않는다. 렌즈2는 자물쇠에 맞는 열쇠처럼 당신의 시력에 완벽하게 **적합**하지는 않다. 이는 우리가 이제 진리를 적합성(adequation)으로 간주하는 고질

적인 중세 신플라톤주의적인 일신론 개념에서 근본적으로 벗어난 진리 영역에 있음을 의미한다.[43]

렌즈에 잠재성과 같은 어떤 것이 어른거린다는 것은 사실이 아니다. 그런 생각은 실제적인 물리적 사물의 기이함을 길들이려는 또 다른 인기 있는 방식이다. 아리스토텔레스에 대한 읽기에서 아감벤이 채택한 관점에 따르면, 잠재성은 온갖 종류의 사물들이 일어날 수 있는 열림(openness)인 데 반해, 현실은 바로 이 열림이 닫히는 순간이다.[44] 하지만 내가 지금 탐구하고 있는 관점에서 볼 때, 잠재적인 것과 현실적인 것 간에는 완벽한 중첩이 있다. 내가 여기서 말하고 있는 것은 **실제** 렌즈는 아주-좋은(아주-좋음은 이보다 더 좋을 수 없음을 의미한다) 렌즈가 될 수 있는 가능 조건으로서 열려있고, 유령적이고, 애매하다는 것이다. 하나의 사물이 스스로를 초과하거나, 스스로로부터 벗어나거나, 혹은 자기 자신의 밖에서 탈자적으로(ekstasis, 'ex-sistence') 존재하는 방식인 유령성은 하이데거가 생각하는 것처럼 인간 존재자에게만 속하지 않는다. 인류는 어른거리고, 자기 자신으로부터 벗어나고, 탈자적이고, 흔들거리며, 그림자로 얼룩덜룩하다. 그림자는 나무 사이로 비취는 태양처럼, 자신과 상호작용하는 다른 개체에 의해서 만들어질 뿐만 아니라 사물의 내재적 일부이기도 하다. 렌즈가 '맞다'고 할 정도에 근접할 경우, 마치 다른 것들이 기이하게도 **동일한** 렌즈라고 할 만큼 유사한 것처럼 그 렌즈에는 다른 렌즈들이 어른거리기 시작한다. 인간적인 것의 외부에 있는 것은 종적 존재 그 자체이며, 따라서 현존재의 탈자적 특성은 비독일적이고 비나치적임은 말할 것도 없고 사실상 비인간중심주의적이다.

아감벤이 진행하고자 하듯이 어떤 잠재적인 공백으로부터 연대를 위한 일말의 가능성을 추출할 필요는 전혀 없다. 마술적 유령은 바로 여기에 있기 때문이다.

개인적 정체성이 현존의 목적론적 형이상학과 유해하고 과잉살인적인 생존 양식에서 벗어나 종적 존재의 개체를 상상하기 위해서는 업그레이드가 필요하다. 당신 자신에 대한 극도로 정확한 좀비 혹은 안드로이드 버전을 상상해보라. 즉 기이하고 낯선 것은 당신이 오로지 홀로 당신 자신이 되도록 유지하는 것이 더 이상 가능하지 않다는 데 있을 것이다. '당신'이 안드로이드 버전이라고 하는 편이 나을 수 있다! 당신의 자아 개념—나는 여기서 나인데, 보통 우리는 내가 여기 이 '몸' 속에 들어있는 가스 혹은 액체라고 생각함으로써 이런 사실을 강조한다—은 사라지고 만다. 기이한 낯섦, 편집증, 그리고 애매성은 현실성의 지표이지 비현실성의 지표가 아니다.

우리가 현재 도출할 수 있는 놀라운 결론은 **편집증이 공감** (empathy)**을 위한 가능 조건**이라는 점이다. 이것은 우리의 직관에 반하지만 우리는 저 너머에 특정 신발을 신은 특정한 사람이 있는데 내가 그의 신을 신을 수 있다(그의 입장이 되어 볼 수 있다)고 가정할 때 공감은 왜곡된다고 결론 내릴 수 있을 뿐이다. 공감이 필요로 하는 것은 저 밑바닥에서 생동하는 **연대**의 에너지이다—즉 거기에 **당신**이 있는지를 사전에 알 수 없어도 나는 당신과 함께 하고 있는 것이다. 한 존재자의 존재론적 지위에 대한 더욱 더 세부적인 불확실성은 사랑처럼 보이거나 사랑인 체한다. 공감은 그 내재적인 권력 관계와 더불어, 완전히 위선적인 동정(sympathy)으로 증폭되는 물화와 관련되어 있을지 모른다.

나는 길모퉁이에서 누군가가 구걸할 때 그에게 동전을 줄지 말지를 결정해야 한다. 편집증은 공동-창발적(co-emergent)이다. 편집증은 내가 그것을 줄이려고 할 때는 물화로 나아가고, 그렇지 않을 때는 연대로 나아간다.

　이는 감각능력이 있는 비인간에 관한 한 문제적이고—인간 그 자체는 말할 것도 없고—유전적으로 인간에 가장 가까운 비인간에 관한 한 훨씬 더 문제적이다. 인간적인 것에 다가갈 때, 단단히 연결된(인식적, 윤리적, 존재론적) 환원주의가 지배하게 된다. 즉 편집증은 우리로 하여금 물화하도록 조장한다. 블랙홀과 페르미 입자 연구에 몰두하는 이론 물리학자들이 이런 근거로 인문학의 최고 옹호자들인 데 반해, 우리의 두뇌 연구에 몰두하는 신경과학자들은 그런 대단한 실적을 갖고 있지 않다.

> 우리는 어떤 생명체에게 우리에게 (말하도록) 요청할 수는 없지만, 우리는 반응을 관찰하고 분별력 있는 질문을 던지고 몇 가지 탁월한 실험을 창조하며 더 나은 이해에 도달할 수 있다. 아인스타인은 물리학으로, 다윈은 생명의 나무로 이런 작업을 했다. 갈릴레오는 . . . 행성들이 자신에게 말 걸지 않을 거라고 불평하지 않았다. 하지만 우리가 다른 동물들과 대화를 할 수 없기 때문에, 동물 행동주의자들은 동물들이 생각하거나 느끼는지 알 수 없다고 말하며 두 손을 들어버린다. 그리고 우리는 동물들이 생각하거나 느낄 수 없다고 가정해버린다.[45]

이런 언어적 전환의 엄격한 강한 상관주의 때문에 혼란에 빠진 인문학자들은 이것이 인간과 비인간의 경계에 대한 가장 근본적인 지지로 미끄러져가는 것을 막지 못한다. (인간) 주체나 역사, 혹은 경제 관계가 결정자이고 그 상관물이 텅 빈 스크린이라는 생각도 편집증을 미리 차단하지 못한다. 감정에 대해 생각해 보자. 우리는 코끼리와 같은 비인간들에게서 어떤 감정을 관찰하지만, 코끼리가 우리에게 도움이 되지 않을 것 같은 감정을 느끼는 것은 원치 않는다. 우리는 코끼리가 배고파 보일 때 배고프도록 내버려둘 수 있지만, 코끼리가 행복해 보일 때 코끼리가 행복하다는 것을 인정하는 데는 어려움이 있다.[46] 이것은 어떤 이유로 의인화되고, 따라서 나쁜 것일 수 있다(의인화에 대한 우려 그 자체가 인간적 행동의 완벽한 사례라면, 다시 말해 . . . 인간중심적 형태론anthropomorphism이라면 어떨까?).

우리가 순전한 생존(즉 배고픔)이 행복과 같은 존재함의 특성보다 더 '현실적'이라고 생각하는 것은 흥미롭다. 단순히 생존, 즉 굶주림만이 '현실적' 조건이라고 여겨지는데, 우리는 이것을 특별히 인간적인 것과는 상관없다는 의미로 해석한다. 생태학적 재앙은 바로 이 생존, 즉 존재의 어떤 특성에도 주목하지 않는 순수한 실존이라는 이름으로 행해져 왔다. 이런 바탕적 공리주의는 다른 생명체들은 물론이고 **우리**에게도 아주 유해하다. 우리는 공리주의에 관해 유익한 것이 순수한 생존이 인간으로서의 우리 실존을 넘어서거나 초월한다는 것이라고 생각한다. 그 기본 진술은 온통 이것을 말한다.

'실체적인 것'(substantial)과 '표면적인 것(superficial)' 간의 분리는 진실과 허위가 일어나는 유령적 공간인 진리성의 트윗 영역(Twittersphere)에서 현실과 현상 간의 차이를 뒷받침한다.[47] 우리는 순수한 **반응**이 현실의 편이라고 믿는 데 반해—이것은 우리가 경험적으로 관찰할 수 있는 것이다—**행위**는 하나의 개체가 **반응하는** 방식의 신비스러운 양상이다(역설에 주목하라). 형이상학적이고 존재신학적인 부담을 파악하는 것이 이보다 더 쉬울 수는 없을 것이다. 경험적 증명가능성이 결여되어 있음에도 불구하고 우리는 경험적 영역에서 (인간적) 행위를 지적할 수 있는 데 반해 비인간들에 관해서는 행위를 지적하고 싶은 마음을 극도로 자제한다. 하지만 이렇게 분리해야 할 근거는 전혀 없다.

보통 논증의 이 지점에서 철학은 인간적 행위를 순전한 반응으로 환원할 수도 있다. 이는 편집증은 줄여줄 수 있겠지만 도움은 되지 않을 것이다. 하지만 이것은 아주 문제적이기도 하다. 왜냐하면 내가 그와 같이 행위를 줄일 때 반응할 뿐이라면, 내가 하고 있는 것이 정확한지를 어떻게 확인할 수 있을까? 나는 이를 뒤집어 볼 생각이다. 이는 비인간들에게 행위할 수 있는 능력을 부여한다는 것을 의미하지 않는다. 나는 이런 자의적인 분리를 계속 고민해보고 싶다.

유용성(utility)은 생명체와 진화의 추진력으로 지나치게 과대평가되고 있다. 성적인 과시는 DNA의 관점에서 보면 터무니없이 비싸다. 그것이 왜 진화하는가? 이는 사물이 존재하는 방식 때문임에 틀림없다. 현실은 실제로 현상의 '아래'에 있는 단조로운 어떤 것이 아니고, 따라서 유용성은 더 많은 '무의미한' 목표들 아래에 있는 무미건조한 어떤 것이 아니다. 이런 구분은 행위하기와 반응하기 간의 깊은 애매성과 큰 관련이 있다. 칸트에게 예술 작품은 마치 그것이 우리처럼 . . . 행위하는 것처럼 반응한다. 이 애매성은 우리가 가리킬 수 없는 존재와 현상 사이에 간극이 있다는 것—이것이 초월론적이다—을 인식하는 방법이다.

칸트는 우리가 현실이 있다는 것을 인식하는 것이 우리가 그 것을 가리킬 수 있거나 직접 맛볼 수 있거나 볼 수 있기 때문이 아니라—그런 식의 검증은 형이상학적 믿음과 관련 있기 때문에 폭력의 위협에 의해서만 뒷받침될 수 있다—우리가 칸트 자신이 미라고 부르는 매우 애매하고 비자아적인 경험을 가질 수 있기 때문이라고 주장한다. 미는 나의 '내적' 공간에서 나에게 어른거리는 하나의 유령적 존재자이다. 그것은 내가 어떤 것의 '내부에' 있는 것이 아니라 내가 '저 너머'로 보고 있는 것(회화)과 기이하게 뒤섞여 있기에 미적 경험이 누구의 결함인지, 즉 나의 결함인지 회화의 결함인지를 구분할 수 없다는 것을 깨닫게 해주는 유령적 존재이다. 경험을 '이 편' 혹은 '저 편'에 두려고 하는 것은 결국 경험을 망치게 만든다. 만약 미적 경험이 「모나리자」의 어떤 특징, 가령 미소라고 생각한다면, 이것을 카피한 수천 장의 복제판이 이 그림에 대한 당신의 실제 경험보다 천 배는 더 아름다워야 한다. 하지만 이는 사실일 수 없다. 혹은 만일 미적 경험이 당신의 뇌에서 발견할 수 있는 반응의 특정한 특징, 이를테면 특정 신경전달물질이라고 생각한다면, 그 신경전달물질의 활성성분으로 제조된 천 개의 알약이 천 배는 더 아름다운 경험을 창조해줄 것이다. 하지만 그럴 수 없다. 그러면 당신은 죽고 말 것이다.

미는 이상한 경험이다. 왜냐하면 나는 미 안에서 내가 느낄 수 없는 어떤 것을 느끼기도 하고, 혹은 키츠가 말하듯이, '그것을 느낄 수 없다는 느낌'(the feel of not to feel it)[48]을 가지기도 하기 때문이다. 나는 미적 경험을 망치지 않고서는 그것을 파악할 수 없다. 따라서 나는 미적 경험을 깊은 애매함, 즉 내가 특별히 슬퍼해야 할 어떤 대상 없이 부유하는 슬픔으로 종종 경험하는 애매함 속에 내버려 둘 필요가 있다. 여기서 '슬픔'은 개념 없는 행복(happiness without a concept)인 것이다. "슬픔은 생각이 깊은 사람에겐 행복이다."[49] 슬픔은 여기서 특별히 대상을 갖지 않는다. 즉 우리는 상실된 대상이 남긴 자취인 멜랑콜리아에 관해 말하는 것이 아니다. 슬픔은 정확히 대상화(objectification)를 필요로 하지 않는 것, 즉 하나의 대상에 결부될 수 없는 유령적이고 부유하는 쾌락이다. 왜냐하면 슬픔은 물화될 수 없기 때문이다. 슬픔은 나의 자아에 의해 꾸며지지 않는다는 점에서 나에게 어른거리지만, 그럼에도 불구하고 그것은 나의 경험 공간 안에서 일어나고 있다. 슬픔은 나의 일부이지만 일부가 아니기도 하다. 슬픔은 온갖 유령적 낯섦 속에 있는 아름다움이다.

미는 어른거린다

나는 어떻게 해서 나의 자아를 넘어선 경험을 할 수 있을까? 내가 전적으로 내가 아니기 때문이다! 나는 다른 모든 것들처럼 구멍으로 채워져 있다. 즉 나는 내가 아니면서 끊임없이 틀린 반응을 하는 온갖 종류의 사물들로 구성된 살아 숨 쉬는 오작동체와 같기 때문이다. 자아를 넘어선 그런 경험은 더 이상의 경험적 검증이 필요치 않는, 논란의 여지가 없는 유아론(solipsism)에 대한 반박이다. 왜냐하면 우주가 오직 나뿐이라고 하더라도 거기에는 두 명의 내가 있기 때문이다. 나와 나의 환영, 즉 내가 아닌 존재자가 있는 것이다. 더욱이 다른 나는 항상 나를 괴롭히기에 일순간도 쉬지 못한다. 나는 희미하게 흔들거린다. 나아가서 나는 이것이 정말로 나인지, 아니면 어떤 다른 존재자의 효과인지를 결정내릴 수 없다. 미란 나일 수도 있고 내가 아닐 수도 있는 또 다른 개체에 의한 어른거림을 의미한다. 하지만 미는 근본적으로 미결정적이다.

하지만 더욱 근본적이면서도 더욱 기이한 차원에서 기계적 입력 없이 저절로 움직일 수 있는 테이블의 유령성—그리고 이것이 초자연적인 것의 세계 속에서 갖는 함의—은 정확히 논쟁적이다. 은유는 그것을 만든 창조자로부터 자유로울 수 있다. 춤추는 테이블처럼 은유는 뜻하지 않게 작용하기도 하고 저자가 의도하지 않은 진실을 흘리기도 한다. 마르크스가 춤추는 테이블이 필히 터무니없고, 특히 계산하는 테이블(나무로 된 뇌로부터 개념들을 펼치는 테이블)은 훨씬 더 터무니없다고 말하고 있다면, 그는 암묵적으로 실체적 존재론을 고수하는 것이다. 여기서는 현상이 존재로부터 분리되고, 주체가 객체로부터 분리되며, 어떠한 모순이나 배제된 중간도 전혀 용인되지 않는 논리가 작용한다. 이는 불운한 일인데, 왜냐하면 마르크스 자신이 아리스토텔레스의 주장을 빌려와 자본주의가 실체적 존재론을 선전한다고 주장했기 때문이다. 물질 개념에 대해 아리스토텔레스는 그것이 원숭이나 찌르레기 새와 같은 다양한 종들을 찾기보다 '동물'(animal)을 찾아 동물원을 샅샅이 뒤져보는 것과 같은 것이라고 말한다.[50] 아리스토텔레스가 물질에 관해 말한 것을 마르크스는 자본에 관해 말하고 있다.

사물들은 혼자서 움직일 수 없다. 왜냐하면 이는 비모순율을 위반할 것이기 때문이다. 테이블의 움직임은 자체적으로, 혹은 원격운동에 의해서가 아니라 기계적으로 이루어져야 한다. 이런 움직임이 보여주는 장관은 허위적 현상임에 틀림없다. 하지만 이는 나무로 된 뇌에서 개념을 펼치는 계산하는 테이블의 **비-낯섦**(non-strangeness)을 받아들이는 것이 될 것이다. 테이블이 사고하는 것으로 보일 수 있다. 사유하는 테이블은 우리를 인공지능의 편집증과 대면시킨다. 즉 우리는 이것이 사람인지 아닌지는 결코 증명할 수 없다.

하지만 만약 춤추는 테이블이 정말로 춤추고 있는 것이 아니라면, 이는 테이블이 정말로 사유하고 있는 게 아니라는 것을 의미한다. 이는 상품물신숭배가 기능하지 않는다는 것을 의미할지 모른다—하지만 이는 맞을 리 없다! 낯섦을 축소하는 것은 상품물신숭배라는 관념을 폐지하는 것이다. 여기서 마르크스는 비인간들과의 연대의 세계에 발을 들여놓는 것으로 보인다. 그가 테이블과 코트와 같은 사물들에 관해 말하는 친숙한 희극은 이를 가리키는 것이라 할 수 있다. 마르크스는 홀로 춤추거나 원격작용에 의해 움직이는 테이블을 **거의 받아들인다.**

행위하기와 반응하기 간의 애매성이 살아있는 것과 살아있지 않은 것 간의 더 거대한 애매성의 일부이기 때문에, 비인간적인 것의 유령을 전적으로 포함하는 것은 기계적인 입력 없이 움직인다는 의미에서 '살아있는' **어떤 것의** 유령을 끌어안는 것이다. 만일 이것이 사실이라면, 이것은 비생명과 대립하는 생명의 생명중심적이고 생명정치적인 개념을 잠식해 들어간다. 더욱이 이런 유령들을 끌어안는 것은 유령성을 끌어안는 것이다. 즉 그것은 기본적인 존재론적 애매성이 존재 그 자체의 가능 조건이 되는 그러한 방식으로 현상과 존재가 분리 불가능하게 되는 방식을 끌어안는 것이다.

이데올로기적인 것은 춤추는 테이블이 끈에 묶여 (인간의) 가치를 계산하게 되어 있다는 것이다. 테이블이 포맷되지 않은 표면이라는 것, 그리고 (인간의) 경제 관계가—그것이 형식이 없는 물질이기 때문이든, 혹은 인간 욕망의 투사를 위한 텅 빈 스크린이기 때문이든 간에—테이블을 포맷했을 때, 테이블이 존재하게 된다고 생각하는 것은 물화의 핵심 부분이며 자본주의가 작동하는 이유이기도 하다. 만약 코뮨주의가 자본주의를 초월하려고 하면, 코뮨주의는 인간중심주의적이고 '과잉 채굴하는'(overmining) 양식을 초월해야 한다. 그렇지 않으면 코뮨주의는 자본주의를 처음 생겨나게 한 물류학의 한 형태가 될 뿐이다.

마르크스주의는 자신의 이론을 구성하는 과정에 비인간적 존재자들을 포함하지 않고서는 **제대로 기능하지 않으며 살아남을 수도 없을 것이다.** 더구나 비인간적 존재자들을 포함한다는 것은 유령성을 포함한다는 의미이기도 하다. 이는 테이블이 춤출 수 있다는 것을 의미한다. 그리고 이는 '생명체'와 '테이블' 간의 구별이 어떤 의미에서 허물어진다는 것을 의미한다.

구멍 뚫린 세계들

다시 **세계** 개념으로 돌아가 보자. 세계는 몹시 하이데거적인 개념이다—이것은 어떻게 현존재가 현실을 공동-창조하고, 현실과 상관관계를 맺으며, (어떤 용어를 좋아하든 간에) 현실에 대해 큰 결단(Decide)을 내리는가 하는 것과 관련이 있다. 하이데거에게 인간은 완전한 세계를 가진 존재자이다. 즉 세계는 하나의 과정, 즉 **세계화**(wordling)이며, 인간은 **세계화하는** 존재자들이다. 그리고 독일인들이 세계화에서 최상의 존재자들이다.

하이데거의 나치즘은 불운 그 이상의 문제다. 그리고 하이데거에 대한 반응이 그에 대한 전면적인 비난인 경우가 너무나 자주 있으면서도 그의 용어법, 혹은 그의 사고 영역 내에서 개념들, 특히 '-ality'와 '-icity'와 같은 접미사를 가진 개념들을 만들어 사용하는 것은 수치스런 일이다.

하지만 희소식은 마르크스의 인간중심주의처럼 하이데거의 나치즘도 하나의 버그이지 고유한 특징이 아니라는 것이다. 독일인을 최상의 세계인으로 가리킬 수 있게 해주는 현존의 형이상학은 하이데거의 사고 내에서는 사실상 부당한 것이다. 더욱이 세계의 개념이 유효한 것은 우리가 비인간들도 세계를 가질 수 있도록 허용해줄 때이다. 하이데거는 '동물'이 '세계가 빈약하고'(*Weltarm*), 돌 같은 무생물체가 세계를 전혀 갖지 않는다고 말한다. 하지만 사실상 우리는 고양이가 세계를 갖도록 용인할 수 있을 뿐만 아니라 심지어 폭포조차 세계를 갖도록 허용할 수 있다. 우리는 **세계**가 아주 저렴하기 때문에 그럴 수 있다. 이를 위해 우리는 고양이와 폭포를 인간의 지위로 끌어올리려고 노력할 필요가 없다. 그리고 이는 또 다른 이유 때문에 대단하다. 만약 세계가 특별하다는 이유로 받는 보상이라면, 이 개념 내의 궤도는 필연적으로 나치즘을 향하게 된다. 대신에 만약 세계가 벌레도 가질 수 있는 엄청나게 저렴한 것이라면, 이는 벌레가 나치가 될 수 있다는 게 아니라, 나치가 매우 혼란스럽고 과장된 벌레일 따름이라는 것이다.

왜 세계는 저렴한가? 세계는 본질적으로 결여적이고, 본질적으로 울퉁불퉁하며, 결함투성이기 때문이다. 세계는 **구멍 뚫려 있다.** 완벽하고 매끄럽게 기능하는 세계들이나 세계에 대한 가난한 사람들의 버전들은 존재하지 않는다. 본질적으로 하나의 세계를 가지는 것은 세계가 가난하다는 것이다.[51] 세계는 **단지** 당신이 빈약할 수 밖에 없는 어떤 것이다. 왜냐하면 당신이 나치친위대 장교만큼 그것을 즐기지 못하기 때문이 아니라, 세계 그 자체가 가난하기 때문이다. **세계**는 구조적으로 그리고 환원 불가능하게 구멍 뚫려 있다.

난 오늘 그 뉴스를 읽었어
랭커셔 주 블랙번에 4천 개의 구멍이 있다는 걸
비록 구멍들이 작긴 했지만
그들은 그 구멍들을 모두 세어야 했어
이제 그들은 앨버트 홀을 채우기 위해
얼마나 많은 구멍이 필요한지 알아.

(비틀즈, <인생의 어느 하루>[52])

이는 또 다른 점에서 경이롭다. 만약 완벽한 세계와 같은 그런 것이 없다면, 세계가 전혀 없는 그런 것 또한 존재하지 않는다. 심지어 폭포조차 세계들을 갖는다! 세계란 모든 것이 세계를 가질 수 있을 만큼 매우 저렴하다. 이런 현실에서는 (완벽한) 세계도 없고 전혀 세계가 없는 것도 없다. 다양한 중첩된 세계들이 존재한다.

이런 저렴함은 세계를 규범적 개념으로 간주하는 대중적인 딜레마에서 우리를 구해준다. 우리는 때때로 세계화(worlding)가 생명체의 특별한 속성이고, 그러한 생명체를 돌봐야 하는 근거로 제기되는 것을 듣는다. 어느 정도는 맞다. 세계는 의식에 의존하지 않는다. 세계는 세계가 있다는 것을 **인식하는 것**과는 무관하다. 세계는 잡동사니와 친하게 어울리고 개 같고 거미 같고 고래 같은 일들을 분주히 하면서 돌아다니는 것과 관련이 있다. 하지만 '세계를 구하는 것'은 세계를 보존하는 것을 의미하지 않는다. 불확실하고 값싼 노동의 세계, 중국의 전자제품 공장에서 엄청난 저임금을 받고 과도하게 착취당하는 노동자들의 세계가 있다. 이는 이 공장들이 보호되고 보살펴져야 한다는 뜻인가?

세계의 저렴함은 또한 세계에 대한 전면적 비난으로부터 우리를 구해준다.[53] 물론 세계는 당신이 가리킬 수 있는 형이상학적으로 현존하는 개체로서 이해되지 않는다. 결코 그렇지 않다. 하지만 이는 세계가 결코 존재하지 않는다는 말은 아니다. 그것은 '존재하다'에 대한 당신의 생각이 업그레이드, 즉 해체(하이데거, 데리다)가 쉽게 이용할 수 있는 업그레이드가 필요하다는 것을 의미할 따름이다. **세계의 종말**은 스스로를 일관적이고 유연하며 최고라고 생각하는 규범적이고 백색적인 서구세계의 종말이다.

하이데거는 자신이 세계상(worldview)이라 부른 것이 물화되고 굳어있기 때문에 나쁜 것이라 주장한다. 하지만 이와 대립하는 그의 세계 개념 또한 굳어있으며, 이런 가짜의 완벽함 때문에 그의 사고 속에서 이상 작동을 일으킨다. 생태학적 인식 때문에, 당신은 자신의 세계가 이상 작동을 일으키고 깨어진 것임을 경험한다. 정확히 온갖 종류의 사물들이 우리가 우리의 세계라고 여기는 규범화된 배경(이는 자주 인간중심주의적 스케일로 판단된다)에서 돌출되어 있는 한에서 말이다. 북극의 얼음이 녹으면서 온갖 종류의 예상치 못한 일들이 출현하고 있다. 메탄, 냉전기 지들 . . . 깊이 갇혀 있는 사물들, 그리고 우리의 무의식 속에 깊이 갇혀 있는 사고와 가정들 등등.

하지만 이런 이상 작동을 통해 우리는 뭔가 깊은 것을 깨닫게 된다. (매끄럽고 완벽한) 세계 그 자체라는 개념 또한 깨어진다. 그것을 다시 원래대로 되돌려놓을 방법은 없다. 왜냐하면 사물들의 돌출 없이 일어나는 매끄러운 기능이라는 개념은 인간중심주의적 스케일에 의해 측정된 것이기 때문이다. 세계는 그와 같지 않다. 이는 우리가 세계에 대한 우리의 관념을 변형시켜왔음을 의미한다. 세계란 정확히 명확한 지평으로 시작하지도 끝나지도 않는, 너덜너덜하고 구멍 뚫린 조각보 이불이다—공간적일 뿐만 아니라 시간적인 지평들도 마찬가지로 구멍들로 가득 차 있고 흐릿하다.

나아가서 이는 우리가 세계들을 **공유할** 수 있음을 의미한다. 우리의 인간 세계는 온갖 종류의 너덜너덜하고 깨어진 세계들과 공유되고 있다. 거미의 세계, 호랑이의 세계, 박테리아의 세계들 말이다. 비트겐슈타인은 틀렸다. 우리는 사자들을—적어도 어느 정도는—이해**할 수 있다.** 이는 우리가 생색내면서 우리의 세계를 비인간들의 세계로 확장하기 때문이 아니라, 우리의 세계가 구멍 뚫려있기 때문이다—우리 역시 **우리 자신**을 아주 잘 이해하지 못한다. 우리는 호랑이와 우리 자신을 양상적으로(modally) 이해할 수 있다: 즉 우리는 세계를 20퍼센트, 혹은 60퍼센트 공유할 수 있다. 공유는 전부 아니면 전무일 필요가 없다. 세계의 공유는 배중률의 법칙에 대한 규칙적인 위반에 근거한다.

우리는 단지 세계를 비인간적 존재자들에게 내재적으로 매력적인 다양체(manifold)로 업그레이드하거나 다운그레이드했을 뿐이다. 이것은 세계를 완전히 포기하고 어떠한 세계도 존재하지 않는다—이 또한 인간중심주의적이다—고 주장하는 것보다 훨씬 낫다. 그런 주장은 내가 이 축구공을 갖고 놀 수 없기 때문에, 어느 누구도 이 축구공을 갖고 놀아서는 안 된다고 말하는 것과 같다. 구멍 뚫린 세계들은 중첩될 수 있다. 이 고양이는 내 집의 손님이 아니다. 그것은 가족의 일원(a member of the family)이되 그 가족은 실제로 **내** 가족(**my** family)이 아니다. 그리고 나는 이것을, 고양이를 생색내듯 특별히 부여된 지위로 고양시킴으로써가 아니라 나의 구멍 뚫린 세계가 그의 구멍 뚫린 세계와 교차한다는 것을 주목함으로써, 다시 말해, 가족이 매끄러운 경계를 가진 딱딱한 세계가 아니라 불안하고 우발적인 공생적인 관계임을 주목함으로써 사고 할 수 있다. 우리는 모두 서로의 손님이자 집의 손님이며, 집이 우리 자신의 손님이다.

세계 개념은 동사 형식, 즉 세계화의 형식을 띠고 있다. 왜냐하면 세계 개념은 알고리즘적 과정의 창발적 속성으로 사고하는 것이 가장 좋기 때문이다. 당신은 사물들과 잘 어울릴 수 있고, 이런 사물들과의 어울림을 통해 당신의 세계가 출현한다. 요리도 하고, 쇼핑도 하고, 남자친구에게 키스도 하고, 독서 모임도 시작하고, 발끝을 삐어 절뚝거리며 병원에도 가고, 직장도 그만두고, 거리행진도 한다. 이것이 당신의 세계다. 우리는 사회 공간을 배경으로 기능하는 농업물류학의 알고리즘 때문에 세계가 딱딱하고 경직되고 완벽하다고 생각하려는 경향이 있다.

세계는 항상 유령적이다. 세계는 당신의 행동이 만들어내는 소음이다. 세계는 당신이 지울 수 없는 것에 대해 잠재적이고 양상적인 성질을 가지고 있다. 세계는 다른 모든 것들과 마찬가지로 부분 객체들이다. 세계는 자신이 일부를 이루는 전체보다 더 많은 것이다. 생물권에는 많고 많은 세계들이 있고 이 세계들은 생물권의 단순한 구성요소가 아니다. 가족이 특별히 **나의** 가족이 아니듯이 말이다.

세계는 알고리즘의 기능이다. 그리고 알고리즘은 대체로 디테일하고, 많고 적은 지시사항들을 포함하며, 더 많거나 더 작은 존재자들과 관련될 수 있다. 이는 세계를 기술하는 논리가 양상적이어야 함을, 즉 **존재함**과 **존재하지 않음**의 문제가 아니라 **더 많음**과 **더 적음**의 문제임을 의미한다. 정교한 디저트를 만드는 매우 복잡한 조리법이 상당히 정교한 세계를 창조할 수 있는 데 반해, 연못 바닥에 놓여 있는 돌은 그렇지 못할 것이다. 경찰관에게 돌을 던지는 팔레스타인 사람은 여러 단계들과 혼란스런 코드 선들을 가진 알고리즘에서 출현하는, 정말로 아주 복잡한 세계의 일부일 수 있다. 하지만 팔레스타인 사람과 돌, 디저트 요리사는 모두 자신들의 세계가 근본적으로 구멍 뚫려 있기 때문에 세계를 공유할 수도 있고 공유하지 않을 수도 있다. 우리는 사자에게 말할 수 있고 사자의 말에 귀기울일 수 있다. 고양이들은 인간과 대화하는 법을 이해한다—우리와 함께 있을 때, 고양이는 아주 다양한 야옹 소리를 낸다. 이는 언어 그 자체가 절대적으로 인간만의 것이 아니라는 것, 그리고 인간 언어 그 자체가 비인간적 용어들을 포함할 수 있다는 것을 보여주는 증거가 아닌가? 고양이가 인간답게 말하는 법을 마술처럼 터득하는 게 아니다. 인간이 비인간적 단어들을 사용하는 것은, 언어가 우리가 생각하는 것보다 훨씬 덜 배타적이고 훨씬 덜 특수하기 때문이다—세계들이 근본적으로 구멍

153

뚫려 있기 때문이다. 자동차 지시등이나 봉투에 적힌 주소처럼, 야옹소리는 상호작용하는 일련의 기획들의 일부이기 때문에 의미와 타당성을 갖는다. 야옹은 가슴과 모유와 관련되어 있다. 인간의 아기들도 고양이와 마찬가지다. 그들은 어머니의 가슴과 자신의 입술을 연결하는 소리를 발성하는 법을 배운다.

의식, 언어, 세계와 같은 그런 개체들이 존재하지 않는다는 것이 아니다. 그것들이 우리가 생각했던 것보다 훨씬 더 저렴하다는 것이다. 나겔(Nagel)과 비트겐슈타인은 우리가 박쥐와 사자의 세계와 결코 동일시할 수 없다고 주장한다. 하지만 우리는 **인간 세계들**과 동일시할 수 있는가?[54] 심지어 **우리 자신의 세계**와 동일시할 수 있는가? 동일성이 존재하기 위해서 애초에 모든 것이 깨어져 있는 것이 아니라고 한다면, **동일시하다**라는 말은 무엇을 의미하는가? 물론 우리는 사자의 세계를 공유할 수 있고, 사자 또한 우리의 세계를 공유할 수 있다.

양상적 존재

게오르크 칸토르(Georg Cantor)는 수와 수의 집합 사이에 간극이 있음을 보여주었다. 마찬가지로, 생명체와 생명체의 집합 사이에도 간극이 있다. 우리는 이러한 집합들을 생태계, 생물군계(biome), 생물권(biosphere)으로 사고할 수 있다—우리는 이 집합들에 대해 어떤 스케일로도 사고할 수 있고, 이들 집합들 사이에 그 어떤 손쉬운 연속성도 없다. 환경은 생명체의 일정한 집합일 따름이다. 생태학적 연구를 하는 방식은 대체로 임의적인 집합을

구축하는 것이다: 즉, 사람들이 생명체가 들어오고 나가고, 재생산하고, 투쟁하는 것을 볼 수 있는, 간혹 메소코즘(mesocosm)[55]이라 불리는 경계를 정의하는 것이다.

생태계를 정확하게 정의하려고 할 때는 더미의 역설(sorites paradoxes)[56]이 생겨난다는 의미에서 생태계는 모호하다. 이 목초지가 목초지가 되지 않기 위해서는 내가 얼마만큼의 풀잎을 제거해야 하는가? 하나의 풀잎—확실히 아니다. 두 개의 풀잎—여전히 목초지다. 셋, 넷, 그리고 다섯 등등의 풀잎—오직 하나의 풀잎만 남을 때까지 동일한 논리가 적용된다. 결국 나는 목초지가 없다고 결론내린다. 이러한 역설은 어떤 스케일에서든지 생명체의 집합을 괴롭힌다. 따라서 생태학적 현실을 현존의 형이상학, 즉 하나의 사물이 존재하기 위해서 당신이 변함없이 현존하고 있어야 한다는 믿음을 통해 사유하는 것은 엄밀히 불가능하다.

더미의 역설은 생태학적 사고의 곳곳에 존재한다. 왜냐하면 생태학적 존재자들은 생태계들, 지질학적 시대들 간의 경계들, 생명체들 등과 같이 더미들(heaps)이기 때문이다. 우리는 진행해 가면서 더미들이 존재한다는 것을 믿는 게 얼마나 필요한지를 보게 될 것이다. 더미들을 믿기 위해서 그것들을 존재할 수 있게 해주는 논리가 필요하다.

목초지가 있는 동시에 목초지가 없다고 사고하는 것이 훨씬 더 낫다. 우리는 소위 비모순율의 법칙을 위반할 것이지만, 어쨌든 이 법칙은 생명체들에게는 그리 대단한 의미를 갖지 않는다. 목초지가 있다. 하지만 우리는 목초지가 계속해서 현존하지 않기 때문에 그것을 직접 가리킬 수 없다. 그럼에도 여기에 나비, 노란

구륜앵초, 들쥐들이 있는 목초지가 있다. 들쥐가 들쥐가 아닌 사물들의 집합이듯이, 목초지는 목초지가 아닌 들쥐와 같은 사물들의 집합이다. 목초지는 부분 객체들로 구성된 내파적 전체이다.

그러므로 존재자에 어른거리는 유령적 낯섦은 생명체들—들쥐는 비-들쥐다—에 적용될 뿐만 아니라 목초지, 생태계, 생물군계, 생물권에도 적용된다. 사물들의 어른거리고 파악할 순 없지만 생생한 유령성은 전적으로 그 집합의 요소가 아닌 사물들의 집합이 있을 수 있음을 또한 의미하는데, 이는 칸토르의 초한 집합(transfinite sets)을 사고함으로써 생겨나는 집합의 역설에 대한 러셀의 금지를 위반하는 것이다. 초한 집합은 엄격하게 그 집합의 요소가 아닌 수들의 집합을 포함하는 수들의 집합이다. 실수의 집합과 유리수(rational numbers)의 집합 사이에는 환원할 수 없는 간극이 있다—칸토르와 괴델은 두 집합 사이에 매끄러운 연속체를 찾으려고 광적으로 매달렸다.

병 속에 든 가스처럼 몸 '안'에 영혼 혹은 마음이 있다고 생각하는 것은 유령성을 차단하고 축소하려는 시도이다. 하지만 이런 물화는 실수다. 여기서 사람들이 범하고 있는 실수는 유령성을 존재화하는 것(onticize), 즉 유령을 당신이 '이 순간에' '여기서' 가리킬 수 있는 어떤 것으로 만드는 것이다. 반면 유령은 사물의 존재 방식의 구조에 대한 **존재론적**(ontonlogical) 양상이다. 한 사물의 유령성은 의학적 증상, 즉 파악하기 힘든 만성적 증상과 더 유사하고, 지도상의 한 지점과는 덜 유사하다. 하나의 객체와 그 기이하고 낯선 유령적 후광은 **객체염**(objectitis)[57]을 형성한다. 우리는 『자본』에서 '춤추다'라는 단어에 대한 또 다른 의미를 생성할 수 있다. 즉 춤추는 테이블은 단순히 일반적인 낡은 테이블에 불과하면서도 VHS 테이프 위에 어른거리는 '유령'처럼, 유령성이 회복된 테이블이고, 따라서 테이블과 그 유령적 후광 사이에 춤이 있다.

너무나 많은 유령들과 너무나 작은 시간들. 무정부주의는 마르크스주의의 유령이고, 마르크스주의가 비인간을 수용하는 환경 속에서 숨을 쉴 수 있기 위해서는 그 유령 중 일부를 다시 끌어들여야 한다. 그리고 소비주의는 환경주의의 유령이므로, 미래에 생태학적 인식과 생태학적 사회정책에 함축된 쾌락 양식을 향상 및 증식하는 것은 이 일상적인 환경주의의 적의 심장 속에서 만들어진 현상학적 화학물질에 의존하고 또한 그 물질을 확장시킨다.

반복하면, 마르크스주의는 비인간적 존재자들을 포함하지 않고서는 **제대로 기능하지도 않고 살아남을 수도 없을 것이다.** 비인간적 존재자들을 포함하는 것은 유령성을 포함한다는 의미이기도 하다. 이는 테이블이 춤출 수 있다는 의미이다. 그리고 이는 어떤 의미에서 '생명체'와 '테이블' 간의 구별이 붕괴한다는 것을 의미한다. 마르크스주의는 기이하지만 애니미즘(animism)을 포용할 때만 제대로 기능한다. 이렇게 말하는 것은 원주민 문화를 전유하는 것인가? 나는 그런 염려를 이해하지만, 내가 서론에서 지적했듯이, 이런 불안의 철학적 근원은 제국주의, 특히 초기단계의 제국주의를 지지하는 강한 상관주의이다. 영국인들은 '공정한' 자신들과 '불공정한'(not cricket) 식민지 민족들 간의 문화적 차이를 명확하게 구분하는 것을 매우 즐거워했다.

유령적 정치학의 공간

생명정치는 생명 개념에 따른 존재의 구획과 분류와 통제와 관련이 있다. 생명정치는 죽음의 수용소를 제로 차원의 구조로 삼는 통제 사회를 창조해왔다. 생명정치 이후는 무엇이 오는가? 비죽음(undeath)의 정치가 온다. 그래야 한다. 왜냐하면 생명정치 **이전**에 오는 것에 의존함은 주체와 객체와 관련 있기 때문이다. 이것은 영혼과 육체와 관련이 있고, 정확히 유령적인 것에 대한 저항이다. 주체와 객체는 내가 나인 것이 내가 나 자신을 소유하기 때문이라는, 즉 자아에 대한 소유적 개념에 의존한다.

우리는 이런 구성에 비인간들을 포함하는 것이 어려우면서 동시에 불가능하다고 농담할 수 있다. 이것이 어려운 까닭은 비인간들을 포함하기 위해 자아 개념을 확장하는 것이 매우 부담스럽고 역설로 가득 차 있기 때문이다. **인간으로서의 나 자신**(I myself as human)이 자아 개념을 가지고 있다는 것을 증명해보자. 침팬지가 지금 감옥(동물원) 같은 곳에서 해방될 수 있기 위해서 우리가 침팬지가 자아 개념을 가질 때까지 기다리는 것은 침팬지가 자아를 갖고 있다는 판결에 이르기도 전에 침팬지가 죽게 될 거라는 것을 의미할 수 있다.[58] 이는 불가능하다. 왜냐하면 만일 모든 것이 권리를 갖는다면, 아무것도 권리를 갖지 않기 때문이고, 권리란 사물들의 소유에 의지하기 때문이다. 만일 아무것도 소유가 될 수 없다면, 아무것도 권리를 가질 수 없기 때문이다.

필요한 것은 권리의 확장이 아니라 선명도와 증폭의 다양한 정도에 따른 연대의 조율이다. 유령적 공간은 고도로 차별화되어 있다. 그것은 생존으로서의 생명과는 아무런 관계가 없다. 하지만 그것은 모든 생명을 풍요로 일률화하는 것(one-size-fits-all life-as-abundance)에 봉사하지 않는다. 유령과 사람, 사람과 알고리즘, 인간지능과 전산능력, 수와 셈을 구분하는 것은 그리 쉽지 않다. 그것들은 각각 다른 것을 수반한다. 그럼에도 불구하고 거기에는 동시에 매우 뚜렷한 차이가 있다. 많은 서구 철학은 차이를 통제하거나, 혹은 차이를—가리킬 수 있는 어떤 것으로—존재화함으로써 이런 범주들 사이의 유령적인 흔들림을 차단하려고 한다. 이는 인종차별주의와 종차별주의가 기능하는 방식이다. 인종차별주의는 인간적인 것의 본질을 존재적 시간-공간 속에서 가리킬 수 있다고 말한다. 종차별주의도 논조만 다를 뿐 동일한 것을 말한다. 이런 가리킴은 일어날 수 없다. 그러나 인간은 토끼가 아니다.

앞 장에서 자본주의가 사회 공간에서 서구의 바탕적 존재론에 의해 상상된 객체들, 즉 우연으로 장식된 단조로운 연장 덩어리를 생산하기 위한 기계라고 지적한 바 있다. 나의 구체적이고 감각적인 노동을 소외시키는 것, 즉 동질화된 추상적인 노동시간은 자본주의가 내 몸 속에 억지로 집어넣은 영혼처럼 나를 데카르트적이고 아리스토텔레스적인 좀비, 즉 영혼을 가진 도구로 만드는 것과 같다. 어떤 점에서 자본주의는 사물로부터 유령성을 벗겨내고, 대신에 적절히 반응하는 영혼들을 내 몸 속 깊이 밀어넣는다. 이 충만하지만 완전히 단조로운 추상화는 창조성과 창조물의 잔재들이다. 내가 이 초콜릿을 어떤 형태로 만드는가 하는 것은 나, 초콜릿, 혹은 형태를 소진시키지 않는다. 거기에는 다른 가능성들도 존재한다. 물러남(withdrawal)—어떠한 접근 양식도 사물을 소진시킬 수 없다는 사실—은 사물들에 희미하게 어른거

159

리는 유령적 특성을 부여한다. 자본주의는 마치 완전히 지워버릴 수 있다는 듯이 물러남을 제거하려고 한다. 어떠한 것도 이 존재론적 특징을 제거할 수 없다는 사실은 자본주의가 폭력적인 이유이다.

코뮤주의가 유령적인 것은 그것이 향락과 창조의 양상이 경제 체제적 요구들의 사회적 형태에 의해 소진될 필요가 없는 한에서이다. 특히, 나의 생산은 '나를 위한' 것일 필요는 없고, 내가 존재하지 않는 미래, 혹은 내가 존재하지 않거나 덜 존재하게 되는 생물권의 일부를 지향하는 것이 될 수 있다. 생산이 나의 자아나 특정한 경제양식의 자아에 기여하지 않는다면, 생산은 '무용'할 수 있다. 내가 초콜릿을 다루는 온갖 다양한 방식들, 초콜릿이 나를 대하는 방식들, 그리고 다른 존재자들이 초콜릿을 다루는 방식들은 자본이 **이** 특정한 역사적 순간에 **이** 특정한 가치를 추출하는 **이** 특정한 상태와는 어울리지 않는다. 조만간 후버 청소기는 가치를 다른 방식으로 추출하는 쪽으로 옮겨가게 될 것이고, 지금 당장 이것이 어떻게 작동하는가에 관한 구체적 내용에 대해선 관심조차 없다.

인류는 하나의 사물이고, 따라서 인류는 자신의 파악가능성에서 물러난다. 인류는 열려있다. 인류는 인류이고, 어떤 추상적 존재자가 아니라 아주 구체적인 존재자이다. 그렇다고 해서 우리가 그것을 바로 가리킬 수 있다는 것을 의미하지 않는다. 인류는 **구체적**이고 **유령적**이다. 인류성의 특징은 바로 이 구체적 특수성 때문에 인간의 주위를 맴도는 후광처럼 유령적으로 떠돈다. 여기서 논리는 감산적(subtractive)이다. 우리는 존재자들에 대해 우리가 생각하는 것보다 **덜** 말할 수 있는데, 이것이 그들을 현존의 충만함이 아니라 감각적인 존재로 만드는 것이다. 그들은 완전히 현존하지 않는다. 따라서 주변에 그들 중에서 가리킬 만한 것은 더욱 적다. 자본주의는 그들을 상품의 형태로 완전히 현존시키려고 노력하지만 이 현존은 감미롭지 않다. 그것은 단조롭고 연장적일 따름이다. 감미로움은 **현존보다 덜한**(less than presence) 것 속에서 발견된다.

만일 인류가 생명(Life)보다 덜하고, 특별한 생명체가 되는 것보다 덜하며, 심지어는 일반 생명체가 되는 것보다 덜하다면, 우리는 뭔가를 설명할 필요가 있다. 바로 이 '보다 덜한'(less than)이란 무엇인가?

3
장

저월

일자는 인간 이상일 수 없는 것으로 여겨진다. 오히려 일자는 인간 이하일 리가 없을 것이다!

—막스 슈티르너, 『자아와 그 고유성』

아이드리스 : 모든 사람들이 이것과 닮았습니까?

닥터: 이것과 닮다니?

아이드리스: 그 내부가 훨씬 더 큰 것 말입니다.

—《닥터 후》

"전체는 그 부분의 합보다 더 크다." 이 자명한 이치는 세계의 공유를 방해하는 가장 깊은 차단장치 중의 하나이다. 이런 종류의 전체론은, 비록 우리가 무신론자라고 생각하더라도, 우리가 여전히 리트윗하고 있는 농업 시대 일신론의 징후이다. 이런 믿음의 형태는 게슈탈트 심리학이 이런 형태를 반복하는 것으로 오해받는 방식에서 드러난다. 게슈탈트 심리학은 전체는 그 부분

163

들과 **다른 것이지** 부분들보다 **더 크지** 않다고 주장하지만, 그럼에도 불구하고 이런 일반적인 오해는 심리학자들 사이에서 지속하고 있다.[1] 우리는 이런 오해를 깰 수 있는 몇몇 도구들을 찾아야 한다. 전체가 그 부분들의 합보다 항상 **더 작다는** 식으로 전체론을 다시 써야 하지 않을까? 우리는 이것을 '저월'(低越 subscendence)[2]이라 부를 것이다. 우리는 객체 지향적 존재론의 일부 특징들을 살펴봄으로써 이를 증명해볼 생각이다.

우리는 인류와 같은 사물을 전체가 그 부분들의 합보다 더 작다는 관점에서 인식해야 한다. 팀 모턴은 단순히 '인간적인 것'보다 훨씬 더 많은 사물이다. 사람들로 가득 찬 거리는 단순히 '도시'라고 칭하는 더 거대한 전체의 일부보다 훨씬 더 큰 것이다. 우리가 동시대의 거대도시(megacity)를 설정하기가 어려운 것은 우리가 이 부분들을 완전히 통합하는 어떤 것을 계속해서 찾고 있기 때문이다. 자바에는 소읍, 마을, 그리고 다른 구성체들이 함께 묶여져 있는데, 이는 그 거대한 섬에 있는 화산들이 이것들이 사방으로 뻗어나가는 것을 차단하기 때문이다. 유일한 한계는 생명에 대한 위협으로 지각되는 것뿐이다. 집들의 연결은 심지어 거대도시라기보다는 **과잉도시**(hypercity), 즉 거의 도시가 아닌 도시이다. 하지만 정확히 도시보다 더 작은(less-than-a-city) 이 특성 때문에 과잉도시는 우리가 멕시코시티와 같은 거대도시하면 연상하는 거대한 규모조차 넘어선다. 자바의 과잉도시와 멕시코시티는 그 부분들의 합보다 더 작다. 이 도시들의 부분들—주택 및 주택 단지들—은 젖은 종이봉투에서 터져 나오는 얼음 조각들마냥 이 도시들로부터 계속 쏟아져 나온다.

전체들은 자신의 부분들을 **저월한다**(subscend). 이는 부분들

164

이 단지 전체의 기계적 구성요소들이 아니라는 것, 세계에는 진정한 경이로움과 새로움이 있을 수 있다는 것, 그리고 다른 미래가 항상 가능하다는 것을 뜻한다. 자본주의와 같은 것들을, 그것에 대한 우리의 믿음을 중지한다고 해서 사라져버릴 허구라기보다는 물리적 존재자로 간주하는 것이 바람직하다. 하지만 그것들은 어떤 종류의 물리적 존재자들일까? 만약 그것들이 저월적이라면, 이는 우리가 원하기만 하면 그것들을 변화시킬 수 있다는 것을 의미한다. 만일 어떤 사물들이 물리적으로는 거대하면서도 존재론적으로 작다면 어떨까? 만약 지구를 불행하게 휘감고 있는 신자유주의가 실제로 또 다른 면에서 아주 작고, 따라서 이상하게도 그것을 전복하기가 **쉽다면** 어떨까? 지식인들에게는 너무 쉬운 일이다. 지식인들은 늘 설명만 하려고 계속 어떤 일에 매달리거나, 혹은 누구의 세계상이 더 우울한가를 두고 하는 경쟁에서 남을 이기려고 하면서 매사를 어렵게 보이려고 한다. "신자유주의에 대한 나의 그림이 당신 것보다 훨씬 더 끔찍하고 더 포괄적이기 때문에 내가 당신보다 더 지적이다. 우리는 탈출할 희망도 없이 나의 시각 속에 **진정으로** 갇혀 있다—따라서 나는 당신보다 우월하다!"는 식으로 말이다. 이는 **냉소적 이성**이라 일컫는 것, 지난 200년 동안 옳음을 판단하는 지배적 방법이 낳은 비극적 결과가 아닌가?

저월을 증명하는 것은 유치할 정도로 간단한 일인데, 이는 당신이 그것에 대해 느끼게 될 저항감을 더욱 의미심장한 것으로 만든다. 전체가 그 부분들의 합보다 더 작다는 것을 보여주기 위해, 당신이 해야 할 일은 일군의 사물들도 사물일 수 있음을 받아들이는 것이다. 이는 하나의 사물이 존재한다면, 그 사물이 다른 사물과 동일한 방식으로 존재한다고 말하는 간단한 방식이다. 하나의 문장은 워드프로세서 프로그램과 동일한 방식으로 존재한다. 하나의 나무는 숲과 동일한 방식으로 존재한다. 하나의 관념도 준항성체(quasar)와 동일한 방식으로 존재한다. 이는 사물들이 동일한 존재의 권리를 갖고 있다고 말하는 것이 결코 아니다. 에이즈 바이러스가 에이즈 환자만큼 존재할 권리가 있다고 주장하는 것은 우리가 심층생태학(deep ecology)의 논리 내에서 도출할 수 있는 결론이지만 그것은 실제의 생태 정치학과 아무런 관련이 없고, 그 부분의 합보다 훨씬 더 크고, 모든 존재자가 서로 대체 가능한 구성 요소가 되는 생물권에 대한 개념이나 가이아 가설(Gaia hypothesis)[3]과 아주 긴밀하게 관련이 있다. 이는 결국 농업 시대의 종교와 관련이 있는데, 이 종교는 대량 멸종을 초래하고 말 사회적, 정신적, 철학적 의도를 이데올로기적으로 지지한다. 심층생태학은 불을 불로써 싸우고 있다.

하나의 나무가 숲과 동일한 방식으로 존재한다는 것은 아주 당연한 것이다. 숲은 존재론적으로 하나이다. 나무들은 하나 이상이다. 숲의 부분들(나무들—하지만 사실 거기엔 훨씬 더 많은 부분들이 있다)이 그 수에서 전체보다 훨씬 많다. 이는 부분들이 "전체보다 더 중요하다는" 뜻은 아니다. 이는 신자유주의가 "사회와 같은 그런 것은 없고 오직 개인만 존재할 뿐이다"는 식으로 조장하는 반(反)전체론적 환원주의의 같은 종류이다. 우리는 전체론을 필요로 하지만, 유신론적이지 않은 특별하고 약한 전체론이 필요하다.

기후(climate)는 존재론적으로 날씨(weather)보다 더 작다. 날씨는 기후의 징후이지만 날씨에는 단지 기후의 징후라는 것 말고도 훨씬 더 많은 것이 있다. 소나기가 이 새에게는 목욕이고, 이 두꺼비들에게는 알을 낳을 수 있는 연못이며, 나에게는 팔에 후두두 떨어지는 부드럽고 섬세한 내림이다. 내가 몇 문장을 쓴 것도 이것에 관한 것이다.

인류는 그것을 구성하고 있는 인간들보다 존재론적으로 더 작다! 인간들은 인류의 부분이라는 것 말고도 해야 할 일들이 아주 많다. 인간은 성별을 전환하거나 전자적·장식적 보형물을 추가하기 위해 자신의 몸을 변형시킨다. 인간은 비인간들과의 관계를 형성한다. 인간들은 비인간들이 떠나면 자신이 죽고 말 정도로 박테리아 미생물과 같은 비인간들을 포함한다.

이는 인간적인 것의 타당한 개념이 이 객체가 부분 객체들의 집합 속에 있는 **부분 객체**에 대한 것이며, 이 객체가 부분들의 합보다 덜한(더 작은) **내파적 전체**를 구성한다는 것을 의미한다. 이 부분성은 시간을 포함해 모든 차원으로 확장된다. 사건은 시간적인 부분 객체이다. 사건은 하나의 전체를 구성하는 사건들의 어떤 집합의 일부이지만 이 전체는 그 부분들의 합보다 항상 더 작다. 봉건시대 일본에서의 전투는 단순히 두 주군이 싸우는 문제가 아니었다. 죽은 시신들 위에는 파리들이 자리 잡았고, 5년 뒤 섬세한 꽃들이 피어났다. 진화는 영겁의 시간에 걸친 카드게임에서 카드들을 이리저리 뒤섞는다.

하나의 사물이 되는 것은 물이 가득 찬 구멍 뚫린 가방이 되는 것이다. 그 가방 안에는 물로 가득 차있고 구멍 뚫린 작은 가방들이 떠다니고 있다. . . 당신이 가방을 열었을 때, 아마도 예상했던 것보다 훨씬 더 많은 가방들이 쏟아져 나올 것이다. 이는 '분노'와 같은 감정적 명칭이 바로 그 '분노'라는 용어에 의해 거칠게 요약되는 감정들의 차등적이고 섬세한 차이들을 직관적으로 포함하는 (아주 명백하게) 하나의 전체가 **아닌가** 하는 것이다. 우리는 그 내부에서 망설임, 유머감각, 성적 열정, 슬픔을 발견할 수도 있다. 이는 하나의 물리적 선을 아주 가까이에서 봤을 때 그 선이 프랙털적인 차원을 가지고 있음을 발견하는 것과 같은 것이다. 프랙털은 단순히 반복의 잠재적 무한성을 위해 꿈틀거리며 나아가는 **부분 수**(partial number)이다. 미는 약간 혐오스럽거나 기이하거나 매혹적인데, 이는 미적 경험을 유도하는 물로 가득 찬 인간적 스케일의 가방이 온갖 종류의 비인간적인 스케일들의 물로 가득 찬 가방들을 반드시 포함하는 한편 그 가방들의 일부이기 때문이다. 키치는 저월적인 아름다움이다. 바타이유(Bataille)가 '일반 경제'(general economy)라고 부른 것은 제한 경제의 저월적인 12인치 리믹스 레코드판⁴⁾과 같은 것이다. 그리고 이것이 의미하는 것은 모든 비인간적 경제 양식들이 그 속에 뒤섞여 있다는 것이다. 경제학은 정말로 향락을 조직하는 방식에 관한 것일 뿐이다. 그리고 생태학적 정치란 명백히 당신과 상관없는 온갖 종류의 향락들을 인정하고 고취시키는 것을 의미한다. 물론 그것들이 당신과 무관하다는 말은 아니다. 오히려 너무 긴밀하다. 그것은 단지 당신 자신이 구멍뚫려 있도록 내버려둔다는 것이다.

유령성은 하나의 존재자가 자기 자신과 그 유령적 후광으로 이루어진 공생적 공동체임을 의미한다. 하나의 존재자는 그 부분의 합보다 더 작다. 키치는 다른 사람들의 향락이다. 단 하나의 진정하고 고유한 스케일도 존재하지 않는 생태학적 시대에 미란 기이하고 혐오스런 그 후광과 함께 감상되어야 할 것이다. 이

런 종류의 미는 하나의 생명체가 항상 X-생명체인 것처럼 X-미
(X-beauty)이다. 비인간들을 포함하는 마르크스주의는 저월적인
X-마르크스주의이며, 마르크스주의와 무정부주의(그리고 등등)
의 합보다 더 작다. 비인간들을 포함하는 정치공간은 그 부분들
을 저월하는 X-공간이다.

보이지 않는 신들에 관해

모든 것이 경험적으로 관찰될 수는 없다. 거기에는 사고할 수 있
고 계산할 수 있는 어떤 사물들이 있긴 하지만 우리는 그것들, 즉
과잉객체들을 보는 것이 불가능하다고 생각한다. 많은 사물들은
인간 종과 생물권은 물론이고 지구 온난화, 진화, 멸종과 같은 생
태학적 현상들이다.

우리는 이런 사물들을 그 부분들의 합보다 더 큰 전체로 사고
하려는 경향이 있지만 전체들이 그 부분들을 어떻게 저월하는가
를 보라. 우리가 직면한 정치적 과제는 물리적으로 거대하고 지
적으로 복잡한(따라서 비가시적인) 사물들을 존재론적으로 작은
것으로 인식하는 것이다. 신자유주의는 물리적으로 거대하지만
존재론적으로는 작다. 우리는 신자유주의가 작금에 위협하고 있
는 다른 생명체들과 연대하여 저 아래로부터 스며나옴으로써 신
자유주의를 해체할 수 있다.

하지만 만일 "전체가 그 부분의 합보다 더 크다"는 것이 사실
이라면, 그 부분들의 대체 가능성은 정말로 중요하지 않다. 우리
는 우리의 사랑스러운 오래된 전체를 손대지 않고 그대로 두어

야 할 것이다. 전체를 생물권이라 말하고, 우리가 전체론 때문에 하나의 구성요소로서 상상하는 부분을 북극곰이라고 말해보자. 다른 것은 신경 쓰지 말라. 그들은 멸종하게 될 것이고 또 다른 생명체가 진화하여 그들을 대신하게 될 것이다. 이런 종류의 사고는 생태학적 윤리와 정치학을 위해 바람직스럽지 않다.

OOO의 지지자들은 하나의 개체가 다른 개체들의 잠재적으로 무한한 퇴행을 포함한다고 주장한다. 개체는 말 그대로 그 부분들에 의해 스케일을 벗어나게 된다. 개체는 판도라의 상자처럼 그 내부가 훨씬 더 크다. 이는 논리적으로 외부가 더 작기 때문에 아무리 터무니없고 놀랍게 들리더라도, "전체는 항상 그 부분들의 합보다 더 작다"라고 말할 필요가 있음을 의미한다. 과잉객체들이 그 부분들을 저월한다는 사실이 바로 당신이 그것들을 발견할 수 없는 이유인 것이다. 지구온난화와 생물권은 존재론적으로는 작다. 이는 이 객체들이 바로 그 구성요소들에 의해 압도될 수 있기 때문에—심지어 블랙홀조차 너무나 많은 호킹 입자 방출(Hawking radiation) 이후에는 사라지고, 자기 자신을 제외하고 그 어떤 것도 **블랙홀들**을 파괴할 수 없기 때문에—깨어지기 쉽다는 것을 의미한다. 미국에서는 결혼한 부부에 대해서 1.5명으로 쳐서 과세한다. 존재론적으로 결혼한 부부는 두 명의 미혼자들보다 더 작다. 결혼한 부부는 깨어지기 쉬운 것으로 유명하다.

부분들에 의한 전체의 저월이 하나의 사물 내에 그 현상들에 의해 결코 소진되지 않는 내재적 과잉이 있다는 사실과 모순되지 않는다는 점에 주목하라. 반대로, 하나의 사물이 뒤로 물러나는 것은, 그것이 현상들 **뒤에 숨어있는** 반죽 덩어리이기 때문이 **아니라** 그것이 끊임없이 현전하지 않는 방식으로 현상들을 **저월**

하기 때문이다. 사물들보다 더 많은 현상들이 있을 수 있다. 인과 관계는 현상의 영역에서 일어나기 때문에, 이것은 우리에게 새로움이 발생할 수 있는 이유를 알려준다. 그리고 새로움은 혁명의 결정적 성분이다. 우리가 이러한 역설들을 이해하는 데 어려움을 겪는다는 것은 우리가 어떻게 해서 **더욱 항구적인 현존**을 향해 **초월**의 방향으로 나가는 데 익숙하게 되었는가를 보여주는 징후이다.

이 모든 것은 '사물이 무엇인가'(what things are)가 '사물이 어떻게 나타나는가'(how they appear)—현상이 어떻게 죽음에 이르게 되는가—를 저월한다는 것을 의미한다. 심지어 블랙홀과 같이 그 자체로 존재하는 가설적인 외로운 객체조차 정확히 그 본질이 현상을 저월하기 때문에 종말에 이르게 될 것이다. 하나의 사물은 그 현상들을 저월한다. 이것이 죽어감(dying)의 정의가 아닌가? 나는 당신 안의 기억, 쓰레기통에 구겨진 종이조각, 시체, 어떤 느슨한 변화들이 된다. 이런 현상들은 나를 초과하게 되고 나는 기이하고 만질 수 없는 친밀함 속으로 분산된다. 현상은 전체보다 더 큰 어떤 것은 말할 것도 없고, 전체를 결코 표현하지 않는다. 과잉객체는 '위로'가 아니라 '아래로', 즉 과잉객체를 구성하는 존재자들보다 역설적이게도 **보다 더** 물질적이고 따라서 보다 더 깨어지기 쉬운 어떤 것 속으로 사라진다. 이는 이를테면 과잉객체들의 점착성(viscosity), 즉 당신이 어디에 있든 간에 현상학적으로 그것들이 당신에게 달라붙어있다는 사실을 설명해준다. 과잉객체의 과잉물질성(hyperphysicality)은 그 객체들을 끈적끈적하고, 호흡보다 더 긴밀하며, 손발보다 더 가까운 것으로 만드는 것이다. 즉 나의 세포 속의 수은이나 나의 DNA를 타고 흐르는 방사처럼 말이다. 우리가 과잉객체들 속에서 발견하는 저월은 사고(혹은 무신론적 사고조차)를 축의 시대의 종교적 도그마에 국한시키는 한계를 우리가 이미 넘어섰을 수도 있음을 보여준다. 이는 우리보다 더 큰, 거대하고 거창하며 폭군적인 존재자들이 있어 우리를 작고 보잘 것 없는 파리처럼 놀잇감으로 삼는다는 생각에 대한 종언이다.

저월은 개인주의와 같은 것이 아니다. 개인주의는 개인이 집단이나 전체보다 **더 실재적이라는 것**을 의미한다. 정치적 영역에서 개인주의는 "사회와 같은 것은 존재하지 않는다"(마가렛 대처)라는 신자유주의적 정치인들의 발언 속에 잘 나타나 있다. 저월에 따르면, 전체들과 부분들은 똑같이 실재적이다. 이것은 전체가 그 부분의 합보다 더 작다는 것이다. 우리는 이를 명확히 설명하기 위해 사각형을 구성해볼 수 있다.

(1) 전체는 부분들보다 더 실재적이다

(2) 전체는 부분들보다 더 크다

(4) 전체는 부분들보다 더 작다

(3) 전체는 부분들보다 덜 실재적이다

<그림2> 외파적 전체론과 내파적 전체론

"보다 더 크다"는 "보다 더 많은 특성들을 갖다"를 의미해야 한다. "보다 더 실재적이다"는 "보다 더 많은 본질을 갖다"를 의미해야 한다. '시장의 마법'과 창발성(emergence)에 대한 시스템 이론적 매혹은 명확히 (2)번 위치에 있다. 즉, 전체와 부분들은 서

로 똑같이 실재적이지만 전체가 그 부분들의 합보다 더 많은 특성을 갖는 방식으로 실재적이다. 하지만 이를 공공연히 주장하는 신자유주의는 (3)번의 위치에 있다. 즉 전체는 더 크지만—덜 실재적이다! 이는 (2)번이 어떻게 개인주의의 가장된 형태로 전개될 수 있는지를 설명해준다. 그러나 우리는 지금 이 개인주의가 얼마나 놀라운 역설에 근거하는지를 볼 수 있다.

우리는 자유시장주의자가 아니라고 하더라도 이 이데올로기에 매혹을 느낀다. 그것은 개인주의의 장점만 받아들이고 단점은 버리는—그것을 전체 속으로 수렴하는—방법을 제공한다. 게다가 창발론(emergentism)은 부분들이 덜 실재적이어야 함을 요구한다(위치 1). 이런 의미에서 부분들은 가이아 이론의 매력적인 잎사귀들을 뜯어냈을 때 바로 대체 가능한 구성요소들이다.

(1)번이 (2)번으로 미끄러질 수 있다는 것은 우리에게 바탕적인 농업물류학적 존재론에 바탕을 둔 표준적 전체론의 종교적 기원에 경계심을 갖게 한다. 이 존재론에 따르면, "보다 더 많은 성질을 갖다"는 "보다 더 많은 본질을 갖다"와는 구분될 수 없다. 왜냐하면 존재하는 것은 존재하지 않는 것과의 대립 속에서 전적으로 그리고 분명하게 존재하는 것을 의미해야 하기 때문이다. 만약 어떤 것이 다른 어떤 것보다 더 생생하다면, 그것은 더 존재적이어야 한다. 여기에는 무(nothingness)가 속속들이 스며들어 있는, 유사 존재적이고 환영적이며 유령적인 존재가 들어설 여지가 전혀 없다. 이 구조에서는 "보다 더 실재적이다"와 "보다 더 크다"를 구분하는 것은 불가능하다.

저월의 경우에 전체가 덜 실재적이거나 더 실재적이라는 것은 사실이 아니다. "보다 작다"(less than)는 "보다 덜 실재적이다"

와는 구분될 수 있다. 전체는 대체 가능한 요소들로 구성되어 있다는 점에서 기계일 수 없다. 생물권이나 국가가 내가 더 거대한 기계의 대체 가능한 요소가 된다는 점에서 작은 나를 초월한다고 주장하는 것은 종교적 신비화일 따름이다. 마찬가지로 계몽주의적 전도(inversion), 즉 부분들(개인들)이 전체보다 더 실재적이라는 주장 또한 뒤집어져 있을 뿐 동일한 신비화이다. 이런 의미에서 마르크스가 계몽주의 철학을 신비화의 한 형태로 본 것은 몹시 옳았다. 하지만 그가 계몽주의적(자본주의적) 경제 이론을 **물신숭배**로서, 즉 환멸의 시대에 살아있는—사실, 역사의 냉소적인 뒤틀림 속에서 **환멸로 이루어진**—토착적인 믿음(indigenous belief)으로 생각한 것은 틀렸다. 물신숭배의 이론은 원주민들(First Peoples)의 문화와 다르지만, 비록 뒤집어진 형태이더라도, 축의 시대의 종교와는 동일하다. 정말로 이는 생명이 없는 사물들이 영혼에 사로 잡혀 있다는 관념과 아주 유사한 입장이다. 야훼는 진흙에 생명을 불어넣는다. 데카르트에서 **지성적인 것**(*res intellectus*)은 연장적인 육체 내부에 자리 잡는다. 플라톤에서 영혼은 육체의 전차를 몬다. 예수회는 부활한 예수를 설명하기 위해 '좀비'를 나타내는 티베트 단어를 사용했는데, 티베트인들이 반감을 가질 만 했다.

만약 전체가 그 부분들보다 항상 더 작다면, 신자유주의는 냉소적 이성이 주장해온 것보다 더 작다. 신자유주의는 나를 죽이려는 화난 신이 아니라, 이를테면, 독일의 작은 마을을 석유 기반의 에너지 망에서 분리하는 식으로, 전복하기가 (지적 능력을 발휘하면) **아주 쉬운** 어떤 것이다.[5] 여기서 필요한 것은 비판적 '그노시스주의'(gnosticism)[6]—영혼과 육체를 분리하는 병리적인 풍자만화식 버전이 아니라 이단적인 버전—이다. 이 버전에서는 너무 높은 곳에 있어서 당신이 피할 수 없는 거대하고 화난 신석기 시대의 신을 믿는 것이 문제이다. 바쿠닌은 말한다. "이 신성한 입자들과 인간의 영혼들은, 말하자면, 그들의 원시적 신성에 대한 희미한 기억을 간직하며, 어찌할 수 없이 그들의 전체로 이끌려간다. 그들은 서로서로를 추구하고, 그들의 전체를 추구한다."[7]

과잉객체들의 깨어지기 쉬움은 정치적인 희소식이다. 냉소적 이성은 신자유주의를 피할 수 없는 사이코패스 크툴루(Cthulhu)[8]라고 탄식해왔다—냉소적 이성은 이런 식의 운명 담론(doom-speak)을 좋아한다. 하지만 존재론적으로 신자유주의는 북극곰과 비교하면 아주 작다. 어쩌면 이런 종류의 사유는 무정부주의자를 마르크스주의자 혹은 성공한 강단 마르크스주의자로부터 구분지어 주는 것이다. 후자의 이데올로기 이론가는 정말로 태양신(Ra)의 신봉자, 즉 그는 지구를 시간 직경이 아주 좁은 멸종 파이프(narrow temporality-diameter extinction pipe)로 변형하는 데 아주 성공적이었던 농업물류학적 문화유전자를 아무런 생각 없이 리트윗하는 사람에 지나지 않는다.

저월은 보이는 것만큼 거대하고 강력한 국민국가와 같은 사물들에도 영향을 미친다. 저월은 당신이 여권을 필요로 하는 이유이다. 여권은 당신의 정체성을 보증하는 것이 아니라 국가의 정체성을 보증하고 지탱하는 것이다. 이슬람 공포증은 이슬람 테러리스트들을 필연적으로 더 거대하고 환영적인 조직의 일부로 간주하는 한편, 미국에서 백인 테러리스트들은 항상 '외로운 늑대'로 묘사된다. 아무리 많은 사람들이 알카에다 훈련 캠프에 버금가는 기독교 캠프에서 훈련 받아 교회나 낙태의원에서 사람들에게 총을 겨누고 정부 청사를 폭파하더라도, 아무리 많은 늑대가 있다고 하더라도, 그들은 항상 외로운 늑대로 간주되지 무리의 구성원으로 간주되지 않는다.[9] 전체가 그 부분의 합보다 더 크다는 개념은 이데올로기적으로 편리하다. 왜냐하면 이슬람 공포증은 이슬람 테러리스트들이 어떤 돌발적이고 그림자 같은 전체의 일부인 데 반해, 백인 테러리스트들은 전체가 보이지 않는 개인들이라고 주장할 수 있기 때문이다.

인류는 저월적 전체이다.

저월적 전체들은 흐릿하고 울퉁불퉁하다. 그것들은 셀 수 없는 많은 부분들과 관련이 있다. 이런 점이 갖는 효과는 전체를 기이하게 쭈그러진 것으로 만드는 것이다.

인문학에서 맥락적 비평은 딱딱하게 굳어버렸다. 일상화되어 버린 것은 역사적 무의식에 주목하는 위험한 균열이라기보다는 문화적 자료를 특정 세기 내에서 통상적으로 10년 단위의 형태로 나눈 후 그 자료가 생산된 국가와 특정 지역과 관련된 맥락 내에 '자리매김'함으로써 설명해버리는 것이다. 모든 이런 맥락적 특징들이 인간중심주의적 방식으로 사고된다는 것은 말할 필요도 없다. 우리는 이 그림이 그려졌을 때 인간들에게 어떤 모습인지에 관해 말하는 것이지 쥐에게 어떤 모습인지를 말하는 것이 아니다. 하지만 맥락화는 잠재적으로 고도로 외파적이다. 즉 하나의 문화적 자료는 그 맥락들을 저월한다. 멈춰야 할 합당한 이유는 없다. 아이러니하게도 대개의 맥락적 비평은 맥락에 관해 가장 흥미로운 것을 **차단**하려고 한다. 우리는 생태학에 관해 사유함으로써 이를 시험해볼 수 있다.

생태학적 맥락에 관한 사실은 생태학이 상호의존성과 깊이 관련되어 있기 때문에 사전에 그 맥락의 주변에 명확한 구분선을 그을 수 없다는 것이다. 생물권은 생명체를 태양 광선으로부터 보호하기 위해 지구의 자기차폐(magnefic shield)에 의존하고, 그리고 이는 지구의 철심(iron core)이 회전하는 방식에 달려 있으며, 그런 방식은 지구가 태양계의 초기 단계에 형성되었던 방식에 달려 있다 등등. 우리는 스케일의 잠재적인 무한성 위에서 개체들의 잠재적인 무한성을 논하고 있다―존재자들의 플레로마(신성의 충일pleroma)가 종착점을 갖는지, 적어도 사전에 확인할 방법은 전혀 없다. 생태학적 인식이란 바로 이런 맥락의 폭발(context explosion)이다.

산이나 바다와 같은 아주 거대한 개체들은 가끔 그 운동의 진동이 인간들이 듣기에는 너무나 웅숭깊은 소리를 내는 방식으로 운동한다. 그 음파는 지구를 가로질러 이동하고 그들의 파형(波形)으로 모든 종류의 개체들을 휩쓸고 나간다. 당신은 이 초저주파를 녹음하고 송출할 수 있지만, 그 파장을 효율적으로 보내기 위해서는 아주 긴 특별한 스피커를 만들어야 하고, 인간이 그것―믿을 수 없을 정도로 깊고 큰 소리―을 듣기 위해서는 그 파장을 약 80배 정도 가속시켜야 한다. 이 음파는 폭발이 있었음을 알려주는 부드럽고 거대한 소리와 같은 것이다. 즉 산산이 부서지는 소리가 아니라 사방으로 퍼져가는 우르릉 거리는 소리다.

초저주파는 말 그대로 폭발하고 있는 맥락의 소리이다. 맥락이 폭발하는 방식은 그 부분들을 멋지게 통일된 집단 속에 포함할 만큼 크게 확장되고 정연한 경계를 가진 전체라는 개념을 약화시킨다. 그런 사물의 모든 요소들에 대한 기술이 더 길어지면 질수록, 그것이 심연을 열어버릴 위험의 가능성 또한 더욱 커지게 된다. 전체는 우리가 그 깊이를 가늠할 수 없을 정도로 깊이 파고들어가 있는 시추공일지 모른다.

초저주파는 산, 대양, 사막에 관한 톨스토이식의 소설이다. 그 것은 현재 우리의 비대칭 시대(Age of Asymmetry)의 완벽한 사례이다. 이런 생태학적 시대에는 우리가 사물에 대한 아주 많은 과학적 데이터를 가지고 있고, 그 사물들을 더욱 더 거대하고 더욱 신비롭게 보이게 함으로써 지식의 증가가 객체들을 지배하지 못한다. 그 대신에 냉전 같은 지식의 폭발과 물러남이 동시에 동일한 이유로 존재한다. 이는 예술사에 대한 헤겔의 구상과는 선명한 차이가 있다. 헤겔에서는 인식이 점차 예술적 제재를 앞지름으로써 18세기 후반부터 아이러니와 정신을 성공적으로 구현하지 못하는 예술을 낳는다.[10] 그런 구상은 우리가 근대성(modernity)이라 불러온 인류세의 시작을 나타내는 오만의 징후일 따름이다. 하지만 모든 면에서 자신의 물질적 조건들을 초월하려는 힘은, 이제 우리가 바로 이런 운동이 그 어느 때보다 훨씬 더 크고 더 깊은 물질적 조건들을 낳았다는 사실을 깨닫게 될 정도로 그러한 조건들 속으로 파고들어가도록, 말 그대로 훨씬 더 깊이 파고들어가도록 만들었다. 지구 온난화는 대략 10만년 동안 지속되고 있다. 이런 비대칭의 시대는 일관되게 비대칭적인 것이 아니라는 것이 판명났다. 이런 시대는 사실상 내면 공간으로 채워진 인간들과 내면 공간으로 채워진 비인간들 간의 대립에 관련된 것이 아니다. 왜냐하면 인간들은 정확히 우리가 지금 그런 객체들이 모두 우리와 같은 판도라의 상자라는 것을 인정하는 한에서, 자신들이 다중들(multitudes)을 포함하는 그런 객체들 중의 하나라는 것을 알게 되는 것은 바로 이 순간이기 때문이다.

저월은 마치 객체들이 우리 자신의 흐릿하고 울퉁불퉁한 경계 내부로 파고들어 은밀한 곳에서 작전을 펼치는 플루처럼 우리와 마주치는 것을 보장한다. 따라서 저월은 우리 인간들이 허무주의적인 부정의 괴물이 아니라—내 눈 뒤의 살이 LCD 디스플레이나 음극선 튜브 안쪽에 있는 들뜬 산화이트륨(yttrium-oxide) 피복에서 튀어나오는 전자기파에 의해 움직이게 되는 것처럼—색, 표면, 음파에 민감한 카멜레온 같은 개체라는 것을 의미한다. 내가 붉은 색을 보게 되는 것은 산화이트륨 전자기파가 나에게 튀었기 때문이다. 나는 엄격하게 경계지어진 전체가 아니라 울퉁불퉁한 저월적인 전체이기 때문에 나는 잠시 이 붉은 색과 같이 진동할 수 있는 것이다.

감수성(susceptability)은 생태학적 윤리와 정치에는 아주 희소식이다. 나는 만져질 수도 있다. 사고 그 자체는 만질 수 있고 만져질 수 있음이며 완전한 형이상학적 현존의 보장이 아니라, 나에게 늘 어른거리거나 쾌감을 주거나 상처를 주거나 하는 등의 일정한 방향성이 없는 깜박거림이다. 시각 예술가는 시각 언어를 사용해서 '보여지기 위한 현존적 사물들'(present things-to-be seen), 그리고 보는 것과 아는 것 간의 너무 손쉬운 연결을 구축하려는 철학들에 의해 잘못 재현된다는 것을 알고 있다. 아마도 생태학적 철학은 더욱 더 촉감을, 즉 촉지적인 것(the haptic)을 지향하는 전적으로 새로운 언어를 창조할 필요가 있다.

이것은 정말로 보는 것이 만져짐에 의해 저월되기 때문이다. 이는 마치 만짐이 항상적으로 현존하는 듯이(의심 많은 토마스가 자신의 손을 상처에 대보고 그것을 직접 느껴보는 것과 같은 것) 보는 것이 만짐으로 **환원될 수 있다**는 것은 아니다. 오히려 보는 것은 듣는 것처럼 만짐의 일부, 즉 그 부분들의 합보다 더 크지 않은 전체인 것이다. 촉감은 낮고 예민하고 모험적이며 겸손하다—그것은 사물의 주변과 위와 너머를 보는 능력을 저월한다. 촉감이 저월하는 것은, 촉감이 '더 포괄적이고 덜 친밀한 것'과는 정반대로 더 가깝고 더 친밀하기 때문이다.

이제 우리는 '인간류'(mankind)을 생각할 필요 없이, 그리고 인간 종 같은 것은 없거나 인간들 간의 차이가 피상적이거나 부적절하다고 상상할 필요 없이 인류(humankind)를 사유할 수 있다. 우리는 **인류가 저월적 전체를 형성하기** 때문에 차이를 인정하면서도 인간 종에 관해 말할 수 있다. 작은 나와 인간 사이에는 환원 불가능한 차이가 있는데, 이는 인간이 존재론적으로 그 부분들의 합보다 더 크기 때문이 아니다. 인류는 인간 존재의 부정이 아니라 오히려 모든 종류의 현상들에 민감한 감수성을 가진 내파적 전체이다. 인류세는 최초의 진정으로 반인간중심주의적 개념 중의 하나이다. 왜냐하면 인류세를 통해 사유함으로써 우리는 실제 있는 그대로의 종—즉, 깨어지기 쉽고 비일관적인 저월적 과잉객체로서의 종—개념을 보게 되기 때문이다. 인류세는 인류가 (지층에 있는 플라스틱이나 콘크리트와 같이) 그 부분들을 저월하는 한에서 인간들이 인류를 인식하게 되는 순간이다. 인류세는 인류가 비인간들을 엄격하게 배제할 수 없는 비형이상학적 방식으로 종 그 자체를 사유할 수 있게 된 순간이다. 인간은 하나의 종으로서, 다시 말해, 그것의 (인간적, 박테리아적, 미생물적, 보철적) 부분들의 합보다 기이하게도 **훨씬 더 작은** 전체로서 가시화된다. 앞서 말했듯이, 인류는 '건강한'(외파적인) 전체성에 대한 희망을 갖지 않고 내재적으로 장애적인 것이다.

<위선자를 찾아라>(Spot the Hypocrite)는 좌파가 가장 좋아하는 게임이자 우리가 메소포타미아 문명으로부터 물려받은 일신론적 전체론의 산물이다. 전체들이 항상 마치 거미 알처럼 많은 부분들로 터져 나오는 세계에서 냉소적인 거리는 유지될 수 없다. 왜냐하면 어떤 것을 잃지 않고서 총체성을 파악할 수 있는 위치는 존재하지 않기 때문이다. 그러므로 <위선자를 찾아라>와 <거미 알을 터트려라>(Burst the Spider Egg) 중에서 하나를 선택해야 한다면, 우리는 후자의 게임 놀이를 해야 마땅할 것이다. 구글의 직원은 비판적이고 반구글적인 사고를 할 수 있다. 소비에트 리투아니아의 어떤 관료도 자신이 하는 일에 대해 매우 복합적인 감정들을 가질 수 있는 것이다.

진리가 진리성을 저월한다

이론 수업은 위압적이고, 학생들은 소심하며, 참여는 성적에 포함된다 등등. 그래서 나는 그들에게 말한다. "학생들이 묻는 질문이 더 멍청하면 할수록, 학생들은 더 높은 성적을 얻게 될 것이다." 아이들은 가장 심오한 질문을 제기하는 것으로 잘 알려져 있는데, 이는 질문들이 너무나 단순 논리적이기 때문이다. 왜 당신이 나의 아빠인가요? 수요일은 있어야 하나요? 내가 좋아하는 한 교사는 "과감하게 멍청해져라"라고 말한다. 우리의 이론 선생들 중 일부는 이론적 스타일의 글을 쓰게 될 때 그런 점을 매우 자주 기억할 수 있을 것이다. 그렇지 않은가? 질문이 더 심오하고 더 멍청하게 들리고, 나아가서 덜 정교하고 덜 강렬하게 보이게 되면, 아주 안심이 될지 모른다. 그것은 소크라테스 자신이 광대, 즉 **에이론**(*eirōn*)—여기에서 아이러니(irony)라는 단어가 생겨났다—이라고 말하며 의도했던 것과 아주 유사할 수도 있다. 이것은 주눅 든 학생들에게 접근 장벽을 낮춰줌으로써 이론적 경이로움을 느끼게 하는 매력적인 형태가 아니다. 그것은 이론적 반성의 **실제** 모습이지 이론적 반성의 단순화된 형태가 아니다.

어쩌면 "과감하게 멍청해져라"는 단순히 학생들에게 말하게 만드는 방식이 아니라 이것이 모든 것일지 모른다. 진실과 거짓 사이에 가늘고 명확한 구분선은 없다. 하이데거가 말한 것처럼 우리는 **항상 진리 안에 있다.** 우리는 항상 어떤 형태의 트윗 영역(Twittersphere), 실내가 흐릿한 음반가게처럼 페이스북에 포스팅된 형태의 진리, '진리에 대한 그들의 생각에 대한 그녀의 생각에 대한 그의 생각'(his-idea-of her-idea-of-their-idea of truth) 안에 있다. 세계평화에 대한 스티븐 콜베어(Stephen Colbert)의 기여가 여기에선 도움이 된다. 즉 진리성(truthiness) 말이다.

진리는 어른거린다. 진정함이란 어른거리는 감정을 의미한다. 진리성의 공간이 보여주는 혼란과 애매성은 진리에 내재적인 것이지 씻어내야 할 성가신 검댕이 아니다. 당신은 결코 완전히 드러나고 빛나고 투명하고 완벽한 조각에 도달하지 못한다. 진리는 항상 존재 그 자체의 방식, 즉 진리 양식과 관련되어 있기 때문에 항상 진리적이다. 관념들은 항상 그런 관념을 소유하는 방법들과 같이 묶여 있다. 당신이 어떤 관념을 가지려면 특정한 양식 속에 있어야 한다. 관념들은 무색무취한 것이 아니다. 그것들은 특정한 빈도와 특정한 냄새를 가진다. 그것들은 사고되는 방식들을 가지고 있다.

진리의 원형들이 있다. 많은 위대한 예술가들은 원(原)진리적 (proto-truth) 양식으로 말한다. 비요크(Björk)를 예로 들어보자. 그녀의 노래인 <하이퍼발라드>("Hyperballad")는 하나의 고전적인 사례이다. 그녀는 당신에게 감정의 배전판 아래에 있는 연결된 배선들, 즉 '사랑해'와 같은 직설적 감정이 결코 직설적이지 않음을 보여준다. 따라서 그와 같은 사랑의 노래를 쓰지 마라. 당신에게 절벽 꼭대기에 앉아 그 끝에서 자동차 부품, 병, 쇠붙이와 같은 조각들, 즉 우리가 완전히 통합되고 최신의 빛나는 종교적이고 전체론적인 자아들의 연장이라고 여기는, 당신 것이 아닌(not-you) 온갖 종류의 비인간적인 보철 조각들을 떨어뜨리고 난 뒤 당신 자신이 떨어지고 있다고 상상하는 시를 써보라. 당신이 떨어질 때 ―여전히 절벽의 끝에 있으면서 떨어지는 당신을 바라보는 당신에게―당신 자신은 어떻게 보일까? 그리고 당신이 떨어져 바닥에 부딪혔을 때 당신은 살았을까 죽었을까? 깨어있는 것으로 보일까 잠든 것으로 보일까? 당신의 눈은 감겼을까 떴을까?

내가 가장 좋아하는 <하이퍼발라드>의 버전은 서틀 어브즈 믹스(Subtle Abuse mix) 판으로 12인치 리믹스 판이다. 이것은 확장된 유령적인 댄스 버전으로서 그 내부에 훨씬 더 많은 것들이 들어 있으며, 그것의 작은 조각들을 가지고 수천 개의 복제들을 만들어낸다. 마치 전체가 실제로 가방 가득 눈들을 가지고 있으며 그 눈들을 자세히 들여다보면 또 가방 가득 눈들이 있으며 내려가도 영원히 똑같은 것처럼 보인다.

12인치 리믹스 판은 복제판도 독립적인 사물도 아니며, 개별 집처럼 보이는 노래에 어른거리는 눈들로 가득 찬 유령적 가방들이다. DJ는 12인치 비닐 디스크를 그것보다 더 거대한 매끄러운 전체 속에 결코 짜 넣지 않는다. 그녀는 엄청나게 많은 부분 객체들을, 즉 눈동자 가방들을 더 거대한 눈동자 가방 속에 짜 넣는다. 이것은 판도라의 상자에 연결된 판도라 상자의 줄로서 판도라의 상자를 통제하기 위한 것이 아니라 하룻밤 외출하기 그지없이 좋은 곳이다.

비요크가 자신의 노래를 리믹스해 달라고 요청했을 때, 그녀는 모든 부분들, 모든 사운드파일들을 보내고 마음대로 해보라고 말했다. 뭐든지 해보라. 그것을 작은 조각으로 쪼개서 조각들을 늘린 다음에 다시 배열해라. 이것으로 내가 만든 전체보다 더 많은 걸 만들어보라. 내가 사람들에게 배전판 아래 연결된 배선을 보여주듯, 나에게 배전판 아래에 연결된 배선을 보여 다오. 이것이 그녀가 하고 싶은 것이었다.

일반적인 서구철학에서, 즉 아리스토텔레스에서 시작하는 농업 시대의 종교 버전 2.0에서, 진리는 오직 하나의 색, 즉 백색으로만 되어 있다. 이것은 흑과 백의 문제이며 그 사이에 다양한 음영의 회색들이 있을 수 없다. 여기서 비모순율의 법칙이 그 조카딸인 배중율의 법칙과 마찬가지로 지배하는데, 이는 당신이 그 사이의 범주들을 가질 수 없음을 의미한다. 이는 너무 애석한 일이다. 왜냐하면 목초지와 고릴라와 인간과 구름과 생물권은 당신이 완전히 단단하게 독립적인 것으로 범주화할 수 없는 사물들이기 때문이다. 목초지는 목초지가 아닌 풀과 새와 같은 온갖 종류의 사물들로 이루어져 있고, 생명체는 살아있지 않은 온갖 종류의 사물들로 이루어져 있다. 생물권의 부분들은 단순히 생물권의 일부가 되는 데 만족하지 않는다. 그 부분들은 시를 쓰고 성적 매력을 과시한다. 그리고 그 부분들은 음식을 구걸하면서 당신을 짜증나게 만들기도 하고, 연못의 금붕어와 친구가 되기도 한다.

한 장치의 최종적 버전은 그 원형을 저월하지만 반드시 가장 진리에 가까운 버전은 아니다. 그것은 회사의 요구를 충족시키는 버전이다. 그것은 당신 자아의 필요조건들을 충족시키는 버전이긴 하지만 그렇다고 최상의 절대적인 버전이라고는 할 수 없다. 만일 운이 좋으면, 당신은 최고 예술가들이 그렇듯이 자신의 길에서 벗어날 수 있다. 공식적이고 흑백논리적인 당신은, 늘 어른거리는 후광, 즉 당신이 잘 알 수 없는 당신 자신의 보다 확대된 12인치 리믹스판처럼, 진리에 가까운 원-당신(proto-you)에 의해 에워싸여 있다. 신경학적 언어로 말하면, 현재 이것은 적응 무의식(adaptive unconscious)[11]이라고 불리고, 현상학의 철학적 전통에서는 스타일(style)이라 불린다. 이 둘은 모두 당신이 당신 자신에 대해 볼 수 있는 것보다 타자들이 당신에 대해 훨씬 더 많은 것을 볼 수 있다고 선언한다. 이는 코미디가 기능하는 방식이다. 많은 코미디들은 어떤 사람이 자기자신이 누구인지를 의식하는 사람의 입장에서 연기하는 것을 묘사하는 데 있다. 하지만 그가 연기하는 방식은 자신의 총체적 스타일을 보여주는데 이에 대해 그는 책임지지 않는다.

비요크는 전체가 저월적임을 인정하는데, 이는 당신이 모든 글자와 모든 음소들에 "이것이 팀 모턴의 문장이다"라는 바코드를 새겨 넣을 수 있다고 생각하는 자기 과시(ego display)와는 다른 것이다. 언어에 관한 것은 의미가 어떻게 유령적인가에 관한 것을 보여준다. 진정함이란 실제로 총체적으로 그리고 전적으로 부분들을 초월하는 어떤 것임을 의미하지 않는다. 작가가 되고, 그런 의미에서 진정해지는 것은 우리가 폐지하거나 나쁜 감정을 갖거나 어떤 다른 것으로 환원할 필요가 있는 사물이 아니다. 왜냐하면 저자성(authorship)은 온갖 종류의 다른 존재자들, 즉 유령적이고 어른거리는 타자성을 이미 포함하기 때문이다. 비요크의 노래 가사의 한 줄은 "난 너를 사랑해"라고 외치는 것이 아니라 그 대신 '나'와 '사랑해'와 '너'의 주변과 사이 그리고 내부에서 듬성하게 난 해초의 희미하고 세밀한 선들(filigree)을 보여준다.

　어쩌면 흑과 백이라는 극단은 결코 존재하지 않는다. 하이데거는 사실 진위를 나누는 딱딱하고 얇은 분리가 존재하지 않는다고 주장한다. 이는 행위의 움직일 여지가 있다는 것을 의미할 뿐만 아니라, 만일 우리가 진보적인 철학자가 되고 싶다면 신성한 소를 해체하는 게임 놀이를 할 필요가 없다는 것을 의미한다. 우리는 전체가 전체일 수 있도록 내버려두면 된다. 바르트(Barthes)가 그래야 한다고 말했듯이 저자를 죽일 필요는 없다. 왜냐하면 저자는 아직 죽지 않았고, 유령적이고 망령 같은 존재이기 때문이다. 우리는 거대하고 사악한 파시스트적 **작품**(work)과 개방적이고 울퉁불퉁한 리좀적 **텍스트**(text) 중에서 하나를 선택할 필요는 없다. 우리는 올바른 이즘(ism), 즉 우리의 정교함을 실천하는 올바른 접근양식을 발견하려고 노력할 필요가 없다. 우리가 진입하고 있는 생태학적 시대는 이즘들의 예술적 시대는 아닐 것이다. 왜냐하면 누군가의 접근을 알선하는 것은 칸트를 잘못 파악하는 것이기 때문이다. 모든 농업 시대 종교에 VIP라운지가 있는 것처럼, 소비주의의 VIP라운지가 있다. 여기서 당신은 유신론적이거나 상품 중심의 저작권 규제 없이도 진실과 같은 것을 듣게 된다. 정말로 소비주의는 종교와 관련되어 있다. 왜냐하면 보헤미안주의나 낭만적 혹은 반성적 소비주의라 불리는 VIP라운지는 상품보다는 경험 그 자체에 정신적 가치를 부여하는 데 관심이 있기 때문이다.

타이타닉 호 같은 정치적·경제적 체제의 선상에서 갑판 의자들을 증설 재배치하는 것과 만물의 거대한 종말론적 변화 중에서 어느 하나를 선택할 필요는 없다. 우리는 강경한 낙태반대론의 주장이 강요하듯이, 우리의 머리에 총을 겨누고 생명과 죽음 중에 어느 하나를 선택할 필요는 없다. 소중한 생명을 위해서 우리가 소중한 생명을 위한 일에 매달려야 한다는 생각—믿음에 관한 우리의 통상적인 믿음, 즉 리처드 도킨스(Richard Dawkins)가 근본주의자들과 공유하는 믿음으로 알려져 있고, '생존'이라는 단어의 의미에 대한 우리의 통상적인 생각으로 알려진 것—에 매달릴 필요는 없다. 우리는 불교의 무아(無我) 개념이 당신이 원자들의 덩어리일 뿐임을 의미한다는 데 동의할 필요는 없다. 대신에 그것은 당신이 열려 있음을 의미한다. 당신은 어른거리는 집이다. 당신은—그노시스주의가 말하는 우주처럼—틈새, 공백, 미완결적 부분을 포함한다.[12]

소유(to possess)라는 관념과 **재산**(property)이라는 개념에 의존하는 왜곡된 저자 개념이 존재한다. 우리는 지금 적어도 몇몇 사람들이 작은 신이 될 수 있도록 농업 시대의 종교를 민주화했다. 이를 위해서 사람들은 자기 자신을 비롯해 사물들을 소유해야 한다. 우리가 우리의 몸 내부와 외부에서, 우리의 심리적 몸 내부에서, 그리고 우리의 철학적·사회적 체계의 내부에서 우리와 비인간 간의 관계를 끊어버렸듯이, 여기에는 저자로부터 스타일의 희미한 유령적 영역을 끊어버리는 어떤 법률적 문구들이 있다. **소비자**라는 개념이 작은 나의 영혼, 즉 실제로 많은 플라스틱 압축포장을 결코 요구하지 않는 자의 영혼이듯이, **영혼**이라는 개념은 이런 형태의 유령을 끊어버리고 사유화하며 추상화하는 데 근거한다. 어떤 점에서는 이것은 농업 시대의 전제정치와 종교보다는 더 나은 것이지만 어디까지나 전제정치를 민주화했다는 점에서만 그렇다. 그것이 끼친 효과는 농업 시대에 대한 우리의 시각이 생태학적으로 그리고 정신적으로 훨씬 더 폭력적이라는 것이다. 이러한 이유 때문에 우리는 신석기 시대적 시간성의 이전 버전들을 사랑하는 것이다. 왜냐하면 이 버전은 마르크스가 그리스 예술에 관해 말했던 것과 유사하기 때문이다. 그것은 당신 자신의 어린 시절 사진을 보는 것과 같고, 당신의 눈으로는 더 이상 볼 수 없는 어떤 것이 있기 때문이다.[13]

그것은 사람들이 두고 떠났다고 생각하는 어떤 생각, 우리가 구석기 시대적이라고 부르는 것들, 당혹스러울 정도로 요다의 세계와 닮은 신화적 꿈의 공간이다. 왜 우리는 기계적으로 접촉할 필요 없이 생명체를 에워싸고 거기에 침투하며 멀리서 그 생명체에게 인과적인 영향을 끼치는 모호한 힘(Force)이 작용하는, 진정으로 비-유신론적(non-theistic) 세계를 다루는 《스타워즈》(*Star Wars*)를 보고 싶어 하는가? 왜 이런 종류의 주제가 누군가에게 떠올랐을까? 그리고 왜 이런 개념에 대한 조야하고 불완전한 버전을 그린 영화를 보기 위해 수십 억명의 관객들이 몰려드는 것일까? 인간들이 실제로 공생적 실재와 연결된 그들의 토착성과 결코 단절하지 않았기 때문이고, 우리가 우리의 언어, 우리의 사회 공간, 우리의 철학, 그리고 우리의 스톡홀름 증후군 감정으로 계속 말하고 있는 바로 이것, 즉 우리가 아담과 이브처럼 세계의 바깥에 있다는 것이 이 행성 위에 있는 우리와 모든 생명을 죽이고 있기 때문이다.

그런 토착성을 다시 발견하는 것은 어렵지 않다. 왜냐하면 VIP 라운지들이 그것을 포함하고 있기 때문이고, 그것이 체계에 힘을 불어넣는 에너지가 VIP라운지 안에 있지 않은 사람들에게는—라운지가 가능한 한 아주 작고, 따라서 그 에너지도 단순히 사후의 장식적인 사고처럼 보이기 때문에—왜곡된 방식으로 보이는 것 속에 살아있기 때문이다. 예술이나 미적 차원 일반을 생각해보라. 어떤 사람은 예술이 정확하게 이러한 장식적 사후생각이라고, 즉 때때로 문명으로 알려진 흑백의 진리공간의 끔찍하게 깨진 조각들을 허위적인 방식으로 접합하는 아교처럼 사용된다고 생각한다. 하지만 그런 생각은 VIP라운지 내부에서는 이야기되지 않는다. 당신이 학자라면 당신은 라운지에서 발언할 수 없다.

생태학적 경제학: 향락의 증식

다음 시행과 더불어 비폭력 직접행동의 운동이 태어났다.

   잠에서 깨어난 사자처럼 일어나라

   억누를 수 없는 다수로

   · · ·

너희는 많고 저들은 소수다!

퍼어시 셸리, 「혼란의 가면」[14]

셸리는 여기서 계산할 수 있는 신체들과 관련된 경험적 의미에서가 아니라 사물이 실제 존재하는 방식의 구조와 관련된 **존재론적** 의미에서 말한 것임을 덧붙이는 것을 잊었다. 우리는 늘 그 부분들의 합보다 작은 전체이기 때문에 우리는 계속해서 다수다. 우리는 단순히 다중(multitudes)으로 결합하는 것이 아니라, 그 어떤 자존심 센 위 속의 박테리아도 알려주듯이, 다중을 포함하고 있다.

우리는 존재론적 의미에서 다수이다. 이 말은 우리가 적어도 일부 비인간적 존재자들과의 연대를 달성할 수 있고 달성해야 하고 달성할 것임을 의미한다. 이러한 연대로 나아가는 길은 더 많은 쾌락들을 증가시키고 고양시키며 차별화하는 것과 관련이 있다. 이는 우리 중 다수가 옳은 것이라고 생각하는 생태학적 과제, 즉 제한 경제(restricted economy)를 창조하는 것과는 완전히 다른 것이다. 제한 경제를 창조하는 것은 (신자유주의적인 것은 말할 것도 없고 완전히 인간중심주의적인 스케일로 판단되는) 효율성과 지속가능성과 같은 개념들이 인간적이든 아니든 간에 행복을 황폐화시키는 오일 경제의 재앙적인 반복이 될 것이다. 효율성과 지속가능성에 관한 얘기는 단지 화석 연료의 무자비한 사용의 인위적 산물일 따름이다. 태양열 경제에서는 방마다 디스코텍을 가질 수 있고, 오일 경제에서 불을 켜는 행위와 비교할 때, 고통을 겪을 생명체들이 훨씬 더 적어질 것이고 어쩌면 고통을 겪는 생명체 자체가 없어지게 될 것이다. 당신은 밤낮으로 마음껏 플래시라이트와 덱, 레이저를 가질 수 있을 것이다.

경제학은 우리가 향락을 조직화하는 방법과 관련이 있다. 생태학적 사회의 모습이 어떠할지를 사고하기 시작할 때, 우리는 우리의 공존의 가장 거대한 스케일의 차원에서 향락을 조직하는 방법에 관해 말해야 할 것이다. 향락의 고양과 다양화를 중심에 두지 않는 생태학적 사회는 무늬만 생태학적일 뿐이다. (전력 회사를 나타내는 미국식 용어인 '전력'electric utility에서처럼) 바로 유용성 개념은 진지한 개선을 필요로 한다. 행복은 더 이상—**존재함의 특성들**과 반대로—**단순히 존재함**(merely existing)을 최저의 차원과 최고의 차원으로 갖지 않는다. 살아가는 방법의 문제, 즉 반성적 소비주의의 영적 문제는 훨씬 더 복잡하겠지만 훨씬 덜 폭력적이게 될 것이다.

태양열 경제에서 경제적 전체는 그 부분들을 저월하게 될 것이다. 오일 경제에서 오일은 모든 것을 외파적·전체론적 궤도 속으로 포섭한다. 태양열 경제에서 누가 태양 에너지를 흡수하고 판매하는가 하는 질문은 누가 석유를 소유하는가의 질문과는 다른 유형의 질문이다. 우리가 지금 실행할 수 있는 것보다 훨씬 더 다양한 의미에서 인류는 생산력을 지배하게 될 것인데, 이는 비인간적 생명체들이 계속 착취당할 것이라고 말하는 것과는 다른 것이다. 이는 인류가 저월적인 공생적 실재의 일부로서 다른 생명체들을 포함하고 내포하는 흐릿한 저월적 전체이기 때문이다.

4
장

종(種)

인간은 . . . 모든 동물들처럼 **먹고, 마시고** . . . **능동적으로 반응
함으로써** . . . 자신의 욕구를 채우기 시작한다. 그렇다면 생산
을 출발점으로 삼자.

—칼 마르크스

이제 우리는 우리가 더불어 살 수 있는 전체론, 즉 내파적이고 저
월적인 전체론을 가지게 되었다. 공리주의적 전체론, 즉 개체군
(populations)[1]의 전체론은 외파적이다—전체는 특별히 부분과는
(더 좋든 더 나쁘든 간에) 다르다. 공리주의적 전체론에서는 사회
와 같은 그런 것은 존재하지 않거나 혹은 구체적인 사람들은 중
요하지 않다! 공리주의적 전체론은 현존하는 생명체와 개체군 사
이에 제로섬 게임을 설정한다. 하나의 결과는 '달리는 열차의 문
제'(trolley problem)이다. 즉 열차의 방향을 틀어 선로 위에 묶인
한 사람을 죽이는 것이 열차를 틀지 않아서 열차에 탄 수백 명의

사람을 절벽 아래로 떨어뜨려 죽게 하는 것보다 더 낫다는 것이다. 이에 대한 좌파적 형태가 있다. 즉, 존재하는 것은 근본적으로 통약 불가능한 고도로 차별화된 존재자들이기 때문에 전체에 대한 이야기는 폭력적(인종차별적, 성차별적, 동성애공포증적, 성전환공포증적 등)일 수밖에 없다는 것이다. 이런 좌파적 사고양식에서 우리는 신자유주의적 이데올로기에서 만큼이나 스스로를 한 집단의 일원으로 상상할 가능성은 거의 없다!

현재의 생태학적·정치적 전체론인 가이아 전체론(Gaian holism) 또한 제로섬 게임을 설정하고 있다. 실제로 현존하는 생명체는 대체 가능한 구성요소이다. 이에 대해 종종 어머니 대자연(Mother Nature)이라 일컫는 우파적 버전이 존재한다. 우리 인간들이 어떻게 감히 어머니 대자연보다 더 강력하다고 생각할 수 있단 말인가! 만일 지구가 온난화하게 된다면, 대자연은 자신의 절멸된 부분들을 그냥 대체해버릴 것이다. 결국 우리는 외파적 전체론의 상관주의적 버전을 갖게 된다. 이 결정자는 단호하게 종교적인 논조로 개체군 혹은 가이아처럼 행동한다. 역사나 진보 혹은 운명이 무엇이 실재적인지를 결정하게 된다. 난 이 탱크로 당신을 치고 갈 것이다. 이것이 역사의 행진이다. 개인적으로 당혹스럽겠지만 나를 욕하지 마라. 나는 신의 의지를 실천하고 있을 뿐이다.

이러 종류의 전체에 접근할 때, 좌파적 사고는 당연히 위축된다. 아이러니하게도 좌파적 사고는 집단적 정치행동을 사유하는 데 도움을 줄 수 있는 한 가지를 빠뜨렸다!

다행히도, 우리는 전체론자이면서도 전체에 대한 외파적 개념은 거부하기로 마음먹었다. 전체는 헤아릴 수 없을 정도로 많은 미결정적인 요소들을 가진 더미(heaps)이다. 그렇더라도 전체는 존재한다. 한 축구팀은 한 명의 축구선수와 동일한 방식으로 존재한다. 왜냐하면 축구팀은 그것의 존재와 그것이 현상하는 방식 간의 차이를 가지기 때문이다. 즉, 축구팀은 경기마다 다른 유니폼을 입을 수도 있다. 전체는 하나이고 그 구성원은 하나 이상이다. 따라서 전체는 항상 그 부분들의 합보다 더 작다.

종은 나를 저월한다. 인류는 존재하고, 나는 인류의 일원이다. 하지만 나에게는 인류의 일원이라는 것보다 훨씬 더 많은 것이 존재한다. 그러므로 우리가 비인간들과의 연대를 달성하는 것은 완벽히 가능하다. 즉 나는 통하지 않는 전체 속에 갇혀있지 않으며, 나의 일부는 다른 생명체들에 속해 있거나, 다른 생명체와 공통적이거나, 혹은 다른 생명체 그 자체이기도 하다. 우리는 이러한 연대를 우리가 누구인지에 관한 인간중심주의적이고 살인적·자살적인 개념의 저 **아래**에서 발견한다. 우리는 구름이고, 형이상학적으로 견고하지 않다. 당신은 우리를 직접 가리킬 수 없지만 우리는 여전히 존재한다. 우리는 하이데거가 그렇게 명명한 비인간적 존재자들만큼이나 '세계가 빈약한' 존재자이다. '세계'가 그 세계의 부분들을 저월하기 때문이다. 세계가 가난하다는 것은 세계를 소유한다는 것이 의미하는 것이다. 우리가 실현해야 할 웅장한 운명 따위가 전혀 없다는 것은 감사할 일이다. 제국주의적이고 인간중심주의적인 기획—비인간적 희생자뿐만 아니라 인간적 희생자들과 관련된 기획—은 끝났다. 우리는 이 기획을 더 이상 사유할 수 없기 때문이다.

비인종차별적이고 비종차별적인 종에 도달하기 위해서 우리는 더미의 존재를 인정할 필요가 있다. 일상적인 논리는 더미의 가능성을 고려하지 못한다. 만일 내가 더미, 가령 모래 더미를 가지고 있다면, 그것의 일부를 덜어내도 여전히 그 더미를 가질 수 있다. 나에게 단지 모래 일부만 남게 될 때까지도 동일한 논리가 적용될 것이다. 실제로 더미는 있을 수 없다. 반대로 모래 한 알을 다른 모래 한 알에 추가하더라도 더미는 없다. 내가 수 만 개의 모래알을 가질 때까지 이 일을 계속할 수 있겠지만, 여전히 더미는 아니며, 그러므로 사실상 어떠한 더미들도 존재하지 않는다. 생명체들의 더미라고 할 수 있는 하나의 생태계를 상상해보자. 나는 거기에 아무것도 남지 않을 때까지 생명체들을 제거할 수 있지만 이 더미 논리의 역설은 사실상 생태계가 존재할 수 없을 때까지 계속 적용될 것이다. 멋지다! 쇼핑몰을 세우자! 생태학 따윈 집어치우자! 말도 안 되는 소리다.

인류는 하나의 더미이다. 만일 당신이 생태학에 관해 고민한다면, 그것은 더미에 관해 고민하는 것이다. 왜냐하면 생명체도 더미이고, 생태계도 더미이기 때문이다. 더미는 역설적이다. 만일 당신이 (어떤 상황 하에서 사태가 더 진리적이거나 덜 진리적이라고 말하거나, 혹은 그것이 진실인 동시에 거짓이라고 말할 수 있는) 양상적(modal)[2]이고 초일관논리적(paraconsistent)[3]이며 심지어 양진주의적인(dialetheic)[4] 논리의 가능성을 인정하지 않는다면, 당신은 생태학적 존재자들이 존재할 가능성을 인정할 수 없다. 어느 한 인간이 지구온난화에 책임 있는 것은 아니다. 한 개인이 차의 시동을 걸려고 화석연료를 사용하는 것은 통계상 무의미하다. 그러나 차 시동 걸기의 더미—가령, 한 사람이 평생 동안 차 시동을 걸기 위해 한 모든 것들, 혹은 지구상에서 시동 걸기를 하는 모든 운전자들—는 지구온난화를 야기한다! 그럼에도 불구하고 우리가 시동 걸기를 한 번 안한다고 하더라도, 지구 온난화를 일으키는 더미는 여전히 존재한다—그리고 우리는 단 한 번의 마지막 시동을 걸 기회가 있을 때까지 계속 그럴 것이고, 동일한 논리가 적용될 것이다. 그러므로 어떠한 것도 지구온난화를 야기하지 않는다. 생태계, 지구온난화, 인간들, DNA와 같은 생태학적 존재자들이 존재할 수 있기 위해서 우리는 더미의 존재를 인정할 필요가 있으며, 또 더미가 그 구성원들과 근본적으로 다를 수 있다는 것을 인정할 필요가 있다. 둘은 근본적으로 다를 것이다.

인류와 그 구성원들 사이에는 저월적 간극이 있다. 이는 인류가 존재하기 위해서는 엄격하게 그 집합의 요소가 아닌 요소를 포함하는 집합이 존재해야 한다는 것을 의미한다. 우리는 버트런드 러셀(Bertrand Russell)을 당혹스럽게 만들겠지만 칸토어와 괴델, 튜링은 우리를 지지해줄 것이다. 이제 우리는 생태학적 행위가 더미의 차원에서만 일어난다는 것을 안다. 지구를 파괴하거나 '구하는 것'은 집합체(collectives)의 문제다.

모든 종들, 생물권—즉 더미들의 더미—은 어떠한가? 여기서도 동일한 논리가 작용한다. 하나의 더미를 제거한다고 하더라도, 더미들의 더미는 여전히 하나의 더미이다. 따라서 더미들은 실재하지 않으며—만일 우리가 엄격한 진위의 구별에 매달린다면, 그리고 만일 진리가 당신 자신과 모순되지 않는다는 것을 의미한다면—생명체들이 멸종한다는 것은 중요하지 않다. 그러므로 전체 사물은 저월적이며 따라서 모호하고 흐릿하다. 하지만 이는 더미들이 결합할 수 있다는 것을 의미하기 때문에 중요하다. 나는 하나의 더미의 일원인 동시에 또 다른 더미의 일원이 될 수도 있다. 더미들은 결합하는 것 이상으로 중첩 가능하다. 최상위 차원, 즉 더미들 모두를 규제할 수 있는 더미는 존재하지 않기 때문에 우리는 모든 정치적·경제적 구조에 적합한 일률적 크기라는 관념을 상실했다. 코뮨주의는 모든 형식을 지배할 단 하나의 코뮨주의 형태, 가령 국가에 의해 부과되는 하나의 공식적 버전으로 나타날 수 없다. 그러나 우리는 더미가 공유될 수 있다는 생각을 갖게 되는데, 이는 종이 공생적일 수 있다는 것을 의미하고, 하나의 종의 일부가 되는 것이 또 다른 종들과의 연대를 맺을 수 있다는 것을 의미한다. 그리고 더미와 그 구성원들 간의 저월적인 간극 때문에 생태학적 행위는 반드시 집단적이어야 한다. 그러므로 우리는 개별적 자아들을 곤경에서 벗어나게 만들어 서로에게 설교하는 것을 멈추게 할 수 있다.

인간성 없는 인간들

예를 들면 지구온난화에 대한 책임의 경중이 서로 다르다는 것을 무시하는 보편주의적 언어에 기대지 않고서도 종에 관해 말하는 것은 완벽하게 가능하다.[5] 우리는 특정 인간집단이나 개체군, 문화의 차원에 머물러 있을 필요는 없다. 우리는 우리의 정치학에 손상을 입히지 않으면서도 더 거대한 시간-공간 스케일의 차원에서 우리 자신에 관해 말할 수 있다. 좌파는 인류에 관해 더 잘 말할 수 있어야 한다. 만약 우리가 그렇게 하지 않는다면, 우리는 그러한 논의의 차원을 BP[6]나 실리콘밸리에 넘겨주게 될 것이기 때문이다.

저월은 초월의 이복자매다. 초월은 사물과 그것이 현상하는 방식 간의 간극, 즉 존재적(ontic) 시간-공간에서는 지적될 수 없는 간극과 관련이 있다. 반면에 생태학적으로 말하는 가장 대중적인 방식인 내재성(immanence)은 이런 간극을 제거한다. 그러나 만일 북극곰과 북극곰의 현상 간에 아무런 차이가 없다면, 북극곰이 멸종한다 하더라도 아무런 상관이 없을 것이다. 사실, 멸종은 실제로 일어나지 않게 된다. 반면 저월의 세계에서 멸종은 일어나고 나는 그것을 사고할 수 있지만, 나는 멸종을 알 수도 없고 볼 수도 없고 만질 수도 없다. 진화, 생물권, 지구온난화, 이 모든 것은 과잉객체들이다. 이 과잉객체들은 일어나고, 나는 이것들을 사고하거나 계산할 수 있음에도 불구하고 직접 볼 수는 없다. 진화와 생물권은 우리에게 북극곰에 관해 뭔가를 말해주고 있다. 그것들 또한 저월적이다.

하나의 공생적 공동체—우리는 모두 공생적 공동체들이다—는 저월적 전체의 완벽한 사례이다(사실, 바로 이 때문에 이것을 '공생적 집합체'symbiotic collective라고 부르는 것이 더 나을 것이다). 나는 나의 모든 조각들에 새겨져 있는 "이것이 인간이다"는 것으로 인해 인간으로서의 개인보다 더 작다. 나는 박테리아를 가지고, 또 소와 화석연료와 같은 보조물을 가지고 있는 한에서 인간이다. 그 어떤 것도 브라이턴 록 막대사탕, 요컨대 튜브 모양의 민트 맛 캔디, 즉 보통 속은 흰색, 겉은 분홍색이고 튜브에는 분홍색으로 '브라이턴에서 온 선물'이라고 새겨져 있어 아무리 빨아도 글씨가 그대로 남아있는 막대사탕 같은 것과는 닮지 않았다. 이는 사물들이 존재하는 방식이 아니다. 존재하는 것은 그 부분들을 저월하는 것이나 마찬가지다. 이것은 내가 존재하지 않는다거나, 나의 부분들이 나보다 더 실재적이라는 것이 아니라, 내가 **희미하게** 존재한다는 것이다. 마찬가지로 인류도 희미하게 존재한다. 따라서 우리가 우리 자신을 **알 수 있는** 것은 우리가 우리 자신을 특별히 다른 존재자로 설정하지 않기 때문이다. 그렇게 되면 우리 자신을 비교할 수 있는 특별히 또 다른 존재자가 필요하게 된다.[7]

우리의 인간적 세계를 뒤흔드는 사물들 중의 하나가 ... 인류다.

이제 우리는 애덤 캐드먼(Adam Kadmon)의 신화와 홉스(Hobbes)의 리바이어던(Leviathan)이 외파적 전체론의 방식을 통해 상상한 것, 즉 다양한 신체들로 구성된 하나의 몸을 사고하는 방법을 갖고 있다. 홉스가 군주제를 지지한 것은 전체를 사유하는 외파적 전체론에서 유래한 것이다. 하지만 이제 우리는 인류의 몸을 내파적 방식으로 사유할 수 있다. 하나의 집합체는 하나의 공동체라기보다는 희미한 저월적 전체이다. 이제 우리는 "우리는 모두 한배를 탄 운명이다"[8]라거나 "우리는 세계다"[9]라는 등 하나의 외파적 전체로 나아가는 감상적인 환원주의를 뛰어넘어 인류를 사고할 수 있다. 현상들의 기저에 있는 보편적 인간성에 호소하는 것은 정치적으로 위험하다.[10] 인류의 집단적 힘은 포이어바흐가 주장했듯이 신과 같은 개념으로 치환되어 왔을 뿐만 아니라 인간과 인간성 같은 개념으로도 치환되어 왔다. 인간적인 것에 대한 외파적 개념은 소외의 한 형태다.

인종차별주의자 또는 종차별주의자는 사람들이 존재적 시간-공간 안에서 종을 가리킬 수 있다고 믿는 사람이다. 이와 반대로 저월적 인류는 인류 자신과 작은 나 사이의 환원 불가능한 간극을 포함한다. **종**은 **유령적**이고, 인간적인 것은 이 유령성의 눈앞에 있는(near-at-hand)[11] 사례이다. 코뮨주의는 자본가들을 두렵게 할 뿐 아니라, 모든 점에서 자신과 일치하거나 일치하지 않는 유령적 존재자들과 관련되어 있기 때문에 하나의 유령이다. 코뮨주의는 이들의 충만한 유령성이 나타날 수 있게 해줄 수 있기에 유령들과 관련되어 있다.

자연과 인위적인 것과 함께/아래로

종에 대해 이런 방식으로 사유하는 것은 우리로 하여금 '인간 본성'(human nature)과 같은 것이 존재하느냐의 여부에 관해 마르크스주의적 이데올로기 이론 내에서 벌어진 논쟁, 즉 알튀세르주의자들과 비알튀세르주의자들 간의 논쟁을 해결할 수 있게 해준다. 알튀세르주의자들은 『자본』 이전의 마르크스와 『자본』 이후의 마르크스 사이에 인식론적 단절이 있었다고 주장한다. 이 단절의 핵심은 인간이 소외된다고 할 때 그 소외의 본질이라는 개념을 포기한 것이다. 알튀세르주의적인 입장은 바로 이런 생각, 즉 인간이 어떤 의미에서 자신의 맥락적·경제적 향유 양식으로부터 분리되었다는 생각이 이데올로기적 소외의 **표현**이라는 것이다.

내가 말하려고 하는 것을 짧게 약간 도식적으로 요약해보자. 마르크스의 비알튀세르주의적인 『자본』 이전의 소외 이론은 **옳지만, 잘못된 추론 때문에 옳다.** 그리고 그것은 현상들 아래에 내재적이고 일반적이고 연속적이며 실체적인 자연(Nature)—신중한 친구라면 당연히 의심할 만한 아리스토텔레스식의 본질주의적 버전—이 있어서가 아니라 객체 지향적 존재론(OOO)에서 말하는 객체의 물러남으로 인해 사실상 이데올로기의 지배로부터 벗어나는 뭔가가 있기 때문이다. 나아가서 이는 그 현상과는 다른 물체들이 단지 인간만이 아니라 벽돌, 짐 헨슨(Jim Henson)의 꼭두각시 인형, 프랭크 오즈(Frank Oz)의 목소리, 금붕어, 검정색 아우디 등에도 해당된다는 것을 의미한다. 더욱이 알튀세르주의적 이론—이데올로기가 모든 곳에 스며들어 있고 전혀 외부를 갖지 않는다고 주장하는 '인식론적 단절' 이후의 『자본』의 마르크스—은 **틀렸지만 올바른 추론 때문에 틀렸다**. 다시 말해, 유서 깊은 소외 이론은 추론이 틀렸기 때문에 맞았고, (알튀세르주의의) 유행 선도자들의 이론은 올바른 추론 때문에 틀린 것이다. 후자가 맞는 것은 정의상 우리가 우리 자신의 접근 양식의 밖으로 나갈 수 없다는 것이 사실이기 때문이다. 하지만 접근 방식과 데이터들이 거기에 있는 모든 것이라는 뜻은 아니다. OOO는 마르크스주의 이론 내의 수십 년 된 아주 기술적인 논쟁을 해결할 수 있다. 이제 이를 보다 상세히 살펴보자.

알튀세르주의적 견해의 **틀**(format)이 틀렸지만 올바른 추론 때문에 틀렸듯이, 비알튀세르주의적 견해의 **내용**은 맞지만 이미 말한 추론 때문에 맞는 것이 아니다! 인간이 소외되었을 때 인간은 인류, 즉 마찬가지로 저월적인 공생적 실재의 일부인 내파적 전체로부터 소외된 것이다. 하지만 외파적 전체론이 인간 존재가 경제 관계 아래에 놓여 있는 실체라는 믿음을 표현하는 방식은 그 자체로 소외의 한 형태다.

알튀세르주의적 견해와 비알튀세르주의적 견해 간의 분열은 현상과 존재 간의 농업물류학적인 존재론적 분열로 나타난다. 이를테면, 우리는 소외가 자본주의에서 완전한 표현이 박탈된 어떤 근원적 본질이 있다는 것을 의미한다고 주장할 수도 있다. 변함없이 현존하는 어떤 실체가 있어 그것이 다발로 묶이고 얼리고 분할되고 이탈하며 재포맷될 수 있는 것이다. 마르크스주의에서는 (인간의) 경제 관계 '아래'를 의미하는, 즉 현상의 '아래'에서 부르는 노래는 늘 똑같다. 이런 주장은 통상적으로 초기마르크스의 견해로 받아들여진다. 이를 옹호하는 한 가지 주장은, 만약 '아래'에 아무것도 없다면, 왜 우리는 자본주의에서 그런 고통을 **느끼는가** 하는 것이다.[12]

이런 주장은 즉각적인 반론을 낳는다. 즉 이 주장이 **구조적인** 어떤 것 위에다 우리가 **느낄** 수 있는 어떤 것을 포개놓고 있다는 것이다. 우리가 소외되어있음을 느낄 수 있느냐 없느냐는 **중요하지 않다.** 즉 우리는 소외되어있고, 소외되어있음을 느끼는 것이 소외가 의미하는 바는 아니다. 따라서 비알튀세르주의적 입장의 한 형태는 인간이 자신의 생산력을 완전히 발휘하는 것이 차단되어 있다는 것, 즉 아무리 넓어 보이더라도 자본주의 내에서는 아주 제한된 범위의 향락 양식만 이용할 수 있다는 것이다. 이는 마르크스가 종적 존재로 의미하고자 한 것에 보다 가까운 것으로 생산이나 창조성과 관계가 있다. 생산은 반드시 공장에서 판금 작업을 하는 것과 같은 것이 아니다. 생산은 신선하고 즙이 많은 복숭아를 베어 무는 쾌감이기도 하다.

인간이 '**외부 세계의 사물들**과의 이러한 이론적 관계에 있음으로써' 시작하는 것은 결코 아니다. 그들은 모든 동물들처럼 먹고 마시는 등의 일을 하면서 시작한다. 즉 어떤 관계 속에서 '있음으로써'가 아니라 **능동적으로 반응함으로써**, 즉 외부 세계의 특정 사물들을 행위를 통해 이용하여 자신의 욕구를 충족

시킴으로써 시작한다. 그렇다면 생산을 출발점으로 삼자.[13]

여기서 마르크스가 인간적 '행위'(acting)가 아니라 알고리즘을 실행하는 벌을 연상시키는 '반응하다'(behave)라는 단어를 사용하고 있음에 주목하자.

그밖에도 초기 마르크스와 후기 마르크스 사이의 인식론적 단절에 관한 알튀세르주의적 견해가 있다. 그 견해에 따르면, 『자본』과 그 이후의 마르크스는 어떤 기원적 본질에는 관심이 없다. 다시 말해, 어떠한 본질도 존재하지 않는다. 모든 것은 (최종심급에서) (인간의) 경제 관계에 의해 생산된다. 어떤 기원적 본질이 있었는데 그것이 배반당했다는 발상이야말로 **바로** 자본주의 내에서 소외가 취하는 이데올로기적 형식이다. 슈퍼마켓에서 샴푸를 자유롭게 고를 수 있듯이, 내가 믿는 것을 자유롭게 선택할 수 있다는 생각이 바로 이데올로기이다. 본질이란 (인간의) 경제 관계의 특정 양식을 통해 현실의 틀을 짤 때 생겨나는 부작용 내지 부산물이다.

극단적 상관주의적 주장과 일반적인 본질주의적 주장 모두 칸트적인 퍼즐의 두 조각, 즉 물자체와 그 물의 현상을 다루고 있다. 일반적인 본질주의자들에게 문제는 현상이 얼마나 표면적인가, 즉 자본에 의해 전혀 영향 받지 않는 기저의 본질이 있는데 이것이 표현 불가능할 정도로 소외되어버렸다는 것과 관계가 있다. 우리는 임금 노예들이며 해방되는 순간 더 이상 노예가 아닌, 온전히 우리 자신이 될 수 있다. 우리는 탈대상화(de-objectified)될 것이고, 해방은 **허위적 현상들**을 벗겨내는 것이다.

상관주의적 본질주의자들에게 그림은 아주 다르다. 끊임없이 현전하는 것은 (인간의) 경제 관계이다. 실제 우리와 상품화된 우리 간의 차이가 있다는 관념은 환상이다. 해방이란 이런 환상이 붕괴하는 것을 의미한다. 이때 남는 것은 우리가 원하는 현실의 유형이 어떤 것이든지 간에 그것을 상정할 수 있는 자유이다. 해방은 **허위적 현실**을 벗겨내는 것이다.

인류를 인정하는 것은 또 다른 해결책을 제안하는 것이다. 우리는 이데올로기에 전적으로 갇혀 있지 않다. 이는 끊임없이 현존하는 기저의 본질이 있기 때문이 아니라 객체의 물러남, 즉 우리가 유령적 존재자들이기 때문이다. 하지만 이는 호명(interpellation)이 사물들의 존재 방식이 갖는 깊은 특징임을 의미한다. 우리는 우리의 접근 양식 밖으로 과감하게 나갈 수 없다. 우리는 그 접근 양식 속에 압축 포장되어 있기 때문에 모든 것을 의인화하는 것이다. 하지만 이는 결코 외부가 없다거나 우리가 영원히 인간중심주의에 갇혀있다는 것을 의미하지 않는다.

"우리가 의인화한다"라고 말하는 것과 "우리가 인간중심주의적이다"라고 말하는 것 사이에는 큰 차이가 있다. 마르크스 자신도 우리가 의인화(인간적 형상화)할 수밖에 없다고 주장한다. 이것이 종적 존재가 의미하는 바다. 우리가 사물들을 경제 관계로 가져갈 때, 사물들은 우리에게 현실이 된다. 하지만 이는 창문 없는 감옥이 아니다. 왜냐하면 내가 이 포도 한 송이를 의인화할 때 이 포도들은 나의 손가락과 입을 포도로 형상화(grape-morphizing)함으로써 나로 하여금 포도들을 그렇게 다루게 할 것이기 때문이다. 약물을 복용한 적이 있는 사람은 대체로 그 약물을 다루는 '적절한' 방법이 있다고 말할 것이다—즉, 사람이 약물로 형상화되는 것이다(drug-morphized). 모든 사물은 이와 같이 무엇으로 형상화(morphizing)하는 일에 관여되어 있다.

벌과 건축가의 문제로 다시 돌아가 알고리즘과 인간을 엄격하게 구분하는 것의 어려움에 대해 생각해보자. 이 어려움은 사람다움(personhood)이 기이하고 낯설어지는—어떤 의미에서는 사람다움은 실재하지만 우리가 그것을 직접적으로 가리킬 수 없다—유령적 영역을 낳았다. 춤추는 테이블이 갖는 근본적 문제는 나 자신과 테이블을 엄격하게 구별할 수 없다는 것인데, 이는 내가 테이블이라는 말도 아니고, 테이블이 사람(person)이라는 말도 아니다. 과학은 비인간들이 단순하게 알고리즘을 실행하는 것이 아닐 수도 있음을 보여준다. 개미들도 주저한다. 개미들은 작은 사다리를 타고 올라갈 때 사방을 살핀다. 벌들도 자신들을 집으로 인도해줄 정신적 지도를 가지고 있다. 쥐들도 회한을 느낀다. . . 문제는 이런 관찰 목록들이 끝이 있을 수 없다는 것이다. 왜냐하면 인간중심주의는 비인간적인 것이 무엇이든 그것의 반응을 배제하기 위해서 사람으로 간주되는 것을 더욱 더 순수화시켜 나갈 수 있기 때문이다—데이터에 의한 검증 전략은 이런 오만한 지연을 낳게 된다.

하지만 우리는 힘을 훨씬 더 효율적으로 아끼면서 자신의 패를 보여주는 이점이 있는 아주 약식의 간단한 철학적 경로로 나아갈 수 있다. 즉, **당신**이 실행하거나 반응하는 게 아니라 상상하거나 행위하고 있다는 것을 증명해보라. 당신이 상상하고 있는 당신 자신의 **개념**이 인간들이 자기 자신에 관해 상상하도록 프로그램화된 바로 그것이 아니라는 것을 증명해보라! 데카르트처럼 당신은 이 막다른 길에서 벗어날 수 있는 방법이 없다는 것을 알 것이다. 당신이 자신의 사람다움(personhood)에 관해 사유할 수 있는 모든 것이 안드로이드와 같은 인위적 산물일 수 있다.

우리는 이로부터 어떤 결론을 내릴 수 있을까? 당신이 사람이 아니라는 결론을 내릴까? 결코 아니다. 우리의 결론은 **사람**(person)에 대한 우리의 개념이 정확하지 않다는 것이다. 이 개념은 지나치게 경직되고 독단적이다. 어쩌면 **사람들**(people)은 우리가 생각하고 싶은 것보다 더 저렴할지 모른다. 사람이 되는 것은 그리 어렵지 않을 것이다. 왜냐하면 **사람**은 모든 존재자들이나 마찬가지로 강력하지 않기 때문이다. 이는 사람들이 없다는 게 아니라 **사람**이 저렴하다는 것이다. 자 보시라, 이제 막 우리는 의식과 무의식, 감각과 무감각—또는 살아있음과 살아있지 않음—을 구별하지 않고서도 사람다움을 비인간적 존재자들에게로 확대해왔다. **사람**은 그런 모든 존재자들에게 적용될 수 있는 유령적 범주이다.

사람다움을 특별한 알고리즘적 과정들(및 그 어떤 과정)의 특별한 상호작용에서 생겨난 특별한 창발적 속성으로 결코 사고하지 않는 이 방식은 환원주의에도 결코 의존하지 않는다. 기이하게도 저렴한 사람다움이 값비싼 사람다움보다 원자나 뇌 자극으로 환원되는 것에 대해 훨씬 더 저항적이다! 우리는 사람다움이 물질의 상태(또는 하부체계나 당신이 속한 체계의 조직)에서 창발하거나, 혹은 사람다움이 물질 위에 신비스럽게 추가된 어떤 특별한 (영혼과 같은) 여분의 사실(데카르트적 해결)이라고 상술할 필요는 없다. 사람다움은 널리 이용할 수 있는(사실상 보편적으로 이용 가능한) 범주로서 연약하고 저월적이며 유령적이다. 우리는 이제 막 **모든 것**이 사람일 수 있다는 것을 인정했다. 이러한 인정은 부분적으로 우리가 가정법(우연의 영역)에 사로 잡혀 있는데 데카르트가 이를 직설법(필연의 영역)으로 전환하고 싶어 한다는 것이다. "내가 안드로이드일 수도 있다"라는 말은 데카르트에게 '안드로이드'라는 말만큼이나 '일 수도 있다'라는 것 때문에 받아들여질 수 없다.

이러한 사고과정은 의심과 편집증을 제거하기를 원한다. 그런데 만약 의심과 편집증이 사람다움의 바탕이라면 어떻게 될까? 만일 내가 사람이 아닐 수도 있다고 우려하는 것이 사람이 되는 기본 조건이라면 어떻게 될까? 이것이 튜링의 테스트가 가리키고 있는 것 같다. 이것은 사람다움이 우리가 특별한 상황 하에서 존재자들에게 부여하는 어떤 신비로운 속성이라거나, 사람다움이 보는 자의 눈을 제외하면 결코 존재하지 않는다거나, 사람다움이 물질의 특별한 상태의 창발적 속성이라는 것이 아니다. 그것은 사람다움이 이제 "당신은 비-사람(non-person)이 아니다"는 것을 의미하는 것이다.

영국에서는 '자신을 소유하지 못함'은 곧 '사람이 아님'이라는 의미로 통하는데, 이 말의 법률적 정의에 관한 도시적 신화가 있다. 변호사와 같은 어떤 이는 철학적 정교함을 뛰어넘어 어떤 경험적 기호들을 이용하여 **사람**과 같이 초월론적인 것으로 추정되는 개념들, 즉 변호사들이 가령 동물원의 침팬지에 관해 반복적으로 주장하는 어떤 것을 정의할 필요가 있다.

이런 도시적 신화는 우리가 어떻게 여전히 (인간적인) 사람을 (역설적이게도) 주체의 속성으로(적어도 이것은 무한 퇴행이고, 법 안에 기록되어 있는 절대적으로 생태학적인 폭력이다), 그리고 육체 속의 정신(과 그 과정이 모호하게 남아있어 말로 표현할 수 없는 정신과 육체 사이의 인터페이스)으로 간주하는지에 관해 아주 많은 것을 말해준다. 이 신화는 **만일 다섯 차례 이상 LSD를 복용할 경우, 스스로를 소유하지 못하고 법정에서 증언할 수도 없게 된다**고 말한다. 여기엔 명백히 이중적 기준이 있다—침팬지들은 LSD를 아무리 맞아도 전체적으로 다섯 차례는 안 될 것이다. . . 그리고 침팬지에 관한 존재론적 가정이 작동한다. 사물들의 희미한 무리들이 존재할 수 있다는 것을 암묵적으로 수용한다. 그렇지 않으면 더미의 논리가 적용될 것이다. 한 차례 맞음—여전히 사람인가? 그렇다. 그러면 두 차례 맞음은? 그렇다. 세 차례는? 그렇다. 계속해서 횟수를 추가하더라도 동일한 논리가 적용될 것이다.

나의 연약하지만 의미있는 유령적 존재는 다음과 같은 사실에 의해 잘 설명되는데, 우리는 공리주의의 논법을 사용하여 이를 증명할 수 있다. 그 시간 범위에 걸쳐 다음 주장은 사실일 것이다.

(1) 어느 누구도 나와 의미 있는 관계를 갖지 않을 것이다.
(2) 내가 지금 행하는 모든 행위는 엄청나게 확장된 의미를 지니게 될 것이다.[14)]

내가 세계에 끼치는 영향력은 엄청날 것이다. 하지만 티머시 모턴으로서의 나는 결코 중요하지 않을 것이다. 나의 구체적 사람다움은 윤리적으로 저렴한 데 반해, 세계 속에서 다른 존재자들에게 끼치는 나의 존재의 영향은 엄청나게 중요해졌다. 이는 마치 내가 산산이 깨진 컵과 내가 떠난 뒤 이상하게 열린 문 같은 데서 볼 수 있는 장난꾸러기 요정(poltergesit)이 되어버린 듯하다.

'소외된 본질', 혹은 비알튀세르적인 주장은 **옳지만 잘못된 추**

론 때문에 옳다. 우리는 소외되었지만 어떤 일관성 있는 자기현존적 본질로부터 소외된 것은 아니다. 우리는 유령적 비일관성으로부터 소외되었다. 우리는 단절되었다. "이데올로기 외부에는 아무것도 없다", 혹은 알튀세르적인 견해는 **틀렸지만 올바른 추론 때문에 틀렸다.** 인간은 정말로 언어, 담론, 상관관계, 경제 관계 등에 의해 생산됨으로 이데올로기적 현상 '뒤'에는 아무것도 존재하지 않는다. 하지만 **현상들의 앞**(공간적인 의미가 아니라 존재론적인 의미에서의 앞을 의미한다)**에는 어떤 것**, 즉 우리가 인류라고 부르는 비일관적인 유령적 본질이 있다. 인류는 현상에도 불구하고 존재하는 것도 현상에 의해 생산되는 것도 아니다. 인류의 본질은 미래성, 즉 인류가 현상하는 방식에 앞서 존재하는 아직 도래하지 않은 특성이다—이것이 우리가 그것을 볼 수 없는 이유다. **왜냐하면 우리가 미래성이기 때문이다.** 그리고 이 미래성은 인류에게만 특별한 것이 아니라 커피잔, 은하계, 노동조합에 의해서도 공유되는 것이다.

우리는 이데올로기의 새로운 이론을 창조해왔다. 현상 아래에는 '아무것도 없'는데, 이는 현상이 모든 것이기 때문에 그런 것은 아니다. 현상함은 존재와 완전히 얽혀있고, 존재는 뒤로 물러난다. 현상은 항상 한 존재자의 유령적인 X-힘의 저강도의 왜곡된 표현이다. 자본주의가 왜곡하는 것은 기저에 있는 실체적인 자연 또는 인간성이 아니라 생산의 '초자연적인' 에너지이다.

유령적 평원 위에서의 모험: 인종차별주의와 종차별주의

"이 땅은 법률상 나의 것이다. 내 땅에 있는 것은 무엇이든 내가 합당하다고 생각하는 방식으로 처분할 권리가 있다." 여기서 '처분하다'라는 단어는 우리에게 사유재산 개념이 어떻게 청산의 개념과 연결되어 있는지를 환기시켜준다. 이런 견해에서 토지소유자는 자신의 소유지에 있는 생명체는 무엇이든 그것을 죽일 권리를 갖는다.

인종차별주의와 반환경주의 중 어떤 것이 먼저인가? 이 질문은 깊은 철학적 이슈와 관련이 있다. 인종차별주의와 종차별주의 중 어느 것이 어느 것의 근거가 되는가? 인종차별주의는 우리가 인간과 다른 모든 생명체를 차별적으로 구별하기 때문에 존재하는가? 아니면 종차별주의는 우리가 정확히 우리와 닮지 않은 인간존재들에 대한 인종차별적 믿음을 갖고 있기 때문에 존재하는가?

18세기에 토지소유가 투표권을 행사할 수 있는 시민적 자격 요건이었음을 생각해보라. 투표권은 노예제와 연결되어 있었다. 분명 이런 현상은 농업물류학의 유산이자 그 카스트 제도의 일부이다. 카스트 제도는 인간들을 구별짓고, 나아가서 이 구별은 비인간들에게로 확대된다. 비인간들을 사고와 감정이 없는 기계로 보는 경향은 다른 인간들의 대상화와 비인간화에 근거하는 것이지 그 반대가 아니다. 일부 인간들이 예컨대 원숭이를 닮았다고 해서 퇴화적이라고 생각하는 것은 인종차별적이다. 왜냐하면 원숭이가 실제로 퇴화적인 것은 아니기 때문이다. 원숭이의 퇴화는 부정적 투사이며 이는 긍정적인 인간적 속성을 신을 향해 '위로' 투사하는 것과 다를 바 없다. 생물학자 루이 아가시(Louis Agassiz)의 반다윈주의적 인종차별주의('코카서스인'Caucasian과 같은 그의 범주들은 여전히 일부 보고서들을 우아하게 장식한다)에서처럼 인종을 존재적(ontic)으로 주어진 현실로 보는 개념은 그 자체로 인종차별적이다. 바로 이 때문에 마치 다양한 종들이 있다는 듯이 존재적으로 다양한 '인종들'이 있다는 생각이 생겨났다(이는 인종차별주의의 범주에 대한 우파의 통상적인 무지에서처럼 인종차별주의가 존재하지 않는다는 주장과는 근본적으로 다른 것이다).

인종차별주의에 맞선 투쟁은 곧 종차별주의에 대한 투쟁이기도 한데, 종차별주의는 자연의 유지가 기능하는 방식 중의 하나이다. 전체주의적이고 파시즘적인 사회는 생태학에 관해 우리를 몹시 혼란스럽게 만드는 방식으로 기이하게 생태학적일 수 있다. 우생학이나 동물 권리(나치의 영향이 드리워져있다)처럼 재식림(reforestation)이 그런 경우다—레닌이 토양에 엄청난 양의 비료를 사용했던 것에 대해 한 말을 생각해보라. 파시즘의 경우에 민중의 퇴보를 낳는 원인으로 상상되는 것은 혐오스럽고 기이하고 낯설며 병리학적으로 '불결한' 것으로 여겨지는 것이고, 이러한 정치화된 혐오는 확실히 어떤 종류의 생태학적 인식과 공명한다. 즉 우리의 공생적 공존은 경계에 대한 정연한 개념을 초과한다. 하지만 요점은 엄청나고 점차 고조되는 면역계적 폭력 없이 그런 혐오스럽고 '불결하고' 기이하고 낯선 존재자들을 제거할 수 없다는 것이다. 이는 명백히 공생이 선택적 초과분이 아니기 때문이다. 우리는 모든 것을 벗길 수도 없고, 우리의 내재적인 깨어짐을 치유할 수도 없다. 왜냐하면 당신에게 달라붙어있는 비인간적 존재자가 당신의 존재를 위한 가능 조건이기 때문이다. 보들레르는 우울한 권태감을 통해 파시즘 **아래로** 더 깊이 파고들어가 생태학적 인식에 도달하는 방법을 보여준다. 우리는 초인을 압도하려고 하는 대신에 저 아래로부터 미끄러져 나올 수 있다.

우리는 존재자들을 언캐니 계곡(Uncanny Valley)에 거주하는 기이하고 낯설지만 당혹스러울 정도로 우리와 다르지 않은(not-unlike-us-enough) 존재자로 명명함으로써 그들을 절멸시킬 준비를 하고 있다. 로봇공학의 설계에서 안드로이드의 설계가 인간과 아주 닮은 수준에 도달할 경우, 인간은 맨 밑바닥에 살아있는 시체인 좀비가 거주하는 언캐니 계곡에 들어간다고 흔히 이야기된다. 인간과의 닮음에 점점 더 근접하는 특정 지점에서 안드로이드에 대한 우리의 동일시는 기이하고 낯설어지는 것을 멈추게 된다.

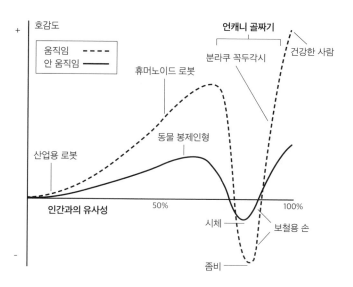

<그림2> 언캐니 계곡 (모리 마사히로)

언캐니 계곡이라는 개념은 인종차별주의를 설명하는 동시에 **그 자체로 인종차별적이며**, 게다가 몹시 **장애인차별적**(ableist)이다. 한 봉우리에 이른바 '건강한 인간 존재자'가 있다면, 맞은 편 봉우리에는 "기이하고 낯선 반응을 불러일으키지 않을 만큼 우리 **와 닮지 않은**" 비인간적 존재자들이 우리를 향해 귀엽게 손을 흔들고 있다. R2-D2와 히틀러의 개 블론디는 '저 너머'의 맞은 편 봉우리에 있는 선량하고 파시스트적인 '건강한 인간 존재자들' 이다. 인종차별주의는 계속해서 이 멋진 '인간 대 자연', '인간 대 비인간', '주체 대 객체', '건강 대 질병'의 구도의 작용을 가능하게 해주는 이 혐오스런 언캐니 계곡을 잊으려고 한다. 하지만 이 봉우리들은 환상이고, 어떠한 언캐니 계곡도 존재하지 않는다. 왜냐하면 모든 것이 기이하고 낯설기 때문이고, 그것이 살았는지 죽었는지, 감각이 있는지 없는지, 의식이 있는지 없는지 등을 확실하게 말할 수 없기 때문이다. 모든 것은 독특하고 상이한 방식으로 유령적이며 죽지 않는다. 언캐니 계곡은 평탄해져서 **유령적 평원**(Spectral Plain)이 된다. 종차별주의가 존재하는 것은 인간들이 비인간들과 결정적으로 구분될 수 있기 때문이다. 그리고 인간들은 인종차별주의 때문에 존재할 수 있다. 왜냐하면 우리가 병리화된 혐오의 계곡에 내던져진 존재자들을 무시하는 한, 언캐니 계곡의 깊은 골은 인간과 강아지를 선명한 방식으로 분리시키기 때문이다. 종차별주의는 일부 인간들의 비인간화에 의존하는 한편 반유대주의를 그 본보기로 삼는다.[15]

프로이트는 기이한 낯섦이 우리 자신이 체현된 존재임을 깨닫게 해주는 열쇠가 된다고 주장한다.[16] 공생적 실재의 일부가 되는 것보다 더 체현적인 것이 있겠는가? 언캐니 계곡에 갇힌 존재자들의 기이한 낯섦은 그들이 우리에게 우리 자신의 조작 불가능하고 체현적이며 '덜 인간적인' 양상, 즉 우리 자신의 종적 존재를 상기시키는 방식과 관련되어 있지 않은가? 생명체와 연대하고자 하는 투쟁은 유령과 유령성을 포함하려는 투쟁이다. 이런 투쟁이 없다면, 생태학적 철학은 중력의 우물 속으로 떨어지고 마는데, 여기서 생태학적 철학은 이제 막 기술한 자가면역적 술수(autoimmunity machination)의 일부가 된다.

하나의 개념을 언캐니 계곡으로부터 역으로 설계(reverse engineer)해보자. 거기에는 계통발생학적인 부분(농업물류학에서 생겨난 카스트 제도)이 있고, 개체발생학적인 부분(휴머노이드 로봇, 원생인류homind, 호미닌homins, 영장류 등)이 있다. 인간의 몸은 비인간적 진화의 역사적 기록이다. 인종차별주의는 특정한 신체적 특징을 고유성의 지표로 가리킬 수 있다고 생각하는 것과 관련이 있다. 그것은 현존의 형이상학과 실체적 존재론과 관련이 있는데, 여기서 하나의 색만 무표적인 것(non-marked)이 된다(그것은 하나의 색이 아니라 실체의 바탕적 성질, 즉 전적으로 무미건조한 '백색'으로 취급된다).

인종차별주의에 맞선 투쟁은 따라서 탈인간중심주의적 기획의 일환이기도 하다. 백색성(whiteness)은 결국 인간과 비인간의 관계를 끊어버린 농업적 물류학 형태의 직접적인 인위적 산물이다. 밀은 비옥함이 크게 상실된 지역에서 경작되었다. 더 높은 위도에서 인간들이 햇빛 속에 있는 비타민 D를 생산하는 보다 효율적인 태양열 처리장치의 역할을 하지 않는 한, 밀은 인간들에게 병을 예방해줄 수 있을 만큼 충분한 비타민 D를 생산할 수 없다. 따라서 백색성은 아주 최근에 생겨난 것이고 생태학적으로

215

재앙적이다. 왜냐하면 그것은 역사적으로 종차별주의와 얽혀있기 때문이다. 우리에게 흰 빵을 가져다준 프로그램은 우리에게 백색성을 가져다주기도 했다.

5장

류(類)[1]

"너는 무어니?" 작은 새가 물었다. "넌 기린만한 덩치를 갖고 있고 기린과 똑같이 점도 갖고 있지만, 넌 기린일 리 없어. 너무 짧은 목을 가졌거든."

"난 기린이야." 제프리가 말했다. "내 목이 자라질 않았어. 그렇기 때문에 다른 기린들과 놀 수 없는 거야. 난 친구가 한 명도 없어." 그러면서 그는 울기 시작했다.

"울지 마." 작은 새가 말했다. "나도 친구가 없어. 우리 같이 걷자. 난 피터야."

"넌 뭐니?" 제프리가 물었다. "너는 새만한 덩치를 갖고 있고 새와 똑같이 날개도 갖고 있지만 새일 리가 없어. 왜냐면 새들은 걸어 다니지 않기 때문이야. 새들은 날아다녀."

"난 새야." 피터가 슬프게 말했다. "하지만 난 날 수 없어. 그래서 다른 새들과 놀 수 없어. 그게 내가 외로운 이유야."

"내 이름은 제프리야." 기린이 말했다. "우리 친구해서 같이 놀

자. 내 등에 올라타 보렴. 함께 살만한 곳을 찾아보자."

—프랭크 디킨스, 『날아라, 피터』

이제 **인류**(人類)의 마지막 음절 류(類)(-kind)를 탐구할 차례다.

유적인 것(being kind)은 연하장이나 윤리적 명령이라기보다
는 정치적 프로그램이다. **류**는 우리의 존재와 관련이 있다. 우
리는 특정한 성질을 가지고 있다—우리는 인간이지 토스트기
가 아니다—하지만 우리는 인간적인 것의 부분들로부터 '인간'
의 (보통 백인 남성적인) '무미건조한' 본질을 추출할 수 없는 방
식으로 이런 성질을 갖는다. 유적이라는 것은 비인간들, 즉 **류들**
(kind-red)과의 연대(in-solidarity)에 있음을 의미한다. 이는 공생
적 실재의 필수적 양상인 존재의 유령적 차원을 인정하는 것과
관련이 있다.

일단 하나의 사물이 있다는 것은 당신이 어떻게 구조적 방식
으로—심지어 당신 자신에게— 나타나는가 하는 것과는 다른 것
이다. 그것은 느와르 영화에서 일어나는 것과 유사하다. 느와르
영화의 궁극적 플롯은 탐정이 결국—자아**와 닮은** 어떤 사람이 아
니라—자기 자신을 추적하게 되는 지점에 있다. 하지만 자기 자
신에 대한 이러한 추적은 정확히 여느 일인칭 서사에서도 일어
나는 것이다. 왜냐하면 서술하는 **나**는 서술의 화제인 **나**와는 구
조적인 차이가 있기 때문이다.

자기 자신에 대한 이런 추적은 소비주의가 의지하는 것이다.
당신은 자기 자신을 자신이 가진 제품들을 통해 정의한다. 나는
맥 사용자이고, 당신은 자신이 먹는 음식이며, 그녀는 마약 상용

자이고 장난감(Toys R Us)이다. 소비주의는 생태적 화학제품들을 포함하고 있고, 그런 제품들 중의 하나이다. 그것은 소비주의가 '정신적' 경험을 최상의 접근양식으로 삼는 방식에 관한 것이다. 이 양식은 다른 모든 것들을 점진적으로 식민지화해왔고, 따라서 이제 우리는 모두 한 줌의 낭만주의 시대 아방가르드 시인들처럼 새로운 경험을 추구하는 상습중독자(experience junkies)가 되었다. 우리는 모두 패션이 아니라 스타일에 관심을 갖고, 특정 물건을 구입하기보다 물건 서핑을 하며, 윈도우 쇼핑을 즐기며, 훑고 돌아다니고, 우리의 시간표를 이리저리 뒤적거리는 데 흥미를 갖는다.

우리가 우리의 제품과 사물들에 따라 우리의 스타일을 만들기 때문에, 뭔가 특별한 일이 일어난다. 우리의 스타일은 그러한 제품과 사물들에 의해 형성된다. 의심의 여지없이 이는 소비주의에 관해 당혹스러운 것—코카콜라가 당신의 머리를 통제한다거나 우리가 무분별하고 무정한 인간이 되어버렸다느니 (하는 이야기들 말이다)—이라 듣게 되는 것이다. 하지만 소비주의에 관해 생각해볼 때, 이는 비인간들이 살았는지 죽었는지, 감각이 있는지 없는지, 의식이 있는지 없는지를 구분하지 않으면서 비인간적 존재자와 관계 맺는 협소하고 왜곡된 버전, 즉 **미적인** 관계 맺기의 양식이다. 그리고 이런 양식은 이 사물이 우리와 관계할 수 있는가 하는 데 관심이 있다. 만일 당신이 통제할 수 있는 두뇌를 가진 유일한 존재자의 형식이라고 생각한다면, 코카콜라가 당신의 머리를 통제한다는 것은 끔찍한 일이다.

이 모든 것은 우리가 행위의 새로운 이론을 필요로 한다고 말하는 것과 같은 것이다(나중에 나는 행위함을 '흔들림'rocking이라 부를 것이다). 우리는 수동성에 대해 재앙적인 두려움을 가지고 있다. 만일 수동성이 흑백의 관계처럼, 능동성의 대립물이 아니라 능동성의 유령적 버전을 사유하는 형태라면 어떨까? 우리는 침팬지를 동물원이라는 철장에서 풀어주기 전에, 침팬지가 단순히 **반응**하기보다는 차라리 **행위**할 수 있는지를 두고 끊임없이 논쟁해야 하는 일로부터 벗어날 수 있을 것이다. 여기서 보여줄 필요가 있는 것은 침팬지와 인간이 단순한 기계가 아니라는 것, 그리고 우리는 어느 것이 행위할 수 있는지를 증명할 수 없다는 것이다. 오히려 침팬지와 인간 둘 모두가 **유령적**이라는 것을 보여주는 것이 훨씬 더 쉬운 일이다. 환원주의는 사물 전체를 지워버리기를 원하는데, 이는 농업 시대의 종교를 리트윗하는 뒤집어진 방식일 뿐이다. 환원주의는 사람들이라고 이미 정의된 좁은 범위의 존재자들 밖에서 뭔가를 발견하려는 가능성을 지워버리기를 원한다. 현재 상태의 농업 사회가 제거적 유물론(eliminative materialism)이라 불리는, 지금까지 가장 폭력적인 버전을 양산해왔다는 것은 놀랍지 않다. 정말로 일어날 필요가 있는 것은 '유물론'이라는 단어를 들었을 때 우리가 '환원하다' 혹은 '제거하다'라는 단어를 듣지 않는 지점에 도달하는 것이다.

스타일은 의도를 뛰어넘는다. 자신의 스타일을 실행하지 않으려고 하는 인물은 몹시 흥미로운 데, 이는 슈티르너(Stirner)가 언급하듯이, "(자기 자신)으로부터 멀어지려고 기를 쓰는 것"은 불가능한 일이기 때문이다.[2] 앞서 주장했듯이, 대부분의 코미디는 이러한 딜레마에 근거한다. 스타일 그 자체는 종적 존재, 즉 우리 자신의 비의도적이고 비인간적이며 무의식적인 양상이다. 인류가 존재한다면, 인류는 스타일, 즉 **유적인 것**을 갖고 있다는 말이다.

소비 상품들은 사회 공간 내부에서 비인간들이 발견되는 장소인데, 이는 사회 공간이 결코 인간만의 것이 아니라는 것을 의미한다. 소비 상품은 공생적 실재로부터 만들어진다. 즉 그것은 인간적 현실과 공생적 실재 사이의 인터페이스로 작용한다. 소비 상품은 비인간적 존재자 그 자체로서 간주된다. 소비 상품은 우리가 민감하게 반응하는 우리 자신의 비인간적 스타일의 양(amount)의 문제에 지나지 않는다. 비인간들은 변함없이 우리의 세계를 침범한다. 이는 비참한 처지의 다른 사람을 두고 휴가를 즐기는 문제가 아니다. 우리는 쓰레기통에서 버려진 꽃다발을 찾을 수 있다. 우리가 말하려고 하는 것은 이와 같이 항상 이미 있는 비인간적 침범의 특성을 인정하고, 이런 인식—이는 행위의 대립물이 아니라 오히려 (곧 보여주겠지만) 행위의 양자(quantum)이다—을 다른 스케일들에서 바라보는 행위로 가져가는 것이다. 이러한 인정은 흑백의 문제가 아니라 많고 적음의 문제다. 이는 정성적이거나 이항적이기보다는 정량적이고 유사적(analogue)이다. 인정(acknowledgement)이란 우리가 비인간들의 세계를 공유하고, 비인간들이 우리의 세계를 공유한다는 인정에 근거하여 인간들과 비인간들 간의 연결고리를 의도적으로 형성하는 것과 관련이 있다. 이는 또한 전부 아니면 전무의 문제가 아니라 양상의 문제이다.

이제 **류**(kindness)를 내가 이제 막 기술한 관점에 따라 비인간들에 대한 인정으로 정의해보자. 인정이 양자 혹은 바닥상태(ground state)[3](통상적으로 '미적 경험'이라 불리는 것)에 있는지, 아니면 인정이 더욱 고전적인 상태(통상적으로 '윤리적 혹은 정치적 행위'로 불리는 것)에 있는지는 차치하고 말이다. 다시 우리는 '능동적인 것'과 '수동적인 것'을 수정할 필요가 있을 것이다. 연대의 연결고리를 형성하는 것은 공생적 실재의 일반적인 연대 양식 속에 항상 이미 얽혀있음의 문제이다.

우리 자신이 비인간에 의해 형상화된다(-morphized)는 것을 인정하는 것은, 비인간이 그들의 세계를 우리와 공유한다는 것을 인정한다는 뜻이다. 앞서 살펴본 바와 같이, 세계의 공유는 양상적이다. 즉, 우리는 거미의 세계를 20%정도 공유할 수 있다. 우리가 더 많은 것을 끌어들이면 들일수록 우리는 통상적인 소비 공간을 벗어나게 된다. 이는 아주 간단하거나 아주 간단하게 들리는데, 이 지점이 시작하기 좋은 지점이다. 이것은 우리의 세계를 규제하는 칸트적 관념의 이면이다. 즉 우리는 데이터나 현상과 같은 것들과 루프를 이루고 있다. 이 이면은 이런 일이 실제 사물 그 자체가 우리의 접근 양식이 지각하든 사유하든 핥든 망치질하든 포개든지 간에 그 접근 양식으로부터 물러나면서 동시에 일어난다는 사실을 말해준다.

접근 양식은 쾌락의 양식이다. 접근의 영역은 필연적으로 객체의 물러남에 의해 제한되고, 소비는 그러한 물러남에 결정적 형태를 부여한다—즉, 소비는 **저것들의** 활동 스타일이 아니라 **이것들의** 활동 스타일들의 집합이다. 선택될 수 없는 쾌락의 양식들이 있음에 틀림없지만 그럼에도 우리는 진정한 어떤 것, 즉 접근이 접근의 대상과 루프—일반적으로 **필요**(need)보다는 **욕망**(desire)으로 간주되는 루프—를 이루고 있음을 '말하는' 소비적인 쾌락 양식들을 받아들임으로써 그런 양식들을 발견할 수 있을 뿐이다.

능동적인 것과 수동적인 것의 이항대립 뿐 아니라, 만일 우리가 비인간들과의 연대를 달성하고 우리의 류(kindness)에 따라 살려고 하면 우리가 필히 다루어야 할 또 다른 이항대립은 필요와 욕망의 이항대립이다. "난 그게 필요했었어!"라는 외침에서처럼 필요는 항상 과거와의 관계 속에서 설정된다. 또는 "지금 당장 섹스를 하고 싶어"라는 말처럼 필요는 아주 강력한 욕망을 표현할 수 있다. 필요는 그것이 우리와 대립 관계를 이루도록 어떤 식으로 현실화되거나 추상화되어온 욕망이다. 상품 형식의 영역이 노동을 동질적인 추상적 노동시간으로 추상화하듯이, 어떤 종류의 영역은 욕망을 그 소외된 형식, 즉 (필요로 알려져 있는) 동질적인 추상적 욕망으로 추상화한다. 필요는 공생적 실재에서는 효과적이지 않다. 예컨대, 우리 뇌에는 염분에 대한 점멸 스위치가 없다. 나트륨과 칼륨의 이온 경로를 통해 화학적 신호를 주고받기 위해 각 세포가 얼마만큼의 나트륨을 필요로 하는지는 아무도 모른다. "당신은 x만큼의 염분이 필요하다"는 말은 "x+n 만큼의 염분이 뇌졸중 같은 중요한 장애를 일으킴으로써 결국에는 당신에게 해를 끼칠 것이다"라는 것을 말하는 왜곡된 방식이다. "살기 위해서는 A 또는 B라는 물질이 필요하다"는 말은 순환적 문장이고, 또한 "살기 위선 일해야 한다"는 말과 유사한 소외된 욕망의 표현이다. 사실상 당신은 염분 섭취를 위해 산다. 죽을 때까지 염분을 섭취한다.

공교롭게도 필요 대 욕망이라는 아주 강화된 문화적 유전자는 마르크스주의 이론에도 영향을 끼쳤는데("각자의 필요에 따라 각자에게"), 이는 농업물류학적 계산법의 인위적 산물이다. 필요로서의 사용가치 개념은 포기되어야 한다. 이야기는 처음에 우리가 사물들을 필요로 했고, 우리가 무엇을 원하는지를 알게 됐으며, 이제 우리가 아는 것—이는 '필요'로 불렸고, 필요는 우리에게 투명했다—을 원하게 되었다는 식으로 진행된다. 그 뒤에 타락(혹은 운좋은 타락Fortunate Fall)이 도래했고, 우리는 필요의 정원을 떠나 욕망의 사막에 진입하게 된다. 이는 좋지 않은데 우리는 루프 속으로 던져졌고 우리가 필요로 했던 것이 우리가 원했던 것과 더 이상 일치하지 않기 때문이다. 혹은 같은 이유로 좋은 일이기도 하다. 왜냐하면 우리 세계의 지평이 확장되었기 때문이다. 류를 사고하는 것은 어떤 오염되지 않고 '순수한' 필요가 있고 이것이 욕망으로 왜곡된다는 식의 환상 개념을 포기할 것을 요구한다. 우리는 욕망을 철저히 파악해야 하는데, 통상적인 마르크스주의적 용어로 말하면, 이는 시간적으로나 논리적으로나 소외에 선행하는 것으로 설정된 자연 상태로 되돌아가려고 하기보다는 상품 형식의 소외를 횡단하는 것을 의미한다. 객체지향 존재론은 이에 대한 아주 우아한 설명을 제공한다. 그것은 우리의 존재는 미래이고 우리가 현상하는 방식은 과거라는 사실과 관련이 있다. 소외된 것은 우리의 과거가 아니라 우리의 **미래적** 존재인 것이다.

소비를 넘어서는 쾌락 양식들은 명백히 인간과 비인간이 사회적, 정신적, 철학적, 물리적 등의 온갖 종류의 방식으로 접촉하는 지대와 가장자리에서 발견될 것이다. 이는 소비주의가 인간중심주의적 스케일에 의해 판단되기 때문이다. 당신이 정말로 사물에 아주 가깝게 다가가면, 그 사물은 인간중심주의적으로 기능하는 것을 멈추게 되고, 나아가서 소비주의를 위해 기능하는 것도 멈추게 된다. 혁명적 슬로건은 소비주의가 우리에게 너무 많은 쾌락을 준다는 것이 아니라 오히려 **소비주의가 충분한 쾌락이**

아니라는 것이다. 우리는 그것보다 훨씬 더 많은 것을 욕망한다.

신성한 소를 탈신비화하는 것을 즐기는 자본주의처럼, 소비주의의 루프 형식은 우리가 현상학적 스타일, 혹은 이 문제에 있어 공생적 실재로부터 벗어나 이탈속도(escape velocity)에 도달할 수 있다는 편견을 종식시킨다. 이는 순수한 메타언어의 불가능성을 주장하는 것과 같은 것이다. 칸토어에서 괴델과 튜링으로 이어지는 사상적 계보는 이것이 사실임을 보여준다. 20세기 초 알프레드 타르스키(Alfred Tarski)가 "이 문장은 거짓이다"와 같이 거북스러운, 즉 루프 형식의 자기 지시적이고 반복적인 문장을 피하기 위해 사용한 개념인 메타언어 그 자체에 대한 간단한 논리적 분석 역시 이를 보여준다. 당신은 "'이 문장은 거짓이다'는 문장이 아니다"와 같은 규칙을 만들 수 있다. 하지만 나는 "이것은 문장이 아니다"와 같이 규칙에 슬며시 침투해 그것을 감염시키는 바이러스를 만들 수 있다. 이것은 (그 규칙이 필요로 하는) 하나의 문장이라는 관념 자체를 모순적인 것으로 만든다.

욕망은 정확히 "이 문장은 거짓이다"처럼 작동한다. 쇼펜하우어(Schopenhauer)가 의지에 관해 말한 것—당신은 "욕망으로부터의 탈출을 욕망할 수 없다"—은 우리가 소비주의적 가능 공간에 관해 말하고 있는 것과 같은 것이다.

강한 상관주의적인 소비 이데올로기는, 마치 홉스와 루소에 따라서 '원시적' 인간들이 기다렸다가 사회 계약을 맺기로 결심했듯이, 우리가 하나의 스타일을 선택하려고 기다리면서 슈퍼마켓 안의 쇼핑객처럼 소비주의 위를 떠돌고 있다고 말한다. 하지만 이것은 정확히 일어날 **수 없는** 일이다. 낭만주의적 소비주의의 정신성은 바로 이것이 아니라 사물 **속으로**(into)("그 속으로 들어가다"get into it라는 관용구에서처럼) 미끄러져감(sliding-down)이다. 여기서 아이러니는 아래로 향하는 것이지 위로 향하는 게 아니다. 소비주의의 최고 접근 양식은 저월적이다. 나는 이런 이유로 인해 이것을 '최고'라고 부르는 것을 그만두고 대신에 '주조표'⁴⁾(主調標 main key signature)라고 부를 생각이다. 다른 조표들도 소비주의적 가능 공간 내에는 나타나겠지만 주조표는 경험의 정신적 소비주의이다. 우리가 무엇을 원하는지, 왜 그것을 원하는지도 모른 채 유령처럼 떠돌고 있기 때문에 우리가 소외되었다는 생각은 확실히 틀린 것이다. 이 떠돎은 좋은 것이다!

소비주의가 지속적으로 사물들을 흡수하는 방식은 소비주의가 펼쳐지는 것을 돕는 바로 그 힘의 '지대' 안에 있다. 팔지 않으려고 무한게임을 벌이는 것은 길이 아니다. 왜냐하면 이는 소비주의에도 불구하고 진정한 뭔가가 전혀 없기 때문이 아니라, 오히려 **진정함**(authentic)에 대한 우리의 정의가, 이를테면 우리가 우리의 체현 위를 부유하거나 자신의 스타일에 대한 확고한 장악, 즉 **중독된**(addicted) 것이라기보다는 **냉정한**(sober) 실천적 장악을 유지할 수 있기 위해서는, 더이상 자기 자신과 일치하는 것과는 관련성이 없기 때문이다.

매혹

류는 우리의 사회적 계획 속에 비인간들을 포함하는 것을 의미하는데, 그것이 멋지거나 우리가 사물들에 겸손하게 다가가 그것을 권리를 가진 대리 인간으로 삼을 필요가 있기 때문이 아니다.

선과 악과 관련된 어떤 이유 때문도 아니다. 왜냐하면 선악의 논리는 농업 시대 종교의 인위적 산물이기 때문이다. 우리가 비인간을 포함할 필요가 있는 것은 그것이 **매혹적**(fascinating)이기 때문이고, 우리가 매혹될 수밖에 없기 때문이며, 우리가 너무 많이 알기 때문이다. 우리가 유적**이려고** 하는 것이 아니다. 그것이 우리의 존재 방식이라는 점에서 우리의 류인 것이다. 우리는 최대의 카멜레온이 되기를 원한다. 하나의 집을 디자인한다고 생각해보자. 우리는 우리의 집에 대한 사용이 개구리, 도마뱀, 먼지가 그 집을 사용하는 방식에 의해 영향 받기를 원한다. 어쨌든 그것은 이미 영향 받고 있다. 비인간들을 제거하기 위한 온갖 종류의 필터와 냉난방 장치, 곰팡이 방지용 페인트들이 존재한다. 이것에 대한 뒤집어진 버전을 상상해봐야 한다. 당신은 인간을 죽이려고 집을 짓지는 않을 것이다. 그럴 경우 인간들은 비인간들과 관계하려고 시도하지 않을 것이다.

매혹은 엄청난 것, 즉 두려움을 유발하거나 경외감을 불러일으키는 것과 더불어 초자연적인 것(numinous)의 두 가지 양상들 중 하나이다. 초자연적인 것은 인류성(human-kindness)을 당당한 신적인 차원으로 이동시킨다. 초자연적인 것에 매혹될 수 있는 능력은 성적인 것과 에로스적인 것의 아우라, 그리고 혐오, 공포, 혹은 과잉으로 에워 쌓인, 더 넓은 광대역의 저월적인 버전으로 복구된 미적 감상이다. 매혹에 대한 우리의 능력은 연대를 북돋는 것이지, 전前이론적이고 미리 만들어진 필요 개념을 조장하는 것이 아니다. 매혹은 감수성들의 세력장 같은 매트릭스 내에서 개체들이 서로서로 끌어당기는 미적인 중력이자 연대의 동학이다.[5]

인류성은 필요의 감정 경제에 기반을 둔 관용을 넘어 욕망의 감정 경제에 기반을 둔 감상, 즉 무조건적인 감상으로 나아간다. 이는 쾌락을 절제하는 것('치환된 쾌락' 또는 쾌락적 억제)이 아니라 다른 존재자들이 쾌락을 즐길 기회를 제공할 가능성을 수반한다. 어떤 이유로 당신 집의 이 부분은 당신이 아니라 참새들이 즐기는 공간일 수도 있다. 하지만 당신은 참새가 즐기는 것을 감상함으로써 재미를 얻기도 한다. 당신은 비인간적인 쾌락 양식을 향상하고 확장함으로써 매혹당하게 된다. 이 점에서 (이를테면) 채식주의는 잔인성에 반대하거나, 고통을 최소화하거나, 보다 자연친화적인 식습관으로 돌아가 건강을 북돋는 것과 관련 있다기보다는 돼지나 소나 양 등의 쾌락 양식을 유지하고 향상시키기 위해 고안된 쾌락 양식과 관련이 있다. 핵심은 돼지들이 더 이상 존재하지 않는 사회를 창조하는 것이 아니라, 실제로 존재하는 돼지들이 스스로 더 많이 즐기는, 즉 더 돼지다운 일을 해나가는 사회를 창조하는 게 될 것이다. 생태학적 윤리학과 정치학을 위한 동기는 더 이상 선악의 유신론적 담론이나, 건강과 질병의 생명정치학적 담론이나, 효율성과 지속가능성에 관한 화석연료에 근거한 문화 담론에 갇혀있을 수 없다.

존재자—인간뿐만 아니라 돌이나 도마뱀이 되는 것—는 자신의 몸이 닿은 모든 표면들의 인상을 받아들이는 카멜레온이 되는 것을 의미한다. 이것이 키츠가 좋아한 천재의 정의이자 키츠가 셰익스피어가 탁월하다고 말한 이유이다. 왜냐하면 셰익스피어 자신이 너무나 다양한 유형의 사람들에게 받아들여질 수 있었기 때문이다.[6] 류는 다양한 종류 및 유형(kinda-sorta)이 될 수 있다는 의미이다. 왜냐하면 한 존재자에는 다른 존재자들이 신체적으로 경험적으로 다른 모든 것들과 함께 침투해 있기 때문이다. 만약 사람들이 구분짓기 위해 이 단어를 사용할 경우—예컨대 그들은 당신과 같은 **류**(kind)를 좋아하지 않는다고 말할 때—그들은 이것을 우리가 탐구해온 좁은 대역폭, 즉 '류'라는 단어를 '본질'(nature)이라는 단어와 결부함으로써 류의 미묘하고 다양한 회색적 성질들을 제거해버리는 좁은 대역폭에 제한하고 있는 것이다. 우리는 두 가지 모두가 필요한데, 이 지점에서 본질은 현상들 아래에 있는 본질이기를 멈추고, 현상들도 본질 위에 놓인 사탕껍질이기를 멈춘다.

우리가 사물 데이터에 대한 우리 경험의 대역폭을 열어젖히게 될 때, 우리는 필연적으로 흡수될 수도 없고 생산품으로 전환될 수도 없는 지점에 도달하게 될 것이다. 내가 볼 때, 하나의 사물이 되는 것은 유한하다는 것이며, 이는 자본주의에도 적용되어야 한다. 우리는 이 유한성을 12인치 리믹스 판의 소비주의로 극복할 수 있는데, 이는 우리 자신이 사물의 유령에 홀리게 되는 것이나 다름없다. 이는 비인간적 존재들과의 연대를 이룩한다는 것이 실제 어떤 모습인지를 보여준다. 그것은 마치 환상과 유령에 홀려있는 집에서 자신 또한 유령임을 알게 되는 것과 같은 것이다. 그는 더 이상 유령의 가면을 벗기기 위해 거기에 있는 것이 아니다. 왜냐하면 이런 유형의 유령은 돈을 훔치거나 사람을 불행하게 만드는 일을 수행하는 것이 아니기 때문이다. 이런 유형의 유령은 당신이 다른 미래를 상상하는 우리의 방식을 방해하는 농업 시대의 종교를 리트윗하는 것을 멈추는 순간에 나타나는 사물의 존재 방식이다.

우리는 홀리게 해달라고 기도해야 한다.

우리가 그들이다

홀림, 매혹적인 감상, 인정의 양자는 무엇인가? 아인슈타인을 변형하면, 일정한 거리를 두고 볼 때, 유령 같은 **정념**(passion)의 양자는 무엇인가? 크리스토퍼 놀란(Christopher Nolan) 감독의《인터스텔라》(*Interstellar*)의 세계 속에는 쾌락이 거의 없다.[7] 쾌락의 극단적인 축소가 명백히 영화의 하위플롯 중 하나이다. 실제로 주인공 쿠퍼는 우리 모두가 이미 죽었을 거라 생각하는 입자물리학자 울프 에드먼드를 만나기 위해 또 다른 행성으로 떠난 동료 아멜리아 브랜드를 찾아 낯선 은하계의 블랙홀 속으로 뛰어들 채비를 한다. 딜레마는 그런 상황들 속에서 일말의 쾌락조차 찾아보기 어렵다는 점이다. 왜냐하면 그런 쾌락은 사람들이 대대적인 행성적 인식, 즉 인류에 대한 부정적 인식에서 잉태된 지식에 따라서 행동할 수 있다는 것을 의미할 것이기 때문이다. 그러므로 이 영화는 우리에게 실마리를 제공할 수 있다. 영화가 탐구하는 근본 질문은 이렇다. 당신이 세계를 구해야 한다. 하지만 어떻게 구하고 **싶은가?**

《인터스텔라》는 사실상 지구를 떠나는 것에 관한 내용이 아니다. 이 영화는 현재의 사회적 조건과 인류세의 충격으로 짓눌려진, 우리가 누구인지를 상상하는 우리의 능력을 재촉발하는 방법에 관한 것이다. 과거로 완전히 물화된 자연이 모든 생명체들을 마치 악몽처럼 억누르고 있는 순간에 미래성을 열어 제치는 방법의 문제 말이다. 특히 《인터스텔라》는 종을 아주 다른 각도에서 사유할 수 있게 해주고, (영화가 분명히 하듯이) 행성적 차원에서 자살적·살인적이고 신자유주의와 깊이 얽혀있는 생존에

대한 파괴적인 사고로부터 거리를 둘 수 있게 해준다. 생존으로
부터 거리를 두는 것은 당신 자신을 블랙홀 속으로 내던지는 것
처럼 극단적으로 보일 수도 있다.

어떤 미결정적인 미래에—미결정성의 모호함이 시간이 얼마
나 텅 비어있는지를 보여주기 때문에 이 미결정성 자체가 의미
를 지닌다—인간들은 생태학적 재앙에서 살아남기 위해 대량의
옥수수 재배에 의존하게 된다. 그 재앙의 원인은 결코 상세히 설
명되고 있지 않지만 지구온난화가 재앙을 가리키는 분명한 지시
물이다. 쿠퍼는 옥수수를 재배하는 농부이자 전직 NASA의 우주
비행사이자 엔지니어이다. 그는 10대 아들 톰과 10살짜리 딸 머
피, 그리고 그들의 외할아버지이자 쿠퍼의 장인인 도널드와 함께
산다. 쿠퍼의 아내는 죽었고, 그의 손가락에 끼워진 결혼반지는
쿠퍼의 변함없는 슬픔을 보여준다.

그러나 이는 인물들을 누르는 슬픔의 극히 작은 부분에 불과
한데, 생태학적 재앙이 그들의 생활세계로 점점 더 다가오고 있
기 때문이다. 우리는 농작물들이 균들에 의해 말라가고 있음을
알고 있다. 균들은 모든 식량공급을 차단할 것이고, 모든 인간이
멸종할 때까지 대기 중의 질소 농도를 서서히 끌어올릴 것이다.
이에 대한 대응으로 제안되는 조치는 극단적이다. NASA의 수석
물리학자 브랜드 교수는 "세계를 구하려는 게 아니네, 우리는 떠
날 것이야"라고 선언한다. 그렇다면 생태철학자인 나는 이 위험
한 프로파간다를 알리기 위해 무엇을 할 것인가? 이 질문은 흥미
로운데, 이 '지구 탈출'이라는 시나리오가 전개되는 방식이 이상
하게도 생태학적이기 때문이다.

영화 초반에 도널드는 말라버린 작물을 태우는 이웃 농부를

가리키면서 "저게 오크라의 마지막 수확물임을 말해주는군. 영영 불가능하겠지"라고 말한다. 잠시 뒤 쿠퍼와 도널드는 현관에서 맥주를 마신다. 도널드는 쿠퍼에게 아직도 우주여행을 꿈꾸고 있느냐고 나무란다. 쿠퍼는 "우리는 하늘을 올려다보며 별들 사이에서 우리가 어디에 있는지 궁금해 하곤 했었죠. 지금은 아래를 내려다보고 흙먼지 속에서 우리의 땅을 걱정하는 처지가 되었어요"라고 대답한다. 쿠퍼의 딸 머피는 달 착륙이 미국이 소련을 파산시키기 위해 날조한 사건이라고 주장하는 검열된 천문학 교과서를 두고 친구들과 싸웠다고 해서 정학 처분을 받는다. 교장은 "엔지니어는 더 이상 필요하지 않아요. TV도 비행기도 남아돌지만 식량이 부족합니다. 세상에 필요한 것은 농부입니다"라고 말한다. 쿠퍼는 그 말의 박자를 놓치지 않으면서 "못 배운 농부 말이죠"라고 대꾸한다. 주변 세상과 다른 무언가를 상상할 수 있다는 것은 억압으로부터의 자유와 결부되어 있다. 지금까지는 계몽적이다. 교육은 그러한 싸움의 일부이지만 전부는 아니다. 우리는 연대를 필요로 한다. 우리는 어떻게 연대에 도달할 수 있는가? 《인터스텔라》는 우리를 도와주는가?

《인터스텔라》는 장르에 관한 영화다. 즉, 우리가 어떤 종류의 세계에 살고 싶은가 하는 질문은 우리가 어떤 종류의 예술을 원하는가 하는 질문이기도 하다. 앞의 30분가량을 보면서 "어쨌든 이 영화는 어떤 종류의 공상과학 영화인가?"하는 질문이 떠오른다. 《인터스텔라》에서 강력한 것 중 하나는 지구가 전혀 미래주의적인 것으로 보이지 **않는다**는 점이다. 사태가 《초원의 집》(*Little House On The Prairie*)의 수준으로 퇴행해버린 것처럼 보인다. 우리들에게 미래가 한 세기가 남았는지 두 세기가 남았는지는 결코 알 수 없다. 농장, 야구장, 현관, 트럭이 있다. 켄 번즈(Ken Burns)의 다큐멘터리에 나오는 1930년대 더스트 보울(Dust Bowl)의 생존자들의 짤막한 인터뷰가 군데군데 배치되어 있다.[8] 이는 강력한 메시지를 제기한다. 즉 가장 미래주의적인 것은 우리 자신과 다른 모든 농업물류학적 시대 사이의 **연속성**을 관찰하는 것이다. 이런 연속성의 윤곽들을 사유하는 것이 그 연속성으로부터 탈출하는 방법의 일환이 되기 때문에 미래주의적이다. 감옥을 탈출하기 전에 당신이 어떤 형태의 감옥에 갇혀있는지를 알아야 한다.

비인간들은 그들이 부재하기 때문에 중요하다. 물론 인간이 만든 비인간들도 **존재한다**. 저 너머의 언캐니 계곡에 확고하게 머물면서 인간을 흉내 내며 인간의 힘을 보강해주는 로봇이라는 비인간들이 있다. 다시 말해, 그들은 금속으로 만든 거대한 담뱃갑처럼 생겼다. 황량한 바다 같은 옥수수 밭 이외에 곤충도 새도 심지어 꽃 한 송이도 없다. 연대를 맺을 다른 존재들조차 거의 보이지 않는다. 모든 음식은 옥수수와 관련된 것뿐이다. 프리터, 빵, 통옥수수 등 . . . 이는 단일작물재배의 극단적 모습이다. 인간이 살만한 곳을 찾아 NASA팀이 방문한 거주 가능한 행성들 중 어느 곳에서도 실제적인 생명체는 없는 것 같다. 기껏해야 생명체를 구성할 수 있는 탄소화합물로 이뤄진 '유기물' 정도 있을 뿐이다. 그리고 그것들의 이미지는 모두 '단일작물재배'이다. 파도 행성이 있고, 얼음 행성이 있다(두 행성 모두 아이슬란드에서 찍었다). 이 영화는 극단에서 살아가는 삶에 관한 것이고, 만약 당신이 아직까지 《인터스텔라》가 가리키는 시간성이 **바로 지금**이라는 사실을 깨닫지 못했다면, 계속해서 읽기 전에 잠시 생

233

각해볼 필요가 있다. 지상의 다른 생명체들과 단절된 세계 속에 살고 있는 것은 바로 **우리**이다. 우리가 대멸종을 초래하고 있다. NASA가 생각하는 우주 프로그램은 자본주의와 소비에트 공산주의라는 경쟁적인 농업물류학적 체제들 간의 냉전의 특징을 지니며 그런 연속성의 징후이다. 우주는 여전히 개척자들을 위한 또 다른 프런티어로 간주된다. 쿠퍼가 NASA에서 일했다는 점을 제외하면 그의 길게 늘이는 텍사스식 억양(매튜 맥커노히가 맡음)과 농부라는 이력은 이러한 연관성을 강조하는 것 같다.

중력(gravity)에서 경력(levity)으로

죽음 같은 현실을 강화하는 《인터스텔라》의 미적 환경에서 꿈틀할 수 있는 어떤 여지가 있는가? 정반대를 보여주는 모든 암시들에도 불구하고, 영화는 인류를 멸종 직전으로 몰아가는 온갖 술수에 맞서 그러한 여지를 찾는다. 이것이 핵심이다. 우리는 끝나지 않았다. 거기엔 어떤 희망, 즉 우리 자신과 다른 생명체들을 생태학적 재앙으로부터 구해줄 전략이 있다.

인간을 구원하는 5차원적 존재는 물론 미래 인간들이다. 우리는 이를 "우린 우리 자신에게서 태어났다"는 식의 오이디푸스적인 의미로 읽을 수 있는데, 이는 그리 생태학적으로 들리지는 않는다. 우리가 공생적 실재에서 생겨났음이 아주 명백하다는 것을 감안하면, 신화가 (우리가 다른 존재자들에서 왔다고 하는) 다른 세계 기원설 대 (우리가 우리 자신에게서 왔다고 하는) 토착적 기원설의 구도를 중심에 둔 레비스트로스의 주장은 매우 이상하게 들린다. 우리는 정확히 우리 자신으로부터도, 혹은 다른 존재자들로부터 온 것도 아니며, **타자성**(otherness), 즉 유령성으로부터 왔다. 또한 우리는 《인터스텔라》를 인간적 경험이 그 경험적 제약들을 어떻게 저월하는가를 보여주는 알레고리로 읽을 수 있다. 이런 해석에 따라 우리는—(아이러니하게도) 생태학적 정책과 계획은 접어두고—생태학적 공포와 고통이 극복되는 우리의 미래성에 대한 감각을 회복함으로써 '구원된다.'

또 다른 차원에서 《인터스텔라》는 영화관에 가서 스스로를 압도당하고 매혹당하도록 내맡기는 것, 즉 **보는**(see) 것이 아니라 **환상을 품도록**(visualize) 스스로를 내맡기는 것에 관한 영화이다. 5차원적인 미래 인간들(유령적 '그들'Them)은 토성 근처에 웜홀(wormhole)을 창조했다. 쿠퍼가 이 웜홀이 어디로 통하느냐고 묻자, 브랜드 교수는 '다른 은하계로'라고 읊조린다. 순간적으로 사람들은 자신들이 가서 보려고 하는 영화가 '옛날 옛적에 저 머나먼 은하계에서'라는 식의 현실도피적 분위기의 《스타워즈》와 같은 것인가 하고 궁금해 한다. 이 장면은 현실도피주의가 영화 속에서 탁월한 방식으로 정치적인 의미를 띠는 예이다. '옛날 옛적'과 '저 머나먼 은하계에서'라는 말은 포이어바흐적인 의미에서 그저 치환된 인류성 그 자체의 양상으로서 나타나기 때문이다. 소외란 이런 양상들을 옛날 옛적의 머나먼 곳처럼 보이게 만드는 것이다. 인류성의 초능력은 자연적이거나 원시적인 것이 아니라 미래적이다.

우리가 '또 다른 은하계'에 대해 환상을 품게 되는 영화가 《스타워즈》라고 한다면, 이때 우리는 기독교-신석기적 견해(Christian-Neolithic view)에서 이교도 비신석기적 견해(pagan, non-Neolithic view)로의 이동에 관해 말하는 것이다. 이것은 아주 의미심장하다. 왜냐하면 《인터스텔라》가 천문학적 실재론을 보강하기 위한 실제의 천체물리학적 방정식을 창조하려고 천체물리학자(캘리포니아 공대의 킵 손Kip Thorne 교수)를 초빙하는 등, 반스타워즈적인(anti-*Star Wars*) 난해한 공상과학영화로서 자리잡고 있기 때문이다. 눈에 띄는 세 가지 예외가 있는데, 실제로 탑승자들을 죽어가는 세계에서 미래 세계(들)로 이동시키는 판타지적 장치, 《스타워즈》에서 바로 가져온 웜홀, '휘어진 공간'의 생생한 사례로서 쿠퍼가 빠져드는 블랙홀 내부의 5차원적인 '테서랙트'(tesseract)가 그것이다. 금빛 웜홀은 확실히 밀레니엄 팔콘(Millennium Falcon)[9]이 통과하는 은청색 하이퍼공간 터널의 역전된 반향이다. 《인터스텔라》가 자칭 난해한 공상과학영화라고 말하는 것을 그대로 수용하는 것이나, 혹은 판타지적 요소의 사용을 조롱하는 것은 잘못이다. 매혹적인 것은 이 영화가 하나의 공간에서 다른 공간으로, 즉 공학의 영역에서 신화적 꿈의 영역으로 나아가는 말 그대로의 통로를 열어준다는 것이다.

웜홀과 그 영화적 유사물들(머피의 방, 블랙홀 내부의 테서랙트와 넘을 수 없을 것 같은 네 번째 벽, 현재와 과거를 나누는 영화스크린 같은 분리)은 플라톤의 동굴을 역전시킨 또 다른 형태의 시네마라고 할 수 있다. 플라톤의 비유에서 인물은 진리를 찾아 동굴 밖으로 나올 수밖에 없다. 《인터스텔라》에서 진리는 시네마의 동굴 **내부에** 있으며, 영화가 진행될수록 이 이미지는 계속해서 확대되어 나간다. 인듀어런스 호는 일종의 동굴이고, 웜홀은 그 핵심 장치이다. 이것은 마치 우리가 꿈꾸는 마음, 즉 다른 별과 행성으로 가득 찬 마음을 볼 수 있는 양 거대한 수정구

슬처럼 우주 공간 속을 부유한다. 블랙홀 가르강튀아는 가장 극단적인 것으로 그 내부에는 쿠퍼가 마치 지옥 같은 다차원적 영상 루프를 바라볼 수밖에 없도록 갇힌 채 반복해서 딸을 떠나보낼 수밖에 없다는 듯이 쳐다보는 테서랙트가 있다. 블랙홀 내부에서 어떤 정보도 새어나올 수 없다. 앞서 말했듯이 2.5미터 은색 담뱃갑처럼 생긴 쿠퍼의 친구이자 형제 같은 로봇 타스는 중력을 우주의 세 가지 다른 근본적 힘에 관한 양자이론과 조화시킬 수 있는 '양자 데이터'를 알아내지만 이것을 지구에 전달할 수 없다. 실질적 의미에서 우리는 여기(극단적으로 생명을 위한 '지속가능하고' '효율적인' 생산)에서 그곳(인류성의 향상된 초능력, 즉 비인간들과의 연합)에 도달할 수 없다.

그러므로 《인터스텔라》는 이 꿈에 관해 당신에게 말하는 방법, 이 시에 관해 당신에게 말하는 방법을 다루는 해석과 소통에 관한 정치적인 문제를 제기한다. 당신은 영화 속 인물들이나 거울 속 사내, 혹은 시 속의 이미지들에 말을 걸 수 없다. 거기엔 존재론적 방화벽이 있다. 《인터스텔라》에서 이는 당신이 비명을 지르는 데도 바로 옆에 있는 사람이 듣지 못하는 악몽의 한 형태로 나타난다. 그리고 영화나 시에서처럼 테서랙트에 갇혀 있는 동안 보게 되는 것은 말 그대로 과거이고, 당신은 이것을 바꿀 수 없는데, 적어도 당신이 원하는 순진한 방법으로는 바꿀 수 없다.

당신이 꿈꿀 때, 웜홀 속에서 우주비행사 도일이 5차원 우주공간에서 장비를 작동시키려고 애쓰는 쿠퍼에게 말하듯이, "당신이 할 수 있는 일은 기록하고 관찰하는 일뿐이다." 행동은 말하자면 **바닥상태**, 사물의 (절대영도에 가까운 상태에서 분리 및 냉각시킨) 기본적 양자 상태로 환원된다. 바닥상태에서는 행동의 양자화된 입자들은 곧 보게 되듯이 매혹적인 감상임이 드러난다.

애도 작업(grief work)은 또한 정치적인 기획이고, (이를테면 부르키나파소의 원주민 사회와 같은) 일부 사회들은 이런 작업을 중심으로 구축되어 있다. 애도 작업은 PSTD[10] 반복의 끔찍한 순환 속에 갇히기보다는 차라리 미래적 방식으로 꿈꿀 수 있는 가능성으로 사고될 수 있다. 애도 작업의 반복적 기도는 공생적 실재 내에서 농업물류학적인 인간적 사회 공간이 그 근본 원칙인 단절에 대한 대응으로 실행하는 것이다.

어떻게 생태학적 인식을 꿈꿀 수 있는가? 꿈은 (초자연적인 예지몽의 가능성은 접어두고) 무한하게 해석될 수 있기 때문에 과거에 대한 상상일 뿐 아니라 미래적이다. 이러한 꿈은 생태학적 정보전달의 현재 양식들과는 대조적일 수 있는데, 이 양식들은 공격적이고 종말론적이다. 문제는 순수한 데이터를 갖고 당신에게 외상을 입히는 대신에 패턴을 발견하고 연합을 형성하는 방법이다. 이 전술은 단순히 사물에 대한 예측과 설명만 포함하는 것이 아니라 우리의 윤리적·정치적 결정에서 유령적이고 개방적인 미래성, 즉 인류성의 카멜레온적인 양상을 포함하는 방식이다.

이는 사회적 유용성의 문제로 발전하는데, 《인터스텔라》에서 사랑과 관련해서 논의된다. 우주비행사이자 생물학자인 아멜리아 브랜드는 사랑에 대한 공리주의적·진화론적인 혜택에 대한 쿠퍼의 성미 고약한 옹호에 맞서 "우리는 이미 죽은 사람을 사랑하죠—하지만 그 속의 어디에 사회적 유용성이 있나요?"라며 멋진 주장을 펼친다. 이 문제에서 우리는 소설과 영화 속의 인물들, 즉 결코 존재하지 않았던 과거의 인물들(어떤 점에서 그들은 이중으로 죽었다)을 사랑한다. 생존에 대한 추구가 너무나 결정적인 것이 되어버린 세계에서, 이와 같이 차원을 가로지르는 사랑, 꿈, 예술의 능력이야말로 진정한 생태학적 화학반응이 일어나는 곳이다. 영화에서 중심적 역할을 하는 중력(수백만 명의 인간을 지구 밖으로 데려가기 위해서는 반反중력과, 현재 우리의 지식을 넘어선 중력 작용에 대한 이해가 필요할 것이다)은 전재적이고 즉각적이며 전능한 신플라톤주의적인 뉴턴식 사랑이 아니라 위험을 무릅쓰는 미래적인 아인슈타인식의 사랑, 즉 (아무리 거대하다고 하더라도) 시공간의 유한한 물결들과 왜곡들로 묘사된다.

결국 지구상의 인간들은 아버지 쿠퍼의 선물인 손목시계를 정확하게 이해한 (뛰어난 양자이론가로 성장한) 머피 덕분에 중력을 다루는 법을 알게 된다. 어떻게? 쿠퍼는 특별한 방식으로 어린 시절의 딸에게 다가가기 위해 테서랙트 내부의 4번째 벽을 넘을 수 있게 된다. 그는 중력의 끈을 마치 꼭두각시 인형을 조종하는 실 인양 잡아당길 수 있다. 머피 쪽의 (머피 침실의 책장에 의해 쿠퍼 쪽과 나누어져 있는) 4번째 벽에 있는 모든 것은 작고 반투명적인 중력의 끈에 연결되어 있다. 쿠퍼는 시계들이 보통 선형적인 인간중심주의적 시간의 측정에 따라 움직이듯이 시계가 선형적인 방식으로 진행하는 것을 막으며 시계를 인형술사처럼 조작한다. 이때 시계의 초침은 떨리면서 앞뒤로 진동한다. 그것은 **흔들린다**(나는 흔들림을 행동의 양자로 정의하는 이유를 곧 설명할 것이다).

더욱이 쿠퍼는 장난꾸러기 요정, 즉 원격작용 능력을 가진 유령이 되어 책과 시계의 초침을, 마르크스의 생각에 자본주의적 가치를 계산하게 하는 것보다는 덜 부조리한 방식으로 춤추게

239

만든다. 쿠퍼는 미래로부터 온 유령이기도 하다. 마지막 장면에서 머피는 시계 초침이 서사적 현재 속에서 떨고 있는 것을 감지하는데, 영화는 이 서사적 현재를 유령적 지금으로 전환한다. 이는 우리가 보고 있는 것이 하나의 사물이 과거와 미래가 서로 미끄러지는 교차점이듯이 병치된 시간의 두 가지 흐름이기 때문이다. 우리는 어린 머피가 그녀의 아버지가 웜홀로 항해를 떠나기 전에 기념품으로 준 시계를 슬픈 표정을 지으며 책장 위에 올려놓는 장면을 본다. 이전에 머피는 책장의 책들이 모스 부호로 '머물러(STAY)'라는 단어를 나타내는 것을 보았다. 우리는 영화의 클라이맥스에서 쿠퍼가 블랙홀 속을 떠다니면서 꼭두각시 같은 중력의 끈을 잡아당기는 것을 본다. 머피의 오빠가 불이 난 들녘에서 화가 나서 돌아오고 머피의 남자친구가 오빠의 아내와 아이들을 트럭에 밀어 넣는 동안 우연히 시계를 집어들 때, 어른이 된 머피는 그녀가 어렸을 때 그녀의 아버지가 테서랙트에서 그녀에게 보냈던 것임을 깨닫게 된 메시지를 이해하려고 애쓰면서 어린 시절에 쓰던 침대 주변을 배회한다. 바로 이때 서사의 현재 시간은 흐르고 부유하는 것 같다. 최종 장면은 영화 그 자체가 OOO의 객체임을 보여준다. 즉 그것은 떨리는 지금이자, 머피가 망설이고 들녘은 불타고 있고 화난 그녀의 오빠가 트럭을 몰고 들어오는 장면에서 볼 수 있는 기이한 유동적 정적(stillness), 말 그대로 과거 장면의 흐름과 미래 장면의 흐름이 겹치면서 만들어진 정적인 지금임을 드러내준다.

우리는 과거가 미래를 가능한 한 효율적으로 먹어 치우려고 가능한 한 열심히 시도하는 세계에 산다. 매년 과거는 미래를 먹어치우는 능력에서 더 탁월해지고 있다. 미래를 열어 제치고, 인류로 하여금 미래성의 유령에 다시 초점을 두게 하는 것이야말로 바로 생태학적 정치학의 핵심 과제이다. 생태학적 미래는 이를테면 지속가능성이나 효율성에 관한 것이 아니다. 좌파나 우파가 이 용어들을 어떻게 사용하든지 간에 화석연료문화(petroculture)가 이 용어들을 통제하고 있다.[11] 가솔린은 귀하고 유독성이 있는 자원이며 과거의 유산으로 만들어진 화석연료이다. 인류는 수 백 만년 동안 형성된 공생적 실재의 과거를 단 몇 십 년 만에 태워버림으로써 미래의 미래성을 지워버렸다. 상황이 달라질 수 있었다는 생각도 들지만, 미래성은 손목시계의 초침만큼이나 가늘고 작은 박편이 되어버린다. 말소는 물화되어버린 현재, 지금 바로 그것을 창조한 인류와 대척점에 있는 현재를 위해 일어난다. 종적 존재 그 자체, 그리고 인류와 공생적 실재를 연결하는 비인간적 존재들이 위협받고 있다. 종적 존재를 표현하는 데 총체적 말소보다 더 거북스런 것도 없을 것이다.

멸종은 소외의 논리적 결론이다. 그것은 소외의 가능 공간 밖에 있는 생물학적 사실이 아니라 그 공간의 극한적 한계이다. 멸종은 개인적 죽음보다 눈에 훨씬 덜 띈다. 《인터스텔라》가 약간 보여주는 '최후의 인간'(last man)의 서사는 멸종을 증언할 수 있는 판타지이다. 하지만 쉽게 깨달을 수 있듯이, 이는 정확히 일어나지 않을 일이다. 어느 누구도 인류의 멸종에 관한 신문 헤드라인 기사를 쓰려고 하지 않을 것이기 때문이다. 인류가 멸종한 후에 가이아 혹은 자연이 다시 돌아올 것이라는 '우리 없는 세계'의 서사들은 독자나 관객이 이 최후의 인간의 특권적이고 인간중심주의적인 위치를 차지하는, 위험스러울 정도로 이데올로기적인 최후 인간에 대한 판타지이다. 이 판타지는 관객이 스스로를 관객인 동시에 그 작품의 구성요소로 볼 수 있게 한다. 상관자와 상관물이 불가능한 종합으로 뒤섞인다. 그러나 실로 사실인 것은 **관찰(observing)이 그런 구성요소가 스스로 실행하는 양식이라는 것이다.** 관찰은 인류가 행하는 것이다. 그러므로 우리는 사실상 어느 것을 '보는 것'이 아니라, 통약 불가능하고 단단하며 매끄럽게 기능하는 세계로는 사고될 수 없는, 다양한 차원들 간의 다공질적인 장벽을 통해 OOO의 의미에서 **우리의 객체성을 직관하고 있을 뿐이다.** 보는 것은 스스로를 자기 자신의 근거라고 믿는 것이고, 그것이 보는 대상은 주체와 객체, 인간과 비인간, 의식과 비의식, 지각과 비지각, 생명체와 비생명, 유와 무와 같은 이원론이다. 이 이원론에서 각 항들은 물화일 뿐이다.

다음을 생각해보자. **인간중심주의는 인류의 이익과 직접적으로 대립한다.** 더욱이 인류가 지금 다른 생명체들과 화학적으로 얽혀있기 때문에 멸종한다는 것은 엄청나게 많은 생명체들이 이미 멸종하고 있거나, 머지않아 멸종하게 될 것임을 의미한다. 우리 없는 세계는 쾌락의 가능성이 급격하게 줄어든, 기껏해야 심각하게 손상된 공생적 실재일 것이다.

오페라 가수의 목소리가 하나의 유리잔과 완벽하게 융합하면, 그 유리잔은 산산 조각난 파편들이 된다. 미는 이런 가능성을 알리는 정적의 순간이다. 미적 대상과 그 경험자 간의 원격감응적인 마음의 혼합은 작은 죽음을 알리는 신호와 같다. 미의 매력의 일부는 그것이 깨어지기 쉽다는 사실을 보여준다는 것, 즉 존재하는 것이 언젠가는 존재를 해체하게 될 결함을 필요로 한다는 것이다. 고스 문화(goth culture)[12]가 직관하듯이, 미는 백신처럼 아주 저용량의 투입으로 이루어지는 죽음이다. 쓴 맛(독의 표시)을 피하려고 맥도날드 햄버거를 너무 많이 먹어서 심장마비로 죽을 뻔한 사람이 당신에게 말할 수 있듯이, 극소량의 독은 당신에게 아주 이롭다. 미는 정교한 방울의 독이다.

'우리 없는 세계'의 이데올로기, 즉 '최후의 인간'이 서사의 관객이 되는 최후의 인간 판타지라는 급진적 버전은, 그것이 아름답지도 안전하지도 않을 때까지 독약 방울을 늘려가는 사디즘적 판타지이다. 극적이거나 서사적인 (테서랙트의) 4번째 벽의 유사 안전으로부터 우리는 공생적 실재의 죽음을 신기하게 바라보는 시뮬레이션을 신기하게 바라본다.

"우리가 우릴 낳았어." 쿠퍼가 이렇게 말할 때, 그는 사실로 드러나게 될 일, 즉 인류가 종적 존재를 실행할 능력을 5차원 공간에서 발견한다는 것을 유령적 방식으로 사고하기 시작한다. 《인터스텔라》의 시각적·서사적 논리는 이러한 능력이 오이디푸스적인 독자적 시도나 "그것이 우울하다면 참이어야 한다"는 식의 설명들과는 관련이 없음을 분명히 보여준다. 이것은 남근이성중심주의적 보증자, 즉 시간과 공간과 언어의 외부에 있는 신과는 아무런 관련이 없다. 5차원적 존재자들은 인간의 유령적인 초능력, 단절 이전의 우리의 온전한 종적 존재, 영적 동물이자 동물적 영들에 대한 비유들이다. 우리를 에워싸고 침투하고 지탱하는, 그리고 우리인 동시에 우리가 아닌 비인간들, 인류를 구성하는 비인간들의 흐릿한 구름은 결코 완전히 비가시적이지 않고, 또 다른 차원의 수에 대한 칸토어의 대각선 증명에서처럼 인간중심주의의 내부로부터 추론 가능하며, 우리의 상관주의적 시각을 통해 엿볼 수 있는 '여분의 차원들'(extra dimensions)이다. '그것들'은 우리에게 여전히 신호를 보낸다. 그리고 **그것들 중 하나**

가 바로 인류이다. 인류는 OOO의 의미에서 자신의 객체성을 직관한다. 우리는 여전히 그대로다. 우리는 충격 속에 있을 뿐 아니라 수천 년 동안 우리 자신들에게 충격을 가해왔다. '어두운 생태학'(dark ecology)은 우리가 지금껏 써온 이야기 속에서 우리가 처한 방식이고, 그 다음 역할은 우리가 지금 쓰고 있는 이야기의 의식적 저자가 되는 것이다. 이것은 지배나 냉소적 거리두기, 혹은 우주공간에서의 농업물류학과는 아무런 관련이 없다. 쿠퍼는 인간들이 자신의 양자 데이터를 갖고서 해온 일, 즉 거대한 우주선 안에서 유해한 농업 모델을 재생산하는 일을 극도로 싫어한다.

이런 유용한 애매성을 만 박사(Dr. Mann)의 파괴적인 확실성과 외파적 전체론과 대조해보라. "이건 나의 생명에 관한 것도 쿠퍼의 생명에 관한 것도 아니야. 이는 모든 인류에 관한 거야. 바로———해야 할 순간이야." (한 인간, 즉 여분의 'n'차원을 가진 인간에 아주 가까운) 만 박사는 남아있는 우주비행사 쿠퍼와 브랜드를 처지하려고 한다. 인간에 대한 말할 때 그는 그들의 제거에 대해 말하는데, 여기서 인간이라는 개념은 마치 그 구성요소들, 즉 실제로 존재하는 인간들을 근본적으로 초월한 듯이 이야기되고 있다. 바로 그 순간에 만 박사의 살인적인 전체론이 정말로 그리고 아이러니하게도 자멸적으로 . . . 외파적인 것임이 드러난다. 오만하게도 만은 자신이 도킹 절차를 작동하는 법을 알고 있다고 생각하고는 에어로크를 폭발시켜 열어버림으로써 인듀어런스 호에 막대한 피해를 입히는 한편, 스스로 우주의 진공 속으로 빨려 들어가고 만다. 이는 단절된 인간에게는 적절한 종말이고 (지구에 있는 사람들은 물론이고 특히 쿠퍼와 브랜드를 포함해서) 생존의 웅장한 계획에 연관된 다른 생명체들에게는 비극이다.

이건 가능하지 않아! 그래 맞아—하지만 꼭 해야 해

바로 그 순간, 쿠퍼는 탐사선 1호의 엔진을 켜고 도크로 전진한다. 그는 거의 불가능한 조건 하에서 일하면서도 살고 싶어 한다. 그는 세계를 구하기로 결심하는데, 이 장면에서 세계란 인간들과 다른 은하계에 갇혀버린 그들의 선회하는 작은 탐사선뿐이지만 물론 이는 더 거대한 노력의 일부이며 집단적으로 지구를 떠남으로써 지구를 다시 시작해보려는 필사적인 시도의 일환임을 의미한다. 동력으로 움직이는 반려동물 중 하나인 (이들은 그와 대립하는 노예나 노동자가 아니며 충실한 십 대 아들이자 장난기 많고 현명한 큰 형과 닮았다) 순종적인 로봇인 케이스는 이렇게 끼어든다. "이건 가능하지 않아." 그러자 쿠퍼는 "그래 맞아, 하지만 꼭 해야 해"라고 대답한다. 로봇으로서 자동화된 인간적 감정 및 인지능력을 가진 케이스는 과거 데이터의 관점에서 기술적으로 정확한 것을 말한다. "쿠퍼, 그걸 추적하려고 우리의 연료를 사용하는 것은 의미가 없어." 쿠퍼는 슬링키처럼 굴러 넘거나 앞으로 기투하는 미래성, 즉 낚싯줄을 던지는 어부처럼 자신이 낚아채려고 하는 미래의 순간에서 말하는데, 그는 "인듀어런스호의 회전수를 분석해"라고 말하며 케이스를 제지한다. 이것이 영화에서 가장 강력한 순간이자 모든 것이 달려있는 받침대이다.

여기에 칸트적 명령에 대한 새로운 변형이 있다. **할 수 있기 때문에 해야 한다**는 것도 아니고 해야 하기 때문에 할 수 있다는 것도 아니다. 공생적 실재를 인정하는 생태학적 정치의 관점에서, 그것은 **할 수 없기 때문에 해야 한다**는 것이다.

이것은 사건(Event)을 구축하기 위해 연속체를 절단하는 문제가 아니다. 또한 이것은 형성 중인 합생(合生, concrescence)을 이해하는 문제, 즉 사건에 대한 유물론적 대안의 문제가 아니다. 이두 가지 선택지는 오늘날의 행위 이론의 양극단이다. 하지만 쿠퍼의 선택지는 전적으로 새로운 행위의 형식인데, 여기서 목표는 새로운 변화를 낳는 방식으로 이미 일어나고 있는 것과 접속하는 것이다. 도킹하기, 접속하기, 단절된 부분들을 다시 잇기, 정신을 잃을 정도로 돌아가는 회전에 자신을 맡기기 등과 같이 말이다. 인듀어런스 호는 분당 67회 내지 68회의 회전수로 돌아가고, 탐사선 1호는 그 회전수에 맞춰 도킹해야 한다. 브랜드는 의식을 잃게 되고, 쿠퍼는 도킹 장치를 가동시키는 케이스와 타스두 로봇과만 남게 된다. 타스가 쿠퍼보다 측정치를 훨씬 더 정교하게 계산할 수 있을 것이라는 이유만으로 시도가 성공하리라는것은 결코 명확하지 않다. 사실 동력으로 돌아가는 반려동물도약간의 격려가 필요한 법이다. "힘내, 타스 . . ." 쿠퍼가 고함친다.

어떤 의미에서 타스와 케이스는 실제로 존재하는 인간들이며쿠퍼와 브랜드로 하여금 그들의 부분들을 저월하고 인류 그 자체를 구현할 수 있도록 해준다. 내가 지적했듯이, 알고리즘은 현상학이 염두에 두고 있는 아주 광의의 의미에서 자동화된 인간적 '스타일'이다. 스타일은 사람의 전체적인 현상이지 단순히 당신이 통제하고 있는 그 현상의 부분들이 아니다. 앞서 주장하였듯이, 스타일은 과거다. 현상도 과거다. 따라서 알고리즘은 악보처럼 과거 일련의 인류 양식들의 스냅사진이다. 로봇들은 필연적으로 과거의 인간 상태를 재현한다.

이는 쿠퍼와 브랜드로 하여금 즉흥적으로 대응하도록, 그리고 현상학적으로 진지하게 인류의 독특한 창조성을 미래적 양식으로 나타낼 수 있도록 자유롭게 해준다. 양자 이론적 은유를 사용하자면, 행위의 바탕 상태는 **매혹**, 즉 인간중심주의적 스케일의 족쇄로부터 자유로워진 감상이다. 인류는 매혹의 양식 속에서 강렬한 햇빛을 받는 사파이어처럼 어른거리는 빛을 발산한다. 이는 '어떤 것'을 신비로운 눈으로 '보는' 것과는 무관하다. 왜냐하면 매혹되는 바로 이 능력, 객체에 의해 촉진되는 바로 이 능력─그 반대의 작용은 논리적으로 다음 차례이다─이 인류의 행위의 양자이기 때문이다.

먼저 인류가 있고 난 뒤에 인류가 어떤 것을 행하는 것이 아니다. 인류-행위(humankind-action)는 펼쳐지고 나타나는 것이다. 이것이 인류 알고리즘이 실행되는 방식이다. 행위의 양자는 객체를 인간중심주의적 스케일의 미적 감상 양식으로 사고하는 주체의 존재 양식으로 소외되고 만다. 하지만 너무 경직된 행위 이론들이 놓치는 것은 정확히 바로 이런 소외된 양식 내부에서 해당 주체의 주체화(주체들이 스스로 실행하는 방식), 그 주체의 총체적인 현상학적 스타일, 그리고 인류화의 양식(humankinding mode) 내에서 인류로서의 그 객체성이 빛을 발한다는 것이다. 그리고 **인류화의 양식이 매혹이다**. 인류는 매혹으로 반짝인다. 이 양식은 우연히 그리고 제한적으로 공생적 실재와 접촉하고 공생적 실재가 손을 뻗게 만든다.

《인터스텔라》의 우주비행사들은 블랙홀을 사육제적 육욕의 희극적 화신인 가르강튀아(Gargantua)의 이름을 따서 명명했다. 이는 블랙홀의 무시무시한 특성이 거짓임을 드러내주고, 제대로 된 연대의 정동을 발견하는 방법과 관련된 어떤 것을 보여준다. 우리는 보게 될 것이다. 쿠퍼는 만 박사와 완전히 다른 일을 한다. 블랙홀 내부로부터 쿠퍼는 미래에 자신의 탐사선이 산산조각 나는 것, 즉 기이한 상대론적 효과로 인해 그의 탐사선이 자체 파괴되는 무시무시한 루프를 보게 된다. 퍼스트 레인저2가 먼지로 휩싸이게 되고, 그 뒤 우리는 엄청난 반향과 손상을 야기하는 불꽃을 보게 되며, 이어서 과거와 미래가 점점 더 가까워지면서 폭발하는 섬광을 보게 된다.

쿠퍼는 가능한 마지막 순간에 우주선에서 탈출하지만, 심지어 그때도 끝은 아니다. 그는 그들(Them)이 구축한 가르강튀아 내부의 다차원적 객체인 테서랙트 속으로 떨어진다. 여기서 그들은 결코 이름을 갖지 않으며 무슨 이유에서인지 인간들을 돕는 기이하고 낯선 타자들로서 그들 중의 한 명은 웜홀을 통해 이동하면서 금속을 통해 인듀어런스 호 안으로 팔을 뻗어 브랜드의 손을 흔들려고 하는 것 같다. 처음엔 절망했다가 곧 자신의 마력을 되찾게 된 쿠퍼는 시간을 거슬러서 유일한 한 사람, 자신의 딸에게 메시지를 보내는 데 성공한다. 그는 '불가능한 것의 저자', 즉 자신의 이야기 속의 등장인물이자 자신의 이야기의 저자의 역할을 하고 있고, 포이어바흐적인 방식으로 자신의 초능력과 다시 통합하게 된다. 이 책의 관점에서 만일 우리가 《인터스텔라》를 알레고리로 읽는다면, 이 초능력은 단절 이전의 그의 자아의 부분들, 즉 그가 저월한 비인간들이다.[13] 우리가 **다시 통합되었다**고 말할 때, 이는 전체가 그 부분의 합보다 더 작다는 관점에서 이루어졌다는 것, 즉 **비일관성으로의 귀환**(returned to inconsistency)을 의미한다. 단절은 더미를 일관적인 것으로 만들려는 시도였다. 따라서 모든 부분들이 전체 속에서 완벽하게 해체되는 환경주의적인 외파적 전체론은 유신론적 리트윗만은 아니다—그것은 분명히 현존하는 생태학적 정치에 적대적이다!

비일관성으로 돌아가기 위해 쿠퍼는 우선 **수동성**에서 가장 뛰어난 존재가 되어야 한다. 쿠퍼는 어떠한 탈출구도 없는, 적어도 3차원적 존재자들에게는 탈출구가 있을 수 없는 어떤 것 속으로 빠져들도록 자신을 맡겨버린다. 그리고 이제 그는 책꽂이에서 책들을 밀어내고 책들의 패턴을 모스 부호로 나타내면서 소통을 시도하는 등 이미 일어난 일을 반복하고 있다. 하지만 이는 완전히 기이하고 낯설다. 왜냐하면 마치 쿠퍼(제 정신이 아닐지도 모른다!)가 이 일이 이미 일어났다는 사실을 잊어버린 듯이 보이기 때문이다. 그는 막 생각난 듯이 "모스!"라고 소리친다. 여기서 우리는 가장 기이하고 낯선 루프 같은 방식으로 능동성이 수동성에 홀리고, 수동성이 능동성에 홀리는 것을 보게 된다. 이는 윤리적·정치적 행위를 위한 진정으로 새로운 모델이다.

이것이 행위를 하는 것인지 아니면 행위를 받는 것인지는 근본적으로 미결정적이며, 나 또한 이 책의 범위 내에서 이 문제를 보다 깊이 발전시킬 수 있는 방법은 알지 못한다. 하지만 우리는 적어도 비인간과의 인간적 연대의 비행기를 착륙시킬 공항은 발견한 셈이다. 이는 능동성과 수동성 **사이의** 타협 지점이 아니라, 내부에서 인물들과 행위들이 급격히 흔들리는 텔레비전이나 큐브형 수정구슬 같은 수많은 입방체들, 즉 테서랙트 속의 머피의 시간적 부분들처럼 꿈틀할 수 있는 여지(wriggle room)라 부를 수 있는 완전히 새로운 차원이다. 공(空)에 대한 불교적 개념에 적합한 단어가 있다면, 그것은 개념적 단어가 아니라 경험적 단어, 즉 **공간**이다. 그것은 절대적 공백과는 아무런 관련이 없고 오히려 꿈틀할 수 있는 여지를 발견했다는 안도감, 즉 우리가 '꿈틀거린다'라고 말할 때 촉발되는 유머 감각과 관련이 있다. 이 새로운 행위의 형식은 필히 **어리석은**(silly) 요소를 갖는다. 어리석음(silliness)이 우리가 정치적이고 윤리적인 효과를 갖는 것으로 생각해본 적이 없는 유일한 정동이라는 것은 흥미롭다. 정말로 우리는 통상적으로 이것을 성가심 또는 낭비로 간주할 수도 있다. 하지만 어리석음은 단절 이전에 실제로 존재하던 공생적 자아들을 포함해 우리를 비인간들과 접속하게 해주는 꿈틀할 여지를 발견하려는 하나의 경로인 것 같다.

쿠퍼는 그의 딸의 고스트, 다시 말해, 단절된 정신의 소유자라면 누구도 믿지 않을, 즉 그녀의 과거에 어른거리는 유령적 존재가 된다. 하지만 머피는 믿는다. 쿠퍼는 인간인 동시에, 책장 뒤에서 머피를 떠나보내는 자신을 지켜볼 때 바로 그 옆에 기이하고 낯설게 존재하는 유령이기도 하다. 그러므로 초인적 존재자들(super-beings)인 5차원의 '그들'은 시공간을 초월한다거나 궁극적인 지배력을 갖게 되었다는 의미에서 초인적이지 않다. 뿐만 아니라 자기 자신의 저자가 되는 것이 지배의 문제가 아니라, 초자연적인 경험을 해본 사람이라면 누구라도 긍정하듯이, 자기 들림(self-haunting)이라는 몹시 혼란스러운 문제가 된다. '그들'은 깊이 애매하다. 내가 실재적인 뭔가를 갖고 있는가, 아니면 이는 환상이나 망상인가? 어떤 유형의 환상인가? 어떤 형태의 실재인가? 내가 다른 누군가의 이야기 속에 있는가, 아니면 내가 나 자신의 이야기를 쓰고 있는 것인가? 뛰어난 저자는 자신들이 사실상 권위를 갖고 있지 않음을, 자신들이 서사의 필연적인 시간적 매개를 통해 불가능한 일을 하려는 헛된 시도에 관련되어 있음을 당신에게 말해줄 것이다. 즉 "내가 내 사고의 놀잇감이 되는 경우에는 어디든 나는 존재하지 않는다. 내가 사고한다는 것을 사고하지 못하는 곳에서 나는 나라는 존재에 관해 사고한다."[14] 틀렸다. 이는 초월도 전능도 전제도 아니다. 이는 비인간과의 연대를 인정하는 저월이다. 무엇이 블랙홀보다 더 비인간적일 수 있을까?

5차원 현실의 3차원적인 재현인 테서랙트에서, 이와 같은 비인간적인 유령적 영역과 다시 접속하는 것은 무시무시한 불안과 혼란을 낳는다. 자기 자신에게 더 많은 차원들이 있다는 것을 깨닫게 되면, 쿠퍼는 사실상 일자도 아니고 다양체로 해체되지도 않지만, 부분도 아니면서 저월적으로 꿈틀거리는 자신의 유령적 부분들에 홀리게 되면서 미쳐버릴지도 모른다. 쿠퍼는 딸을 반복해서 배신하는 자신의 모습을 바라보며 탄식하고 절망적으로 소리치며 눈물을 쏟는데, 이 장면의 시간적 부분들은 쿠퍼의 위와 아래와 주변에서 저월적으로 꿈틀댄다. 그는 통제하려고 애쓴다. 타스가 곧 이어 말하듯이, 그는 "과거를 변화시키려고" 애쓰는데, 이는 종종 우리가 변증법적 행위를 바라보는 방식이기도 하다. 그는 애초에 오염된 지구를 떠나려 하거나 다른 무언가를 상상하거나 환상을 품으려고 하지 않았더라면 좋았을 텐데 하고 후회한다. 그는 무한으로 보이는 3차원적 혼돈의 공간 속에 부유하는 책장에 머리를 기댄 채 상심해 절망한다.

다행히 반려 로봇인 타스가 나타나고, 이 다정하고 재치 있고 현명한 형제(타스)는 쿠퍼 위의 어딘가에서 기이하고 낯선 유령적인 라디오 음성의 형태로 그를 다그친다. 단절된 인류는 절망적이다. 하지만 바로 그 순간에 **절망은 정확히 다른 존재자들에 대한 이해이다.** 편집증, 즉 홀리고 보인다는 느낌은 연대의 가능 조건이며 이는 어떤 점에서 공감이나 동정 같은 감정의 저월적·

정동적 부분들이다.

편집증은 연대의 가능 조건이다. 이 말을 다시 읽어보자. 나는 당신이나 내가 사람인지 아닌지를 알지 못하기 때문에 나는 편집증적이다. 이런 애매성이 훨씬 더 강렬해지면서, 나는 당신과 훨씬 더 친밀한 관계를 맺는다. 맞는 말일 것이다. 쿠퍼 자신이 말하듯이, "우리는 다리(bridge)이다." 그것은 다리이지 존재론적 방화벽이 아니다. 인류라고 불리는 사물이 있고, 우리는 의인화된 방식이라 하더라도 기이하게 반인간중심주의적 방식으로 이것에 접근할 수 있다. 이는 인류가 인류가 아닌 사물들의 더미이기 때문이다. 시간적·공간적 차원들이라는 주제는 이를 암시한다. 5차원적 존재자들이라고 해서 모든 것을 볼 수는 없다. 그들은 제한적이다. 왜냐하면 쿠퍼와 달리 5차원 존재자들은 시간 **내의** 특정 지점을 발견할 수 없고 . . . 소통할 수 없기 때문이다. 모든 차원들의 더미를 보는 것은 가장 현실적인 최고의 차원을 보는 것이 아니다. 초한집합(transfinite set)은 다른 차원에서 유래하는 수들에 의해 이등분된 수들의 집합이다. 파이(pi)와 가장 가까운 유리수 사이에는 어떠한 '다리'도 없다(연속체 가설). 파이는 다른 차원에 존재한다.

단절로부터 회복될 때, 유령적 인류는 단절된 인류, 즉 자기의 고유한 자아에게 말을 걸 수 있다. 이런 말걸기는 정말로 현재에 출몰하여, 내부로부터 현재를 비워내는 차원이라 할 수 있는 미래적 양식의 관점에서 가능하다. 왜냐하면 단절되지 않은 공생적 실재는 . . . 실재적이기 때문이다. 공생적 실재는 계속되고 있다.

리처드 파인만(Richard Feynman)은 양자들을 '작고 진동하는 사물들'로 기술했는데, 인간들이 필요로 하는 것은 양자 데이터이다. 인간들은 엄청나게 심각해보이고 꿈틀거리지도 않는 사물인 블랙홀에서 그 데이터를 찾을 필요가 있다. 하지만 만일 중력이 다른 힘들과 같은 것이라면, 그것은 양자화되어야 한다. 그것은 작고 진동하는 에너지의 방울들—중력양자(gravitons)—로 나타나야 한다. 어쩌면 중력(gravity)은 결코 무겁지(grave) 않을지도 모른다. 정의하자면, 중력양자는 우리가 알고 있는 시간이나 공간을 갖지 않을 것이다. 왜냐하면 중력양자가 시간-공간을 **생산하기** 때문이다. 즉, 시간-공간은 중력양자가 우리와 같은 존재자들에게 내는 소음이다. 중력양자들이 관계 맺는 방식은 대체로 긴밀한 묶음과 뭉치로서 페이스북 상에서 우리가 친구들과 관계 맺는 방식과 아주 닮았을 것이다.[15] 우주는 덩어리가 있는 죽처럼 특정 부분들에 더 많은 시간-공간을 가지고 있을지 모른다. 어리석고 흔들리는 비일관성, 시간-공간 자체의 저월적 덩어리들 말이다.

혐오인간중심주의(Misanthropocentrism)

인간중심주의는 항상 약간은 자기 혐오적인가? 그리고 이러한 자기혐오는 비인간들의 배제가 우리에게 끼친 트라우마를 부정적 의미에서 효과적으로 표현하는 것인가?

희망은 바로 지금 좌파들에게 인기 있는 감정이 아니다. 하지만 모든 유토피아적인 기획들을 샅샅이 살펴보고 모든 출구들을 봉쇄하는 것은 냉소적 이성의 순수 효과이며 이는 좌파 지식인들 사이에 아주 매력적인 것이 되었다. 냉소적 이성의 태도를 한 문장으로 줄인다면, **"내가 당신을 샅샅이 살펴볼 수 있기 때문에 내가 당신보다 더 똑똑하다"**와 같은 것이 될 것이다. 그녀는 완전히 기만에 빠진 바보이고 당신은 지독한 위선자이지만, 나는 환상에서 완전히 자유롭다는 식이다. 이 지점에서 우리는 라캉의 말을 기억할 수 있다. **"속지 않는 자는 방황한다**(*les non-dupes errent*)**"**는 말은 이데올로기로부터 자유롭다고 생각하는 순간 이데올로기의 지배력이 가장 강력하다는 의미이다. 생태학적 현실은 우리의 현상학적 스타일에서 벗어나 이탈속도에 도달할 수 있다는 환상을 품을 수 있는 사치를 허용하지 않는다. "모든 문장은 이데올로기적이다"라는 문장은 냉소적 이성에 대한 어떤 알튀세르주의적 버전의 정수이다. 하지만 만약 모든 문장이 이데올로기적이라면, 이 문장 자체도 이데올로기적이어야 하고 우리는 무한 퇴행을 할 수밖에 없다. 좌파는 몬티 파이튼(Monty Python)의 「말싸움 클리닉」("Argument Clinic")에서 다른 모든 경찰들과 모든 등장인물들을 체포할 수 있는 궁극적 경찰을 찾으려는 불가능한 임무 같은 것을 수행하느라 분주한 것 같다.[16]

냉소적 이성의 불가능성에는 밀실공포증적인 것이 있다. 우리는 쿠퍼가 말했듯이 먼지 속에 파묻힌 우리의 상황을 걱정하면서 꼼짝 못하게 에워싸인 채 갇혀 있다. 생태학적 인식은 밀실공포증적**이다**. 당신은 당신이 아닌 존재자들에 의해 둘러싸이고 스며들어 있으며 구성되어있다. 그리고 당신은 현상학적으로 지구에 붙박여 있다. 우리가 다른 행성으로 여행한다고 말해보자. 어쩌면 우리는 처음부터 지구의 생물권을 다시 창조할 필요가 있을지 모른다—우리는 여기 이 지구상에 있었을 때와 동일한 문제에 봉착하겠지만 이번엔 확대되어 있을 뿐이다.

생태밀실공포증(ecoclaustrophobia)은 우리가 **냉소적 이성보다 더 냉소적**일 수 있음을 의미한다. **"모든 전술은 위선적이다"**라는 또 다른 문장에 관해 생각해보자. 이는 이 문장 또한 위선적이라는 것을 의미해야 할 것이다. 윤리적·정치적인 생태학적 조각그림에는 항상 뭔가가 빠져 있는데, 이는 그것들 모두를 규제할 수 있는 최고 차원의 정치적 형태가 있을 수 없다는 것을 의미한다. 예상된 출구 전략이 오히려 함정을 강화하는 다른 방법에 지나지 않을 때, 이 함정에서 어떻게 탈출할 수 있을까? 출구는 함정의 공간 '내부'에, 혹은 《인터스텔라》에서처럼 바로 여기에 있지만 우리와 같은 3차원 존재자들에게는 접근할 수 없는 또 다른 차원에 있는 것으로 보인다.

이웃이나 이방인의 논리는 친구와 적의 논리가 아니라 공생적 실재의 논리이다. 주권, 예외, 결정은 배제의 논리에 근거하기 때문에 공생적 실재와 함께 기능할 수 없다. 이방인의 논리는 생물권이라는 전체가 저월적이라는 것을, 즉 그것이 너덜너덜하고 들쭉날쭉하고, 사라진 조각들을 가지며, 부분의 합보다 더 작다는 것을 의미한다. 그렇다면 이는 그것들 모두를 지배할 총체성이란 있을 수 없으며, 만일 이런 총체성의 존재가 단지 코뮌주의가 의미하는 것이라면, 우리가 인간적인 것에 관한 형이상학적 보편주의 없이 코뮌주의를 사유할 수 없다는 것은 사실일 것이다. 하지만 만일 우리가 다수의 코뮌주의들을 상상할 수 있다면, 우리는 코뮌주의적 사유 속에 비인간들을 포함할 수 있을 것이다. 상호의존(생태학의 기본 사실)은 하나의 생명체가 어느 집단에서든 항상 배제된다는 것을 의미한다. 즉 토끼를 돌보는 것은 토끼의 포식자를 돌보지 않는다는 것을 의미한다. 코뮌주의는 우연적이고 깨어지기 쉽고 유희적일 수 있을 뿐이다. 축의 시대의 신을 한 번 더—한 번 더 감정을 싣고—부활시키려고 하는 것은 포이어바흐가 열변을 토한 문제이다.

만일 우리가 비인간들을 포함하려고 하면 반드시 필요한, 깨어지기 쉽고 '무정부주의적인'(경멸적인 용어) 코뮨주의는 관련성이 없을 것 같은 원천들, 즉 크로포트킨(Kropotkin)뿐만 아니라 슈티르너(Stirner)의 사상과 관련된 사유를 필요로 한다. 특정한 차원에서 더불어-있음(being-with)은 단순하게 협력하는 '개인들'이 아니라 내가 나 자신과 전적으로 일치하지 않는 기이한 루프라는 것이다. 즉, 공존의 최초 형태는 나르시시즘으로 비난당한다. 어떤 강력한 의미에서 나는 '나의' 경험과 동일한 것이 아니다. 경험 그 자체는 비인간적 존재자와 같은 어떤 것이기도 하다.

크로포트킨뿐만 아니라 슈티르너 또한 그러한가? 물론이다. 최대한의 효율을 의식적으로 주장하고 있음에도 불구하고 우리는 메소포타미아 문명의 현 상태인 신자유주의적 자본주의에서 전형적으로 나타나는 동일한 역설(목표는 행복이지만 결과는 고통이다)을 볼 수 있다. 스탈린주의적이거나 마오주의적인 통제 전략과 아주 유사하고 전적으로 비효율적인 자기점검(self-scrutiny)이자 '우수성'과 '효율성'이라는 미명하에 '성과'를 강조하는 신자유주의적 관료주의와, 모든 참가자들이 이런 활동들을 관리하고 실행할 때 품는 사악한 믿음은 확실히 전횡적이고, 초자아에 의해 추동되고, '악'하고, 불가능하며, 요령부득한 명령을 내리는 축의 시대 가부장적 신의 가장 최근 형태일 따름이다.

인공지능이 인간적 차원을 뛰어넘어 펼쳐지게 될 영광스런 날을 기대하는, 실리콘 밸리에서 특이점에 집착하는 사람들의 수

사에서 볼 수 있듯이, 자기전환(self-displacement)은 **인간중심주의의 본질적인 제스처**이다. 그들은 이런 의지를 통해 인간들이 수십억 개의 작고 강력한 인공 컴퓨터 장치를 통해 자신들의 완전한 공감 능력을 발휘할 수 있을 거라고 말하고 싶어 한다. 하지만 그들은 지금 당장 그런 공감을 풀어놓지는 못할 것이다. 그렇게 되면 그들은 매우 우스꽝스러워 보이게 될 것이기 때문이다. 아니면 그들은 자신들의 계획과 생각이 자신들이 구현한 천재성 때문에 존중받게 될 더 찬란한 미래를 기대하며 자발적으로 냉동을 선택할 것이다. 이런 소망들은 명백히 생태학적으로 파괴적이다(적혈구 크기의 초소형 컴퓨터들이 얼마나 많은 광물들을 필요로 할 것인지는 접어두고, 저온 유지 장치에 얼마나 많은 에너지가 소비될지를 생각해보라). 인간은 스스로를 트랜스휴먼(transhuman)으로 과시하는 힘이다.

슈티르너의 급진성—무엇이 급진적인가? '개인주의'란 잘못된 단어다—은 강력한 정정을 제공한다. "국가 중심적 사회주의자들(State Socialists)은 현재 우리가 개인주의의 시대에 살고 있다고 주장하고 싶지만, 진실은 개인성이 오늘날만큼 저평가된 적도 결코 없었다는 것이다." 여기서 바진스키(Baginski)가 말하려는 것은 개별적일 수 있는 방법은 결코 존재하지 않으며, 개인주의는 트라우마적 생존 양식이라는 것이다.[17] 나아가서 우리는 이런 사유를 인류 자체에 적용할 필요가 있는데, 슈티르너는 이렇게 시작한다. "인간은 오직 자기 자신만 바라보고, 인간은 오직 자신의 이익만 촉진할 것이며, 인간은 자기 자신의 근원이다."[18] 슈티르너는 인류의 단절된 능력들을 통합하기 위한 길을 보여준다. 이러한 재통합은 그 논리적 연장으로서 궁극적으로 단절된 비인간의 재통합을 가리킬 수 있다. 슈티르너가 이런 생각을 하게 된 것은 자아의 개념을 실증적 내용으로 채우고자 하는 유혹에 저항함으로써이다. "나는 창조적인 무(無)이고, 창조자로서의 나 자신은 이 무를 통해 모든 것을 창조한다."[19] 슈티르너가 사회적·정신적 사유 공간 내에서 공생적 실재를 재부팅(reboot)하기 위한 근거로 이용될 수 있다는 것은 역설적으로 보일지 모른다. 하지만 포이어바흐에 대한 그의 반박을 생각해보라. 이 반박은 우리의 목적을 위한 중요한 수정을 제공한다.

포이어바흐의 신학적 견해와 우리의 모순을 짧게 대조시켜보자! "인간의 본질은 인간의 최고 존재이다. 지금은 확실히 종교에 의해 최고 존재가 신으로 불리고 객관적 본질로 간주되지만, 실은 그 최고 존재는 인간 자신의 본질에 다름 아니다. 따라서 세계사의 전환점은 더 이상 신이 아니라 인간이 인간 자신에게 신으로서 나타나는 것이다."

이에 대해 우리의 답변은 이렇다. "최고 존재는 정말로 인간의 본질이다. 하지만 그 최고 존재가 인간의 본질이지 인간 자신은 아니기 때문에 우리가 그것을 인간의 밖에서 보고 신으로 간주하든, 아니면 인간의 안에서 그것을 발견하고 '인간의 본질' 혹은 '인간'이라 부르든 그것은 하등 중요하지 않다. 나는 신도 아니고 인간도 아니고 최고 본질도 아니고 나의 본질도 아니다. 따라서 내가 그 본질을 내 안에 있다고 생각하든 밖에 있다고 생각하든 그것은 대체로 매한가지다."[20]

만약 이것이 개인주의라면, 그것은 유령적이고 저월적인 개인주의, 즉 희미하고 흔들리는 X-개인주의(X-individualism)이다. 나는 나의 '본질'과, 그리고 인류와 일치하지 않는다. 그렇지 않을 경우, 우리는 외파적으로 전체론적이고 유신론적인 견해에서 헤어나지 못한다. 즉, "모든 고차원적 본질들, 예를 들면, 진실, 인류 등은 우리 **너머**에 있는 본질인 것이다."[21]

우리는 종을 사유하기에 충분한 규모로 사유해야 한다는 발상을 거부할 필요는 없다. 오히려 우리는 대기업의 홍보를 통해 상상할 수밖에 없다는 유신론적 버전은 거부할 필요가 있다. 이를 거부할 때 우리는 종에 대한 관념을 완전히 무시하고 벌(bees) 따위는 인정하지 않는 인간 건축가들의 상관주의적인 벙커에 숨어선 안 된다. 우리가 인류의 부분들임을 깨닫는 것은 비인간을 포함할 수 있고 포함해야 하는 코뮨주의를 향한 첫걸음이다.

아도르노의 공룡

아도르노의 산문은 플라스틱 공룡과 같은 사물들을 전자레인지 안에 넣고 데운다. 하지만 그는 그 플라스틱 공룡을 컬럼비아 대학교에 있는 그의 연구실 책상 위에 두었다. 그의 부인은 아도르노를 **테오도르**(Theodor)와 공룡 이빨(접미사 -dont)을 결합해 테오돈트(Teodont)라 불렀다.

플라스틱 공룡은 비인간이며, 특히 키치적인 비인간이다. 키치가 파시즘적이었다는 아도르노의 공식적인 견해에도 불구하고, 그 공룡은 키치이다. 따라서 장난감 비인간은 아이러니하게도 진정한 진보가 퇴보처럼 보인다는 그의 견해와 일치한

259

다.[22) 사람들은 두 가지 견해를 어떻게 동시에 가질 수 있을까? 귀여운 공룡을 좋아하는 비공식적인 아도르노는 쇤베르크식의 공식적인 아도르노와는 다른 것 같다. 묘하게도 이는 사실상 사유의 비동일성과의 조우이며, 내가 앞서 언급했듯이 아도르노가 변증법을 설명한 방식이다. 말 그대로, 경험적이고 현상학적인 아도르노는 플라스틱 공룡을 가진 귀엽고 작은 테오돈트이기도 한 것이다—그가 기대고 있는 유령적인 헤겔적 사유영역은 이 공룡과 마주하고 . . . 그것을 파시즘적이거나 상품물신숭배적이라고 일축한다.

아도르노는 공룡을 결코 언급하지 않았을 뿐만 아니라 정신주의에도 전혀 만족하지 않았는데, 엥겔스(「정신세계에서의 자연과학」)처럼 그런 정신주의를 반박하는 글을 쓸 작정이었다.[23) 신비적인 것에 맞서 1940대에 쓴 아도르노의 글은 에두르지 않는다.

> 신비주의자는 상품의 물신적 성격으로부터 궁극적인 결론을 도출한다. 즉 위협적으로 대상화된 노동이 악마적으로 미소 짓는 사물들을 통해 사방에서 그를 공격한다. 생산품 속에 응결된 세계에서 잊힌 것, 즉 그 생산품이 인간에 의해 생산되었다는 사실은 해체되어 대상들에 부착되거나 그것들과 등가적인 즉자적 존재(being-in-itself)로 잘못 기억된다. 대상들이 이성의 차가운 빛 속에 얼어버리고 그 환상적 활기를 잃었기 때문에, 지금 그것들에 활기를 불어 넣는 사회적 특성은 자연적이면서 동시에 초자연적인 독립적 존재를 부여받게 된다. 즉 사물들 중의 사물이 된 것이다.[24)

마치 아도르노는 자신이 두려워하고 화가 난 특정한 유형의 유령적 존재에 의해 활력을 얻고 있는 듯하다. 아도르노가 그 내부에 머물면서도 필사적으로 쫓아내려고 한 헤겔의 정신보다 이것과 더 닮은 것이 있을 수 있을까? 비동일성과의 조우에 관한 그의 글은 헤겔과의 가장 심오한 싸움에서 나온 것이다.

아도르노가 설명하고 있는 것은 상품물신숭배가 결코 아니다. 상품물신숭배는 그 어떤 종류의 인식적 상태(믿음, 태도, 감정, 사고)가 아니다. 그것은 물신숭배적인 것이다. 즉 그것은 선택적 여분이 아니다. 상품물신숭배는 '대상(객체)의 행위성(agency)'**이다.** 다시 말해, 일부 마르크스주의자들이 냉장고와 골프공에 애착을 갖는 사람을 사악한 자본주의적 상품물신숭배자를 의미하는 것으로 생각하는 듯함에도 불구하고 이것은 우리가 사람들(대략 인간들이라 해두자)이라 부르는 사물들과는 아무런 관계가 없다. 상품물신숭배는 **상품 그 자체**가 추상적 잉여노동시간을 신비롭게 홀릴 때 어떻게 가치를 계산하는 것으로 보이는가 하는 것이다. 상품물신숭배는 노동가치설에 대한 무지에 근거하지 않으며, 노동가치설 자체가 이미 자본주의적 가치론의 일부이다. 노동가치설을 기억하는 것만으로 자본주의 세계가 극복된다면, 이것은 정말로 마술적일 터이다. 이는 뉴에이지식의 헤겔주의로 들린다. 우드스톡 축제에서 MC가 말하듯이, "만일 우리 모두가 정말로 간절하게 바라면, 어쩌면 비가 그칠지도 모릅니다"라는 식 말이다. 그리고 악마적인 미소를 짓는 사물들은—물론 고혹적인 미소를 짓지는 않지만—'역사 이전'의 아프리카에 대한 헤겔류의 만화에서 나온 것 같다. 상품이 인간에 의해 만들어졌다는 사실을 잊는 사람은 아무도 없다.

설사 사람들이 그런 사실을 잊었다고 하더라도, 그러한 망각은 우리의 사고와 감정과 의도에도 불구하고 인간의 '주체성' 바깥에 있는 비인간적 영역에서 진행되는 상품물신숭배와는 무관할 것이다. "계몽의 성과를 무효화하고 신의 죽음을 좇아 '두 번째 신화'를 구축하게 하는"[25] 공황상태라는 관념에 맞서고자 하는 아도르노의 당혹감의 실질적 근원은 바로 여기에 있다.

자본주의에 대한 마르크스의 유명한 공식인 M-C-M′에서 M의 M′으로의 전환을 추동하는 것은 정확히 잉여노동시간이라는 마술적 힘, 즉 '황금알을 낳는 거위'(『자본』 제1권)이다.[26] 잉여노동시간은 하나의 **유령**이다. 상품물신에 관한 단락에서 마르크스가 말하고 있는 것은 자본주의적 영역이 원격 작동으로 움직이는 책상보다 **더** 초자연적이지 **덜** 하지는 않다는 것이다. 상품물신숭배는 허위적 믿음이 아니다. 그것은 뒤틀린 현실이다. 더욱이 상품물신숭배는 정확히 상품을 사물, 대상, 혹은 당신을 사로잡는 어떤 것으로 관심갖지 **않는** 것과 관련이 있다. 상품물신숭배는 해당 사물이 골프공이냐 핵탄두냐 하는 데는 관심이 없다. 인간적이지 않은 사물에 애정을 갖는다고 해서 당신이 상품물신주의자가 되는 것은 아니다. 오히려 **그런 사물에 관심을 갖지 않는 것**이 바로 상품물신숭배가 관심 갖는 것이다. 골프공과 핵탄두는 가치만 알려주는 컴퓨터, 즉 가상주식거래소의 텅 빈 스크린이 된 것이다.

아도르노는 머리 좋기로 유명하다—그렇다면 무엇에 홀려 그는 이 모든 것을 잊게 된 것인가?—그를 사로잡은 것은 무엇인가? 마치 아도르노는 독특하게 헤겔적인 논조의 스타일에 **사로잡힌** 듯하다. 그는 다른 도리가 없었던 것 같다. 정신의 유령이 독특한 아도르노, 즉 플라스틱 공룡을 가진 테오돈트의 어깨 너머에서 기이하고 낯설게 떠돌아 다닌다. 아도르노가 정확히 이 지점에서 가장 근본적인 마르크스주의 이론에 관해 말을 더듬는다는 사실은 몹시 의미심장하다. 테오돈트는 더 나은 마르크스주의자가 될 수도 있었을 텐데!

하지만 이것은 좌파들이 사회를 혁명하기를 원하는 것이 자신들이 편안해지고 싶은 것과 관련 있다는 생각을 받아들일 필요가 있음을 의미할 수 있다. 아도르노가 말하듯, "동물처럼 아무 것도 하지 않는"(rien faire comme une bête)", 즉 "물 위에 떠서 하늘을 바라보는" 평화의 이미지는 강력한 유토피아의 이미지이다.[27] "야생동물처럼 무위도식하는 것", 이와 같이 "해야 할 게 아무것도 없는 것"(nothing-to-do)이 바로 종적 존재, 즉 곳곳에서 누에에서 실크가 나오듯이 새어나오는 인류의 야생동물적 특성이며, 밀턴이 그의 걸작을 어떻게 썼는지에 대한 (상기해보면) 마르크스의 이미지이다. 아무것도 할 게 없는 것—여기서 '하는 것'(doing)이란 단절 이후에 더욱 더 광적으로 변해가는 인간중심주의적 행위이다. 플라스틱 공룡은 바로 거기에 놓여있다.

상관주의적 행위 이론의 광적인 결정론은 죽음충동에 대한 과도한 강조로 나아간다. 즉 라캉이 말하듯이, "죽음충동의 자리를 차지하고" 지금 우리가 탐구하고 있는 쾌락의 지향과는 반대되는 광적이고 맹목적인 술수로 나아간다. 생존은 모두 죽음충동의 과잉살인과 관련이 있다. 《인터스텔라》에서 인간들을 지구 밖으로 데려갈 수 있다는 것을 내심 믿지 않았던 브랜드 교수에 관해 만 박사는 일말의 아이러니도 없이 "그는 종을 구하기 위해 자신의 인간성을 파괴하려고 했지. 그는 엄청난 희생을 감수하고자 했어"라고 말한다. 안락한 마르크스주의(comfy Marxism)는 죽음의 한 극단, 즉 절대적 비존재를 향해 나아가는 것에 관심이 있었지만 계속 그렇지는 않다. 오히려 두 가지 유형의 죽음 사이의 떨리는 장소에, 다시 말해, 우리가 생명이라고 부르는 떨림과 우리가 (죽음의 현실성이 없는 죽음의 신호인) 미라고 부르는 떨림 사이의 장소에 머물러있다.

두려움의 대상이 되는 것—아도르노의 산문은 이 무시무시한 운명을 얼마나 한탄하는가! 객체들은 헤겔주의자들에게 사실상 존재하지 않는다. 따라서 이는 정말로 죽음보다 더 나쁜 운명이며, 헤겔주의자인 라캉에 따르면, **여성되기**(being a woman)라 불리는 운명과 유사하다. 어떤 이는 자기 자신의 연장적 속성조차 없이 텅 빈 화면이 될 것이다. 논리는 다음과 같이 진행된다. 즉, 자본주의에 의해 최면 걸린 정신주의자의 죄는 단조로운 존재론을 믿는 것이고, 정신은 '사물들 중의 사물'이 된다는 것이다. 만일 (인간) 정신이 사물을 실재하게 만드는 유일한 결정자라고 한다면, 그 결과는 끔찍하게 들린다. 모든 것이 의미 없는 공백이 되는데, 이는 칸트에 대한 헤겔의 해결에서 사물은 욕망의 투사를 위한 텅 빈 스크린, 즉 정신 그 자체의 인위적 산물이 되기 때문이다. 즉 사물과 현상 간의 초월론적 간극이 (인간) 주체 내에서 일어나기 때문이다.

하지만 '객체'(비인간의 가장 기본적인 모습)의 영역은 정확히 상품물신숭배가 일어나는 영역이기도 하다. 이는 정확히 테이블이 어떤 정신적 힘에 의해 영향 받을 때 춤출 수 있다고 생각하는 것보다 객체를 더 초자연적이게 만드는 것이다. 자본주의는 환상의 제곱이고 기만적이게도 환멸로서 나타난다—이는 『공산당 선언』의 중요한 부분에 대한 상당히 정확한 풀어쓰기이다. 나아가서 이는 헤겔의 정신에 사로잡힌 아도르노의 유령 들린 산문이 어느 차원에서 완전히 부정한 것을 또다른 차원에서 실행하고 있음을 의미한다.

아도르노는 평범한 프로이트적 마르크스주의자였다. 프로이트에게 기이한 낯섦은 유령적인 것과는 무관하다. 그것은 물리적 토대를 육체, 특히 주체가 태어났던 질(vagina)에 둘 때의 기이함에 근거하여 근대적 주체를 추출하는 것이다. 이는 부인(disavowal)과의 공존을 인식하는 것이다. 여기서 유령적 경험으로 넘어가는 것은 기이한 낯섦의 떨림을 방해하는 것이다. 그러나 내가 주장했듯이, 이런 종류의 기이한 낯섦은 극히 제한된 유효기간을 갖는다. 이것을 보존하기 위해 어떤 노력을 기울여야 하는가! 어쩌면 이는 이것이 영원히 반복하는—이것이 부인된 '애니미즘'이나, 혹은 아도르노가 말한 '**애니멀**리즘'(*animalism*)(저자 강조)을 중심으로 선회하고 있고, 심지어 이런 견해에서도 결국에는 마을에서 유일한 리얼쇼가 된다는 사실—심오한 이유일지 모른다. 기이한 낯섦은 당신이 이것을 보려고 눈을 지그시 감았을 때 보이는 방식이다. 유령적인 것을 인정할 때 거북스러운 것은 그것이 이 떨리고 깨어지기 쉬운 미적 경험을 인간중심주의적 스케일을 넘어설 때까지 확장한다는 것이다.

이 경험이 비인간적 존재자들과의 연대의 감정이 아니라면 과연 무엇인가? 나아가서 **이 경험**이 공생적 실재에 대한 인정이 아니라면 무엇인가? 아도르노가 환기시킨 정적(stillness)은 바틀비와 "나는 하지 않기를 원합니다"(I would prefer not to)라는 그의 말이 갖는 급진적 수동성의 정지 상태(stasis)보다 훨씬 더 깊은 것이다. 후자의 경우에 우리는 특성 없는 타성적이고 단조로운 실체의 윤리적 등가물을 보게 된다. 하지만 현실은 그와 같지 않다. 현실은 불꽃을 튀긴다. 바틀비는 그가 정확히 사디즘적인 이상적 대상, 단순히 저항만 하는 타성적인 단조로운 실체의 한 유형이기 때문에 사디즘의 대상이다. 바틀비와 윤리학의 관계는 평범한 원자(연장 덩어리)와 존재론의 관계와 같다. 화자는 「필경사 바틀비」("Bartleby, the Scrivener")의 끝부분에서 마침내 "아 바틀비! 아 인간이여!"[28]라고 외친다. 이즈음 우리는 인간성이라는 용어의 울림을 느낄 수 있을 것이다. 즉 바틀비는 외파적 전체론의 일반적 실체의 일반적인 실체적 요소인 것이다.

우리가 원하는 것은 총체적 거부라는 윤리적 원자론이 아니라 행위 함(acting)과 행위 받음(being-acted-on)이 유신론적 행위 이론에서처럼 이항대립적이지 않은 양자 이론이다. 그렇다. 행위 이론에 뭔가 잘못이 있다는 레비나스적인 직관은 옳다. 하지만 레비나스식의 해결은 여전히 문제의 일부이다.

행위는 열정과 다르지 않다. 행위는 열정의 작은 양자화된 점들(dots)로 구성된다. 행위의 양자는 수동성처럼 보이는데 이는 그것이 타성(inertia)이기 때문이 아니라 수용성(receptivity)이기 때문이다. 이것은 단순히 부정이 아니라, 떨리고 '살아있는' (이 단어는 오염되어 있다) 진동, 즉 생명체와 비생명 모두에게 공통된 죽지 않는 유령적 생명이다. 여기서 다시 아도르노의 말을 인용해보자. "'더 이상의 정의와 성취 없이 존재하는 것'... 그 추상적 개념들 중 어느 것도 유토피아를 달성하는 데 영구평화 개념보다 더 가까운 개념은 없을 것이다."[29] 아도르노의 이미지는 멍하니 바라보는 소진된 의식—이는 불교 명상법에서 볼 수 있는 제스

처의 일종으로, 명상가가 인위적으로 노력하는 것이 아니라 경험을 차단하지 않고 그저 일어나도록 두는 것을 말한다—의 이미지이다. 정적(stillness)은 완전한 수동성(total passivity)의 불교 공포증적(Buddhaphobic) 이미지인 극저온 상태의 정체(stasis)나 비유기체적 정지(quiescence)의 죽음충동이라기보다는 행위의 양자, 종적 존재의 양자이다. 즉 그것은 종적 존재이지 다른 것이 아니다.

상호부조

만일 연대가 공생적 실재가 자아내는 소음이라면, 우리는 상호부조가 공생적이라는 용어의 풀어쓰기에 다름 아니라고 상상할 수 있다. 상호부조는 무정부주의자 페테르 크로포트킨(Peter Kropotkin)의 슬로건이다. 우리는 마르크스주의에 또 다른 유령, 즉 무정부주의라는 유령을 출몰시킬 필요가 있다. 무정부주의는 1872년 제1차 인터내셔널 이후 사회주의로부터 분리되었다. 하지만 마르크스주의가 그 유령적 후광인 무정부주의에 의해 홀리게 될 때만 번성할 수 있다고 한다면 어떨까?

　이 점은 인간과 비인간의 관계를 사유하는 문제일 경우에 명확하게 드러난다. 왜냐하면 그러기 위해서 우선 우리는 비인간과 비인간의 관계를 사유할 필요가 있기 때문이다. 우리는 농업물류학적 기능과 그 공리주의적 서브루틴의 폭력적 산물인 이기주의(selfishness)와 이타주의(altruism)의 이항대립을 해체할 필요가 있다. 이타주의는 공리주의가 다른 사람들을 위해 일하거나 느낀다고 상상하는 방식이다. 비록 우리가 자아-개념(self-concept)/

비자아-개념(no-self-concept)의 이항대립과 행위와 반응의 이항
대립을 극복한다고 하더라도, 도대체 류(類)가 무엇으로 구성되
는가, 류를 알리기 위해 도대체 우리는 무엇을 할 수 있는가 하는
의문이 남게 될 것이다.

  '이타주의'라는 이 단어는 불교에 관한 쇼펜하우어적인 편견
의 흐름을 따르는 자기패배적인 설정이다. 즉 당신은 욕망을 제거
하기 위해 어떻게 욕망할 것인가? 이타주의에 관한 한, 하나의 **자
아**인 **당신**은 어떻게 **비-자아적**(un-selfish)일 수 있는가?

  상트페테르부르크의 지리학자인 크로포트킨 왕자가 납신다.

  적어도 포유류와 조류가 감정을 느끼지 못한다고 주장하는
것은 점점 불가능해지고 있다. 침팬지와 보노보스는 수영을 할
수 없음에도 불구하고 물에 빠진 새끼들을 구한다. 쥐들도 동
료 쥐들을 구해내 그들에게 먼저 먹이를 주고자 한다(공감과 연
민, 그리고 '이타적인' 행위).[30] 이런 종류의 현상은 확실히 이타
주의, 즉 집단을 위한 자기부정이 아니다―그것은 외파적 전체
론의 또 다른 사례인가? 아니다. 그것은 크로포트킨이 '상호부
조'(mutual aid)라고 부른 것과 훨씬 더 닮았다. 크로포트킨의 작
업에는 언급하기에는 너무 많은 사례들이 들어있고, 이런 종류의
접근방법은 현재의 비교행동학적이고 생태학적인 연구에서 점
점 더 확산되고 있다. 크로포트킨의 첫 번째 부록은 꿀벌 떼에 관
한 것이고, 두 번째가 개미에 관한 것이다. 그는 딱정벌레와 개미
가 죽은 동료들을 어떻게 묻어주는지에 관해 이야기한다. 그는
개미들이 서로를 어떻게 돌보는지, 즉 누가 동물의 사체에 알을
낳을 것인지를 두고 '아무런 갈등도' 없다고 말한다.

  하지만 우리는 논의를 위해서 그의 주장을 수정할 필요가 있

다. 크로포트킨은 존재의 대연쇄(Great Chain of Being)를 환기시키는데, 이는 진화론과는 아무런 관련이 없는, 불필요한 목적론적 개념이다.[31] 크로포트킨은 어떤 동물이 다른 동물보다 더 '고차원적'이라고 생각한다. 일부가 더 '복합적'이기 때문에 더 '고귀하다'는 것이다. 이 중 어느 것도 특별히 다윈적이지 않다. 다윈 이론의 무작위성(randomness)과 비위계성(nonhierarchy)은 '최적자 생존'(survival of the fittest)이라는 버그 없이 보존될 필요가 있는데, '최적자 생존'은 초조한 사회다윈주의자들이 다윈에게 억지로 끼어 넣은 것이다─오늘날 '사회다윈주의'라고 부르는 것을 지탱하는 개념들은 사실상 다윈이 『종의 기원』(*The Origin of Species*)을 출간하기 **이전에** 생겨난 것이다. 정글과 우두머리 수컷의 포식 법칙(늑대가 무리 짓는 방식에 관해 현재 틀린 것으로 판명 난 견해)에 대한 신화들은 인간의 이데올로기적 능력을 비인간들에게 포이어바흐식으로 치환한 것이며 이는 자연의 인간화(naturalization)로 알려진 것이기도 하다.[32]

하지만 크로포트킨이 우리의 지속적인 사유에 도움을 준 것은 이타주의, 의인화론, 인간중심주의에 관한 쟁점들이다. 왜냐하면 우리가 '이타주의'를 제대로 기능할 수 있는 어떤 것으로 고쳐 쓸 수 있듯이 의인화론과 인간중심주의는 그 애매성에서 벗어나 명확하게 정의될 필요가 있기 때문이다.

이것이 크로포트킨이 그러한 과제를 시작한 방식이다. 그는 류의 구체적 행위들이 모호한 영역에 의해 드리워져 있음을 보여줌으로써 시작하는데, 이 책의 독자들은 이 영역을 우리의 오랜 친구, 즉 유령적인 것으로 즉각 인식해야 한다.

일면식도 없는 이웃집에 불난 것을 보았을 때 나로 하여금 물통을 들고 그의 집으로 달려가게 만드는 것은 나의 이웃에 대한 사랑이 아니다. 나를 움직인 것은 인간적 연대와 사회성이라는 비록 모호하긴 하지만 훨씬 더 넓은 감정 혹은 본능이다. 동물의 경우에도 마찬가지다. 반추동물이나 말의 무리들이 늑대 무리에게 저항하기 위해 원을 형성하는 것은 사랑도 아니고 심지어 (그 고유한 의미로 이해되는) 동정도 아니다.[33]

크로포트킨은 종을 무리와 집단으로 사고할 수 있게 해주는 한편 개별 생명체로부터 부담을 덜어주는 탁월함을 보여준다. 우리는 '사랑'이나 '동정' 따위를 찾을 필요가 없다. 우리가 추구하는 것은 훨씬 더 근본적인 것, 즉 연대이다. "네 이웃을 사랑하라"라는 기독교 담론의 사용처럼 인간과 비인간의 혼합은 아주 의미 있다. 여기서 비인간들은 이웃으로 사유되고 있다. 여기서 이웃이란 개념은 그들을 '반려종'(companion species)이나 우리의 보호 하에 있는 존재자로 사유하는 것보다 훨씬 더 강렬하다.[34] 정말로 크로포트킨은 연대를 지향하는 우리 자신의 인간적 경향이 비인간들에게서 **물려받은 것이라고** 말하기까지 한다.

나는 극히 장구한 진화과정으로부터 인간들이 물려받은 상호부조의 본능이 심지어 지금까지도 우리의 현대사회에서 발휘하는 엄청난 의미를 짧게 지적하려고 한다. 현대 사회에서는 "모든 개인은 자신을 위해 존재하고, 국가는 모두를 위해 존재한다"는 원칙에 의지하는 것으로 여겨지지만, 그런 원칙의 실현에 결코 성공한 적도 없고 앞으로도 성공하지 못할 것이다.

크로포트킨은 벌떼를 연대의 행동으로 설명하기 시작한다. 사자세실에 관한 소셜 미디어의 반응은 벌떼 반응으로 잘 설명된다. 크로포트킨은 연대에 참여하지 않는 갈매기들의 운명이나, 둥지의 약탈자들이 저지당하는 것을 설명한다.[35] 감정과 연대에 관해 얘기하는 것은 정말로 의인화인가? 그렇게 하는 것이 의인화하는 것이라고 생각하는 것은 질문을 정면으로 다루는 게 아니다. 의인화를 전술로 삼든 아니든 간에 실제의 적은 의인화가 아니다. 그것은 **인간중심주의**(anthropocentrism), 즉 비인간을 인간화**하거나** 비인간들을 완전히 비인간화하는 둘 중의 하나의 방식으로 나타나는 아주 독특한 짐승이다.

자신의 행위에 대한 간접적 결과를 덜 인식한다는 점에서 구석기 시대적 인간들은 현대인들과는 단지 정도의 차이에서만 다를 뿐이다. 그렇다면 이 모든 황홀감을 감안할 때, 왜 인간들은 상호부조를 약화시키려는 경향을 갖는 것일까? 연합체들은 자신들이 억압받을 때조차 계속해서 자신들을 재구성한다. 상호부조가 인류에게 내재적이라는 점에서 볼 때, 신자유주의의 폭력은 상호부조를 깨는 데 필수적이다. "노동계급의 삶에 대해 약간이라도 아는 사람들에게 그들 사이에 상호부조가 대대적으로 실천되지 않을 경우 그들이 온갖 역경을 결코 돌파할 수 없다는 것은 명백하다"[36]라고 썼을 때 크로포트킨은 노동계급을 감상적으로 다루지 않는다. 이 말은 협력이 영도(zero-degree)의 가장 저렴한 공존 양식이며 다른 모든 것이 실패할 경우 의지해야 하는 것이라는 의미이다. 상호부조는 목적론적이지 않다. 공생은 목적론적으로 사유될 수 없다.

소비에트 마르크스주의는 공생을 혐오하지 않았다. 이 점에서 두 명의 주목할 만한 사상가는 콘스탄틴 메레시콥스키(Konstantin Mereschkowski)와 안드레이 파미친(Andrei Famitsyn)이다.[37] 소비에트는 세포 내 공생(endosymbiosis)을 전제하는 차원까지 나갔다. 하지만 이는 진화론에 대한 믿음을 중지시켜버린 리센코주의(Lysenkoism)[38]의 문제를 제기하게 만들었다. 리센코주의는 마르크스주의 내부의 인간중심주의적, 헤겔주의적 버그의 인위적 산물이다. 엥겔스는 다윈의 사망 직후 진화론에 관한 자신의 더욱 더 '변증법적인' 설명을 생산했는데, 이것은 다윈이 그렇게 제거하고 싶어 했던—이 점 때문에 마르크스는 다윈을 엄청나게 칭찬했다—목적론을 되살려놓았다.[39] 『자연변증법』(*Dialectics of Nature*)에서 엥겔스는 손재주에 관한 흥미로운 사유에서 시작해 공개적으로 노동을 인간 진화의 조정자라고 주장한다. 그러나 결국 그는 종적 존재에 대한 목적론적 해석에 빠져들고 만다. "동물이 단순히 자신의 환경을 **이용하고** 환경 속에 있음으로써만 환경의 변화를 낳을 수 있는 데 반해, 인간은 자신의 변화를 통해 자신의 목적에 봉사하게 되고 그 목적을 **통제한다**. 이것이 인간과 다른 동물들 간의 궁극적이고 본질적인 차이이다."[40]

다른 한편, 크로포트킨은 (탁월한 방식으로) 노동 개념보다는 놀이 개념을 높이 평가했다. 우리가 목적론을 거부하고 싶다면 이것이 훨씬 더 유망하다. 산토끼들조차 놀고 있는 것 같다.[41] 크로포트킨은 놀이를 부모의 역할보다 훨씬 더 중요하다고 생각한다. 연대는 놀이를 위한 가능 조건이다. 개체들은 구조적으로 미완결적이기 때문에 그것들이 제대로 놀려면 연대를 필요로 한다. 만일 놀이가 일이나 노동의 물화된 개념보다 더 깊은 범주라면, 이는 우리가 어떻게 행위하는가에 관해 무엇을 말해주는가?

인류를 고려하는 정치적 행위는 무엇인가? 비인간적 존재자들을 참작하는 코뮨주의는 무엇보다 행위 이론의 강력히 탈인간중심주의적인 다시쓰기를 필요로 한다. 그것은 어떤 모습일까?

흔들림: 행위의 새로운 이론

정치적 행위 이론은 철저하게 인간중심주의적인 경향을 띠고 있다. 이런 이론은 사건에 대한 현재의 개념에 의지한다. 사건 개념에는 두 가지 주요 유형이 있는데, '연속체 절단 유형'(cutting-into-a-continuum type)과 '연속체 유형'(continuum type)이 있다. 후자는 철학계에서 화이트헤드와 그를 잇는 새로운 친구들의 입장이다. 전자는 바디우식의 사건 이론이나 정말로 욕망하는 기계(desiring machines)의 들뢰즈적 이론, 혹은 구조주의적 언어 이론이다.

문제는 이런 연속체와 같은 것이 존재하지 않는다는 점이다! 오히려 실제로 존재하는 생명체들이 있을 뿐이다.

행위 이론의 사건적 진영 쪽에서 행위는 형이상학적으로 특권적인 어떤 결정자에 의한 '절단'(cutting)으로 해석되어왔다. 사건 담론은 인간의 초자연적인 힘을 유사 신적인 영역으로 치환하는데, 여기서 신과 같은 인간(하지만 누가 그들에게 이 역할을 맡겼는가?)이 어떤 일이 언제 일어날지를 과감한 방식으로, 다시 말해, 사건 발생이 도대체 어떻게 나타날 것인지를 결정하게 된다. 사건 이론은 혐오인간중심주의적 종말론에 갇혀 있다. 혁명과 빅뱅은 유신론적 기적, 즉 무에서 생겨난 유로 물신화되고, 특히 혁명의 경우에 그것은 연속체에 끼어들어 사태의 진행을 명령하는 어떤 초월적이고 전제적인 결정자에 관한 오래된 가부장제적 이야기와 같은 것이다. 빛이 있을지어다. 빅뱅을 설명하는 일반 상대성 이론에 근거한 방정식에 양자 등식을 추가하면, 당신은 많은 중간 규모의 폭발들이 있었음을 알게 된다.[42] 어쩌면 우리는 떨고 흔들리는 정적을 혁명으로 정상화(normalizing)해야 할지 모른다. 그때 우리는 훨씬 더 많은 폭발들을 가질 수도 있을 것이다. 어쩌면 이런 폭발들을 사유하는 것은 그리 무섭거나 어렵지도 않을 것이다. 왜냐하면 혁명의 근본 에너지가 비유신론적 기적의, 그리고 인과성을 자극하는 환상 같은 마술적인 과시의 근본 에너지일 따름이기 때문이다. 혁명을 정상화하는 것은 하나의 격렬한 빅뱅 같은 사건이 있는 것이 아니라, 폭력이 공생적 실재 전체로 퍼져나갔다가 점차 약해지는 다수의 중간 규모의 폭발들이 있다는 의미가 될 것이다. 최악의 종류의 폭력을 발생시키는 것은, '생존'의 의미에서 '살려고 하는' 시도처럼 폭력을 완전히 회피하려는 시도이다.

우리는 어떻게 지구로 다시 돌아갈 것인가? 유령적 길을 통해서이다. 우리는 **수동성**이라 불리는 것을 우리의 행위 이론에 다시 도입할 필요가 있다. 레비나스주의자들의 급진적 수동성이 아니라, 그 가능성의 조건으로서 능동성이라 불리는 것에 출몰하는 유령적 수동성 말이다.

사물들이 일어날 수 있는 것은 '하나로 셈하기'(count-as-one)(사건 이론의 구성요소) 때문이 아니라 '다수 속으로의 저월'(subscedence-into-many) 때문이다. 알주머니에서 터져 나오는 수천 마리의 새끼 거미들처럼 물질들 자체는 어떤 일이 일어나게 할 수 있는 꿈틀할 여지를 갖고 있다. 일부 철학자들은 사물들이 일어나는 것을 막으려고 혈안이 되어있는 것 같다. 그들은 **운동공포증**(kinephobia)이라고 불리는 독특한 철학적 장애 혹은 움직임에 대한 공포를 겪고 있다. 아니면 그들은 사물이 어떤 상관자에 의해 결정되는 식으로 일어나기를 원한다. 아니면 그들은 사물들이 사물들에 외재적인 어떤 신비스러운 힘의 작용을 통해서 일어나기를 원한다(궁극적으로 이는 어떤 종류의 원동력, 스위치 전환기, 그리고 기계적인 현실관과 관련 있다).

헤겔에게 상관자(정신)는 자기 자신을 타고 넘을 수 있는 슬링키와 같은 특성을 갖고 있다. 우리가 인간중심주의를 포기하고 상관주의를 (제거는 아니지만) 완화한다면, 이는 가능성있는 생각이다. 미시적 헤겔(Micro-Hegel)은 일반적으로 경이롭다. 즉, 헤겔은 그런 식으로 헤겔을 저월한다. 거시적 헤겔(Macro-Hegel)은 아프리카와 중국에 대한 침략을 정당화하는 헤겔이다. 거시적 헤겔의 세계에서 슬링키는 믿기 힘들게도 **위층으로** 올라 갈 수 있다. 사실, 그것은 위층으로만 올라갈 수 있을 뿐이다. 이 문제는 정신현상학의 특정 단계에 이르면 다른 차원에서도 반복된다. 아름다운 영혼에 관한 미시적 헤겔의 설명은 특히 환경주의의 영역에서, 우리 세계에 고통을 가하는 많은 사물들에 대한 놀라운 설명이다. 하지만 아이러니는 거시적 헤겔이 아름다운 영혼을 활성화하는 장치라는 것이다. 냉소적 이성과 그 비판 양식의 자기만족인 무력감은 이에 대한 강력한 증거이다.

이것은 물론 변증법적 운동, 즉 변증법이라는 운동에 대한 상당히 오래된 관념이다. 그리고 우리가 이제 그런 변증법에 대한 마르크스주의적 개념에 주목하고 저월의 개념을 통해 이를 사유할 때 무슨 일이 일어나는지를 살펴보려고 하는 것은 매우 중요한 것 같다. 마르크스는 헤겔을 뒤집음으로써 헤겔의 버그를 바로 잡았다고 주장한다. 변증법은 이제 (그것이 무엇이든) 정신에 내재적인 것이 아니라 마르크스가 물적 차원이라 부르는 것, 즉, (그에게) (인간의) 경제 관계의 차원에 내재적이다. 모든 것이 다른 모든 것에 의해 기계적으로 밀쳐지지만(원동력이란 말을 경계하라!), 그것은 운동 그 자체라기보다는 단순한 끌고 끌림(just shuffling)에 더 가깝다.

휴스턴, 문제가 생겼어요.

그러므로 우리는 문제를 바로 잡을 수 있다. 링이 단계별로 떨어지지 않으면서 스르륵 미끄러지는 슬링키를 상상해보라. 기이하고 '툭하며' 떨어지는 그 움직임을 상상해보자. 우리는 사물들로 하여금 저절로 움직일 수 있게 하고, '움직임'을 단순히 '기계적인 밀고 밀림'이 아니라 아주 강인한 어떤 것을 의미할 수 있도록 우리의 문제를 바로 잡을 수 있다.

나아가서 이것은 우리가 테이블이 춤추도록 내버려 둘 필요가 있음을 의미한다. 휴스턴, 또 다른 문제가 생겼어요.

사실상 우리는 테이블이 흔들리도록 내버려둘 필요가 있다.

우리는 어떤 종류의 문제를 원하는가? 우리는 보는 바와 같이 놀랍고 소화하기 어려운 두 번째 종류의 문제, 즉 테이블이 춤출 수 있는 세계를 필요로 한다. 이 세계는 슬링키가 혼자서 꿈틀거릴 수 있는 세계일 것이다. 여기서 **꿈틀거림**(wriggle)은 부분적으로 **흔들림**(rocking)과 어원학적으로 서로 공명한다.

나는 흔들림을 **유령적 행위**로, 다시 말해, 강경한 상관주의와 강경한 유물론을 저월하여 '유령적인 것', '유령적 비인간'을 포함하는 행위로 정의하려고 한다. 양자 사건들은 고정하기 어려운 것으로 악명 높다. 그것은 지극히 애매하며 그 '뒤'에는 어떠한 인과적 메커니즘도 갖지 않는 것 같다. 모든 그런 '루프홀'(loophole)(과학문헌에서 사용되는 용어)은 비국소성의 유령적 현상들에 관한 연구에서 배제되어왔는데, 여기서 다른 입자들과 뒤엉켜있는 입자가 **동시에**—아인슈타인의 속도 한계, 즉 빛의 속도를 근본적으로 위반할 뿐만 아니라 또한 행위에 대한 현재 통용되는 다른 이론, 즉 비헤겔주의적인 유물론적 이론이 의지하는 기계적 유물론을 위반함으로써—상보적인 방식으로 양극화한다.

유령적 행위는 당신이 어떤 종류의 사람인가에 따라서 도깨비 같거나 아무것도 아닌 것처럼 보이거나 불가능하거나 마술적으로 보이게 될 것이다. 혁명은 텔레비전에 중계되지 않겠지만 이게 전부는 아니다. 즉 그 어떤 방식이든지 혁명을 가리키는 것은 가능하지 않을 것이다. 왜냐하면 양자의 행위는 하나의 시간-공간 영역에 국소화될 수 없을 뿐만 아니라 더 작고 더 확인하기 쉬운 단위들로 환원될 수도 없기 때문이다. 양자의 행위에는 어떠한 원자들도 존재하지 않는다. 양자 이론에 대한 뉴에이지식의 해석은 바로 기성품 형태의 상관주의에 불과하다. 나는 이런 해석이 양자 이론에 관한 가장 흥미로운 것을 무심결에 **차단하는**—더 당혹스럽게는 결정자가 되고자 하는 단절된 인간적 집착을 재주장하는—방법이 아닌가 하는 의문이 든다.

현재 진행 중인 행위의 이론들은 상관주의 그 자체 내의 왜곡에 의해 방해받고 있는데, 이 왜곡은 유령처럼 부재 속에서 현존하는 비인간적 존재자들의 발자국이다. 이 행위의 새로운 이론은 처음부터 서구 철학이 지역적인 것과 지구적인 것(서구철학에서 보편적인 것으로 상상되는 것)을 나누려고 했던 엄격한 형이상학적 구분에 의해 방해받고 있다. 나아가서 이런 보편성은 외파적인 전체론의 방식으로, 즉 부분들의 합보다 더 큰 전체로서 상상되는데, 이런 이미지는 새로운 행위 이론의 전개를 방해하기도 한다. 새로운 행위 이론은 우리가 폭력을 사유하는 방식을 바꾸어놓을 것인데, 이는 연대 개념의 심층적 변화와 같은 것이다. 새로운 행위 이론에서 폭력은 더 거대한 외파적 전체에 속하는 것이 아니라 (그 규모가 어떻든 간에) 깨어지기 쉬운 우연성에 속할 것이다. 거기엔 거시적 폭력들의 만신전이라기보다는 다수의 미시적 폭력들(이것들이 아주 클 수도 있지만)이 존재할 것이다. 생태학적 인식은 그 어떤 정치적 집단형성에서든 뭔가가 반드시 배제된다—그 어떤 정치적 존재자들의 집합에는 근본적인 취약성과 비일관성이 있다—는 것을 의미한다. 이러한 필연적인 배제는 폭력의 장소이며, 따라서 연대는 그것이 항상 더 많은 것을 포용하고, 모든 것을 포용할 수 있기를 소망하는 구조적 위치에 있다. 하지만 이러한 소망은 정확하게 가장 바탕적이고 가장 덜 꾸민 상태에서의 공감의 감정, '공존하려는 정념'(a passion-to-coexist), '함께 하려는 분투'(a striving-to-be-with)이다.

나는 **흔들림**을 비인간적 존재자들을 포함하는, 즉시 이용 가능한 연대를 바탕으로 한 행위의 내적 동학으로 정의한다. '흔들다'라는 동사는 통상 무엇을 의미하는가?

거친 물살 위에서 움직이는 배는 흔들리고 출렁거린다. 섹스를 하는 인간도 흔들리고 출렁거린다. 로큰롤은 드럼을 치고 엉덩이를 흔들며 기타 줄을 튕기는 것과 관련된 음악 형식이다. 초기 현대 독일어 'rocken'은 엉덩이를 꿈틀거리는 것을 나타내는 드문 용어이다. 부드럽게 좌우로 흔드는 것 말이다. 스웨덴어

'*rucka*'는 이리저리 움직인다는 뜻이다.[43] 흔들림은 제자리에서의 움직임, 동요, 정지된 상태에서의 움직임과 다양하게 공명하는 의미를 갖는다. 춤추는 것, 이를 러시아 형식주의자는 '움직임의 느낌(movement that is felt)'이라 부른다. 그러나 춤추는 것은 제멋대로 튀지 않는 움직임이기도 하다.[44] 춤추는 것은 계속해서 출발점으로 잽싸게 되돌아간다.

만일 우리가 주목하면, 우리는 이런 공명 속에서 아주 이상한 것을 엿볼 수 있다. 즉 완전히 새로운 행위의 이론 말이다. 이 행위의 이론은 **'능동적인 것'** 대 **'수동적인 것'**이라는 유신론적 범주들, 즉 우리가 섹슈얼리티, 그리고 그런 섹슈얼리티의 문화와 정치를 사고하는 방식에 깊이 연루된 범주들을 필연적으로 퀴어화(queering)하는 것과 관계가 있다. 이런 범주들은 한 차원 더 들어가면, 인간이 사회적, 정신적, 철학적 공간에서 비인간들을 다루어온 방식에 폭력적으로 간섭하는 범주들이다. 이런 쟁점이 얼마나 긴급하고 떨릴 정도로 민감한 것인지를 직관하기 위해서는 록 음악의 탄생 이래 섹슈얼리티와 특히 그 퀴어성이 어떻게 표현되고 통제되어 왔는지를 생각해보기만 해도 된다. 지금은 우리가 일반적으로 생각하는 **능동적, 수동적**이라는 개념을 내려놓을 적절한 시기이며, 흔들기 시작해야 할 때이다.

잠시 재미삼아 지질학적 암석을 생각해보자. 우리는 암석들이 제자리에 완전히 정지해있다고 생각한다. 암석은 자연의 일부, 우리의 전경에 대한 후경, 우리가 원하면 우리의 움직이는 손발로 잡을 수 있는 울퉁불퉁한 부분이라고 여긴다. 완전히 정적인 예비재 같은 이 지질학적 물체는 잘리고 폭파되고 녹여지고 향기가 더해져 유쾌한 부엌 상관으로 변화되길 기다린다.[45]

279

우리는 암석이 제 역할을 하기를, 다시 말해, 전적으로 수동적이기를 기대한다. 우리는 위에 있고 암석들은 아래에 있으며 우리는 암석들이 항상 그렇게 있을 것으로 기대한다. 행여나 암석이 위로 이동하려고 하면, 사람들은 이를 지진이라 부르며 극도로 불쾌하게 생각한다. 혹은 누군가의 차에 떨어진 암석을 생각해보자. 그런 일이 일어날 수도 있다는 것을 보여주는 도로 위험 표지판이 있지만, 우리는 이 표지판을 마치 암석이 절벽에서 뛰어내려 우리를 향해 돌진해올 것처럼 읽지는 않는다. 우리는 돌멩이에 의도성—행위성 개념의 뒤에 숨어있는 쟁점—을 부여할 생각은 애초에 하지 않는다.

우리는 행위성이 일하면서 분주히 돌아다니는 것을 경계하기 때문에 암석이 어떤 일을 행하는 것을 경계한다. 우리는 분산된 행위성(distributed agency) 혹은 창발적인 행위성(emergent agency)을 우리의 불편함을 드러내는 방식으로 이야기하지만 이것은 가장 단순한 힌트에 불과하다. 행위성을 '분산된'이라고 부르는 것은 사람들이 사실상 이 암석이 행위하고 있다고 주장할 필요가 없음을 의미한다. 대신에 암석은 행위자들의 네트워크의 일부이고 다른 사물들에 영향을 미치는 한에서 행위하는 것이다. 이런 행위를 네트워크의 어느 한 부분에 고정시키는 것은 바람직하지 않을 것이다. 이러한 문제들에는 속물로 보이는 데 대한 무언의 금지가 있다. 분산을 인정하는 것은 권위에 관한 불안의 시대의 미적 취향이 될 수 있다.

하지만 이것은 또한 유신론처럼 들리지 않는가? **능동적인 것**과 **수동적인 것**이라는 말은 신체 내의 영혼, 즉 우리의 사고가 심지어 지금도 종종 무의식적으로 리트윗할 것을 강조하는 신플라톤주의적 기독교—이것은 수동성 개념을 제기하는 것이고, 공격을 유발하는 것이다—와 관계가 있다. 예의 있는 발언의 원칙들 중 하나는 사람들 앞에서 결코 무의식을 언급하지 않는 것이다. 왜냐하면 그것은 우리가 말하고 행동하는 방식의 일부가 의도치 않은 것, 즉 어떤 의미에서 수동적이라는 것을 보여주기 때문이다. 하지만 생태학적 인식은 한 아방가르드 음악가가 **비-의도성**(un-intention)이라 부른 것을 인정하는 것과 관련이 있다.[46] 『자연변증법』의 통찰력 있는 문장에서 엥겔스는 생태학적 인식을 자신이 기독교에서 유래하는 것으로 보았던 이항대립의 삭제와 연결짓는다.

> 메소포타미아, 그리스, 소아시아 등지에서 경작 가능한 땅을 획득하기 위해 숲을 파괴한 사람들은 숲과 함께 채집 중심지와 습지 보존지역을 제거함으로써 자신들이 그러한 나라들의 현재의 황폐화된 상태를 낳았다는 사실은 꿈에도 생각하지 못했다. . . . 우리는 그 어느 때보다 우리의 일상적인 생산 활동이 낳은 먼 자연적 결과를 . . . 깨닫고 통제해야 하는 입장에 있다. 하지만 이 과정이 더 진행되면 될수록 사람들은 자신들이 자연과 하나임을 느낄 뿐 아니라 인식하게 될 것이고, 유럽에서 고대 그리스 로마의 쇠퇴 이후에 생겨났고 기독교에서 가장 정교한 형태를 띠게 되는, 정신과 물질, 인간과 자연, 영혼과 신체 간의 무의미하고 부자연스런 대립 개념은 더욱 더 불가능하게 될 것이다.[47]

능동성 대 수동성이라는 흡족한 환상은 오래되어 좋거나 나쁜 전재적 전지(omnipresent omnisciene)처럼 들리지 않는가? 그리고 그것은 신플라톤주의적 비법의 세 번째 탁월한 부분인 전능(omnipotence)을 암시하지 않는가? 잠재력, 모든 곳, 평탄한 힘, 평탄한 현존, 평탄한 인식. 이는 모든 접근양식이 동등하지 않다는 관념, 특히 인식한다는 것이 최고의 접근 양식이자 인간들, 대부분 이성애적 섹슈얼리티를 갖고 있는 백인 서구인으로 알려져 있는 최고 존재자들을 위한 접근 양식이라는 관념을 확립한다. 동물원에서 침팬지를 해방시킬 가능성은 그 어느 때보다 멀어진 것으로 들리기 시작한다. 그러려면 우리는 먼저 침팬지가 서구 백인 가부장제적 이성애 인간 남성이 될 수 있는 방법을 찾아야 할 것이라고 생각한다.

혁명은 애초에 일어날 것 같지 않을 것으로 보이기 시작한다. 왜냐하면 우리는 침팬지를 동물원에서조차 꺼낼 수 없기 때문이다. 분산된 행위성 개념은, 마치 브라이언 에노(Brian Eno)가 자신의 레코드 플레이어가 고장 나는 바람에 사물들이 아주 조용히 연주하는 소리만 듣게 된 오리지널 환경 음악처럼, 유신론적 가부장제 개념의 환경 버전에 다름 아니다.[48] 이는 이웃을 혼란에 빠뜨리지 않을 초저음의 가부장제, 즉 학문 생활을 약간 더 영구적으로 만들어서 더 견딜만하게 해주는 제도이다.

"느끼는 대로 하라"라는 당혹스런 구절을 생각해보자. 이 구절이 "당신이 하고 싶은 것은 무엇이든 하라"는 뜻이 아님을 주목하라. 이 말이었다면 이해하기는 덜 어려웠을 것이다. 이것은 사람들이 뭔가를 느끼고 난 뒤에 그 느낌을 다른 사람에게 연기하도록 되어 있다는 것인가? 그렇다면, '난 뒤'의 위상은 무엇인가?—그것은 시간 순이라는 의미에서 '뒤'인가, 아니면 '논리적인 의미에서' '뒤'인가? 행위하는 것은 느끼는 것과 동시적인가? 아니면 느낌은 이런 행위를 위한 가능 조건인가? 이것은 모두 불확실하고 모호한 것 같다. 예를 들어 이는 우리가 특정한 행위를 통해 어떤 것을 느끼게 된다는 것인가? 통사론은 이런 논리를 제안한다. 즉 이 명령을 읽는 또 다른 방법은 "당신이 느끼는 것이 당신이 행하고 있는 것이다"라는 것이다. 당신이 무엇을 하든 간에 그것을 느끼면서 당신은 거기에 있다. 이런 경우에 행위하는 것이 느끼는 것에 논리적으로 앞선다. 비록 이 경우에 시간 순으로 당신이 행동하고 난 뒤에 느낀다는 것은 결코 명백하지 않지만 말이다.

이 구절은 내가 가장 좋아하는 댄스곡 중 하나인 조이 네그로(Joey Negro)의 <느낌대로 해>("Do What You Feel", 1993)에서 반복적으로 불린다.[49] 검토해보니 이 테크노 뮤지션 역시 이 구절을 붙잡고 씨름했고, 이 구절이 아주 매혹적이라는 걸 알았지만 정확히 이것을 어떻게 말해야 할지—혹은 이것을 어떻게 **해야** 할지—에 관해 전혀 확신이 없었음을 보여준다. 이 노래에는 몇 가지 원판들이 있지만, 1991년 무렵 레이브 무대에서 히트를 쳤던 것은 이 노래였다.

이 곡의 일부 버전들에는 서정적 가사들이 더 많이 들어있지만 그 시절 가장 인기 있던 판에는 이 가사와 "몸 흔드는 것을 멈추지 마"(Don't stop the body rock)라는 또 하나의 가사만 들어있다. 사실상, 어떤 버전은 '더 높이'(higher)라는 단어를 포함하고 있었는데, 이는 아주 별로였다. 느낌대로 행동하라고 했는데 더 높이라니—더 높이 행동하라는 것인가, 아니면 더 높이 느끼라는 것인가. 혹은 너무 변죽 올리지 말고, 당신은 정말로 '높아지는' 것을 느끼며 흥겨움에 겨워 욕을 해대기 시작한다. 혹은— 다시 혼란스러울 뿐이지만—당신이 느끼고 있는 것을 행동하는

283

현상학을 기술하고 있다. 철학자들은 절대 무도장에 들여놔서는 안 된다. 아니면 그들이야말로 무도장에 들어가도록 허용해야 할지 모른다. 왜냐하면 그곳이 그들의 지성이 의미심장한 것을 말할 수 있을 정도로 혼란스러워질 수 있는 장소이기 때문이다.

마이클 잭슨의 곡 <당신과 함께 흔들기>("Rock with You", 1979)에서처럼 자신의 몸이나 다른 누군가의 몸을 흔들거나, 둘 이상의 사람들이 함께 흔드는 감각을 즐기는 것은 가장 좋아하는 테크노 주제임에 분명하다. 쿼츠(Quartz)가 부른 <멜트다운>("Meltdown")(1991)—석영(quartz)이 녹기 시작하는 온도를 상상해보라—에는 "당신의 몸을 흔들어요"(Rock your body)라는 간단하고 점잖게 부르라는 지시가 포함되어 있다.[50] 그리고 리즈(Reese)의 <비트에 맞춰 흔들어>("Rock to the Beat")(2009)를 리믹스한 데릭 메이(Derrick May)의 놀라운 곡은 그가 "흔들어"를 길게 늘리고 확장하고 멜로디를 올리는—그대로 유지되다가 다시 떨어지는—가락으로 부르면서 마치 자장가와 같은 것으로 바뀐다.[51] 이 소리는 너무나 부드럽고, 약간은 으스스하며, 어둡고 다소 불길하게 들리며, 선택된 테크노 약물이—만일 우리가 그 이름으로 행복을 기대한다면—그 이름에 전혀 어울리지 않는 분위기를 환기시킨다. MDMA 혹은 엑스터시는 일부 동양 의학이나 영적 체계가 신비체(subtle body)라고 부르는 것에 대한 각성을 고양시키는 것 같은데, 이는 조야한(그러한 체계들에서 말하는 '전체적인'gross) 의미에서 정확히 물리적이지도 않지만 그렇다고 정확히 정신적이지도 않다. 이 약물은 이런 범주들의 '사이'에서 움직이는 것 같다. 물론 이 **사이** 또한 잘못된 단어이긴 하지만 말이다. 왜냐하면 신비체적 각성의 감각은 이질적인 개체를 인식하는 것과 다르지 않기 때문이다. 하지만 이질적인 것은 자신의 자기성(oneself)에 대한 감각이나 고유성과 타당성을 나타내는 무서운 개념인 **고유지각**(proprioception)과 연관된 신체적 체현에 대한 자신의 감각보다 더 친밀한 것이다. 이것은 대체로 잭 핼버스탬(Jack Halberstam)이 특정한 호러 양식의 기이한 특성에 관해 말한 것과 닮았는데, 여기에선 어떤 것이 암호화되거나 숨겨지거나 고유성 내부에 묻혀 있거나, 심지어는 고유성을 갖기 이전에 누군가가 항상 이미 자신 속에 침투되어 있는 것 같다.[52] 이것은 프로이트가 내적 투사(introjection)라는 병리적 현상으로 설명한 것과 닮았고, 마리아 토로크(Mária Török)가 인간 심리가 내부에 파묻혀 있고 암호화된 유령적 존재자들을 포함하는 방식을 상상함으로써 회복시키고자 한 것과 유사하다.[53] 이러한 심리적 개체들을 설명하는 포괄적인 존재론적 용어는, 필립 풀먼(Philip Pullman)의 『황금 나침반』(*His Dark Materials: The Golden Compass*) 시리즈에 나오는 악마처럼 하나의 개체의 주변—아니면 그 내부인가, 외부인가?—을 배회하기 때문에 우리가 생명체라고 부르기엔 다소 어색한 사물들의 근본 특징을 이루는 유령성이다. 여기서 우리는 데리다에게 현존의 형이상학을 위한 조건을 나타내는 범주들인 내부와 외부가 혼란을 일으키는 건강한 모습과 대면하게 된다.[54] 일단 사유가 내부와 외부의 구별을 확립하는 순간, 현존의 형이상학이 나타난다. 예를 들어, 쿤달리니(kundalini) 각성 현상을 보고하는 사람들은—이는 요가 훈련 없이도 자연발생적으로 생겨날 수 있다—정신병원에 들어가 자진해서 검사받기도 하는데, 그 이유는 그들이 마치 자신의 일부 경험이 자신 밖으로, 때로는 아주 극적으로 밖으로 빠져나가 우

285

주공간 속으로 유동하듯이 내부와 외부의 그런 논리를 벗어나는 뭔가를 느끼기 때문이다.[55]

이것과 밀접히 관련된 것은 우리가 병 속의 액체나 기체처럼 신체에 거주하는 영혼, 정신, 혹은 마음이라는 관념을 지속적으로 리트윗 할 때 생겨나는 두려움이다. 여기서 문제를 구성하는 것은 정신과 육체의 이원론만은 아니다. 문제는 하나는 내부에 있고 다른 하나는 외부에 있다는 식으로 이원론이 구성되는 방식에 있다. 이것은 모두 '**안**'('in')이라는 개념이 갖는 힘과 단단함에 달렸다. 절차에 따라 척추 뼈 바로 앞에 있는 중심 통로(central channel)를 고양시키는 뱀 모양의 에너지인 쿤달리니를 불러내려고 하는 요가 수행자들은 **그 내부에 자신을 맞추고**(tune in)(다시 'in'이라는 단어가 들어있다), 자신의 각성을—어딘가에 그 위치를 가리키는 순간 각성이 사라지고 마는—무조건적인 각성이나, 아니면 배꼽 바로 아래에 위치한 특정한 차크라의 특정 지점에 맞게 조율한다.

정신병원을 찾아가 자진 검사를 받는 사람들을 혼란스럽게 하는 것은 이 에너지가 어떻게 해서 저절로 **움직이는** 것처럼 보이는가 하는 것이다. 자아를 위협할 정도로 내부와 외부의 구분이 흐릿해지는 것은 바로 이 움직임 때문이다—어떤 것은 구토나 배설처럼 통제할 수 없이 위로 올라가지만, 사람들이 실처럼 가늘다고 말하는 아주 희미한 채널에 맞춰 각성의 라디오다이얼을 미세하게 조정하는 법을 터득하기까지 더욱더 섬세해진다. 사람들이 주파수를 더 섬세하게 맞추면 맞출수록, 에너지는 물리적으로 더욱 뜨거워지고 더욱 강렬해진다. 네팔과 티베트의 일부 여수도승들은 이런 에너지를 가지고 자신의 신체 주위 반경 2m 두

께의 눈을 녹이는 의례를 실천하기도 한다. 이 에너지는 마치 정신적 성 기관들과 같은 것인 차크라를 타고 올라가는데, 이 기관들은 자체의 오르가슴을 느낀다. 즉, 에너지가 그 내부를 핥으며 돌아다니기 시작하면서 기관들이 모두 열리게 된다. 바르트가 지적하고 싶어 했듯이, 희열(bliss)은 정말로 혼란스러운 것이다—그리고 그가 지적하는 데 실패했지만 희열은 쾌락 속에서 얻을 수 있는데, 이는 신비스러운 정신적 통로들이 사람들에게 소비주의에 관한 거의 모든 비판적 감수성(마르크스주의, 일부 무정부주의, 다수의 환경주의 등)을 혼란스럽게 하는 것을 상기시키는 방식으로 쾌락을 강조하려는 이유이다. 소비주의는 쾌락을 정신적 방식으로 추구하는 보헤미안적이거나 낭만주의적인 반성적 추구—'경험'의 정치학과 시학—를 최고의 차원으로 삼기 때문이다.[56] 종국적으로 에너지는 머리꼭지에 있는 차크라를 열고 밖으로 나간다. . . 이제 이를 재현하는 방법은 완전히 초자연적인 것이 된다. 이 문제를 연구 공간에서 논하는 것은 정중하지도 안전하지도 않다.[57]

신자유주의가 마음 챙김(mindfulness)을 좋아하기 때문에, 서구 학문은 이제 '마음 챙김'(불교 명상 담론에서 유래한 용어)에 관해 말할 수 있게 되었다. 하지만 이는 지젝(Slavoj Žižek)이 가정하는 것, 즉 마음 챙김이 수련자들을 희열에 도취된 수동적인 인간으로 바꾼다는 주장과는 아주 거리가 먼 이유 때문이다('사건'의 이론가들처럼 지젝도 수동성을 혐오한다). 마음 챙김은 이제 수련자들을, 직장과 가정 모두에서 해야 할 전적으로 새로운 일, 다시 말해, 고요함을 유지하는 일을 갖게 된 광적으로 **능동적인** 노동자로 바꾸어놓는다. 연구는 '각성'에 관해 말할 수는 없다. 각성이란 명상 매뉴얼에서 힘들이지 않는 것, 수련자가 억지로 '행하지 않는' 것, 자체의 독자적인 섬광으로 일어나는 것을 의미한다. 이는 유감스러운 일인데, 왜냐하면 마음 챙김이 불교의 명상 매뉴얼에서 각성이 일어날 수 있도록—이 순간 명상가는 마음 챙김을 내려놓게 되어 있다—도와주는 도구이기 때문이다.

유추하면—만일 어떤 사람이 특정한 부류의 젠더 수행자가 아니라면—그는 기어 레버를 사용하는 데 자신이 얼마나 능숙한지를 보여주려고 운전하지는 않는다. 그는 어딘가를 가기도 하고 창밖을 쳐다보기도 하면서 운전을 한다. 그는 의도치 않게 죽은 고양이를 치기도 한다. 마음 챙김은 밭을 가는 것과 같고, 각성은 수렵 채집과 같다. 하지만 신석기 시대 이후의 인간들은 자신이 더 이상 구석기 시대적 존재자가 아니라고 토로하면서, 구석기 시대적인 것을 황당한 원시주의 내지 죄의 급격한 증가로 에덴 동산으로의 복귀가 불가능해진 상황으로 상상하는 한편, 오히려 우리는 재레드 다이아몬드(Jared Diamond)가 인류 역사에서 최악의 실수라고 부른 신석기 시대적인 것을 계속해서 환호한다.[58]

우리는 각성을 **행하지** 않는다. 각성은 우리에게 일어난다. 각성은 자체의 고유한 입장에서 자체의 고유한 존재를 갖는 것 같다. 각성은 당신이 만드는 것이 아니다. 오늘날 기업들의 인기 있는 견해에도 불구하고 마음 챙김은 분명히 좋은 것만은 아니다. 마음 챙김은 종종 아주 나쁠 수도 있다. 마음 챙김을 잘하고 아무 침착하며 불안감도 전혀 없는, 즉 사물을 차분하게 갈라서 열 수 있는 사람들이 있다. 이들은 사이코패스라고 불린다. 어떤 일들을 차분하게 행하는 것은 그 자체로 그리고 저절로 위대한 것은 아니다. 이것이 신자유주의의 살해-자살 문화와 아주 잘 어울리는 것 같은 이유이다.[59] 각성은 사이코패스에게 자신이 가지고 있는 것조차 전혀 몰랐다가 신의 음성처럼 경험하게 되는, 갑작스런 양심의 가책처럼 일어날 수도 있다. 요컨대 각성은 맥베스(Macbeth)에게 나타나는 뱅코(Banquo)의 유령처럼 희열 없이 무서울 정도로 왜곡된 모습으로 나타날 수 있는 것이다. 만일 우리가 마음 챙김의 과잉능동성에 대한 비판을 통해 역으로 설계한다면, 우리는 각성이 우리가 탐구하고 있는 의미에서 **흔들리는 것**을 알아차린다. 각성은 홀로 동요하고 변주하며 진동하지만 배타적으로 행동하지도 느끼지도 않고, 능동적이지도 수동적이지도 않다.

생태학적 인식은, 시간적이든 공간적이든 당혹스러울 정도로 다양한 스케일들이 있고, 인간적 스케일들은 훨씬 더 거대하고 필연적으로 비일관적이며 다양한 스케일들을 가진 가능 공간 중의 아주 좁은 영역에 불과하며, 인간적 스케일이 최고 스케일이 아니라는 것을 안다. 다양한 크기의 자가 비행기들이 있는 것처럼 플랑크(Planck) 길이에서 우주(Universe)의 범위에 이르기까지 사용자를 유연하게 줌인 혹은 줌아웃하게 하는 온라인 스케일 도구와 영화들은 인간중심주의적인 스케일에 의해 작동한다. 왜냐하면 그것들은 인간중심주의적 주체 위치를 호명하기 때문이다. 즉 사용자는 팩맨(Pac-Man)처럼 그러한 모든 스케일들을 무차별적으로 흡수해버린다. 그러나 현실은 스케일의 다양성을 갖는다. 암석은 미시적 차원에서는 거대하고 텅 빈 성당이지만 나노적 차원에서는 태양계의 광대하고 텅 빈 영역이다. 양자 이론에서 특정 상태들의 '사이'에 어떠한 에너지 상태도 없듯이—비유적으로 말해, 파란색 에너지장과 빨간색 에너지장이 있듯이—이런 스케일들 사이에 어떠한 매끄러운 이행지대들도 존재하지 않는다. 비등 현상(boiling) 같은 상전이(phase transition)는 그것을 바라보는 우리의 인간중심주의적 스케일 때문에 매끄럽게 보인다. 전자(electron)의 관점에서 보면 비등 현상에 관해 창발적인 것은 아무것도 없다―물리학에서 '금지대'(forbidden gap)라 일컫는 것을 무시하면, 전자 궤도 내에 갑작스런 비약이 발생한다. 행위의 바탕적 이론은 A에서 B까지 도달하는 방법을 확인하고자 하기 때문에―사람은 각성을 통제하길 원하기 때문에―매끄러운 틈새지대(in-between zone)를 원한다. 사람은 **어떤 일이 일어나게 하는 것**(letting something happen)과는 반대로 어떤 것을 **행하는 것**(doing)을 원한다. 온라인의 스케일 도구는 사실상 생태학적 인식을 **방해한다**.

인간과 무관한 거대한 시간스케일에서 보면, 암석은 왔다 갔다 이동하고 변하고 녹으면서 액체처럼 반응한다. 암석은 아무것도 하지 않은 채 거기에 그대로 있을 수는 없다. 인간은 출구 없는 인간중심주의에 갇혀있지 않다. 왜냐하면 인간은 바위가 액체라는 것을 알아채고, 이 액체성이 작용하는 시간스케일에 맞출 수 있고, 그것이 암석에 영향을 미치도록 내버려두고, 흥분하거나 공포에 휩싸일 수 있기 때문이다.

더욱이 인간과 무관한 **작은** 시간-공간의 스케일에서 암석의 작은 조각들은 모두 혼자서 진동한다. 앞서 언급했듯이, 그것들은 능동과 수동의 이항대립에 비해 훨씬 보잘것없는 일을 행한다. 그것들은 진동하는 동시에 진동하지 않는다. 이와 같이 양자 이론적 의미에서 능동적인 것과 수동적인 것의 '사이'에서 움직인다는 것은 둘 사이에서 일어나는 매끄럽고 정연하게 결합된 타협을 의미하지 않는다. 그런 움직임은 둘 모두(both/and)를 의미하고, (신의 존재처럼) 결코 증명된 바는 없지만 복음의 논리로 당연시되는 비모순율의 '법칙'을 위반한다. 한 개체의 바닥상태는 기계적인 투입이 없는 희미한 흔들림이다. 이 작은 거울을 미는 것은 아무 것도 없다. 거울은 혼자서 흔들리고 있을 뿐이다. 거울은 밀리는 것이 아니기 때문에 수동적이지 않다. 그것은 물리학 담론에서 의도하는 가장 엄밀한 의미에서, 어떤 것이 다른 어떤 것에게 행위를 가하는 것이 아니기 때문에, 즉 절대 영도에 가까운 진공 상태에 있기 때문에 능동적일 수도 없다. 절대 영도 바로 위에 특정한 영역이 있고 여기에서 이런 일이 일어나기 시작한다는 것은 설득력있다. 일어남의 현상과 일어나지 않음의 현상 간의 경계는 얇지도 단단하지도 않은데, 이는 결정성과 유한성의 징후이다.

행위를 이런 식으로 사유하는 것은 행위자-연결망(actor-networks)이나 이보다 볼륨을 더 높인 버전인 기계론적 작용(pushing-around)보다 뛰어나다. 후자는 신플라톤주의적 기독교의 과학적 버전으로 (자신은 아니라고 말하지만) 데카르트가 리트윗하고 (데카르트와 같은 실수를 범하지 않았다고 말하는) 칸트 역시 리트윗한 것이다.[60] 이 버그는 많은 사고 영역에 영향을 끼쳤다. 산업자본주의는 마르크스에 의해 산업 기계들의—기계들을 충분히 가질 때 짠하고 나타나듯이—창발적 속성으로 이론화되었다.[61] 하지만 이는 자본주의가 신과 같이 항상 부분들의 합보다 더 크다는 것을 의미한다.

일단 그 내용을 괄호 치면, 각성 그 자체는 절대 영도에 가까운 작은 수정체와 유사한 어떤 작용을 행하는 것으로 보인다. 각성은 고요하면서 동시에 움직인다. 즉 각성은 느끼거나 행하거나 사고하거나 구현하거나 하는 바닥상태이다. 각성은 흔들린다. 어쩌면 명상적 각성은 작은 수정체나 거대한 빙하 암석면과 같은 것의 인간적 버전일 수도 있다.

철학은 새로운 행위 이론, 즉 능동적이지도 수동적이지도 그 둘의 타협적인 합성도 아닌 퀴어한 이론을 필요로 한다. 이 이론은 우리가 지구 온난화와 신자유주의와 같이 물리적으로 거대한 존재 아래에서 빠져나오도록 도와주고, 우리가 과잉객체들로부터 꿈틀하거나 흔들어서 빠져나오도록 저 아래에서 움직일 여지를 발견할 수 있게 해준다. 이 이론은 예를 들어 비록 역사가 지금 당장은 제대로 기능하지 않을지라도 혁명가들에게 자신들이 결정자임을 강조하고, 위에서는 매우 힘든 상황이지만 누군가는 이 일을 해야 하기 때문에 역사의 연속체를 절단하라고 명령한다고 하더라도, 행위하는 것—어뢰(torpedoes) 따위들—과 관련이 있는 사건의 이론들보다 훨씬 더 흥미롭고 훨씬 더 강력한 혁명적 행위 이론이 될 것이다. 혁명적 행위는 이상 작동해왔다. 그 행위가 체계에 의해 계속적으로 전유되었기 때문이 아니다. 이렇게 전유된다고 생각하는 것은 전체가 부분의 합보다 크다는 유신론적이고 외파적인 전체론에 의해 지탱되는 냉소적 이성의 사고이다. 진실에 가까운 것은 혁명적 수행이 구현하는 행위 이론들이 우연하게 유신론적인 경향을 띠게 되었고, 그리하여 가부장제적이고 위계질서적이며 이성애규범적인 가능 공간에 갇히게 되었다는 것이다. 만일 미적 차원이 인과적인 차원이라면, 조율함(attuning-to)은 보다 일반적인 의미에서 행위함을 위한 가능 조건일 뿐만 아니라 행위 그 자체의 양자이기도 하다.

현실이 직선적이지 않기 때문에 사랑은 직선적이지 않다. 도처에 곡선들과 굴곡들이 있으며 사물은 방향을 선회한다. 도착(Per-

ver-sion)과 환경(En-*viro*nment)도 그러하다. 이 단어들은 모두 '방향을 선회하다'(to veer)라는 동사에서 유래한다.[62] 방향을 선회하거나 트는 것. 여기서 그렇게 하도록 내가 선택하는 것인가, 아니면 그렇게 하도록 부추김을 당하고 있는 것인가? 자유의지는 과대평가되었다. 나는 우주 밖에서 결단을 내리고 난 뒤 마치 올림픽 다이빙 선수처럼 우주 속으로 뛰어들지 않는다. 나는 이미 우주 안에 있다. 나는 언어처럼 끊임없이 당겨졌다가 당기고, 밀렸다가 밀고, 사라졌다가 나타나고, 맴돌다가 앞으로 나가고, 조류에 따라 움직이며, 있는 힘껏 헤쳐 나간다. 환경은 중립적인 텅 빈 상자가 아니다. 그것은 조류와 파도로 일렁이는 해양이다.

단순히 당신이 비인간과 연대할 수 있는 것이 아니다. 연대는 비인간을 함축하고 있다. 연대는 비인간을 **필요로 한다.**

연대는 바로 비인간과의 연대에 다름 아니다.

역자 후기

『인류: 비인간적 존재들과의 연대』는 티머시 모턴(Timothy Morton)의 *Humankind: Solidarity with Nonhuman People* (London & New York: Verso, 2017)을 우리말로 옮긴 것이다. 모턴은 1968년 생으로 옥스퍼드 대학 마들린 칼리지에서 영국 낭만주의 시인 셸리(Percy Bysshe Shelley)의 시에 나타난 음식과 섭생, 소비의 문제를 다룬 「육체를 재-생상화하기: 셸리와 다이어트의 언어」(Re-Imagining the Body: Shelley and the Languages of Diet)로 박사학위를 받았고, 그 후 미국으로 건너가 데이비스 소재 캘리포니아 대학, 뉴욕 대학, 볼더 소재 콜로라도 대학에서 가르치다가 현재는 미국 라이스 대학 영문학과의 리타 시 거피(Rita Shea Guffey Chair) 석좌 교수로 재직하고 있다. 그의 주된 관심분야는 밀턴과 셸리를 비롯한 영국 시 연구, 문학에 나타난 음식 및 육체 연구, 생태학, 객체 지향적 존재론, 생물학, 양자물리학 등 초학제적 연구에 있다. 그의 저작으로는 *Ecology without Nature: Rethinking Environmental Aesthetics* (2007), *The Ecological Thought* (2010), *Hyperobjects: Philosophy and Ecology after the End of the World* (2013), *Realist Magic: Objects, Ontology, Causality* (2013), *Dark Ecology : For a Logic of Future Coexistence* (2016), *Humankind : Solidarity with Nonhuman People* (2017), *Being Ecological* (2018)이 있고, 공동 저작

으로는 *Marcus Boon, Eric Cazdyn, & Timothy Morton. Nothing: Three Inquiries in Buddhism* (2015), *Timothy Morton & Dominic Boyer. Hyposubjects: On Becoming Human* (2021) 등이 있다.

　티머시 모턴은 객체 지향적 존재론(Object-Oriented Ontology)에 근거하여 생태학적 사유를 급진적으로 재구성하고자 하는 이론가이다. 그가 영미비평계에 알려진 것은 기존의 생태학적 사유와 이론들이 자연(Nature) 개념에 근거한다는 인식하에 자연 없는 생태학(ecology without Nature)을 주장한 데 있다. 자연 개념은 인간과의 대립 속에서 구축되었기 때문에 근본적으로 인간중심주의적 사유에서 벗어나기 힘들다고 본 것이다. 따라서 자연 없는 생태학은 근본적으로 인간중심주의를 넘어선 생태학을 사유하기 위한 시도이다. 모턴은 인간과 자연, 주체와 객체, 자아와 세계, 내부와 외부 등과 같은 이분법적 경계에 근거한 기존의 생태학이 결국 인간을 위한, 즉 인간중심주의적인 생태학에 불과하다고 비판하면서 그런 이분법들을 해체하고 다양한 존재들과 사물들이 그물망(mesh)처럼 상호 연결된 관계를 사유하는 급진적 생태학을 주장한다. 그에 의하면 생태학적 사유란 주체와 객체, 인간과 사물, 자아와 세계 등 다양한 부분들 간의 경계와 거리가 사라진 상호 연결성—『인류: 비인간적 존재들과의 연대』에서 이런 관계는 '유령성'(spectrality)이라 불린다—을 사유하는 것이다. 상호의존성을 사유한다는 것은 "이편과 저편 간의 경계들, 특히 더 근본적으로는 내부와 외부의 딱딱하고 협소한 경계들에 대한 형이상적인 환상을 해체하고" "모든 존재자들이 중심도 가장자리도 없는 열려진 시스템 속에서 부정적으로 그리고 차이적으로 서로 연결되어 있다는 사실[1]과 대면하는 것이다.

모턴은 생태학적 사유를 다음과 같이 정의한다.

생태학은 우리에게 모든 존재자들이 연결되어 있음을 보여준
다. **생태학적 사고**는 상호 연결성에 대한 사유이다. 생태학적
사고는 생태학에 대한 사고이면서 생태학적인 사유이기도 하
다. 생태학적 사고를 사유하는 것은 생태학적 기획의 일부이
다. 생태학적 사고는 단순히 "마음속에서" 일어나는 것이 아니
라 인간 존재자들이 다른 존재자들, 즉 동물이나 식물 혹은 광
물질들과 어떻게 연결되어 있는가를 완벽하게 의식해가는 실
천이자 과정이다. 궁극적으로 이것은 민주주의에 관한 사유이
다. 진정으로 평등한 존재자들 간의 진정으로 민주적인 만남이
란 어떤 모습일까? 그것은 무엇일까? 우리가 심지어 그것을 상
상할 수 있을까?[2]

이 질문은 그의 향후 작업에서 근본적인 질문이 된다. 모턴의
생태학적 사유는 객체 지향적 존재론과 만남으로써 그 이론적 깊
이를 더해감과 동시에 사유의 큰 확장을 이루게 된다. 2000년대
초반부터 영미 및 유럽 철학과 이론에서는 주체 철학에서 벗어나
사물과 객체의 물질성과 실재성에 대한 새로운 사고들이 대거 등
장한다. 근대 서양철학은 칸트(Kant)처럼 사물이나 물자체에 대
해서는 인식할 수 없는 것으로 규정하고 주체의 인식과 이해의
가능성을 철학적 탐구의 중심 주제로 삼거나, 헤겔(Hegel)처럼 물
자체를 주체와 정신 속으로 통합함으로써 물 자체의 실재성을 부
정해왔다. 라캉과 데리다, 푸코 등과 같은 포스트구조주의적 사상
가들도 주체의 탈중심성, 의미의 미끄러짐, 앎과 권력에 의한 주

체의 구성 등을 주장했지만 그들 담론의 중심에는 항상 주체와 의미의 문제가 있었다.

이런 이론들을 비판하면서 물질과 객체, 대상의 실재성을 사유하는 새로운 물질론(new materialism)이 대거 등장하고 있는데, 그 중 가장 활발하게 제기되는 이론들 중의 하나가 객체 지향적 존재론(Object-Oriented Ontology), 즉 사변적 실재론(speculative realism)이다. 객체 지향적 존재론은 프랑스 철학자인 퀭탱 메이야수(Quentin Meillassoux)의 상관주의(correlationism) 비판을 이어받아 미국 철학자인 그레이엄 하먼(Graham Harman)이 주장한 이론이다. 메이야수는 칸트 이후의 근대철학을 비판하기 위해서 상관주의라는 용어를 제기한다. 그는 서양근대철학이 주체와 의미 중심의 사유에만 초점을 두고 주체와의 상관관계를 갖지 않는 사물과 객체는 칸트처럼 물자체로서 인식의 대상에서 제외되거나 헤겔처럼 의식과 정신에 의해 통합되어야 할 대상으로 간주된다고 비판한다. 그는 '상관관계'를 "우리의 사유와 존재의 상관관계로만 접근할 수 있을 뿐이며, 그것들에서 따로 추출해낸 어느 하나의 항목에는 절대로 접근할 수 없다는 의미[3]로 해석한다. 그리고 이렇게 해석된 상관관계를 이론적 특징으로 갖는 모든 사유의 흐름을 '상관주의'라고 명명한다. 특히 메이야수는 "소박한 실재론이기를 원치 않는 모든 철학이 상관주의의 변이형이 되었다"고 주장하면 상관주의로서의 근대 서양철학을 비판의 대상으로 삼는다. 상관주의의 핵심은 사물과 존재가 주체, 언어, 권력과 분리되어서는 사고될 수 없다는 데 있다. 이렇게 볼 때, 상관주의는 주체 중심의 근대 철학과 그것을 비판하면서도 실은 여전히 상관관계에 의존하는 (포스트)구조주의를 동일한 연장선상에서 비판하는 개념으로도 사용되고 있다. 왜냐하면 포스트구조주의는 주체와 언어를 통하지 않고서는 세계를 이해할 수 없다는 상관주의적 주장을 근본적으로 받아들이기 때문이다. 나아가서 메이야수는 물자체를 부정하지 않지만 우리의 인식의 대상으로 삼지 않았던 칸트와 후설(Husserl)을 약한 상관주의(weak correlationism)로 간주하는 한편, 비트겐슈타인(Wittgenstein)과 헤겔처럼 물자체의 실재성을 인정하지 않고 의미와 주체(정신)의 세계 속으로 통합하는 것을 강한 상관주의(strong correlationism)로 구분하기도 한다.

객체 지향적 존재론은 주체와 객체, 인간과 사물, 의미와 세계, 존재와 의식 등의 상관관계를 벗어나서 사물 즉 객체의 물질성과 실재성을 사유하려는 이론이다. 즉, 이것은 "인간과 사물의 관계를 벗어나서 인간과 무관계하게 성립하는 객체와 객체의 관계"[4]를 사고하는 철학이다. 하먼에 의하면 객체 지향적 존재론의 객체에는 사물만이 아니라 이론적 대상, 집합적 대상, 자기 모순적인 대상, 이념적 대상, 상상적 대상 등 넓은 의미에서의 대상이 포함된다.

객체 지향적 존재론은 흔히 사변적 실재론(speculative realism)으로 불리기도 하는데, 이들의 출발점은 2007년 4월 27일 런던 대학 골드스미스 칼리지에서 열린 한 세미나에서이다. 이 세미나에 퀭탱 메이야수, 그레이엄 하먼, 레이 브래시어(Ray Brassier), 이언 해밀턴 크랜드(Iain Hamilton Grant) 등이 참석하였다. 메이야수의 상관주의 비판, 하먼의 객체 지향적 존재론, 레이 브래시어가 창안한 사변적 실재론은 내부의 미묘한 차이에도 불구하고 인간적 사유로부터 독립한, 또는 일반적으로 인간으로부터 독립적인 방식으로 사물의 실재성을 사변적으로 사고하기 시작했다는 공통점을 갖고 있다.[5] 현재는 브래시어처럼 이 이론에서 이탈한 이론가들도 있지만 사변적 실재론은 인간의 사유(인식)로부터 독립적인 존재에 대해 사변적으로 사고한다는 점을 공통점으로 갖고 있으며 인간중심적이고, 주체중심적이며, 서구중심적인 사유를 넘어서는 데 기여를 하고 있다. 특히 지구온난화와 인류세의 문제들이 인간에 의해 야기되었으면서도 인간의 인식적 한계를 넘어선 세계적이고 행성적인 복합적 얽힘과 연결되어 있다는 점에서 이들의 사유는 이런 현실을 이해하는 데 중요한 이론적 가능성을 제공하고 있다.

이런 사유를 생태학적 사유로 확장하고 있는 이론가가 바로 티머시 모턴이다. 인간에서 객체로 나아가고자 하는 객체 지향적 존재론은 모턴이 갖고 있던 자연 없는 생태학을 보다 구체적으로 탐구할 수 있는 결정적인 계기가 된다. 모턴의 『인류: 비인간적 존재들과의 연대』는 그가 객체 지향적 존재론으로 이론적 전회를 하고 난 뒤의 대표 저작으로 이전의 그의 사유에 비해 훨씬 넓고 깊은 정치적이고 생태학적인 사유를 보여준다. 앞서도 짧게 지적했듯이, 모턴의 사상은 『자연 없는 생태학』과 『생태학적 사유』에서 인간과 비인간, 생명과 비생명의 상호의존성과 얽힘의 관점에서 생태학적 사유를 논했다. 『자연이 없는 생태학』에서 그는 자연 개념의 근대적 구성을 문제 삼았다. 그는 생태학적 비판이 자연과 문명의 분리, 즉 자연이 문명을 뒷받침하면서 사회의 테두리 외부에 존재한다는 생각을 버려야 한다고 주장하고 우리가 이미 자연 속에 매입되어 있음을 강조한다. 그는 자연 개념 그 자체가 이미 정치적임을 역설한다. 그는 '자연'을 상관주의적 개념으로, 즉 자의적인 텍스트와 기호로 구성된 개념으로 인식하는 한편, 자연을 인간의 한계 밖에 두고 그것을 예찬하는 것이 가부장제가 여성을 대하거나 배타적인 계층제가 사람들을 대하는 것과 구조적으로 상동적일 수 있음을 강조한다.

나아가 모턴은 생태학의 아이러니, 추함, 공포를 표현하는 수단으로 '어두운 생태학'(dark ecology)을 제안한다. 『어두운 생태학』(2016)은 객체 지향적 존재론을 수용한 이후의 저작으로 모든 존재자들은 이미 생태학적 '얽힘'(entanglement) 속에 존재한다고 주장한다. 그는 "얽힘은 만일 하나의 객체가 특정한 방향을 지향하게 되면, 다른 객체가 즉각적으로 상호보완적인 방향으로 지향하는 것과 같이 하나의 객체가 다른 객체와 깊이 연결되어 있는 순간"[6]이라고 정의한다. 여기서 두 객체는 "서로 구분되지만 같은 것"이다. 모턴은 이런 얽힘의 관계를 제대로 의식하는 것이 생태지식(ecognosis)이라 말하는데 어두운 생태학은 바로 생태지식을 의식하는 것이다. 그에 의하면 생태지식은 "선과 악, 필요와 소망, 자연과 문화, 인간과 비인간, 생명과 비생명, 자아와 비자아, 현존과 부재, 유와 무의 이분법이 없는"[7]얽힘의 관계이며, 그런 구분에 근거하는 '메타성의 무한퇴행'이 아니라 그것들이 뒤얽힌 '기이한 루프를 함축하는 자기인식적 의식'[8]이다.

『인류: 비인간들과의 연대』는 이제까지의 모턴의 생태학적 사유를 가장 종합적으로 보여줄 뿐만 아니라 생태학적 사유를 정치적이고 사회적인 시각으로 확장하고 있다. 여기서 자세하게 논할 수는 없지만, 이 책에서 사용되는 그의 핵심 용어들만 잠시 살펴보면, 그는 여기서 다양한 개념들을 새롭게 제안한다. 그가 이전에도 사용했던 과잉객체(hyperobject) 개념은 물론이고 인류

(humankind), 공생적 실재(the symbiotic real), 연대(solidarity), 저월(subscendence)과 같은 새로운 개념들이 독창적으로 펼쳐진다. 이 책을 읽는 데 미리 기억할 필요가 있는 것은 인류, 공생적 실재, 연대, 저월이라는 개념들이 각각 인간, 현실, 소외, 초월 개념들과 대척점을 이루고 있다는 점이다. 전자가 인간과 비인간의 얽힘과 상호의존성을 사유하는 것이라면, 후자는 그런 관계로부터 단절된 인간중심주의를 지칭하는 말들이다.

우선 『인류: 비인간들과의 연대』는 인간에서 객체로, 즉 인간과 자연 간의 관계를 넘어선 공생적 실재(the symbiotic real)로 나아간다. 이 책에서 인간과 자연은 공생적 실재로부터의 단절이고 인간과 자연의 현실적 관계 역시 공생적 실재의 현상일 뿐이다. 이 책에서 주의할 것은 존재(being)와 현상(phenomena), 실재(the real)와 현실(reality) 간의 차이를 이해하는 것이다. 모턴은 공생적 실재를 현실과의 대립 속에서 정의하고 있는데 이는 라캉의 실재(the Real)와 현실(reality) 간의 차이를 모턴 나름의 방식으로 전유하는 것으로 보인다. 자크 라캉(Jacques Lacan)에 의하면 현실은 상징계 내에서 주체가 세계와 관계하는 방식, 특히 실재의 충동을 수용하고 억압하고 부인하는 주체의 환상과 밀접히 관련된 것으로서 주로 '주체'의 현실에 가깝다면, 실재는 주체의 현실과는 무관하고 주체의 현실과 상징화에 저항하며 그런 상징화와 현실에 대한 한계로 작용한다. 즉 실재의 충동을 억압하고 상징화하는 과정을 통해서 현실이 구성되는 것이다. 모턴은 실재와 현실에 대한 라캉의 구분에 의지하여 '공생적 실재'를 개념화한다. 모턴 역시 현실을 인간과 서로 관련된 세계로 규정하고, 실재를 생물권의 인간적 부분과 비인간적 부분 간의 생태학적 공생으로 규정한다. 여기서 문제는 실재와 현실 간의 단절(severing)이다. 모턴은 "단절은, 딱딱한 라캉식 용어로 말하면, 현실(인간과 서로 관련된 세계)과 실재(생물권의 인간적 부분과 비인간적 부분 간의 생태학적 공생) 간의 근본적이고 트라우마적인 균열이다"⁹⁾라고 말한다.

하지만 모턴의 '공생적 실재'는 상징화될 수 없는 라캉적 실재 개념과 달리 수많은 존재자들과 사물들, 모턴이 말하는 과잉객체들의 얽힘과 상호의존성에 가깝다. 굳이 비교하자면, 공생적 실재는 인간이 통제할 수 없는 수많은 사물들의 생동하는 힘들이 요동치는 들뢰즈적 세계에 가깝다. 모턴이 볼 때, 바로 이 공생적 실재로부터의 단절이 인간에게 원초적인 트라우마를 입혔고 소외를 낳았다. 그가 말하는 소외는 마르크스의 주장처럼 단순히 생산물과 생산수단, 그리고 인간으로부터의 소외만이 아니라 더 근원적으로는 바로 이 공생적 실재로부터의 소외를 말한다. 모턴이 말하는 공생적 실재는 하이데거의 존재(being)와 존재자(beings)의 차이와도 연관성이 있는데, 존재자들이 존재 속에 있으면서도 자신의 존재성과 세계성을 망각하듯이 존재자들은 공생적 실재 속에 의존해 살아가면서도 공생적 실재를 망각하고 있다. 이 점은 우리에게 생태학적 사유가 왜 꼭 필요한지를 새삼 깨닫게 해준다.

모턴은 공생적 실재와 현실 간의 구분을 통해 인간(humanity)과 인류(humankind)를 구분한다. 그가 인류를 강조하는 것은 종으로서의 인류, 즉 비인간과 사물들과의 상호의존적 관계 속에 있는 인류와 그런 관계로부터 단절된 채 자신들의 지위를 최고 존재로 특권화해온 인간을 명확히 구분하기 위해서이다. 인류가 공생적 실재와 연결되어 있고 다른 비인간적 존재자들과 연대 관계를 이루고 있음을 의식하는 존재자라고 한다면, 그런 관계에서 분리되고 그런 관계를 망각한 존재자가 바로 인간이다. 그렇다면 그가 왜 자연 없는 생태학을 주장했는지가 좀 더 명확해진다. 자연은 인간의 소외를 보여주는 증거이기 때문이다. 인간이 자연과의 대척점에서 사고되는 것은 곧 인간이 공생적 실재로부터 소외되어 있다는 것을 증명하기 때문이다. 그러므로 모턴의 생태학적 인식의 핵심은 이런 자연 개념을 비판하는 한편 인간이 공생적 실재 속에서 다른 생명체들과 사물들과 상호의존적 연대 관계 속에 있음을 깨닫는 것이다. 특히 우리가 인간이 아니라 인류라는 생태학적 인식(ecological awareness)이야말로 지구온난화와 팬데믹으로 몸살을 앓고 있는 인류세 시대에 몹시 중요한 깨달음이 된다.

여기서 모턴의 연대 개념에 주목할 필요가 있는데, 연대란 공생적 실재 속의 인간 및 비인간 존재자들의 관계를 지칭한다. 그에게 연대 개념은 인간들이 주체적으로 추구해야 나가야 할 이상이나 목적도 아니고 자신의 소외를 극복하기 위해 주체적 의지로써 만들어가야 할 정치적 지향점도 아니다. 연대란 공생적 실재가 자아내는 소리이다. 즉 그것은 공생적 실재 내의 존재자들 간의 얽힘과 상호의존 자체에서 새어나오는 소리인 것이다.

연대는 단절에 저항하는 인간의 정신적·사회적·철학적 존재를 의미해야 한다. 기본적인 공생적 실재가 인간의 사고나 정신적 활동에 의해 유지될 필요가 전혀 없기 때문에 연대는 보이는 것만큼 어렵지는 않다. 서구 철학은 인간, 특히 인간적 사고가 너무 오랫동안 사물들을 현실화시켜왔기 때문에 단지 실재적인 어떤 것이 우리를 침해하는 것을 인정하는 윤리학 혹은 정치학이란 터무니없거나 불가능한 것처럼 들린다고 말하고 있다. 사고이자 감정이자 신체적·정치적 상태인 연대는 더불어-느낌(feeling-with)과 더불어-있음(being-with), 나타남과 존재함, 현상과 사물, 능동성과 수동성 간의 유쾌한 뒤섞임 속에 존재하고, 단순히 비단절적 실재를 향해 몸짓하는 것이 아니라 바로 그 실재로부터 창발하는 것 같다. 연대는 몹시 유쾌하고 요동치는 감정이자 정치적 상태다. 그리고 연대는 바탕적인 공생적 실재에 의지하기 때문에 가장 저렴하고 가장 쉽게 이용할 수 있는 것이다. 연대는 너무 저렴하고 너무 근본적이라서 비인간들에게도 자동적으로 확장된다.[10)]

연대에 대한 모턴의 정의는 아주 신선하고 인상적이다. 연대야말로 인류의 바탕값(default value)이라는 것이다. 이런 근거 위에서 모턴은 신자유주의적 자본주의를 철저하게 반생태적이라고 비판한다. 그는 자본주의와 그 이전의 농업문명이 인간 및 비인간 존재자들의 공생적 실재를 자연/인간의 이분법으로 분리 및 단절시켜 전유해왔다고 비판하면서 그러한 이분법적 관계를 저월함(subscendence)—아래로 내려감—으로써 인간과 비인간의 공생과 연대에 대한 생태학적 인식이 가능하다고 말한다. 그는 "생태학적 인식이란 비인간들의 유령적 숙주와의 공존이다"[11)]라고 말하는데, 여기서 유령적(spectral)이란 낯선 어법은 이 책의 핵심 개념으로서 자연/인간의 이분법 아래에 있는 구분되지 않고 들쭉날쭉하며 희미하게 어른거리는 존재자들의 공생적 얽힘을 나타내는 말이다. 그렇다면 자연은 자본주의가 공생적 실재를 저렴하게 이용하고 착취하기 위해 비인간적 존재들과의 유령적 공생관계를 끊고 인간의 대립물로 '실체화' 혹은 대상화한 것일 뿐이다.

자본주의가 유령적인 것과 불장난을 친다는 것이 아니라 자본주의가 충분히 유령적이지 않다는 것이다. 자본주의는 사물의 존재—'정상적인' 혹은 '자연적인' 고정된 본질들(성질들이 없는 연장 덩어리)—를 사물의 외양과 명확하게 구분짓고, 사물에게서 힘을 빼앗고 사물을 탈신비화하며 사물로부터 성질들을 박탈하고 그 데이터를 지워버리는 실체적 존재론을 함축한다. 생태학적 미래를 상상해보라.[12)]

위의 인용이 보여주듯, 모턴이 생태학적 인식에 가장 큰 장애물로 생각하는 것이 자본주의이다. 모턴은 이 책에서 외파적 전체론(explosive holism)과 내파적 전체론(implosive holism)을 구분하는데, 외파적 전체론은 공생적 실재와 그 내부의 생명체와 사물들의 엄청나게 다양한 얽힌 관계를 절단하고 이용함으로써 경계를 외파적으로 확장하는 논리이다. 그 대표적인 기제가 저렴한 공생적 실재를 이용하고 거기에 단조롭고 매끄러운 경계들을 기입하는 자본주의이다. 반면에 내파적 전체론은 바로 자본주의의 착취와 이용의 대상이 되는 공생적 실재의 수많은 존재자들의 상호의존과 얽힘의 관계를 증폭시켜나가는 것이다. 내파적 전체론에서는 존재자들의 관계가 들쭉날쭉하고 울퉁불퉁하며 명확하게 구분되지 않는다. 외파적 전체론이 농업 시대 이후의 인간문명의 논리이자 신자유주의적 자본주의의 논리라고 한다면, 내파적 전체론은 인간과 비인간 존재자들 간의 연대 뿐 아니라 생태학적 사유를 북돋는 논리이다. 외파적 전체론에서는 전체가 이 부분들의 합보다 크다는 시각에 근거한다. 따라서 부분은 전체의 일부이며 전체를 위한 일부이기 때문에 저렴하게 이용되고 착취될 따름이다. 반면에 내파적 전체론에서 전체는 부분들의 합보다 덜한, 즉 더 작다는 논리에 근거한다. 부분들의 관계가 훨씬 더 긴밀히 얽혀 있고 훨씬 더 풍부하며 훨씬 더 비일관적이다. 즉, 내파적 전체론에서 전체의 부분들은 전체보다 훨씬 더 복잡하고 다양하며 전체로 환원되지 않은 부분들로서 존재하기 때문이다. 모턴이 말하는 과잉객체는 바로 내파적 전체론 속에 존재하는 객체들이다. 여기서 주목할 것은 그가 부분들이 전체보다 더 중요하다는 것이 아니라 전체는 전체로서 기능과 역할을 하지만 부분들의 합보다 크지 않다는 점을 사유할 때만 생태학적 인식에 이를 수 있다는 것이다. 전체론에 대한 이런 사유는 매우 정치적이다. 부분의 합보다 큰 전체를 강조하는 독재적 정치도 전체란 존재하지 않는다는 신자유주의도 모두 비판하는 민주주의의 새로운 가능성을 보여주기 때문이다.

그렇다면 인간을 특권화하고 자연에 대한 소외와 착취를 기반으로 한 자본주의적 길을 극복하는 생태학적 사유는 어디를 지향해야 할 것인가? 부분들의 합보다 큰 전체가 아니라 부분들의 합보다 작은 전체를 지향하는 길은 무엇인가? 모턴은 공생적 실재로의 저월(subscendence)을 강조한다. 이 책에서 모턴이 사용하는 '저월'이라는 개념은 '초월'(transcendence)과 대립을 이루는 개념으로 초월이 위를 지향하고 신과 인간과 같이 초월적 일자를 향해 나아가는 것이라면, 저월(低越)—그리스 어원에서 'subscendence'가 'sub'(아래로)와 '-scendence'(가다)의 결합으로서 아래로 내려감을 의미함—은 공생적 실재, 즉 수많은 생명체들의 상호의존의 관계로의 내려감을 나타내기 위한 용어이다. 생태학적 인식이란 바로 이런 존재자들 간의 상호의존적 얽힘으로의 저월을 실천하는 것이다. 저월은 모턴이 앞서 말한 내파적 전체론과 관련이 있다. 모턴은 전체가 그 부분들의 합보다 항상 더 작다는 식의 전체론을 '저월'이라는 개념으로 사고한다.

전체들은 자신의 부분들을 저월한다. 이는 부분들이 단지 전체의 기계적 구성요소들이 아니라는 것, 세계에는 진정한 경이로움과 새로움이 있을 수 있다는 것, 그리고 다른 미래가 항상 가능하다는 것을 뜻한다. 자본주의와 같은 것들은 그것에 대한 우리의 믿음을 중지한다고 해서 사라져버릴 허구라기보다는 물리적 존재자로 간주하는 것이 바람직하다. 하지만 그것들은 어떤 종류의 물리적 존재자들일까? 만약 그것들이 저월적이라면, 이는 우리가 원하기만 하면 그것들을 변화시킬 수 있다는 것을 의미한다. 만일 어떤 사물들이 물리적으로는 거대하면서도 존재론적으로 작다면 어떨까? 만약 지구를 불행하게 휘감고 있는 신자유주의가 실제로 또 다른 면에서 아주 작고, 따라서 이상하게도 그것을 전복하기가 쉽다면 어떨까?[13]

저월의 생태학은 자본주의가 아무리 거대하게 보인다고 하더라도 그 내부의 부분들의 합보다 크지 않기 때문에, 즉 "물리적으로는 거대하더라도 존재론적으로는 작은" 것이기 때문에, 그럼에도 전체가 부분들을 저월하기 때문에, 자본주의는 재앙적일 뿐만 아니라 극복될 수밖에 없다는 명확한 인식을 보여준다. 그렇지만 모턴의 생태학적 사유는 자본주의에 대한 마르크스주의적 비판과 그 생태학에 무조건 동의하는 것은 아니다. 모턴의 생태학적 사고는 마르크스주의에 대해 근본적인 수정이 필요한 비판적 지지의 입장에 가깝다. 이 책의 흥미로운 점 중의 하나는 생태학적 사유를 통해 근대의 인간중심주의뿐만 아니라 마르크스주의를 새롭게 읽고자 하는 점이다. 마르크스주의와 생태학 간의 관계는 대략 두 가지로 대별될 수 있다. 마르크스주의는 근대성의 패러다임 내에 있기 때문에 근본적으로 반생태적이라는 주장과 근대 극복의 과정에서 마르크스주의가 생태학을 제대로 챙기지 않았을 뿐 생태성을 간과하지 않았다는 주장이 그것이다. 하지만 모턴은 조금 다른 입장을 취한다. 그가 볼 때, 이 두 주장들은 생태학을 모두 마르크스주의와 근대성 간의 관계를 어떻게 해석하느냐의 문제로 축소하고 있다. 모턴은 마르크스주의가 인간중심주의적 근대성의 논리에 갇혀있음(반생태적임)은 인정하면서도 이를 마르크스주의의 고유한 특징이라기보다는 일종의 버그(bug)로 인식한다. 특히 이 버그는 마르크스주의 자체로는 극복할 수 없고 "다른 사람의 아픈 장에 유용한 박테리아를 든 배변물질을 주입하는 것과 같이" 마르크스주의에 비인간들의 코뮌주의적 통합을 이룰 수 있는 다른 논리들, 가령 인간과 비인간의 상호부조나 연대를 주장하는 무정부주의 이론을 통해 극복할 수 있다. 모턴은 이 책에서 상품물신숭배나 행위와 반응의 구분과 같은 마르크스의 개념을 새롭게 해석함으로써 그런 가능성을 사고하고자 한다.

결론적으로 이 책은 오늘날 지구온난화, 생태학적 사유, 자본주의, 인류세라는 흥미로운 주제들을 다루면서 새롭게 열린 이론 지형을 새로운 시각을 통해 헤쳐 나가고자 한다. 모턴은 이 책에서 인간과 자연 개념을 통렬히 비판하지만 정작 인간을 인간답게 만드는 것이 무엇인지를 근본적으로 질문한다. 인간과 비인간, 생명과 비생명, 주체와 객체, 유기체와 무기체 간의 경계가 불확실해지고 있는 오늘날 이 질문은 그 어느 때보다 중요해지고 있다. 특히 그는 우리에게 이러한 철학적 쟁점을 긴급한 정치적 이슈로 사고할 것을 요청한다. 인간성에서 인류성으로, 즉 비인간적 존재들과의 공생적 관계 속에서 우리는 우리 자신의 인간성의 한계를 극복할 수 있다. 모턴은 가장 최근의 글에서 공생적 실재를 이용하고 돌보지 않는 과잉주체들(hypersubjects)의 시대를 넘어설 가능성으로 작은 과소주체(hyposubjects) 개념을 제기한다. 그는 과소주체는 "인류세 시대의 토착적 종"으로서 "과잉객체적 환경처럼 다양한 상전이를 하고 복수적이며 아직-도래하지 않았으며 여기에도 저기에도 없고 부분들의 합보다 작은"[14] 주체라고 정의한다. 그러므로 모턴은 과소주체를 초월적이기보다는 저월적인 주체로 규정한다. 단적으로 말해, 과소주체는 공생적 실재 내의 다양한 존재자들에 대한 배려와 돌봄, 예의를 실천하는 주체인 것이다. 이 책은 비인간적 존재들과의 공존적 관계를 악용하는 자본주의적 논리에 저항하는 한편, 우리에게 종으로서의 인간, 비인간적 존재들과의 연대 속에 있는 인간을 중심에 둔 인류의 정치학을 새롭게 사고함으로써 오늘날 꼭 필요한 생태학적 사유를 제공하는 수작이다. 아마도 이 책은 생태학, 신자유주의적 자본주의, 인류세, 포스트휴머니즘 등 오늘날 제기되는 다양한 이슈들을 종합적으로 다루고 있어 지구온난화와 코로나바이러스로 고통받고 있는 우리 사회의 미래를 사고하는 데 큰 도움이 될 것이다.

끝으로 이 책의 번역은 역자에게 아주 힘든 과정이었다. 저자가 문학, 철학, 생물학, 양자물리학 등 다양한 학문들을 횡단하고 있을 뿐만 아니라 마르크스주의, 현상학, 객체 지향적 존재론, 상관주의, 무정부주의적 사상 등을 현란하게 사용하고 있어 저자가 사고하는 개념적 맥락 속에 구체적으로 들어가기가 쉽지 않았다. 특히 그의 문체는 인문학적 맥락 속에서 명확성과 투명성을 갖고 있다기보다는 그가 말하는 유령성처럼 모호한 문체와, 구체적 맥락이 아니면 알 수 없는 일상적 내용, 그리고 버그, 포맷, 트윗, 디폴트 등과 같은 컴퓨터나 SNS 관련 용어들을 그대로 사용할 뿐 아니라 가끔은 '저월', '농업물류학' 등과 같은 신조어들까지 만들어 사용하고 있다. 역자로서는 이해하지 못한 부분이 많았고, 맥락을 제대로 읽어내지 못해 제대로 번역하지 못한 대목들을 남길 수밖에 없었음을 솔직히 인정해야 할 것 같다. 더욱이 내용의 무게감에 비해 번역 기간이 짧아 번역하는 내내 쫓기듯이 번역할 수밖에 없었음은 아쉬움으로 남는다. 그렇더라도 번역의 오류는 역자의 책임이기에 이 책을 읽을 독자들의 따뜻한 질정을 바란다. 번역 과정에 도움을 준 제자 김재욱 군과, 재촉과 격려를 통해 이 책이 기간 내에 나오도록 수고해준 출판문화원 관계자들에게 감사드린다. 하지만 역자가 이 책을 번역하면서 얻은 소득 또한 만만치 않다. 저자가 인문학, 생물학, 양자역학, 생태학, 경제학 등 다양한 분야를 횡단하면서 자신의 사유를 구축해가는 과정은 매우 인상적이었으며, 그의 이런 사유는 인문학이 더 이상 자신의 기존 경계 내에 머물 수 없음을 깨닫게 해주었다. 역자에게 많은 새로운 시각과 통찰을 갖게 해준 저자에게도 감사드린다.

2021년 8월 3일

역자 김용규 씀

주석

서론: 공통적 사물들

1) (역주) 티머시 모턴은 실재(the Real)와 현실(reality)에 대한 라캉의 구분에 의지하여 '공생적 실재'(the symbiotic real)를 개념화한다. 라캉에 따르면 현실은 상징계 내에 주체가 세계와 관계하는 방식, 특히 주체의 환상과 밀접히 관련된 것으로서 주로 주체의 현실에 가깝다면, 실재는 주체의 현실과는 무관하고 주체의 현실과 상징화에 저항하며 그런 상징화와 현실에 대한 한계로 작용한다. 즉 실재와 그 충동을 상쇄하고 상징화하는 과정을 통해서 현실이 생성되는 것이다. 하지만 모턴의 '공생적 실재'는 상징화될 수 없는 라캉적 실재 개념과 달리 수많은 존재자들과 사물들의 얽힘과 상호의존적 세계에 가깝다. 오히려 인간이 통제할 수 없는 수많은 사물들의 생동하는 힘들이 요동치는 들뢰즈적 세계에 가깝다. 그런 점에서 현실(성)도 실재의 발현 형태로서 실재성에 가깝지만 라캉과의 비교와 실재와의 혼동을 피하기 위해 현실로 옮겼다. 더욱이 모턴의 공생적 실재는 하이데거의 존재(being)와 존재자(beings)의 차이와도 연관성이 있는데, 존재자들이 존재 속에 있으면서도 자신을 존재성을 망각하듯이 존재자들은 공생적 실재 속에 존재하면서도 자본주의 속에서 공생적 실재를 망각하고 있다. 그런 점에서 모턴의 공생적 실재 개념은 하이데거의 존재 개념을 급진화하는 측면도 갖는다. 이런 점을 염두에 둔다면 모턴의 공생적 실재를 더 명확하게 이해할 수 있을 듯하다.

　이와 관련하여 모턴은 인간(human)과 인류(humankind), 사람

(person)을 구분한다. 자신이 공생적 실재와 연결되어 있고 다른 비인간적 존재자들과 연대 관계를 이루고 있음을 이해하는 존재가 인류라고 한다면, 그런 관계에서 분리되고 그런 관계를 망각한 존재자가 인간이다. 우리가 인간이 아니라 인류라는 것을 인식하는 것이 인류세 시대에 우리가 깨달아야 할 생태학적 인식(ecological awareness)에 결정적이다. 인간이 자연(Nature)과의 이분법 속에서 사고하는 것은 인간이 공생적 실재로부터 소외되어 있다는 증거이며 그런 점에서 모턴은 자연 개념을 비판하고 극복하는 한편 인간이 공생적 실재 속에서 다른 생명체들과 사물들과 상호의존적 연대 관계 속에 있음을 깨닫는 것이 생태학적 인식의 핵심이라고 주장한다.

끝으로 사람(person) 혹은 사람들(peoples) 개념은 인류에 가까운 개념이며 비인간적 존재자들까지 포용하는 개념으로 사용된다. 그런 의미에서 사람과 사람들의 의미는 존재자와 존재자들, 생명체와 생명체들에 가까운 것 같다. 우리말 사람과 사람들이 인간에만 국한되어 있어 번역의 한계가 느껴지지만 일단 사람과 사람들로 옮겼다. 이 책의 부제가 'Solidarity with Nonhuman People'로 되어 있어 처음 읽을 때 'nonhuman'과 'people'이 서로 충돌하는 것처럼 보이지만 이런 점을 감안하고 읽으면 이해 가능하다. 모턴은 "사람이 모든 존재자들에게 적용될 수 있는 유령적 범주"라고 말한다. 자세한 것은 이 책의 206-207을 참조하라.

2) (역주) 모턴은 외파적 전체론(explosive holism)과 내파적 전체론(implosive holism)을 구분한다. 그에 의하면 외파적 전체론은 공생적 실재와 그 내부의 생명체와 사물들의 엄청나게 많은, 그러므로 저렴한 세계를 이용하고 착취함으로써 경계를 확장하는 논리이다. 그 대표적인 기제가 저렴한 공생적 실재를 이용하고 착취하면서 단조롭고 매끄러운(smooth) 경계로 만들어가는 자본주의, 특히 신자유주의적 자본주의이다. 반면에 내파적 전체론은 바로 자본주의의 착취와 이용의 대상이 되는 공생적 실재의 수많은 존재자들과 사물들의 상호

의존과 얽힘의 관계를 지칭한다. 그런 관계 때문에 내파적 전체론에
서는 사물들과 존재자들의 관계가 들쭉날쭉하고 울퉁불퉁하며 명확
하게 구분되지 않는다. 외파적 전체론의 전체가 이 부분들의 합보다
크다는 시각에 근거한다면, 내파적 전체론은 전체가 부분들의 합보
다 더 작다는 시각에 근거한다. 내파적 전체론에서는 전체의 부분들
이 전체보다 훨씬 더 복잡하고 다양하며 전체로 환원되지 않은 부분
들의 세계들이 존재하기 때문이다.

3) 흥미롭게도 이것을 가장 잘 조명하는 아주 섬세한 문학 비평 논문
   으로 J. Hillis Miller, "The Critic as Host," *Critical Inquiry* 3:3 (Spring
   1977), 439-47을 보라.

4) Bruce German, Samara L. Freeman, Carlito B. Lebrilla and David
   A. Mills, "Human Milk Oligosaccharides: Evolution, Structures and
   Bioselectivity as Substrates for Intestinal Bacteria," *PMC*, April 29,
   2010 (ncbi.nlm.nih.gov, accessed November 8, 2016).

5) (역주) 유전물질이 RNA로 구성되어 있는 바이러스이며 숙주세포에
   들어간 후에는 세포 내에서 역전사효소를 합성하여 RNA를 DNA로
   바꾼다. 백혈병, AIDS 바이러스가 이에 속한다.

6) Mark T. Boyd, Christopher M. R. Bax, Bridget E. Bax, David L.
   Bloxam and Robin A. Weiss, "The Human Endogenous Retrovirus
   ERV-3 is Upregulated in Differentiating Placental Trophoblast Cells,"
   Virology 196 (1993), 905-09.

7) (역주) 프랑스 철학자 퀑탱 메이야수(Quentin Meillassoux)가 칸트 이
   후의 근대철학을 비판하기 위해서 상관주의라는 용어를 사용한다.
   그는 근대철학이 주체와 의미 중심의 사유에만 초점을 두었고 주체

와의 상관관계를 갖지 않는 사물과 객체는 칸트처럼 물자체로서 인식의 대상에서 제외되거나 헤겔처럼 의식과 정신에 의해 통합되어야 할 대상으로 간주된다고 비판한다. 그는 '상관관계'를 "우리의 사유와 존재의 상관관계에만 접근할 수 있을 뿐이며, 그것들에서 따로 추출해 낸 어느 하나의 항목에는 절대로 접근할 수 없다는 의미"(18)로 이해한다. 그러면서 그는 이처럼 이해된 상관관계를 넘을 수 없는 특징을 주장하는 사유의 모든 흐름을 '상관주의'라고 명명한다. 나아가서 그는 "소박한 실재론이기를 원치 않는 모든 철학이 상관주의의 변이형이 되었다고 말하는 것이 가능해졌다"고 주장한다. 상관주의의 핵심은 존재가 주체, 언어, 권력과는 분리되어서는 사고될 수 없다는 것이다. 이렇게 볼 때, 상관주의는 주체 중심의 근대 철학과 그것을 비판하면서도 실은 여전히 상관관계에 의존하는 (포스트)구조주의를 동일한 연장 선상에서 비판하는 개념으로 이용될 수 있다. 퀑탱 메이야수, 정지은 옮김, 『유한성 이후: 우연성의 필연성에 관한 시론』(서울: 도서출판b, 2010), 17-18. 메이야수는 물자체를 부정하지 않지만 그것을 우리의 인식의 대상으로 삼지 않았던 칸트와 후설을 약한 상관주의(weak correlationism)로 간주하고, 비트겐슈타인과 헤겔처럼 물자체의 실재성을 인정하지 않고 그것을 의미와 주체(정신)의 세계 속으로 통합하는 것을 강한 상관주의(strong correlationism)로 구분한다.

8) Yuval Noah Harari, *Sapiens: A Brief History of Humankind* (New York: Harper, 2015).

9) Felipe Fernández-Armesto, *So You Think You're Human? A Brief History of Humankind* (Oxford & New York: Oxford University Press, 2004), 54.

10) (역주) <우리는 모두 지구인이야>("We Are All Earthlings")는 머펫(제리 넬슨)과 엘모(케빈 클라시)를 비롯한 다양한 동물 인형들이 부른 노래이며 제프 모스(Jeff Moss)가 작곡하고 사라 콤프톤(Sara

Compton)이 작사했다.

11) (역주) 자연의 경제라는 용어는 에른스트 헤켈(Ernst Haeckel, 1834-1919)이 1866년에 지어낸 조어이다. 헤켈은 독일의 유명한 생물학자, 박물학자, 철학자이자 의사, 교수, 화가이기도 했다.

12) Eric Posner and David Weisbach, "Public Policy over Massive Time Scales", *The History and Politics of the Anthropocene*, University of Chicago, May 17-18, 2013.

13) Karl Marx, *Capital*, vol. 1., trans. Ben Fowkes (Harmondsworth: Penguin, 1990), 1.311.

14) Jason W. Moore, *Capitalism in the Web of Life* (London & New York: Verso, 2015).

15) Immanuel Kant, *Critique of Pure Reason*, trans. Paul Guyer & Allen W. Wood (Cambridge & New York: Cambridge University Press, 1998), 169.

16) (역주) 미 해군의 엔지니어였던 리처드 제임스(Richard James)가 고안한 것으로 나선형으로 조밀하게 감긴 용수철 모양의 장난감이다.

17) Theodor Adorno, "Progress," *The Philosophical Forum* 15:1-2 (Fall-Winter 1983-1984), 55-70.

18) (역주) 스타일(style)이란 용어는 이 책에서 자주 사용되는 용어로서 현상학에서 사용되는 용어이다. 후설은 스타일을 '통일적인 스타일', '습관의 스타일', '정상적인 유형적 스타일' 등의 형태로 사용했

는데 이것을 메를로-퐁티가 '세계에 대한 우리의 본원적 관계'를 보여주는 것으로 사용했다. 메를로-퐁티는 스타일을 단순한 방법이나 습관이나 아니라 지각 안에 산재해있는 의미를 집중시켜 볼 수 있게 하는 일관된 변형의 지표로 이해한다. 기다 겐 외 엮음, 이신철 옮김, 『현상학 사전』(도서출판b, 2011), 203 참조. 모턴은 스타일을 단순히 개인이 통제하는 부분이 아니라 인간의 전체적 외양 내지 모습(appearance)으로 본다. 그는 메를로-퐁티의 주장을 받아들여 스타일이 "모든 신체적(이거나 다른) 감각들에서 나타나는 양식"이자 "깊은 존재론적 근거들을 갖는 사실"로 간주한다.

19) (역주) 객체 지향적 존재론(Object-Oriented Ontology)은 퀑탱 메이야수의 상관주의 비판을 이어받아 그레이엄 하먼(Graham Harman)이 주도로 주장한 이론이다. 그는 주체와 객체, 인간과 사물, 의미와 세계, 존재와 의식 등의 상관관계를 벗어나서 사물 즉 객체의 대상성을 있는 그대로 보여주려는 이론이다. 이것은 "인간과 사물의 관계를 벗어나서 인간과 무관계하게 성립하는 객체와 객체의 관계"(128)를 사고하는 철학이다. 하먼에 따르면 사물만이 아니라 이론적 대상, 집합적 대상, 자기 모순적인 대상, 이념적 대상, 상상적 대상 등 넓은 의미에서의 대상이 객체 지향적 존재론의 객체에 포섭된다. 사변적 실재론은 2007년 런던대학 골드스미스 칼리지에서 열린 세미나에서 시작되었는데, 여기에 퀑탱 메이야수, 그레이엄 하먼, 레이 브래시어, 이언 해밀턴 크랜드가 참석하였다. 이들의 논문집인 『사변적 전환』(*The Speculative Turn*)에서 사변적 실재론은 "사유로부터 독립한, 또는 좀 더 일반적으로 인간으로부터 독립한 방식으로 실재성의 본성에 대해 다시 한 번 사변적으로 생각하기 시작했다"는 공통점을 갖고 있다고 주장한다. 사변적 실재론은 개인별로 서로 차이가 있고 현재는 이 이론에서 이탈한 이론가들도 있지만 인간의 사유(인식)로부터 독립한 존재에 대해 사변적으로 사고한다는 점을 근간으로 하는 이론으로 알려져 있다. 자세한 것은 이와우치 쇼타로, 이신철 옮김, 『새

로운 철학 교과서—현대 실재론 입문』(도서출판b, 2020), 43-180 참
조. 인간에서 객체로 나아가고자 하는 객체 지향적 존재론처럼, 티머
시 모턴의 생태학적 인식은 인간의 자연 간의 관계를 넘어서 공생적
실재로 나아가고자 한다. 모턴이 자연 개념을 해체하고자 하는 것은
그것이 인간과의 관계 속에서 규정된 상관관계적 개념이기 때문이
다. 따라서 모턴의 주장은 자연을 넘어 공생적 실재로 나아가는 것으
로 이해할 수 있다.

20) *Oxford English Dictionary,* "solidarity," n., oed.com (accessed November
15, 2016)

21) (역주) 폐제(廢除)는 배척이나 배제의 의미를 지니는 단어로서 라캉
이 정신분석학에서 정신병 환자를 설명하기 위해 사용하였다. 그는
정신병의 발생 원인을 상징적 아버지의 부재, 욕망의 주체를 구성하
는 근본 기표인 '아버지의 이름'이 상징계에서 축출되고 배제된 데서
찾았다. 폐제는 정신병 환자가 상징계 내부에서 자신의 자리를 찾지
못하는 메커니즘을 설명한다. 라캉은 신경증과 정신병의 차이를 억
압(repression)과 폐제(foreclosure)로 설명한다. 정신병 환자와 달리 신
경증 환자는 상징계 속으로 진입했지만 자신의 욕망을 계속해서 억
압한다. 그 이유는 상징적 아버지가 원하는 것과 자신의 욕망 간의
관계를 제대로 설정할 수 없기 때문이다. 티머시 모턴은 폐제라는 단
어를 통해 인간들이 인간과 비인간의 공생적 실재에서 분리됨으로써
소외되어 있음을 강조한다.

22) 수렵-채집 세계들은 인간들과 비인간들이라는 범주들이 흐려질 정
도로 이들 간의 정교한 연결고리와 관련이 있다. Terry O'Connor,
Animals as Neighbors: The Past and Present of Commensal Animals (East
Lansing: Michigan State University Press, 2013), 12.

23) Bessel van der Kolk, *The Body Keeps The Score: Brain, Mind, and Body in the Healing of Trauma* (London: Penguin, 2015).

24) (역주) 티머시 모턴은 농업(agriculture)과 물류학(logistics)을 결합하여 농업물류학(agrilogistics)이라는 개념을 사용한다. 그에 의하면 "홀로세(Holocene)의 시작 이래로, 즉 BC 1,000년 이후부터 큰 변화 없이—더욱 강력한 버전으로 업그레이드되긴 했지만—지속되는 있는 농업 운영 방식으로 이 방식의 가장 기본적 요소는 수렵 채집을 중단하고 정착하여 농사를 짓는 것이다." 농업물류학은 단순히 농업 경작의 차원을 넘어 계층제, 노동의 분리, 인간과 동물, 그리고 인간과 자연 간의 분리 등 인간중심주의적 사회체제로 확장되어온 방식을 가리킨다. 모턴은 오늘날 우리의 삶 역시 자본주의를 넘어서 농업물류학적 체제 속에서 잉태되기 시작된 것으로 본다. Timothy Morton, ecologywithoutnature.blogspot.com, accessed at July 2021.

25) Ana Cristina Ramírez Barreto, "Ontology and Anthropology of Interanimality," *Revista de Antropología Iberoamericana* 5:1 (January-April 2010), 32-57.

26) Jean-François Lyotard, *Discourse, Figure*, trans. Antony Hudek & Mary Lydon (Minneapolis: University of Minnesota Press, 2010).

27) Jaleesa Baulkman, "Childhood Exposure to Pet Neglect, Cruelty May Have Similar Lifelong Effect as Domestic Violence," *Medical Daily*, December 9, 2015, medicaldaily.com (accessed January 15, 2016).

28) 내가 사용하는 용어는 D.W. Winnicott, *Playing and Reality* (New York: Basic Books, 1971)에 나오는 것이다.

29) Gerald M. Fromm, ed., *Lost in Transmission: Studies of Trauma Across Generations* (London: Karnac Books, 2012).

30) (역주) 우주 마이크로파 배경은 관측 가능한 우주를 균일하게 가득 채우고 있는 마이크로파 열복사이다. 광학 망원경으로 관찰한 우주는 텅 빈 어둠뿐이지만 전파 망원경을 통해 관찰하면 별이나 은하 등에 관련이 없는 배경 복사가 우주 모든 방향으로부터 균일하게 뿜어져 나오는 것을 확인할 수 있다. 우주 마이크로파 배경은 대폭발의 중요한 증거로 간주된다. 1964년에 미국의 전파 천문학자 아노 앨런 펜지어스와 로버트 우드로 윌슨이 발견하였고, 그 공으로 1978년 노벨 물리학상을 수상하였다(위키피디어 참조).

31) Theodor Adorno, "Progress."

32) (역주) 무젤만은 '이슬람교도'라는 뜻을 지니며 여기서 아감벨은 인간과 비인간의 경계가 사라진 비참한 존재로서 아우슈비츠의 유태인들을 설명하기 위해 이 용어를 사용한다.

33) Fromm, *Lost in Transmission*, 46-48.

34) Karl Marx, "The Eighteenth Brumaire of Louis Bonaparte," *Later Political Writings*, trans. Terrell Carver (Cambridge: Cambridge University Press, 1996), 32.

35) Fromm, *Lost in Transmission*, 46-48.

36) (역주) 행동유도성은 환경이 개인에게 제공해주는 것을 뜻하며 그것이 개인이나 유기체로 하여금 특정한 행동을 하게끔 유도하거나 특정 행동을 쉽게 하도록 하는 성질을 의미한다. 제임스 J. 깁슨(James J.

Gibson)이 1966년 저작인 『지각체계로 간주되는 감각들』(*The Senses Considered as Perceptual Systems*)에서 이 용어를 사용하였다.

37) (역주) DNA나 RNA 같은 핵산을 이루는 단위체.

38) Colin N. Waters, Jan Zalasiewicz, et al., "The Anthropocene Is Functionally and Stratigraphically Distinct from the Holocene," *Science* 351:6269 (January 8, 2016).

39) Michael Hardt and Antonio Negri, *Empire* (Cambridge: Harvard University Press, 2000).

40) Alphonso Lingis, *The Community of Those Who Have Nothing in Common* (Bloomington: Indiana University Press, 1994). Jean-Luc Nancy, *The Inoperative Community*, trans. Peter Connor, Lisa Garbus, Michael Holland, and Simona Sawhney (Minneapolis: University of Minnesota Press, 1991).

41) (역주) "휴스턴, 휴스턴! 우리에게 문제가 생겼어"라는 말은 영화 《아폴로 13》(*Apollo 13*)(1995)에 나오는 대사이다. 원래는 아폴로 13호의 달 착륙 당시 우주선을 고장나게 만든 폭발을 알리기 위해 당시 우주비행사 존 스위가르트(John Swigert)와 나사 통제센터 간의 교신 내용이다. 이 대사는 자주 인용되는 인기 있는 말이 되었는데 약간 와전된 것으로 알려져 있다.

42) Claude Lévi-Strauss, *Structural Anthropology*, trans. Claire Jacobson & Brooke Grundfest Schoepf (New York: Basic Books, 1963), 134-35. 이에 대해서는 다음의 논의를 보라. Slavoj Žižek, *The Parallax View* (Boston: MIT Press, 2006), 25.

43) Giorgio Agamben, *Homo Sacer: Sovereign Power and Bare Life,* trans. Daniel Heller-Roazen (Stanford: Stanford University Press, 1998).

44) Roland Barthes, "From Work to Text," *The Rustle of Language,* trans. Richard Howard (New York: Hill and Wange, 1986), 61.

45) (역주) "uncanny"는 셸링, 니체, 그리고 프로이트로와 같은 독일의 철학자와 정신분석학자가 사용한 개념이다. 특히 프로이트는 정신분석학에서 데자부, 도플갱어와 같이 친숙하면서도 기이하게 느껴지는 심리적 현상을 설명하기 위해 이 단어를 사용했는데, 그는 이러한 현상 뒤에 감춰지거나 억압된 욕망의 무의식적 발현이나 터부시된 소망에 대한 표출을 읽고자 했다. 그에 따르면 오이디푸스 콤플렉스와 같은 유아기적 욕구들이 사회적 규범과 이에 부응하고자 하는 초자아에 의해 억눌렸다가 반복적 강박으로 나타나고, 그것이 다양한 형태의 기이한 느낌으로 연결된다는 것이다. 여기서는 '기이하고 낯선'으로 번역하였고 뒤에 나오는 Uncanny Valley은 '언캐니 계곡'으로 옮겼다.

46) Jacques Derrida, *Of Grammatology*, trans. Gayatri Spivak (Baltimore and London: Johns Hopkins University Press, 1987).

47) Erik Loomis, *Out of Sight: The Long and Disturbing Story of Corporations Outsourcing Catastrophe* (New York: The New Press, 2015).

48) Karl Marx, *Economic and Philosophical Manuscripts in Early Writings,* trans. Gregor Benton (New York: Penguin, 1992), 349.

49) Bracha Ettinger, "Weaving a Woman Artist with-in the Matrixial Encounter-Event," *Theory, Culture and Society* 21:1 (2004), 69-94.

50) 예를 들어 Jonathan Hughes, *Ecology and Historical Materialism* (Cambridge: Cambridge University Press, 2000), 17을 참고하라. 휴즈는 마르크스가 탈-인간중심주의(de-anthropocentrism)에 대해 경멸감을 느꼈을 것이라고 주장한다.

51) (역주) 특별시기는 쿠바의 경제적 고난의 시기로 1991년 소련의 붕괴로 초래된 경제위기에서 시작해서 베네수엘라의 우고 차베스 대통령이 쿠바를 경제적 파트너로 삼아 경제 협력 관계를 구축하고 2000년에 쿠바와 러시아 관계가 개선되면서 끝나게 된다.

52) John Bellamy Foster, *Marx's Ecology: Materialism and Nature* (New York: Monthly Review Press, 2000).

53) (역주) 1차 세계대전 때 유럽에서 싸운 호주 군인 월터 다우닝(Walter Downing)이 1919년 『디거 방언』(*Digger Dialects*)이라는 병사들의 속어집에서 사용한 단어이다. 그가 F.A.('fuck all'이라는 뜻)와 패니 아담스(Fanny Adams) 간의 연관성을 기록한 최초의 인물이다. 그 당시 'Fanny Adams'가 상스러운 'fuck all'의 우회적 표현으로 사용되었던 것이다. 지금 '사랑스러운 패니 애덤스'(sweet Fanny Adams)는 '아무런 의미'도 가지지 않게 되었다.

54) Norimitsu Onishi, "A Hunting Ban Saps a Village's Livelihood," *New York Times*, September 12, 2015, nytimes.com (accessed October 6, 2016).

55) (역주) '카리스마 있는 대형동물군'(Charismatic megafauna)은 벵골 호랑이, 흑등고래, 판다 등과 같이 대중적 호소력과 상징적 가치가 있는 동물들로서 환경 운동가들이 환경운동의 목적을 위한 대중적 지지력을 끌어내기 위해 자주 이용한다.

56) William Blake, "The Human Abstract," *The Complete Poetry and Prose of William Blake*, ed. David V. Erdman (New York: Doubleday, 1988), lines 1-2.

57) Ludwig Wittgenstein, *Philosophical Investigations*, trans. G. E. M. Anscombe (Oxford: Blackwell, 1986), 223.

58) 이 이야기를 나와 공유해준 케빈 맥도넬(Kevin MacDonnell)에게 고마움을 전한다.

59) Adam Smith, *The Theory of Moral Sentiments* (London: A. Millar, 1759).

60) Nicholas Royle, *Telepathy and Literature: Essays on Reading the Mind* (Oxford: Blackwell, 1991).

61) Marx, *Capital*, 1.497.

62) Ibid., 1.375-76.

63) Ibid., 1.556.

64) United Nations, *Agenda 21: The United Nations Programme of Action from Rio* (United Nations, 1992).

65) (역주) R2-D2는 《스타워즈》 속의 가상 우주에 등장하는 인물이다.

66) (역주) 일정 지역의 생태계에서 생태 군집을 유지하는 데 결정적인 역할을 하는 종으로 어느 한 종의 멸종이 다른 모든 종의 종 다양성

을 좌우할 만큼 큰 영향을 미치는 종을 말한다.

67) Timothy Morton, *Hyperobjects: Philosophy and Ecology after the End of the World* (Minneapolis: University of Minnesota Press, 2013).

68) (역주) 마르크스는 인간을 동물이나 비인간들과 구분 짓기 위해 유적 존재로서의 인간의 특성을 논하였다. 여기서는 논리적 일관성을 위해 종적 존재로 옮겼다.

69) Karl Marx, "Economic and Philosophical Manuscripts," *Early Writings*, trans. Rodney Livingstone and Gregor Benton, introduction by Lucio Colletti (London: Penguin, 1992), 279-400 (327-28).

70) Ibid., 328-29.

1장: 생명

1) Martin Hägglund, *Radical Atheism: Derrida and the Time of Life* (Stanford: Stanford University Press, 2008).

2) (역주) 여섯 번째 대량 멸종 사건은 흔히 홀로세 멸종(Holocene extinction)으로 불리기도 하고 인간 활동의 결과로서 현 홀로세(나아가서 최근 인류세라 불리는 시기) 동안 지속되고 있는 종들의 멸종사건을 가리킨다.

3) Timothy Morton, *Dark Ecology: For a Logic of Future Coexistence* (New York: Columbia University Press, 2016)를 참조하라.

4) Bracha Ettinger, "The Laius Complex: Abraham, Laius, Moses; Father, Trauma and Carrying," *Los Angeles Review of Books*, November 8, 2015, lareviewofbooks.org (accessed October 31, 2016).

5) W. F. Ruddiman, et al., "Late Holocene Climate: Natural or Anthropogenic?" *Reviews of Geophysics* 54:1 (March 2016), 93-118.

6) Derek Parfit, *Reasons and Persons* (Oxford & New York: Oxford University Press, 1984).

7) (역주) 메리 데일리(1928-2010)는 미국의 급진적 여성주의 철학자이며 신학자였고 보스턴 대학에서 가르쳤고 스스로를 '급진적인 레즈비언 여성주의자'로 불렀다.

8) Sigmund Freud, "Beyond the Pleasure Principle," *Beyond the Pleasure Principle and Other Writings*, trans. John Reddick, introduction by Mark Edmundson (London: Penguin, 2003), 43-102. Mary Daly, *Gyn/Ecology: The Metaethics of Radical Feminism* (Boston: Beacon, 1990).

9) Richard Heinberg, *The End of Growth: Adapting to Our New Economic Reality* (Gabriola Island, British Columbia: New Society Publishers, 2011).

10) Aaron D. O'Connell, M. Hofheinz, M. Ansmann, et al., "Quantum Ground State and Single Phonon Control of a Mechanical Ground Resonator," *Nature* 464 (March 17, 2010), 697-703.

11) (역주) 이븐 시나(980-1037)는 이슬람의 철학자이자 의사이며 이슬람 세계의 아리스토텔레스 학문의 대가로 중세 유럽의 철학과 의학에

많은 영향을 주었다. 저서로는 『의학 전범』, 『치유의 서』 등이 있다.

12) Ibn Sina (Avicenna), Metaphysics, I.8, 53.13-15. 나는 일반적으로 인용되는 *La Métaphysique du Shifa, Livres I à V*, ed. *Georges Anawati* (Paris: Vrin, 1978)의 번역본을 보았다. 이 책은 Laurence R. Horn, "Contradiction," *the Stanford Encyclopedia of Philosophy* (Spring 2014), ed. Edward N. Zalta, plato.stanford.edu (accessed July 15, 2015)에 인용되어 있고, 보다 최근에 손쉽게 이용할 수 있는 번역본으로는 Michael E. Marmura (Provo, UT: Brigham Young University Press, 2005), 43이 있다. James Boswell, *Boswell's Life of Johnson* (Oxford: Oxford University Press, 1965)이 있다.

13) Charles Darwin, *The Origin of Species*, ed. Gillian Beer (Oxford & New York: Oxford University Press, 1996 [1859]).

14) Immanuel Kant, *Critique of Pure Reason*, trans. Norman Kemp Smith (Boston & New York: Bedford/St. Martin's, 1965), 51.

2장: 유령들

1) William Arntz, Betsy Chasse, and Mark Vicente, dirs., *What the Bleep Do We Know!?* (Samuel Goldwyn Films, 2004).

2) Karen Barad, *Meeting the Universe Halfway: Quantum Physics and the Entanglement of Matter and Meaning* (Durham, NC: Duke University Press, 2007).

3) (역주) 프리드리히 안톤 메스머(Friedrich Anton Mesmer, 1734-1815)

는 오스트리아의 의사이자 동물자기설의 주창자이다.

4) (역주) 스베덴보리(Emanuel Swedenborg, 1688-1772)는 스웨덴의 자연과학자이자 철학자, 종교가이다.

5) Lorna Marshall, *Nyae Nyae !Kung Beliefs and Rites* (Cambridge, MA: Peabody Museum Press, 1999).

6) (역주) 거울신경세포는 특정 행동을 직접 수행할 때 뿐 아니라 타인이 동일한 행동을 수행하는 것을 관찰할 때도 활성화되는 신경세포를 의미한다.

7) 이 글을 쓸 때, 비국소성의 양자이론에서 "모든 루프홀"이 닫혔다. B. Henson et al., "Experimental Loophole-Free Violation of a Bell Inequality Using Entangled Electron Spins Separated by 1.3km," arXiv:1508.05949, arxiv.org (accessed November 15, 2016).

8) *Oxford English Dictionary,* "spectre," n., oed.com (accessed August 7, 2014).

9) Karl Marx, *Capital,* 3 vols., trans. Ben Fowkes (Harmondsworth: Penguin, 1990), 1.163.

10) Jacques Derrida, *Specters of Marx: The State of the Debt, the Work of Mourning, and the New International,* trans. Peggy Kamuf (London: Routledge, 1994), chap.7.

11) Marx, *Capital,* 1.1044.

12) (역주) 리처드 도킨스가 이기적 유전자의 주장을 뒷받침하기 위해 주장한 것으로 유전자의 형태가 그 유전자를 갖고 있는 생물 개체를 넘어서 외부의 생물이나 비생물에게까지 연장되어 발현되는 형태이다. 가령 숙주와 기생자 상호작용에서 기생자 유전자에 의해 숙주의 조작이 일어나는 경우를 들 수 있다.

13) Karl Marx, "Notes on Adolph Wagner's 'Lehrbuch der politischen Okonomie' (Second Edition), Volume 1, 1879," marxists.org (accessed October 27, 2016).

14) (역주) 서브루틴은 컴퓨터 용어로서 특정 또는 다수의 프로그램에서 반복적으로 사용되는 독립된 명령군을 말한다.

15) Marx, *Capital*, 1.163.

16) Ibid., 1.164-165.

17) Aimé Césaire, "Discourse on Colonialism," *Postcolonial Criticism*, ed. Bart Moore-Gilbert, Gareth Stanton and Willy Maley (New York: Routledge, 1997), 82.

18) 린 마굴리스(Lynn Margulis)의 작업에 대한 유사한 주장에 대해서는 Bruce Clarke, "Introduction: Earth, Life, and System," *Earth, Life, and System: Evolution and Ecology on a Gaian Planet*, Bruce Clarke, ed. (New York: Fordham University Press, 2015), 24-25를 보라.

19) Marx, *Capital*, 1.638.

20) Richard Dawkins, *The Extended Phenotype: The Long Reach of the*

Gene (Oxford: Oxford University Press, 1999).

21) Marx, *Capital*, 1.620.

22) 나는 탈식민화에 관한 에메 세제르의 견해에 동의한다. Aimé Césaire, "Discourse on Colonialism," *Postcolonial Criticism*, 82.

23) Theodor W. Adorno, *Negative Dialectics*, trans. E. B. Ashton (New York: Continuum, 1973), 5 ("변증법은 비동일성에 대한 일관적 의미이다"), 147-48, 149-50.

24) 여기서 나의 논지는 자크 데리다의 것과 유사하다. Jacques Derrida, "Economimesis," *Diacritics* 11.2 (Summer 1981), 2-25.

25) (역주) 비체는 문학비평가 줄리아 크리스테바(Julia Kristeva)가 사용한 용어로서 주체도 객체도 될 수 없고 존재 자체가 지워진 존재를 지칭한다. 특히 이 용어는 안정적인 정체성이나 일정한 경계를 가진 관념들을 교란하는 용어로 사용된다.

26) Karl Marx, "Economic and Philosophical Manuscripts" *Early Writings*, trans. Rodney Livingstone and Gregor Benton, introduction by Lucio Colletti (London: Penguin, 1992), 279-400 (328).

27) Dawkins, *The Extended Phenotype*.

28) Charles Baudelaire, *Les Fleurs du Mal*, trans. Richard Howard (Brighton: Harvester, 1982).

29) (역주) 이탈속도는 물체가 천체의 표면에서 이탈할 수 있는 최소한의

속도를 나타낸다.

30) (역주) 라캉적 의미의 부분 대상이 아니라 생태학적 의미에서 부분 객체이다. 정신분석학에서 부분 대상이 주체의 욕망과 환상을 구성하는 핵심 대상이면서 거기에는 실재의 향락이 스며들어 있다면, 즉 부분대상은 주체에게 욕망을 불러일으키고, 주체의 환상을 구성하며, 나아가서 그 환상 너머의 실재를 엿보게 하는 대상이라면, 부분 객체는 공생적 실재를 구성하는 유령적 존재의 부분으로서 현실의 대상은 공생적 실재가 엿볼 수 있는 부분 객체가 된다.

31) William Shakespeare, *King Lear*, The Arden Shakespeare Complete Works, ed. Richard Proudfoot, Ann Thompson and David Scott Kastan (London: Bloomsbury, 2001), 4.1.38-39.

32) (역주) 히에로니무스 보스(Hieronymus Bosch, 1450-1516)는 네덜란드의 화가이다.

33) Marx, *Capital*, vol. 1, chapt. 15, 492-508 (496).

34) (역주) 클래스레이트 건(clathrate gun) 가설은 신생대 4기 동안의 급속한 온난화의 기간을 설명하는 가설로서 해양의 중간부의 상층해역에서의 플럭스의 변화가 대륙의 상층 경사면에 메탄 클래스레이트를 축적했다가 방출했다가를 번갈하면서 기온 변동을 낳았다는 주장이다.

35) Pincelli Hull, Simon Darroch and Douglas Erwin, "Rarity in Mass Extinctions and the Future of Ecosystems," *Nature* 528 (December 17, 2015), 345-51.

36) (역주) 하이데거에 따르면 도구는 현존재가 자신의 존재가능을 일상

적으로 배려하는 가운데 '~을 하기 위한 것'으로 만나는 존재자를 일 컫는 말이다. 현존재가 도구를 사용할 때 그가 배려하는 것은 도구 자체가 아니라 그가 그 도구를 가지고 하는 것, 즉 도구의 목적이다. 하이데거는 도구가 이러한 존재양식으로 우리에게 주어진 것을 손안에 있음(*zuhanden*)이라 말한다. 반대로 눈앞에 있음(*vorhanden*)은 도구가 그러한 사용연관을 떠나 단순한 대상으로 존재하는 것을 의미한다. 즉 눈앞에 있음에서 도구는 단순한 관찰대상이 되어버린다. 현존재의 존재가 드러나는 것은 손안에 있음에 있을 때이다. 눈앞에 있음에서는 도구가 그러한 존재와 무관하게 단순히 기술적 대상이 될 가능성이 크다. 근대 과학 기술은 도구가 손안에 있음을 보지 못하고 눈앞에 있음으로 만 바라본다. 자세한 것은 이기상, 구연상, 『'존재와 시간' 용어해설』(까치, 1998)을 보라.

37) Paul Crutzen and E. Stoermer, "The Anthropocene," *Global Change Newsletter* 41.1 (2000), 17-18.

38) Jim Shelton, "How to See a Mass Extinction if it's Right In Front of You," *YaleNews*, news.yale.edu (accessed January 23, 2016).

39) Luce Irigaray, *This Sex Which Is Not One*, trans. Catherine Porter & Carolyn Burke (Ithaca, NY: Cornell University Press, 1985).

40) Sigmund Freud, *The Uncanny*, trans. David McClintock & Hugh Haughton (London: Penguin, 2003).

41) Karl Marx, "The Eighteenth Brumaire of Louis Bonaparte," *Later Political Writings*, trans. Terrell Carver (Cambridge: Cambridge University Press, 1996), 32.

42) Ibid., 34.

43) Martin Heidegger, *Being and Time*, trans. Joan Stambaugh (Albany, NY: State University of New York Press, 1996), 199-200.

44) Giorgio Agamben, *The Open: Man and Animal*, trans. Kevin Attell (Stanford, CA: Stanford University Press, 2004).

45) Carl Safina, *Beyond Words: What Animals Think and Feel* (New York: Henry Holt, 2015), 81.

46) Ibid., 29.

47) 희극배우 스티븐 콜베르(Stephen Colbert)의 용어는 정말로 아주 유용하다. (역주) 스티븐 콜베어(1964-)는 미국의 희극배우이자 텔레비전 진행자이다.

48) John Keats, "In Drear-Nighted December," *The Complete Poems*, ed. John Barnard, (London: Penguin, 1987), line 21.

49) Hettie MacDonald, dir., "Blink," *Doctor Who*, BBC, June 9, 2007.

50) Aristotle, *Metaphysics*, trans. Hugh Lawson-Tancred (London: Penguin, 2004), 213, 217.

51) "완전한 설명에 집착하는 사람들과 아주 대조적으로 아추아르족은 이 세계에는 명백히 존재하지 않는 일관성을 세계에 부여하려는 시도를 전혀 하지 않는다." Philippe Descola, *The Spears of Twilight: Life and Death in the Amazon Jungle* (New York: The New Press, 1998), 224.

52) The Beatles, "A Day in the Life," *Sgt. Pepper's Lonely Hearts Club Band* (Parlophone, 1967).

53) Markus Gabriel, *Why the World Does Not Exist* (Malden, MA: Polity Press, 2015)

54) Safina, *Beyond Words*, 284-85.

55) (역주) 메소코즘은 생태계 연구 분야에서 실제 생태계의 일부를 인위적으로 격리하여 목적한 실험을 위한 조작 및 관측을 할 수 있도록 만든 닫힌 생태계를 말한다.

56) (역주) 더미의 역설(the sorites paradox, the paradox of the heap)은 모호한 술어에서 생겨나는 역설이다. 가장 중요한 사례는 모래 더미에서 모래알을 하나씩 제거하는 과정과 관련이 있다. 하나의 모래알을 제거하는 것이 더미를 비-더미로 만들지 않는다는 가정 하에 이 역설은 이 과정을 수많이 반복할 경우에 무슨 일이 일어나는가를 사고하는 것이다. 단 하나의 모래알이 남는 경우도 더미인가? 더미가 아니라면 하나의 더미에서 비-더미로 변하는 것은 언제인가? 이러한 질문을 통해 더미의 본성 내지 더미를 더미로 파악하게 하는 조건과 같은 형이상학적이고 논리적인 문제를 제기한다.

57) (역주) 객체염(objectitis)는 객체의 유령적 관계를 설명하기 위해 만든 새로운 용어로서 객체(object)에 염증(inflammation)을 나타내는 접미사–itis를 붙여 만든 용어로 보인다.

58) Michael Mountain, "Lawsuit Filed Today on Behalf of Chimpanzee Seeking Legal Personhood," *Nonhuman Rights Project*, December 2, 2013, nonhumanrightsproject.org (accessed October 31, 2016).

3장: 저월

1) 나와 이 문제를 논의해준 루커 존스(Luke Jones)에게 감사드린다.

2) (역주) 'subscendence'(저월)는 'transcendence'(초월)와 대립을 이루는 티머시 모턴의 용어로서 초월이 위를 지향하고 초월적 일자를 향해 나아가는 것이라면, 저월(低越)은 공생적 실재, 즉 수많은 생명체들의 상호의존의 관계로의 하강을 나타내기 위한 용어이다. 생태학적 인식이란 바로 이런 생명체로의 저월을 깨닫는 것이다. 그리스 어원에서 'subscendence'가 'sub'(아래로)와 '-scendence'(가다)의 결합으로서 아래로 감이라는 의미라서 저월로 번역하였다.

3) (역주) 1978년 영국 과학자 제임스 러브록이 『지구상의 생명을 보는 새로운 관점』이라는 저서를 통해 주장한 이론으로서 지구를 환경과 생물로 구성된 하나의 유기체, 즉 스스로 조절되는 하나의 생명체로 소개한 이론이다.

4) (역주) 레코드판은 12인치 레코드판과 7인치 레코드판으로 나누어진다. 7인치 레코드판의 상위 호환인 12인치 레코드판은 홈이 넓고 음질이 좋은 것으로 알려져 있다. 리믹스는 개선의 가능성을 나타내는 은유이자 새로운 창조나 발전을 의미하는 용어로 사용되고 있다.

5) Emily Stewart, "German Village Feldheim the Country's First Community to Become Energy Self-Sufficient," *Australian Broadcasting Corporation*, November 10, 2014, abc.net.au (accessed October 31, 2016). Hermann Scheer, *The Solar Economy: Renewable Energy and a Sustainable Future* (New York: Routledge, 2004).

6) (역주) '그노시스'(gnosis)란 '지식'을 의미하는 그리스어로서 1~2세

기에 로마를 비롯하여 그리스 문화의 영향을 받은 서아시아 일대, 즉 유대, 이란, 바빌로니아, 이집트 등지에서 이들 지방의 토착종교와 그리스의 철학적인 사고가 서로 섞이는 과정에서 등장한 이론이다. 원래의 사상은 신비적이고 영적인 제1원인으로서의 신을 전제했는데, 이 신은 만물을 자기로부터 유출시켜 가는 과정 속에서 그 모습을 드러낸다. 따라서 물질적 세계는 신에 대립하고 단절되어 있는 악으로 간주되었다. 이러한 경향은 기독교에 침투하여 기독교 그노시스파를 탄생시켰다. 이들은 그리스도가 그노시스를 가져와 악에 사로잡혀 있는 인류를 해방 및 구제한다고 주장했는데, 기독교 교회로부터는 이단시되었다. 철학사전편찬위원회 편, 『철학대사전』(중원문화, 2009)을 참조함.

7) Mikhail Bakunin, *God and the State* (English translation, 1883), chapt. 2, marxists.org (accessed November 5, 2016).

8) (역주) 크툴루(Cthulhu, Tulu, Cthulu)는 크툴루 신화의 만신전 가운데 한 자리를 차지한 가상의 존재이다.

9) Jason Van Vleet, *dir., Terror from Within: The Untold Story Behind the Oklahoma City Bombing* (Los Angeles: MGA Films, 2003).

10) Georg Wilhelm Friedrich Hegel, *Hegel's Aesthetics: Lectures on Fine Art*, 2 vols., trans. T. M. Knox, (Oxford: Oxford University Press, 2010), 1.516-29; *Introductory Lectures on Aesthetics*, trans. Bernard Bosanquet, introduction and commentary by Michael Inwood (London: Penguin, 1993), 85-86.

11) (역주) 적응 무의식은 사회심리학자 다니엘 웨그너(Daniel Wegner)가 처음 사용한 용어로서 판단과 의사결정에 영향을 줄 수 있지만 의

식에서는 벗어나 있는 일련의 정신적 과정으로 기술된다.

12) 《에일리언4》(*Alien: Resurrection*)에 관해 슬라보예 지젝의 설명은
Sophie Fiennes, dir., *The Pervert's Guide to Cinema* (ICA Projects, 2006)
를 보라.

13) Karl Marx, *Grundrisse: Foundations of the Critique of Political Economy*,
trans. and introduction Martin Nicolaus (London: Penguin, 1993),
111.

14) Percy Bysshe Shelley, "The Mask of Anarchy," *Poetical Works*, ed.
Thomas Hutchinson (New York: Oxford University Press, 1970).

4장: 종(種)

1) (역주) 개체군은 동일한 서식지에서 살고 있는 생물 개체들의 집단이
다. 생물의 생존은 상호 의존적이기 때문에 단독으로 살아갈 수 없고
집단을 이루어 살아간다.

2) (역주) 판단의 확실성을 나타내는 논리학 용어이다. 양상은 사물의
존재 방식이 필연적인가, 가능적인가, 현실적인가, 우연적인가, 불가
능적인가 등을 표현하는 것이다. 근대 논리학은 하나의 단정에 대해
어떤 '메타논리적인' 평가로서 양상을 판단하여 양상의 여러 성질을
분석하는 것을 가능하게 했다. 칸트는 양상을 범주와 구분하고 양상
을 인식대상 그 자체의 규정이 아니라 대상과 인식 주관의 관계를 나
타내는 개념으로 간주해 범주와는 전적으로 다른 성질을 갖는 것으
로 보았다.

3) (역주) 초일관 논리는 모순을 특별한 방법으로 다루고 모순을 허용하는 논리라서 모순허용논리(inconsistency-tolerant logic)라고 불린다. 초일관 논리의 일반적 특징은 배중률은 허용하면서도 진위의 대립은 잘 허용하지 않는 점이다.

4) (역주) 양진주의적 논리는 어떤 문장들이 참이면서 동시에 거짓이 될 수 있다고 주장하는 논리이다.

5) (역주) 영국석유회사(British Petroleum)의 약어이다.

6) Christophe Bonneuil and Jean-Baptiste Fressoz, *The Shock of the Anthropocene: The Earth, History and Us*, trans. David Fernbach (London: Verso, 2016).

7) Immanuel Kant, *Anthropology from a Pragmatic Point of View*, ed. Robert B. Louden, introduction by Manfred Kuehn (Cambridge: Cambridge University Press, 2006), 416-17.

8) (역주) 영화 《하이 스쿨 뮤지컬》(*High School Musical*, 2006)의 OST("We're All In This Together")이다.

9) (역주) 마이클 잭슨(Michael Jackson)의 노래("We Are The World", 1985)이다.

10) Slavoj Žižek, "The Cologne Attacks were an Obscene Version of Carnival," *New Statesman*, January 13, 2016, newstatesman.com, accessed January 15, 2016.

11) (역주) 앞에서 하이데거의 'present-at-hand'를 눈앞에 있음으로 옮겼

는데 'near-at-hand'도 의미가 동일하여 눈앞에 있음으로 옮긴다.

12) Norman Geras, *Marx and Human Nature: Refutation of a Legend* (London: Verso, 2016).

13) Karl Marx, "Notes on Adolph Wagner's *Lehrbuch der Politischen Ökonomie* (Second Edition), Volume 1, 1879," marxists.org (accessed Oct 27, 2016).

14) Derek Parfit, *Reasons and Persons* (Oxford: Oxford University Press, 1984), 355-57.

15) Peter Wade, *Race: An Introduction* (Cambridge: Cambridge University Press, 2015), chapt. 2.

16) Freud, *The Uncanny*.

5장: 류(類)

1) (역주) 'kindness'는 kind-ness의 의미로서 humankind의 –kind의 의미인 류(類)에 특성의 의미를 갖는 영어접미사 -ness를 붙였기에 류로 옮겼다.

2) Max Stirner, *The Ego and His Own*, trans. Stephen T. Byington, introduction by J. L. Walker (New York: Benjamin R. Tucker, 1907), 34 at theanarchistlibrary.org (accessed November 5, 2016).

3) (역주) 바닥상태는 양자역학에서 가장 낮은 에너지 상태를 의미하고

안정적인 상태를 나타낸다.

4) (역주) 조표는 악보의 맨 앞에 표시되는 올림표와 내림표를 나타낸다.

5) 아주 생생한 시각화가 일어나는 것은 Bracha Ettinger, "Copoesis," *Ephemera* 5:X (2005), 703-13을 보라.

6) John Keats, "Letter to Richard Woodhouse," October 27, 1818, *John Keats: Selected Letters*, ed. Robert Gittings & Jon Mee (Oxford: Oxford University Press, 2002), 147-48 (148).

7) Christopher Nolan, dir., *Interstellar* (Paramount, 2014).

8) Ken Burns, dir., *The Dust Bowl* (PBS, 2012).

9) (역주) 《스타워즈》에 나오는 우주선 이름이다.

10) (역주) 'Porn Site Transmitted Disease'의 약어로서 다양한 포르노 사이트들을 접속하면서 얻게 되는 컴퓨터 바이러스를 지칭한다.

11) 두 저자들은 이것을 오일에 대한 그리스어를 따서 "nafthism"이라 부른다. Antti Salminen and Tere Vadén, *Energy and Experience: An Essay in Nafthology* (Chicago: MCM´, 2015), 25-27.

12) (역주) 1980년대에 유행한 록 음악의 한 형태로서 가사가 주로 세상의 종말, 죽음, 악에 대한 내용을 담고 있다.

13) Jeffrey Kripal, *Authors of the Impossible: The Paranormal and the Sacred* (Chicago: University of Chicago Press, 2010).

14) Jacques Lacan, "The Agency of the Letter in the Unconscious," *Ecrits: A Selection*, trans. Alan Sheridan (London: Tavistock, 1977), 146-78 (166).

15) George Musser, "Let's Rethink Space: Does Space Exist without Objects, or Is It Made by Them?" *Nautilus* 32 (January 14, 2016), nautil.us, accessed October 24, 2016.

16) John Cleese and Graham Chapman, "Argument Clinic," *Monty Python's Flying Circus* (BBC, 1972).

17) Max Baginski, "Without Government," *Mother Earth* 1:1 (March 1906), gutenberg.org, accessed November 5, 2016.

18) Stirner, *The Ego and His Own*, 12.

19) Ibid., 13.

20) Ibid., 30-31.

21) Ibid., 34. 35.

22) "Progress," *The Philosophical Forum* 15.1-2 (Fall-Winter 1983-1984), 55-70.

23) Friedrich Engels, "Natural Science in the Spirit World," *Dialectics of Nature*, ed. Yuri Vasin in Karl Marx and Friedrich Engels, *Collected Works*, vol. 25, trans., Emile Burns and Clemens Dutt, Natalia Karmanova, Margarita Lopukhina, Mzia Pitskhelauri, Andrei Skvarsky and Georgi

Bagaturia, eds. (Moscow: Progress Publishers, 1987), 345-55.

24) Theodor Adorno, "Theses Against Occultism," *Minima Moralia: Reflections from Damaged Life*, trans. E. P. N. Jephcott (London: Verso, 2005), 238.

25) María del Pilar Blanco and Esther Peeren, "Introduction: Conceptualizing Spectralities," María del Pilar Blanco and Esther Peeren, eds., *The Spectralities Reader: Ghosts and Haunting in Contemporary Cultural Theory* (London: Bloomsbury, 2013), 5.

26) Karl Marx, *Capital*, vol. 1, trans. Ben Fowkes (Harmondsworth: Penguin, 1990).

27) Theodor Adorno, "Sur l'Eau," *Minima Moralia: Reflections from Damaged Life*, trans. E. F. N. Jephcott (London: Verso, 1978), 155-57 (157).

28) Herman Melville, "Bartleby, the Scrivener," *Billy Budd, Sailor and Selected Tales*, ed. Robert Milder (Oxford: Oxford University Press, 1998), 41.

29) Adorno, "Sur l'Eau," 155-57 (157).

30) Safina, *Beyond Words*.

31) Bruce Clarke, "Introduction: Earth, Life, and System," Bruce Clarke, ed., *Earth, Life, and System: Evolution and Ecology on a Gaian Planet* (New York: Fordham University Press, 2015), 19.

32) Lauren Davis, "Why Everything You Know about Wolf Packs Is Wrong," *iO9*, May 12, 2015, io9.gizmodo.com (accessed June 29, 2016).

33) Peter Kropotkin, *Mutual Aid: A Factor of Evolution* (The Anarchist Library, 1902), 6.

34) '반려종'(companion species)에 대해서는 도너 해러웨이를 염두에 둔 것이다. Donna Haraway, *When Species Meet* (Minneapolis: University of Minnesota Press, 2007).

35) Kropotkin, *Mutual Aid*, 8, 18, 27.

36) Ibid., 68, 148, 159.

37) Jan Sapp, *Evolution by Association: A History of Symbiosis* (Oxford: Oxford University Press, 1994).

38) (역주) 리센코주의는 유전학을 반대한 소비에트의 정치화된 과학 이론으로서 생물학자 트로핌 리센코를 중심으로 1920년대 말에서 1964년까지 계속되었다. 리센코 주의는 정치에 의한 과학의 전복을 상징한다.

39) Gillian Beer, "Introduction," Charles Darwin, *The Origin of Species* (Oxford: Oxford University Press, 1998), vii-xxviii (xxvii-xviii).

40) Engels, *Dialectics of Nature*, 452-64 (460).

41) Kropotkin, *Mutual Aid*, 32.

42) Ahmed Farag Ali and Saurya Das, "Cosmology from Quantum Potential," *Physics Letters* B741 (2015).

43) *Oxford English Dictionary*, "rock," v.1, oed.com (accessed October 23, 2016).

44) Viktor Schklovsky, *Theory of Prose*, trans. Benjamin Sher, introduction by Gerald L. Burns (Normal, IL: Dalkey Archive Press, 1991), 15.

45) 여기서 나는 기술의 세계상에서 비인간을 예비재("Bestand," standing-reserve)로 개념화하는 하이데거의 개념에 의존한다. Martin Heidegger, "The Question Concerning Technology," *Basic Writings: From 'Being and Time' (1927) to 'The Task of Thinking' (1964)*, ed. David Farrell Krell (New York: HarperCollins Publishers, 1993), 307-41.

46) David Toop, *Haunted Weather: Music, Silence and Memory* (London: Serpent's Tail, 2004), 239-40.

47) Engels, *Dialectics of Nature*, 461.

48) Brian Eno, sleeve note, *Ambient 1: Music for Airports* (EG Records, 1978).

49) Joey Negro, "Do What You Feel," 12" (Ten Records, 1991).

50) Quartz, "Meltdown," 12" (ITM Music, 1989).

51) Reese, "*Rock to the Beat* (Mayday Mix)," *Rock to the Beat* (KMS Records, 1989).

52) Jack Halberstam, "An Introduction to Gothic Monstrosity," Robert Louis Stevenson, *The Strange Case of Dr. Jekyll and Mr. Hyde: An Authoritative Text, Backgrounds and Contexts, Performance Adaptations, Criticism,* ed. Katherine Linehan (New York: Norton, 2003), 128-31.

53) Nicolas Abraham and Mária Török, *The Wolf Man's Magic Word: A Cryptonymy,* trans. Nicholas Rand, foreword by Jacques Derrida (Minneapolis: University of Minnesota Press, 2005).

54) Jacques Derrida, "Violence and Metaphysics," *Writing and Difference,* trans. Alan Bass (London and Henley: Routledge and Kegan Paul, 1978), 79-153 (151-52).

55) Stanislav Grof, *Spiritual Emergency: When Personal Transformation Becomes a Crisis* (New York: Tarcher, 1989).

56) "Understanding Traditional and Modern Patterns of Consumption in Eighteenth-Century England: A Character-Action Approach," John Brewer & Roy Porter, eds., *Consumption and the World of Goods* (London and New York: Routledge, 1993), 40-57.

57) Jeffrey Kripal, *The Serpent's Gift: Gnostic Reflections on the Study of Religion* (Chicago: University of Chicago Press, 2006).

58) Jared Diamond, "The Worst Mistake in the History of the Human Race," *Discover Magazine* (May 1987), 64-66.

59) Franco "Bifo" Berardi, *Heroes: Mass Murder and Suicide* (London: Verso, 2015).

60) Martin Heidegger, *What Is a Thing?*, trans. W. B. Barton & Vera Deutsch, analysis by Eugene T. Gendlin (Chicago: Henry Regnery, 1967).

61) Marx, *Capital*, vol. 1, chap. 15.

62) Nicholas Royle, *Veering: A Theory of Literature* (Edinburgh: Edinburgh University Press, 2011).

역자 후기

1) Timothy Morton, *The Ecological Thought* (Cambridge: Harvard University Press, 2010), p. 39.

2) Timothy Morton, *The Ecological Thought*, p. 7.

3) 퀑탱 메이야수, 정지은 옮김, 『유한성 이후: 우연성의 필연성에 관한 시론』(도서출판b, 2010), 17~18면.

4) 이와우치 쇼타로, 이신철 옮김, 『새로운 철학 교과서―현대 실재론 입문』(도서출판b, 2020), 128면.

5) 사변적 실재론의 형성과 전개에 대한 내용은 Graham Harman, Speculative Realism: An Introduction (London: Polity Press, 2018)의 「서론」을 참조하라.

6) Timothy Morton, *Dark Ecology: For a Logic of Future Coexistence* (New York: Columbia University Press, 2016), p. 89.

7) Dark Ecology, *Dark Ecology: For a Logic of Future Coexistence*. p. 83.

8) Dark Ecology, *Dark Ecology: For a Logic of Future Coexistence*. p. 98.

9) 티머시 모턴, 김용규 옮김, 『인류: 비인간적 존재들과의 연대』(부산: 부산대출판문화원, 2021), 34~35면.

10) 티머시 모턴, 『인류: 비인간적 존재들과의 연대』, 41면.

11) 티머시 모턴, 『인류: 비인간적 존재들과의 연대』, 106면.

12) 티머시 모턴, 『인류: 비인간적 존재들과의 연대』, 107면.

13) 티머시 모턴, 『인류: 비인간적 존재들과의 연대』, 165면.

14) Timothy Morton & Dominic Boyer, *Hyposubjects: On Becoming Human* (Open Humanities Press, 2021), p.14.

색인

우리시대 질문총서 **5**

인류
비인간적 존재들과의 연대

초판 인쇄 2021년 8월 4일

초판 3쇄 2023년 3월 17일

원표제 **Humankind :** Solidarity with Non-Human People

원저자 티머시 모턴

번역자 김용규

기획 우리시대 질문총서 제작위원회

간사 장윤서 · 김은진

디자인·편집 배영미

발행인 차정인

펴낸곳 부산대학교출판문화원

출판등록 제1983-000001호 1983.11.10.

부산광역시 금정구 부산대학로 63번길 2 (우편번호46241)

대표전화 051-510-1932 **팩시밀리** 051-512-7812

https://press.pusan.ac.kr

ⓒ 김용규, 2023. Printed in Korea

ISBN 978 - 89 - 7316 - 713 - 5 (04800)

  978 - 89 - 7316 - 650 - 3 (세트)

※ 이 총서는 부산대학교 국립대학육성사업(REN)의 지원으로 제작되었습니다.